SARAH MORGAN
Siempre en mis sueños

Editado por Harlequin Ibérica.
Una división de HarperCollins Ibérica, S.A.
Núñez de Balboa, 56
28001 Madrid

© 2014 Sarah Morgan
© 2016 Harlequin Ibérica, una división de HarperCollins Ibérica, S.A.
Siempre en mis sueños, n.º 113 - 1.10.16
Título original: Maybe This Christmas
Publicada originalmente por HQN™ Books

Todos los derechos están reservados incluidos los de reproducción, total o parcial. Esta edición ha sido publicada con autorización de Harlequin Books S.A.
Esta es una obra de ficción. Nombres, caracteres, lugares, y situaciones son producto de la imaginación del autor o son utilizados ficticiamente, y cualquier parecido con personas, vivas o muertas, establecimientos de negocios (comerciales), hechos o situaciones son pura coincidencia.
® Harlequin, HQN y logotipo Harlequin son marcas registradas por Harlequin Enterprises Limited.
® y ™ son marcas registradas por Harlequin Enterprises Limited y sus filiales, utilizadas con licencia. Las marcas que lleven ® están registradas en la Oficina Española de Patentes y Marcas y en otros países.
Imagen de cubierta utilizada con permiso de Harlequin Enterprises Limited. Todos los derechos están reservados.

I.S.B.N.: 978-84-687-8749-7
Depósito legal: M-23329-2016

Sarah Morgan es una maestra describiendo las complejidades de las relaciones humanas y reflejando las emociones del corazón, como nos demuestra en Siempre en mis sueños; *un canto al valor de la amistad, la familia y el amor.*

Una historia tierna y emotiva de amor no correspondido, hasta que los amigos se convierten en amantes y todo cambia, dando paso a un romance intenso y profundo con una buena dosis de tensión entre nuestros protagonistas.

Con gran habilidad, Sarah Morgan nos hace unas descripciones tan vívidas que uno siente que está en los bosques de Vermont, notando el frío en las mejillas, caminando por la nieve, contemplando las montañas...

Si a esto añadimos diálogos ágiles y divertidos, y unos personajes memorables, es fácil comprender por qué esta novela no solo es la favorita de la autora, sino también la nuestra.

Feliz lectura,

Los editores

Queridas lectoras,

Desde el momento en que os presenté a Tyler O'Neil en Magia en la nieve, *estaba deseando contaros su historia. Por los correos que recibo, sé que hay muchas ansiosas por leer sobre él, ¡principalmente porque a todas nos encantan los chicos malos reformados!*

Desde la lesión que acabó con su carrera como esquiador medallista de descensos, Tyler ha estado ayudando en el negocio familiar en Snow Crystal, Vermont. Es un padre soltero que está criando a Jess, su hija adolescente, y eso a él, como hombre acostumbrado a anteponerse a sí mismo ante todo, le está planteando ciertos retos. Ha tenido muchas relaciones, pero la única mujer que ha supuesto una constante en su vida es Brenna, a quien conoce desde la infancia. Los sentimientos de Brenna van más allá de la amistad, pero sabe que Tyler no la ve de ese modo. ¿O sí?

La historia de Tyler es una historia romántica, pero también explora el amor en su sentido más amplio y el significado de ser padre, hijo, hermano, amante y amigo. En ocasiones, cuando estoy escribiendo una novela, me cuesta dar con los detalles exactos para el último capítulo, pero en el caso de Siempre en mis sueños *supe desde el principio cómo quería que terminara, y escribirlo fue maravilloso.*

Si le pides a un escritor que elija su libro favorito, normalmente te dirá que los quiere a todos por igual, y eso es exactamente lo que yo diría si me hicieseis esa pregunta. Pero si de verdad tuviera un favorito, entonces Siempre en mis sueños *sería el primero de mi lista. Espero que a vosotras también os encante.*

Sarah
XX

P.D. *¡Recordad visitar mi página web, y suscribíos a mi lista de correo para aseguraros de que no se os escapa ningún lanzamiento nuevo!*

HYPERLINK "http://www.sarahmorgan.com" www.sarahmorgan.com
Twister: @SarahMorgan_
Facebook.com/AuthorSarahMorgan

A mis padres, que me han enseñado la importancia de la familia.

CAPÍTULO 1

Tyler O'Neil se sacudió la nieve de las botas, abrió la puerta de su casa junto al lago, y al entrar se tropezó con unas botas y una cazadora que estaban tiradas en el pasillo.

Después de golpearse la mano contra la pared, recobró el equilibrio y maldijo.

—¿Jess? —no obtuvo respuesta de su hija, pero Ash y Luna, sus dos huskies siberianos, salieron corriendo del salón. Maldiciendo de nuevo, vio exasperado cómo los perros iban disparados hacia él—. ¿Jess? Te has vuelto a dejar abierta la puerta del salón. Los perros no deberían entrar ahí. ¡Baja ahora mismo y recoge tu cazadora y tus botas! No saltéis... ¡Os lo estoy advirtiendo! —se preparó al ver a Ash dar un brinco—. ¿Por qué nadie me escucha en esta casa?

Luna, la más dócil de los dos perros, le plantó las patas sobre el pecho e intentó lamerle la cara.

Me gusta comprobar que mi palabra es la ley —dijo Tyler acariciándole las orejas con cariño y hundiendo los dedos en su espeso pelaje mientras Jess salía de la cocina con una tostada en una mano y el teléfono en la otra, agitando la cabeza al ritmo de la música a la vez que se apartaba los auriculares de los oídos. Llevaba una de las sudaderas de

Tyler y la medalla de oro que él había ganado en la prueba de descenso de esquí alpino.

—Hola, papá. ¿Qué tal te ha ido el día?

—Había sobrevivido a él hasta que he cruzado la puerta de mi propia casa. He esquiado por precipicios más seguros que nuestro vestíbulo —mirándola con el ceño fruncido, apartó a los entusiasmados perros y retiró con el pie las botas de nieve tiradas en el suelo—. Recógelas. Y a partir de ahora, deja tus botas en el porche. No deberías entrar con ellas en casa.

Aún masticando la tostada, Jess le miró los pies.

—Pues tú estás con las tuyas dentro de casa.

No por primera vez, Tyler reflexionó sobre los desafíos de la paternidad.

—Nueva regla. Yo también dejaré las mías fuera, así no meteremos nieve en casa. Y cuelga tu cazadora en lugar de dejarla tirada por la primera superficie que te encuentres.

—Tú dejas la tuya tirada.

«Joder».

—Voy a colgarla. Obsérvame —se quitó la cazadora y la colgó con movimientos exagerados—. Y baja la música. Así podrás oírme cuando te grite.

Ella sonrió con cierto descaro.

—La subo para no poder oírte cuando me grites. La abuela acaba de enviarme un mensaje escrito todo en mayúsculas. Tienes que enseñarla a usar el teléfono.

—Tú eres la adolescente. Enséñala tú.

—Ha estado toda la semana pasada escribiéndome en mayúsculas y la semana anterior no dejó de llamar al tío Jackson por error.

Tyler sonrió; le hizo mucha gracia imaginarse a su responsable hermano volviéndose loco por las llamadas de su madre en mitad de su jornada laboral.

—Seguro que a tu tío le encantó. Bueno, ¿y qué quería la abuela?

—Invitarme a ir a casa cuando tengas la reunión de equipo en el Outdoor Center. Voy a ayudarla a cocinar —dio otro bocado a la tostada—. Hoy es la noche de familia. Irán todos, hasta el tío Sean. ¿Lo habías olvidado?

Tyler gruñó.

—¿Reunión de equipo y encima Noche de Miedo? ¿De quién ha sido la idea?

—De la abuela. Se preocupa por mí porque vivo contigo y porque lo único que nunca falta en nuestra nevera es cerveza. Además, no deberías llamarla «Noche de Miedo». ¿Puedo ir a la reunión de equipo?

—Lo odiarías.

—¡No! Me encanta formar parte del negocio familiar. Lo que tú sientes por las reuniones es lo que yo siento por el colegio. Estar atrapado dentro de un sitio es una pérdida de tiempo cuando hay toda esa nieve ahí fuera. Pero al menos tú puedes esquiar todo el día. Yo estoy pegada a una silla dura intentando comprender las matemáticas. Pobre de mí —se terminó la tostada y Tyler puso mala cara al ver unas migas que caían al suelo.

Ash se abalanzó sobre ellas con entusiasmo.

—Tú eres la razón por la que la nevera está vacía. Siempre estás comiendo. Si llego a saber que ibas a comer tanto, jamás te habría dejado vivir conmigo. Me estás costando una fortuna.

El hecho de que su hija se riera a carcajadas con el chiste le indicó cuánto habían avanzado en el año que llevaban viviendo juntos.

—La abuela dice que si no estuviera viviendo contigo, te ahogarías en tu propia porquería.

—Eres tú la que tira las migas al suelo. Deberías usar un plato.

—Tú nunca usas plato. Siempre estás tirando migas al suelo.

—Y tú no tienes que hacer todo lo que haga yo.

—Tú eres el adulto. Sigo tu ejemplo.

Esa idea bastó para que lo recorriera un sudor frío.

—No. Deberías hacer lo contrario de todo lo que he hecho yo.

Cuando su hija se agachó para hacerle carantoñas a Luna, la medalla que llevaba alrededor del cuello se desplazó hacia delante y casi golpeó el morro del perro.

—¿Por qué la llevas puesta?

—Me motiva. Y, además, me gusta el ejemplo que me das. Eres el padre más guay del planeta y es divertido vivir contigo. Sobre todo cuando intentas comportarte.

—Cuando intento... —Tyler apartó la mirada de esa medalla que era un doloroso recordatorio de su antigua vida—. ¿Qué quiere decir eso?

—Quiere decir que me gusta vivir aquí. No te preocupas por las mismas cosas que la mayoría de los adultos.

—Pues probablemente debería hacerlo —Tyler se pasó la mano por la nuca—. Siento un nuevo respeto por tu abuela. ¿Cómo pudo mi madre criarnos a los tres sin estrangularnos?

—La abuela jamás estrangularía a nadie. Es paciente y amable.

—Sí, ya. Por desgracia para ti, yo no lo soy, y ahora soy yo el que te está criando —la realidad de lo que eso implicaba aún lo aterrorizaba más que nada a lo que se hubiera enfrentado haciendo un descenso durante un circuito de esquí. Si estropeaba las cosas, las consecuencias serían más graves que una pierna lesionada y una carrera hecha añicos—. Bueno, ¿has terminado tus deberes?

—No. He empezado, pero me he distraído viendo la grabación de tu descenso en Beaver Creek. Ven a verlo conmigo.

Preferiría clavarse un bastón de esquí en un ojo antes que ver ese vídeo.

—Tal vez luego. Me ha llamado tu profesor —con disimulo, cambio de tema—. El lunes no entregaste el trabajo.

—Luna se lo comió.

—Sí, claro. Solo te permiten retrasarte con la entrega de un trabajo una vez al trimestre, y ya llevas dos.

—¿Tú nunca te retrasabas entregando los trabajos de clase?

«Constantemente».

Preguntándose por qué alguien elegiría tener más de un hijo cuando ser padre era tan duro, Tyler probó un enfoque distinto.

—Si entregas cinco trabajos con retraso, tendrás que quedarte en el grupo de estudio después de clase, y eso te quitará tiempo para esquiar.

Ese comentario hizo que a su hija se le borrara la sonrisa de la cara.

—Lo terminaré.

—Buena decisión. Y, la próxima vez, termina tus deberes antes de ver la tele.

—No estaba viendo la tele, te estaba viendo a ti. Quiero entender tu técnica. Eras el mejor. Este invierno voy a esquiar cada minuto que tenga libre —cerró la mano alrededor de la medalla haciendo que su comentario sonara a juramento—. ¿Vendrás mañana al entrenamiento? Me dijiste que intentarías estar allí.

Atónito por esa pura adoración, Tyler miró a los ojos de su hija y vio la misma pasión que ardía en los suyos.

Pensó en todo el trabajo que se estaba acumulando en Snow Crystal, trabajo que requería de su atención, y entonces pensó en los años que se había perdido junto a su hija.

—Allí estaré —entró en su recién reformada cocina y maldijo para sí al sentir frío colándose por sus calcetines—. ¡Jess, has soltado nieve por toda la casa! Esto es como vadear un río.

—Ha sido Luna. Se ha puesto a rodar por un montículo de nieve y después se ha sacudido.

—La próxima vez, que se sacuda fuera de nuestra casa.

—No quería que se enfriara —mirándolo, Jess se colocó el pelo detrás de la oreja—. Has dicho «nuestra» casa.

—¡Es un perro, Jess! Tiene un pelaje denso. No se enfría. Y por su puesto que he dicho «nuestra» casa. ¿Cómo si no iba a llamarla? Los dos vivimos aquí, ¡y ahora mismo es absolutamente imposible que se me pueda olvidar! —pasó por encima de otro charco de agua—. Me he pasado los últimos años reformando este lugar y aún siento como si necesitara llevar las botas dentro.

—Quiero a Ash y a Luna, son de la familia. En Chicago nunca tuve perro. Mamá odiaba que hubiera desorden en casa. Nunca tuvimos un árbol de Navidad de verdad. También los odiaba porque tenía que recoger las acículas del suelo.

De pronto, la tensión y la irritación se esfumaron. La mención de la madre de Jess hizo que Tyler se sintiera como si le hubieran echado nieve por el cuello; ahora ya no eran solo los pies los que tenía fríos.

Apretó la boca para guardarse un comentario. Lo cierto era que Janet Carpenter lo había odiado prácticamente todo. Había odiado Vermont, había odiado vivir tan lejos de una ciudad, había odiado esquiar. Y, sobre todo, lo había odiado a él. Pero su familia había establecido la norma de no decir nada malo sobre Janet delante de Jess, y él se ceñía a esa norma incluso cuando se encontraba a punto de estallar por contenerse tanto.

—Este año tendremos un árbol de verdad. Haremos una excursión al bosque y elegiremos uno juntos —consciente de que tal vez estaba consintiéndola en exceso, adoptó su actitud habitual—. Y me alegro de que te encanten los perros, pero eso no cambia el hecho de que deberías dejar la jodida puerta del salón cerrada cuando estén en casa. Este lugar ya no es una zona de obras. La nueva norma dice que nada de perros ni en los sofás ni en las camas.

—Creo que Luna prefiere las normas antiguas —los ojos se le iluminaron con picardía—. Y no deberías decir «jodida». La abuela odia que digas palabrotas.

Tyler apretó la mandíbula.

—Bueno, pero la abuela no está aquí, ¿verdad? —su abuela y su abuelo seguían viviendo en el complejo turístico, en la antigua fábrica azucarera que en el pasado había sido el centro de la producción de sirope de arce de Snow Crystal—. Y si se lo dices, te tiraré de culo a la nieve y acabarás más empapada que Luna. Ahora ve a terminar tu trabajo o me darán el premio al peor padre y no estoy preparado para subirme al podio a recoger ese.

Jess sonrió.

—Si prometo entregar mi trabajo y no decirle a nadie que dices palabrotas, ¿podemos ver luego vídeos de esquí juntos?

—Deberías decírselo a Brenna. Es una profesora magnífica —estaba a punto de agarrar una cerveza cuando recordó que debía dar ejemplo y decidió servirse un vaso de leche en su lugar. Desde que Jess se había mudado, se había acostumbrado a no beber directamente del cartón—. Ella te dirá lo que está haciendo mal cada uno.

—Ya ha prometido ayudarme ahora que estoy en el equipo de esquí de la escuela. ¿La has visto en el gimnasio? Tiene unos abdominales alucinantes.

—Sí, la he visto —y no se permitía pensar en sus abdominales.

No se permitía pensar en ninguna parte de ella.

Era su mejor amiga y seguiría siéndolo.

Para lograr dejar de pensar en los abdominales de Brenna, metió la cabeza en la nevera.

—Esta nevera está vacía.

—Kayla me va a llevar al pueblo luego para comprar algo —el teléfono de Jess sonó y lo sacó del bolsillo—. Oh...

Tyler cerró la puerta con el hombro y se fijó en su expresión.

—¿Qué pasa?

—Nada, que Kayla me ha escrito para decirme que tiene mucho lío en el trabajo.

—Qué pena. No importa. Yo iré a la tienda mañana.

Jess miró el teléfono.

—Tengo que ir ahora.

—¿Por qué? Los dos odiamos ir a la compra. Puede esperar.

—Esto no puede esperar —Jess tenía la cabeza agachada, pero él vio que se le habían encendido las mejillas.

—¿Es por la Navidad? Porque si es por eso, aún faltan un par de semanas, todavía tenemos mucho tiempo. Yo hago casi todas las compras a las tres de la tarde del día de Nochebuena.

—¡No es por la Navidad! Papá, necesito... —se detuvo, estaba ruborizada— algunas cosas de la tienda, eso es todo.

—¿Qué puedes necesitar que no pueda esperar a mañana?

—Cosas de chicas, ¿vale? ¡Necesito cosas de chicas! —contestó gritando.

Se dio la vuelta y salió de la habitación dejándolo allí, mirándola e intentando comprender la razón de ese repentino estallido de mal humor.

¿Cosas de chicas?

Tardó un momento en reaccionar, y entonces cerró los ojos brevemente y maldijo para sí.

Cosas de chicas.

Cayó en la cuenta a la vez que se vio invadido por una sensación de puro pánico. Nada en la vida lo había preparado para criar a un adolescente… Y menos a una chica adolescente.

¿Cuándo le había…?

Miró hacia la puerta sabiendo que debía decir algo pero ignorando totalmente cuál sería el modo más delicado de abordar un tema que los avergonzaría tanto a los dos.

¿Podía ignorarlo?

¿Podía decirle que lo mirara por Internet?

Se pasó la mano por la cara y maldijo porque sabía que ni podía ignorarlo ni podía dejar algo tan importante relegado a una búsqueda por ordenador.

No tenía a su madre para preguntarle. Solo lo tenía a él y ahora mismo estaría pensando que era pésimo como padre.

—¡Jess! —le gritó y, al no recibir respuesta, salió de la cocina y la encontró quitándose las botas en el vestíbulo—. Sube al coche. Yo te llevo a la tienda.

—Olvídalo —contestó ella con la voz amortiguada por el pelo que le caía por delante de la cara—. Voy a ir a casa de la abuela a pedirle que me lleve.

—La abuela odia conducir de noche y con nieve. Yo te llevo —su voz sonó más dura de lo que había pretendido y alargó una mano para tocarle el hombro, aunque la retiró de inmediato. ¿Debía abrazarla o no? No tenía ni idea—. Iba a ir a la tienda de todos modos.

—Ibas a ir mañana, no hoy.

—Bueno, pues ahora voy a ir hoy —agarró su cazadora—. Vamos. Compraremos ese chocolate que te gusta.

Aún sin mirarlo, Jess siguió enredando con sus botas un rato y él suspiró, deseando por centésima vez que las adolescentes fueran acompañadas por un manual de instrucciones.

—Jess, no pasa nada.

—Sí que pasa —respondió ella con la voz entrecortada—. ¡Esto es como una avalancha de mal rollo! Estarás pensando que es tu peor pesadilla.

—No estoy pensando eso —Tyler agarró el picaporte de la puerta—. Lo que estoy pensando es que lo estoy fastidiando todo, que estoy diciendo las palabras equivocadas y haciéndote sentir incómoda, lo cual no es mi intención.

Ella lo miró bajo su mata de pelo.

—Desearías que no hubiera venido a vivir aquí nunca.

Tyler creía que eso ya lo habían superado; la inseguridad, esas dudas que no cesaban y que habían erosionado y corroído la autoestima y la felicidad de su hija.

—No deseo eso.

—Mamá me dijo que ojalá yo no hubiera nacido nunca.

Tyler se subió la cremallera de la cazadora con tanta rabia que casi se arrancó un dedo.

—No te lo dijo en serio —abrió la puerta agradeciendo la sacudida de aire frío para calmar su ira.

—Sí, sí que lo dijo en serio —farfulló Jess—. Me dijo que era lo peor que le había pasado en la vida.

—Bueno, pues yo nunca he pensado eso. Ni una sola vez. Ni siquiera cuando se me empapan los calcetines porque dejas que los perros arrastren nieve hasta dentro de la casa.

—Tú no pediste nada de esto —a la niña se le quebró la voz y la inseguridad que se reflejaba en su mirada hizo que él quisiera atravesar algo con el puño.

—Lo intenté. Le pedí a tu madre que se casara conmigo.

—Lo sé. Te dijo que no porque pensaba que serías un padre pésimo. Oí que se lo decía a mi padrastro. Le dijo que eras un irresponsable.

Tyler se sintió invadido por una intensa emoción.

—Sí, bueno, puede que eso sea verdad, pero no cambia el hecho de que yo te quisiera desde el principio, Jess. Y cuando tu madre no aceptó casarse conmigo, intenté por otros medios que vinieras a vivir aquí con nosotros. ¿Pero por qué cojones estamos hablando de esto ahora?

—Porque es la verdad. Fui un error —Jess se encogió de

hombros como si no importara, y precisamente porque él sabía lo mucho que importaba, vaciló sabiendo que el modo en que respondiera a eso sería de vital importancia para lo que ella sintiera.

—No es que planeáramos tenerte, eso es cierto. No voy a mentirte en eso, pero no se puede planear todo lo que pasa en la vida. La gente cree que puede, cree que puede controlar las cosas y entonces, ¡boom!, pasa algo que te demuestra que no lo controlas todo tanto como crees. Pero en ocasiones las cosas que no planeas resultan ser las mejores.

—Yo no fui una de esas cosas. Mamá me dijo que fui el mayor error de su vida.

Él apretó los puños y tuvo que forzarse a calmarse.

—Probablemente estaba cansada o disgustada por algo cuando lo dijo.

—Fue cuando me tiré por las escaleras haciendo snowboard.

Tyler esbozó una sonrisa.

—Ya, claro, ahí lo tienes. Fue por eso —la llevó hacia él y la abrazó sintiendo su delgado cuerpo y el familiar aroma de su cabello. Su hija. Su niña—. Eres lo mejor que me ha pasado a mí. Eres una O'Neil de la cabeza a los pies y a veces eso desquicia un poco a tu madre, eso es todo. No siente mucho aprecio por los O'Neil, pero a ti te quiere. Lo sé —no lo sabía, pero en esa ocasión contuvo su tendencia natural a no callarse la verdad.

—Su familia no está tan unida como la nuestra y eso la pone celosa —dijo Jess con la voz amortiguada por su pecho, y Tyler sintió cómo su hija lo abrazaba con más fuerza cada vez.

—Puede que te saltes las clases, pero no eres estúpida.

Jess se apartó con las mejillas sonrojadas.

—¿Por eso no te quieres casar? ¿Por lo que pasó con mamá?

¿Qué podía responder a eso?

Había aprendido que con Jess las preguntas salían sin previo aviso. Ella acumulaba cosas, las guardaba en su interior hasta que estallaba por no poder contenerlas más.

–A algunas personas no les va lo del matrimonio, y yo soy una de ellas.

–¿Por qué?

Tyler decidió que preferiría esquiar por una pendiente vertical en la oscuridad y con los ojos cerrados que estar manteniendo esa conversación.

–A todo el mundo se nos dan bien unas cosas y mal otras. A mí se me dan mal las relaciones. No hago felices a las mujeres –«si no, pregúntale a tu madre»–. Las mujeres que sienten algo por mí suelen acabar sufriendo.

–¿Entonces no vas a volver a tener una relación con nadie? Papá, eso es una tontería.

–¿Me estás llamando tonto? ¿Qué pasa con el respeto?

–Lo único que digo es que no pasa nada por cometer errores cuando eres joven. Todo el mundo mete la pata alguna vez. Eso no debería impedir que lo intentes de nuevo cuando eres mayor.

–Jess…

–A lo mejor ahora que me tienes aquí se te empieza a dar mejor. Si quieres saber cómo funciona la mente femenina, puedes preguntarme –dijo la niña con actitud generosa, y Tyler abrió y cerró la boca atónito.

–Gracias, cielo. Te lo agradezco –decidiendo que la conversación estaba volviéndose cada vez más incómoda, y no al contrario, sacó las llaves del coche–. Y ahora sube al coche antes de que nos quedemos congelados en la puerta. Tenemos que llegar a la tienda antes de que cierre.

–Te habría resultado más sencillo que hubiera sido un chico. Así no habrías tenido que mantener conversaciones embarazosas.

–No te creas. Los chicos adolescentes son los peores. Lo

sé. Fui uno. Y no me resulta embarazoso —se sentía como si tuviera la lengua de trapo—. ¿Por qué iba a resultarme embarazoso algo que forma parte del crecimiento normal? Si hay algo que me quieras preguntar... —«¡por favor, Dios, que no me tenga que preguntar nada!»—, dilo sin más.

Ella se ajustó las botas.

—Estoy bien, pero tengo que llegar a la tienda.

Él agarró su cazadora y se la lanzó.

—Abrígate bien. Ahí fuera está helando.

—¿Pueden venir Ash y Luna?

—¿A la compra? —estaba a punto de preguntarle por qué le iba a apetecer llevarse a dos perros hiperactivos al pueblo cuando vio su expresión esperanzada y decidió que los perros serían la mejor cura para una situación incómoda. Y, con suerte, harían que Jess se olvidara de su madre y de la complejidad de las relaciones humanas—. Claro. Es una gran idea. No hay nada que me guste más que dos animales jadeando en el coche mientras conduzco. Pero tendrás que controlarlos.

Jess silbó a los perros, que salieron brincando, eufóricos ante la idea de una excursión.

Tyler salió de Snow Crystal y aminoró la marcha al cruzarse con unos huéspedes que estaban regresando tras un día en las pistas de esquí.

El complejo estaba medio vacío, pero aún era inicio de temporada y sabía que el número de visitantes se duplicaría una vez llegaran las vacaciones de Navidad.

Y al otro lado del Atlántico, en Europa, la Copa del Mundo de Esquí Alpino estaba en marcha.

Agarró con fuerza el volante, agradecido por que Jess estuviera parloteando sin parar. Agradecido por la distracción.

—El tío Jackson me ha dicho que la producción de nieve está funcionando genial. Hay muchas pistas abiertas. ¿Crees que tendremos grandes nevadas? El tío Sean está aquí –no dejaba de hablar mientras acariciaba a Luna–. He visto su coche antes. El abuelo dice que ha venido a la reunión, pero no entiendo por qué. Es cirujano. Él no se involucra en el negocio. ¿O es que viene a arreglar piernas rotas?

–El tío Sean está desarrollando un programa de entrenamiento con Christy en el spa. Están intentando reducir las lesiones provocadas por el esquí. Fue idea de Brenna –Tyler aminoró la marcha al llegar a la carretera principal y girar hacia el pueblo. La nieve caía de forma constante cubriendo el parabrisas y la carretera que tenían delante.

–¿Cómo es que Brenna es la encargada del programa de actividades al aire libre cuando eres tú el que tiene la medalla de oro?

–Porque el tío Jackson ya le había ofrecido el trabajo antes de que yo volviera a casa, y porque odio la organización casi tanto como odio hacer la compra y cocinar. Solo me interesa la parte relacionada con el esquí. Además, Brenna es una profesora magnífica. Es paciente y amable, y a mí, en cambio, me entran ganas de tirar a la gente a un montículo de nieve si no lo hacen bien a la primera –miró brevemente por el retrovisor–. ¿Esta noche te quedas a dormir con la abuela?

–¿Quieres que me quede? ¿Tienes planeado acostarte con alguien?

Tyler estuvo a punto de irse directo a la cuneta.

–Jess...

–¿Qué? Has dicho que contigo podía hablar de cualquier cosa.

Mantenía la velocidad baja y miraba fijamente a la carretera.

–Pero no me puedes preguntar si tengo planeado acostarme con alguien.

–¿Por qué? No quiero molestar, eso es todo.

—Tú no molestas —se preguntó por qué tenía que surgir esa conversación cuando tenía que conducir en condiciones complicadas—. Tú nunca molestas.

—Papá, no soy estúpida. Antes practicabas un montón de sexo. Lo sé. Lo leí por Internet. En un artículo decían que podías llevarte a una mujer a la cama más rápido de lo que descendías una pendiente.

Absolutamente atónito e impactado, Tyler avanzó a baja velocidad hasta llegar al pueblo. Las luces destellaban en los escaparates de las tiendas y un gran árbol de Navidad se alzaba orgulloso al fondo de Main Street.

—No te creas todo lo que leas en Internet.

—Lo único que digo es que no tienes que renunciar al sexo solo porque esté viviendo contigo. Tienes que volver a salir.

Estupefacto, aparcó junto al supermercado del pueblo.

—No pienso hablar de esto con mi hija de trece años.

—Tengo casi catorce. Tienes que seguir con tu vida.

—Mi vida sexual es tema prohibido.

—¿Alguna vez te has acostado con Brenna? ¿Fue ella una de esas mujeres con las que tuviste una relación?

¿Cómo era posible sudar cuando la temperatura estaba bajo cero?

—Eso es personal, Jess.

—¿Entonces sí que te acostaste con ella?

—¡No! Jamás me he acostado con Brenna —el sexo con Brenna era algo en lo que no se permitía pensar. Jamás. No pensaba en esos abdominales, y tampoco pensaba en esas piernas—. Y esta conversación ha terminado.

—Porque a mí no me importaría. Creo que le gustas mucho. ¿A ti te gusta ella?

Siendo consciente de que su hija de trece años acababa de darle permiso para acostarse con una mujer, se pasó los dedos por el pelo.

—Sí, claro que sí. La conozco desde que éramos niños. Hemos estado juntos la mayor parte de nuestras vidas. Es una buena amiga.

Y no haría nada por estropearlo. Nada. Ni una condenada cosa.

Ya había estropeado cada una de las relaciones que había tenido. Su amistad con Brenna era lo único que aún permanecía intacto y pretendía que siguiera así.

Jess se desabrochó el cinturón de seguridad.

—A mí me gusta Brenna. No va por ahí babeando por ti como algunas mujeres y me habla como si fuera una chica mayor. Si me das dinero, entraré y compraré lo que necesito. También compraré algo para rellenar la nevera y, así, si la abuela se pasa por casa se quedará impresionada por cómo te ocupas de todo.

—¿Babeando? —Tyler se sacó la cartera del bolsillo—. ¿A qué te refieres?

Jess se encogió de hombros.

—Como algunas madres del cole. Todas se maquillan y llevan ropa ajustada por si vas a recogerme. El otro día cuando Kayla me recogió, por poco no se arma una buena. A veces las chicas me preguntan si vas a ir o no. Supongo que sus madres no quieren molestarse en pintarse los labios si no vas a aparecer.

Tyler la miró.

—¿Hablas en serio?

—Sí, pero no me importa —se abrochó la cazadora—. Me mola que mi padre sea un icono sexual nacional. Pero si vas a elegir a alguien con quien yo tenga que vivir y a quien tenga que llamar «mamá», me gustaría que eligieras a alguien como Brenna, eso es todo. Ella no se está atusando el pelo todo el rato y mirándote con una sonrisita tonta.

—Nadie va a venir a vivir con nosotros, no tendrás que llamar «mamá» a nadie, y por última vez, no voy a acostarme con Brenna –dijo Tyler con los dientes apretados–. Y ahora ve a comprar lo que sea que necesites.

Jess se deslizó en su asiento.

–No puedo –dijo sin apenas voz–. La señora Turner acaba de entrar con su hijo, que está en mi clase. Me quiero morir.

Tyler respiró hondo y hurgó entre todo lo que tenía por medio en el coche hasta encontrar un viejo ticket de restaurante y un boli.

–Haz una lista.

–Esperaré hasta que se hayan ido.

Aunque dentro del coche estaba oscuro, Tyler vio que se había puesto colorada otra vez.

–Jess, tenemos que hacer esto antes de que los dos muramos de hipotermia.

Ella vaciló, le quitó el boli y garabateó algo.

–Espera aquí –Tyler le quitó el papel y entró en el supermercado. Si había podido esquiar el famoso Hahnenkamm austriaco a ciento cuarenta kilómetros por hora, podía entrar a comprar «cosas de chicas».

Diez minutos más tarde, Brenna Daniels entraba en el supermercado aliviada por poder protegerse ahí del gélido frío.

Ellen Kelly salió de detrás del mostrador con tres grandes cajas.

–¡Brenna! Tu madre ha estado aquí esta mañana. Me ha dicho que hace un mes que no te ve.

–He estado ocupada. ¿Te echo una mano con eso, Ellen? –Brenna le agarró las cajas y las apiló en el suelo–. No deberías cargar con tantas de golpe. El médico te ha dicho que tengas cuidado al levantar peso.

–Tengo cuidado. La tormenta está llegando y a la gente

le gusta almacenar cosas por si no deja de nevar en un mes. Todos estamos esperando que la cosa no se ponga tan mala como en 2007. ¿Recuerdas el Día de San Valentín?

—Estaba en Europa, Ellen.

—Es verdad, estabas allí. Lo había olvidado. Ni una gota de nieve en enero y después un metro en veinticuatro horas. Ned 55 perdió algunas de sus vacas cuando se le derrumbó el tejado del establo —Ellen se frotó la espalda—. Por cierto, te lo acabas de perder.

—¿A Ned Morris?

—A Tyler —Ellen se agachó y abrió una de las cajas—. Y Jess venía con él. Estoy segura de que ha crecido varios centímetros este verano.

—¿Tyler ha estado aquí? —ahora el corazón le latía un poco más fuerte—. Tenemos una reunión en el complejo en una hora.

—Creo que han tenido una emergencia. Jess se ha quedado en el coche y él ha entrado y ha comprado todo lo que a ella le hacía falta. Y me refiero a todo —Ellen Kelly le guiñó un ojo con gesto de complicidad y comenzó a desembalar las cajas y a colocar los artículos en los estantes—. Jamás pensé que llegaría a ver a Tyler comprando aquí para una adolescente. Recuerdo que la gente solo decía cosas malas de él cuando Janet Carpenter anunció que estaba embarazada, pero les ha demostrado a todos que se equivocaban. Que Janet es tan fría como un invierno en Vermont, y en cambio él... —continuó mientras colocaba unas latas en el estante—: puede que sea un mujeriego, pero nadie puede decir que no lo haya hecho bien con esa niña.

—Tiene casi catorce años.

—Y no se parece en nada a la persona que llegó aquí el invierno pasado, tan huesuda y pálida. ¿Te lo puedes creer? ¿Qué clase de madre se desprende de su hija así? —Ellen chasqueó la lengua mostrando su desaprobación y se agachó para abrir otra caja, una cargada de adornos de Navidad–. Desagradecida.

Brenna tuvo la precaución de reservarse su opinión al respecto.

–Janet ha tenido otro bebé.

–¿Y por eso se ha librado de la mayor? Razón de más para tener a Jess cerca, en mi opinión –Ellen colgó unas largas guirnaldas de espumillón de unos ganchos–. Puede que eso la deje marcada de por vida, aunque tiene suerte de tener a Tyler y al resto de los O'Neil. ¿Quieres adornos, cielo? Este año tengo una gran selección.

–No, gracias, Ellen. Yo no decoro la casa. Y Jess no se ha quedado marcada por lo que ha pasado. Es una niña encantadora –con lealtad y discreción, Brenna intentó dirigir la conversación hacia otro tema. No mencionó ni las inseguridades ni ninguno de los problemas que sabía que Jess había sufrido al mudarse allí–. ¿Sabes que está en el equipo de esquí del colegio? Tiene mucho talento.

–Ha salido a su padre. Aún recuerdo aquel invierno en que Tyler se deslizó esquiando por el tejado del viejo Mitch Sommerville –sonriendo, Ellen sentó sobre un estante a un enorme y sonriente Santa Claus–. Lo arrestaron, claro, pero mi George siempre decía que jamás había visto a una persona tan audaz en la montaña. Excepto a ti, tal vez. Los dos erais inseparables. Solía ver cómo te escapabas en lugar de ir a clase.

–¿A mí? Creo que te has equivocado de persona, Ellen –contestó Brenna sonriéndole–. Jamás me he saltado las clases en toda mi vida.

–Debió de ser un duro golpe para Tyler perder así su carrera deportiva. Sobre todo cuando estaba en lo más alto.

Brenna, que preferiría arrojarse desnuda a un lago helado antes que hablar de la vida privada de otra persona, hizo un intento desesperado por cambiar de asunto.

—En Snow Crystal tiene muchas cosas con las que mantenerse ocupado. Las reservas van en aumento y parece que va a ser un invierno ajetreado.

—Me alegra oírlo. Esa familia se lo merece. A nadie le impactó más que a mí oír que ese lugar tenía problemas. Los O'Neil llevan viviendo en Snow Crystal desde antes de que yo naciera. Pero bueno, parece que Jackson lo ha solucionado. Por aquí hubo gente que pensó que había cometido un gran error al gastarse tanto dinero construyendo esas cabañas tan preciosas con jacuzzis, pero resultó que sabía lo que hacía.

—Sí —Brenna fue reuniendo todo lo que necesitaba mientras se preguntaba si en un pueblo pequeño existía eso llamado «asuntos privados»—. Es un empresario muy inteligente.

—Siempre ha sabido lo que hace. Y esa chica...

—¿Kayla?

—Su corazón está en el lugar adecuado por mucho que se mueva por aquí con esos resplandecientes zapatos y ese aspecto tan neoyorquino.

Brenna añadió leche a la cesta.

—Es inglesa.

—No te lo imaginas hasta que abre la boca. Ya que estás aquí, llévate esas galletas de chocolate. Están deliciosas. Aunque no se puede decir que andes escasa de cosas ricas que comer en Snow Crystal teniendo a Élise al mando de la cocina. Ahora que Jackson y Sean están emparejados, le ha llegado el turno a Tyler.

A Brenna se le cayó al suelo el tarro que tenía en la mano. Se rompió y el contenido se esparció por todo el suelo.

«Mierda».

—¡Ay, Ellen, cuánto lo siento! Lo limpiaré. ¿Tienes una fregona? —furiosa consigo misma, se agachó para recoger los trozos del envase, pero Ellen la apartó.

–Déjalo. No quiero que te cortes los dedos. Hubo un tiempo en que pensé que los dos acabaríais juntos. No podíais estar separados.

«Mierda y mierda».

–Somos amigos, Ellen –esa conversación era lo último que necesitaba–. Y seguimos siéndolo.

Para cuando se marchó de la tienda, estaba exhausta de esquivar cotilleos y de pensar en Tyler.

Condujo directa a Snow Crystal y aparcó fuera del Outdoor Center junto al ostentoso deportivo rojo de Sean. La nieve caía sin cesar y el camino ya estaba cubierto por medio metro de polvo blanco. La temperatura había descendido y el aire prometía aún más, lo cual era una buena noticia para Snow Crystal porque la cantidad de nieve estaba directamente relacionada con el número de reservas para Navidad.

Y necesitaban esas reservas.

A pesar de lo que le había dicho a Ellen, sabía que el complejo aún estaba luchando por salir a flote. Las cabañas, cada una con su propio jacuzzi y vistas privadas al lago y al bosque, habían generado mucho gasto. Durante los últimos dos años habían tenido más cabañas vacías que ocupadas. Las cosas iban mejorando lentamente, pero aún tenían mucho alojamiento libre.

Se sacudió la nieve de las botas, abrió la puerta y se vio envuelta por la agradable calidez del interior. Caminó hasta la paz y la tranquilidad del spa. La luz era tenue y las paredes estaban pintadas de un relajante tono azul océano. Una suave música sonaba de fondo y el aire olía a los aceites de aromaterapia. Le produjo un cosquilleo en la nariz, pero claro, ella no estaba acostumbrada ni a ese aroma ni a tumbarse y dejar que alguien que no conocía le frotara aceite por la piel. Le resultaba algo demasiado íntimo. Algo que podía hacer un amante, no un extraño.

Aunque tampoco se podía decir que en su vida los amantes desempeñaran un gran papel.

Christy, que se había unido a ellos en verano para ocuparse del spa, levantó la mirada del mostrador. Un árbol de Navidad en miniatura centelleaba desde la esquina de la mesa.

—¿Sigue nevando ahí fuera? —era una chica rubia, una fisioterapeuta titulada que había añadido el masaje y la aromaterapia a su ya de por sí impresionante lista de títulos—. Has tenido un día duro. ¿Esto siempre es una locura al comienzo de la temporada de invierno?

—Hay mucho que planificar y preparar, eso seguro —Brenna se quitó el gorro y, al hacerlo, copos de nieve cayeron al suelo—. ¿Ya han llegado todos?

—Aún estamos esperando a Élise y a...

—*Merde*, llego tarde —Élise, la jefa de cocina, pasó delante de ella como un relámpago—. Estamos hasta arriba en el restaurante esta noche y también hay una fiesta de treinta invitados que han reservado el Boathouse para una cena de aniversario. No tengo tiempo para esto y ya sé cuál es mi tarea para la temporada de invierno: ofrecerle a la gente la mejor comida que haya probado en su vida. Mañana por la mañana te veo en el gimnasio, Brenna. Siento haber faltado esta mañana. Es la primera vez en meses, pero nos estábamos volviendo locos en la cocina.

—Es Navidad y tu restaurante es la única parte de este complejo vacacional que nunca ha tenido problemas —Brenna se guardó el gorro en el bolsillo—. Estás estresada. Solo marcas mucho el acento cuando estás estresada.

—¡Claro que estoy estresada! Estoy haciendo el trabajo de ocho y ahora esperan que me siente en una reunión —disgustada, Élise se marchó con un paso tan ligero como el de una bailarina y su resplandeciente cabello oscuro sacudiéndose a la altura de la mandíbula.

Christy enarcó las cejas.

—¿Es que toma demasiada cafeína?

—No, es que es francesa —Brenna se asomó a la ventana—. He visto el coche de Sean, así que supongo que ya están aquí todos.

—Todos menos Tyler. Llega tarde. Le he enviado un mensaje, pero no ha contestado.

—Seguro que tiene el sonido desconectado. Lo hace mucho. Antes solía cambiar de número una vez al mes porque las mujeres no dejaban de llamarlo.

—No me sorprende. Ese hombre está como un auténtico tren. Tengo que desconectar la alarma de humos cada vez que cruza esa puerta. Esta mañana lo he visto en el gimnasio y ha sido un regalito muy especial porque normalmente usa el de su casa. Ese hombre puede levantar el equivalente al peso de un coche —dijo Christy mientras se abanicaba con la mano—. Me estoy planteando añadir su nombre a la lista de atracciones de Snow Crystal.

—Ya está en la lista. Kayla lo ha convencido para que imparta algunas charlas motivacionales y en ocasiones ejerce de guía para esquiadores experimentados que están dispuestos a pagar una buena cantidad de dinero por esquiar con Tyler O'Neil —y sabía que él odiaba todo eso. No le interesaban ni la fama ni la adulación, solo le interesaba deslizarse esquiando por una montaña lo más rápido posible. No quería hablar de lo que hacía, simplemente quería hacerlo. Otros no parecían entenderlo, pero ella sí. Entendía el amor por la nieve y la velocidad—. Llegará cuando esté listo, como hace siempre. Él actúa a su modo, a su ritmo.

—Me encanta eso de él, es un rasgo muy sexy. Supongo que tú ni te fijas en él. Conoces a los O'Neil de toda la vida. Seguro que para ti son como hermanos.

¿Cómo se suponía que debía responder a eso? Dos de los tres O'Neil eran como hermanos, eso seguro. En cuanto al tercero, hacía tiempo que había asumido que no la correspondía y había aprendido por las malas que soñar solo empeoraba las cosas. De niños habían sido inseparables. De adultos... bueno, las cosas no habían salido como ella había esperado, pero había aprendido a vivir con ello. Sabía muy bien que no debía desear algo que jamás sucedería. Tenía los pies bien plantados en la tierra y cuando su cerebro vagaba en esa dirección, ella lo reconducía rápidamente.

–Tienes suerte... –dijo Christy cargando la impresora de papel–. Tú puedes trabajar con él cada día.

Y eso debería haber sido complicado. Cuando había aceptado la oferta de Jackson para trabajar dirigiendo el programa de actividades al aire libre del Snow Crystal Resort, no había sabido que estaría trabajando con Tyler. Sin embargo, al final no había resultado tan duro.

Trabajar con Tyler era una de las cosas que más adoraba de su trabajo porque podía pasar la mayoría de los días con el hombre de sus sueños.

Había intentado curarse. Había intentado salir con otros hombres, incluso se había marchado a trabajar fuera, pero Tyler estaba pegado a su corazón y hacía tiempo que había aceptado que eso no iba a cambiar.

Y si a lo largo de los años le había dolido verlo con mujeres, se consolaba con el hecho de que esas mujeres entraban y salían de su vida mientras que la amistad de ellos dos duraría para siempre.

–¿Qué tal marcha el spa? ¿Vas a estar muy ocupada en Navidad?

–Eso parece –Christy anotó algo en el ordenador tecleando con unas uñas perfectamente cuidadas. Su resplandeciente melena rubia se curvaba alrededor de sus suaves mejillas–. Lo tengo todo reservado para la semana de Navidad.

–Estás haciendo un buen trabajo, Christy –Brenna se

preguntó cuántas horas se necesitarían para tener un aspecto tan pulido y refinado como el de Christy. De niña ella apenas había aguantado sentada lo justo para que su madre le pasara un cepillo por el pelo. Había odiado los lazos y las cintas y los zapatos brillantes, lo cual había resultado decepcionante para una mujer que había deseado tener una niña que vistiera de rosa y jugara tranquilamente con sus muñecas. Lo único que Brenna había querido era subirse a los árboles y jugar en el barro con los tres hermanos O'Neil. Había envidiado la libertad de sus vidas y lo unida que estaba su familia, tan acogedora, tolerante, y que tanto se apoyaba entre sí.

A los chicos O'Neil no se les pedía ni que fueran de un modo concreto ni que cumplieran una serie de reglas a cambio de recibir cariño.

Ella había querido hacer todo lo que ellos hacían, ya fuera trepar árboles o lanzarse esquiando por pronunciadas pendientes. No le había importado lo mucho que se ensuciara; no le había importado volver a casa con las rodillas arañadas y la ropa rota. Con ellos, se había sentido aceptada de un modo que nunca había sentido ni en casa ni en el colegio.

—Bueno, ¿y Tyler está saliendo con alguien ahora mismo? —preguntó Christy con tono de indiferencia—. Seguro que hay muchas haciendo cola.

—No es famoso por mantener relaciones largas.

—Entonces es mi tipo de hombre —Christy introdujo unas cifras en la hoja de cálculo—. Me gustan los chicos salvajes. Así es mucho más divertido cuando los domas.

No estoy segura de que a Tyler se le pueda domar —y tampoco quería que nadie lo domase. No quería una versión distinta de él. Lo quería tal como era.

—¿Y qué hace aquí un tipo como él? Quiero decir, Snow Crystal es un lugar encantador, pero es más un complejo familiar que un refugio para los ricos y famosos.

—Tyler adora Snow Crystal. Creció aquí y es un negocio familiar. Hace lo que puede por ayudar –y sabía que prácticamente lo mataba no poder competir más–. Si en los próximos días nieva un poco más, puede que la gente se anime a hacer reservas. Sé que Kayla está organizando algunos paquetes vacacionales.

—Sí, he estado trabajando en un programa para no esquiadores con ella. Y hablando de Kayla... –Christy rebuscó en el cajón del mostrador–, ¿puedes darle esto? Ha llegado esta mañana y he olvidado decírselo. Es una laca de uñas en el tono Ice Crystal. Va a usarlo en una promoción que va a hacer. ¿Te ha mencionado sus planes para una fiesta del hielo?

—No.

—Está planeando un evento justo antes de Navidad para la gente del pueblo y para los huéspedes del complejo. Una fiesta del hielo. Con una hoguera, esculturas de hielo, trineos tirados por perros, comida caliente, fuegos artificiales... suena fabuloso.

—Estoy deseando oír el resto. ¿No vienes a la reunión?

—No. Hoy aquí solo estamos dos. Angie tiene la gripe y estoy al mando de los teléfonos, y, de todos modos, no me veo capaz de soportar tanta testosterona O'Neil junta en una misma habitación. ¿Qué te parece la laca de uñas? Es bonita, ¿verdad? Perfecta para la fiesta de temporada navideña.

Brenna giró la botellita en la mano observando cómo resplandecía bajo la luz.

—O me paso la mayor parte del día con las manos metidas en unas manoplas gruesas o me parto las uñas cargando con los esquís por todo el complejo, así que sinceramente no puedo decir que Ice Crystal vaya a ocupar un lugar en mi vida, pero sí, es muy brillante.

Era la clase de cosa que a su madre le habría gustado que llevara.

—Deberías venir a pasar una mañana en el spa antes de

que estemos demasiado ocupados. Yo invito. Podría borrarte a base de masajes todos esos dolores provocados por el esquí. Y tienes que decirme qué te haces en el pelo. Te brilla mucho. Quiero una botella de lo que sea que usas –la expresión de Christy pasó de simpática a felina cuando la puerta se abrió dejando entrar una ráfaga de aire frío. Se alisó su ya de por sí suave melena rubia y sonrió–. ¡Hola!

A Brenna no le hizo falta girar la cabeza para saber quién había entrado. Cualquiera de los hermanos O'Neil habría hecho que una mujer se pusiera derecha y se humedeciera los labios, pero dado que dos de los tres ya estaban en la sala de reuniones, supo exactamente a quién tenía detrás.

El corazón le dio un brinco y de pronto se sintió más animada, como siempre le sucedía cuando Tyler entraba donde estaba ella.

–Hola, Bren –Tyler le dio una palmadita en los hombros con el mismo afecto y naturalidad que mostraba a sus hermanos mientras centraba su atención en Christy, que no dejaba de batir las pestañas.

–Llegas tarde, Tyler. Todos los demás ya están aquí.

–Así reservo lo mejor para el final –respondió él guiñándole un ojo–. Bueno, ¿qué tal va todo por aquí en el Beauty Central?

Brenna vio cómo las mejillas de Christy se volvieron un poco más rosadas. Eso era lo que pasaba siempre que Tyler O'Neil sonreía a una mujer. Irradiaba energía y esa mezcla de gran físico, vitalidad masculina y encanto natural y desenfadado demostraba ser una combinación irresistible.

–Genial –Christy se inclinó hacia delante ofreciéndole unas buenas vistas de sus ojos verdes y de su escote–. Estamos más ocupados que el año pasado, y Kayla y yo hemos estado organizando unas promociones fantásticas que combinan actividades de esquí con tratamientos en el spa. Siempre que te apetezca un masaje, avísame –flirteaba con facilidad, con naturalidad, como hacían la mayoría de las mujeres cuando Tyler estaba cerca.

Brenna era pésima flirteando. No tenía ni esa forma de mirar y sonreír ni, mucho menos, las agudas palabras que eran necesarias.

Christy empleaba sus palabras como si fueran una cuerda, arrojándolas, usándolas para atraparlo como a un caballo salvaje.

Mientras presenciaba el espectáculo, sentía como si alguien le estuviera estrujando el corazón.

Estaba a punto de alejarse de ahí en silencio, en dirección a la sala de reuniones, cuando Tyler la agarró del brazo.

–¿Has oído la predicción del tiempo? –le preguntó él con la mirada brillante y cargada de ilusión, y ella asintió; le había leído el pensamiento.

–Mucha nieve. Es bueno para el negocio.

–Nieve polvo. Es bueno para nosotros. ¿Qué me dices? Una nieve espesa y solos tú y yo esquiando fuera de pista, como hacíamos cuando éramos pequeños –su tono era suave, como un sexy ronroneo, y ella sintió que le fallaban las rodillas, como siempre le sucedía cuando lo tenía así de cerca.

Se consoló con el hecho de que era algo que compartía con él y que Christy no podía hacer. A lo mejor no se le daba bien flirtear, pero sabía esquiar. Y esquiaba bien. Era una de las pocas personas que casi podían seguirle el ritmo.

Ellen había tenido razón al decir que se habían saltado clases en el colegio.

En una ocasión, a su madre la habían llamado para ir a hablar con los profesores, pero la tensa atmósfera que se había respirado en casa después de aquello había merecido la pena a cambio de las maravillosas horas que había pasado a solas con Tyler haciendo lo que los dos más querían.

Sin embargo, ahora no podían saltarse nada. Tenían responsabilidades.

—Tendré que ponerme a la cola. Tenemos una lista de espera de personas dispuestas a pagar una buena cantidad de dinero a cambio de esquiar contigo sobre nieve polvo.

La sonrisa de Tyler se desvaneció.

—Qué suerte tengo —bajó la mano y se giró hacia Christy, que de algún modo había logrado aplicarse otra capa de brillo de labios durante el breve instante en que Tyler había girado la cabeza.

La joven le dirigió una inmensa sonrisa.

—Seguro que estás deseando esquiar por esas pistas. El otro día vi por la tele la repetición de la competición en la que ganaste la medalla. Fuiste increíblemente rápido.

Sabiendo que era un tema delicado, Brenna miró a Tyler, pero su expresión no había cambiado. No había nada en ese rostro retorcidamente bello que sugiriera que la situación le resultaba incómoda.

Pero ella sabía que lo era. Tenía que serlo, porque Tyler O'Neil había vivido para competir.

Desde el momento en que se había abrochado sus primeros esquís, se había vuelto adicto a la velocidad y la adrenalina del esquí alpino. Había sido su pasión. Algunos podrían haberlo considerado adicción.

Pero entonces sufrió la caída.

Pensar en aquel día hacía que se le revolviera el estómago. Aún podía recordar el terror que le había retorcido las entrañas ante la espera de que les comunicaran si estaba vivo o muerto.

Toda la familia había estado allí para apoyarlo mientras competía y ella también, ya que en aquel momento estaba trabajando para Jackson en Europa. Habían estado en la tribuna viendo a los esquiadores lanzarse a velocidades brutales, esperando a Tyler. Pero en lugar de vencerlos a todos y terminar la temporada triunfante, se había caído y eso había puesto fin a su carrera para siempre. Había dado vueltas, se había retorcido y sacudido antes de deslizarse por la pista prácticamente vertical y golpearse contra las redes de protección. Como el resto de esquiadores, había tenido caídas antes, pero aquella había sido distinta.

La multitud había gritado y murmurado con inquietud, y a eso habían seguido el silencio del miedo y la agonía de la espera.

Atrapada entre el gentío, Brenna no había podido hacer más que observar impotente cómo lo trasladaban, gravemente herido, en un helicóptero. Tras ver sangre en la nieve, había cerrado los ojos, había respirado hondo y había suplicado a quien fuera que hubiera estado escuchando: «Por favor, deja que viva». Después se había prometido que si sobrevivía, ella dejaría de desear lo imposible.

Dejaría de desear lo que no podía tener.

Dejaría de esperar que él la correspondiera.

Dejaría de esperar que se enamorara de ella.

Y jamás volvería a quejarse de nada.

Mientras había esperado a recibir noticias junto con el resto de la familia, se había dicho que no le importaba con quién estuviera mientras estuviera vivo.

Pero, por supuesto, esa promesa hecha bajo el abrasador calor del miedo no había sido fácil de cumplir. Y menos ahora, cuando trabajaban juntos cada día.

Había presenciado su frustración por verse forzado a abandonar la carrera que tanto amaba. Él ocultaba sus sentimientos bajo esa actitud de chico malo, pero ella sabía que sufría. Sabía que ansiaba volver a competir.

Era un atleta de excepcional talento, y le dolía verlo fuera de la competición limitándose a entrenar a grupos de niños. Era como ver a un caballo de carreras lesionado atrapado en una escuela de jinetes cuando el único lugar donde quería estar era en el hipódromo, ganando.

No había dicho nada, pero él se giró y la miró.

Él y su mirada de O'Neil, con ese vívido e intenso azul que le recordaba al cielo durante un perfecto día de esquí. Se le hizo un nudo de nervios en el estómago y un peligroso letargo se extendió por su cuerpo. Ni Jackson ni Sean provocaban ese efecto en ella. Solo Tyler. Por un momento le pareció ver algo iluminarse en esas profundidades azules, y entonces él le dirigió una de sus lentas y relajadas sonrisas.

—¿Lista, Bren? Si voy a morir de aburrimiento, no quiero hacerlo solo.

Por muy mal que le hubiera ido el día, Tyler siempre la hacía reír. Adoraba su pícaro sentido del humor y su indiferencia ante la autoridad. Si hacía algo, lo hacía porque para él tenía sentido, porque creía en ello, no porque estuviera reflejado en un reglamento.

Y como alguien que había crecido con un reglamento pegado a la cara, ella envidiaba esa fría determinación para vivir la vida como él quería. Tenía una vena salvaje, pero su carrera como esquiador había alimentado su deseo de batirse en duelo con el peligro y le había proporcionado una válvula de escape para ese exceso de energía. Cómo habría dado rienda suelta a esa vena salvaje de no haber sido esquiador había sido tema de infinitas especulaciones tanto en el pueblo como en el circuito de la copa del mundo.

Tyler lanzó una última sonrisa en dirección a Christy y echó a caminar hacia la sala de reuniones. Allá iba, metro noventa de puro atractivo sexual y de letal encanto.

Brenna lo siguió despacio mientras se repetía que debía empezar a ser realista en lo que respectaba a su relación con Tyler.

Él la veía como a «uno de los chicos». Incluso en las raras ocasiones en las que se arreglaba y se ponía tacones y un vestido ajustado, Tyler ni la miraba. Y eso no le habría resultado tan humillante de no ser porque él miraba a prácticamente todas las mujeres que se le cruzaban.

Destacaba por ser la única chica de Vermont a la que Tyler O'Neil no había besado.

Por detrás oyó el teléfono sonar y a Christy responder y decir con su voz perfecta y profesional:

—Snow Crystal Spa, soy Christy. ¿En qué puedo ayudarte?

«No puedes», pensó Brenna desconsolada. «Nadie puede ayudarme».

Llevaba enamorada de Tyler toda la vida y nada de lo que hacía, o de lo que hacía él, lo había podido cambiar. Ni siquiera cuando había dejado embarazada a Janet Carpenter y se había sentido como si le hubieran partido el corazón en dos.

Había aceptado un empleo en otro continente con la esperanza de superarlo. Había salido con otros hombres con la esperanza de que alguno de ellos hiciera ese trabajo por ella, pero entonces había llegado a la conclusión de que para lo suyo no había cura. Sus sentimientos eran profundos y permanentes.

Estaba condenada a amar a Tyler O'Neil para siempre.

CAPÍTULO 2

Tyler estaba tirado en una silla en un extremo de la habitación sin apenas escuchar mientras Jackson y Kayla presentaban la planificación para la temporada de invierno. Para él era el peor modo de pasar una noche, y tuvo que obligarse a concentrarse mientras iban viendo diapositivas que mostraban cifras proyectadas, número de visitantes y número de clientes habituales frente a nuevos clientes, hasta que al cabo de un rato todo se desdibujó y dejó de escuchar, muerto de aburrimiento.

No le importaría lo más mínimo no volver a oír el término «flujo de caja».

Debería haber estado en Europa, analizando vídeos con su equipo o discutiendo planificaciones con Chas, su técnico de esquí, cuya pericia en el terreno del afilado de cantos, del encerado y otros acabados lo habían ayudado a mejorar sus tiempos. Habían formado un equipo ganador, pero no eran las victorias lo único que echaba en falta. También echaba de menos los nervios y la emoción, la velocidad, los cien segundos al límite entre el control y el descontrol lanzándose por la pendiente a unas velocidades que la mayoría de las personas ni siquiera alcanzaría en un coche.

Esa había sido su vida, y esa vida había cambiado en un instante.

Por suerte, la noticia de que su pierna no podría soportar los esfuerzos del esquí de competición había llegado a la vez que la noticia de que Jess se iría a vivir con él, y así al menos había tenido algo más en lo que centrarse.

De pronto sus pensamientos giraron en torno a su hija y la conversación que habían mantenido antes.

Era imposible obviar el hecho de que ya no era una niña. Era una adolescente.

Todo estaba cambiando. ¿Cuánto sabía exactamente sobre su vida sexual? ¿Cuánto sabía sobre el sexo en general?

Con la nuca cubierta de sudor, cambió de postura en la silla; la turbación que lo invadía era casi física.

¿A qué edad se suponía que había que mantener esa charla? No tenía ni idea. No tenía ni idea sobre nada del tema.

¿Y qué pasaba en el colegio? No lo sabía, pero estaba claro que algo no iba bien.

Tenía que pasar más tiempo con ella, y el modo más sencillo de hacerlo era centrarse en sus prácticas de esquí.

Pensar en esquiar lo ayudaba a relajarse. Al menos así se sentía en su zona de confort.

Jess era buena, pero por el hecho de haber crecido en Chicago con una madre que odiaba todo lo que tuviera que ver con el esquí, le faltaba experiencia. Tendría que encontrar el modo de suplir eso a la vez que cumplía con sus obligaciones en el negocio familiar. Lo que su hija necesitaba era pasar más horas en la montaña con alguien que tuviera la capacidad de entrenarla.

Sabía que él tenía esa capacidad, pero no la paciencia.

Aun así, la idea de entrenarla lo animó. Aunque ya no pudiera esquiar en competición, sí que podría esquiar con su hija. Veía mucho de sí mismo en ella, lo cual era probablemente la razón por la que su madre la había echado de casa el invierno anterior. Janet lo había intentado todo para borrar la parte O'Neil de Jess, pero no le había funcionado.

Un intenso orgullo se entremezcló con una rabia latente.

La familia Carpenter había pagado una fortuna a un grupo de hábiles abogados para asegurarse de que Janet se quedaba con la custodia de Jess. Así, durante doce años se había tenido que conformar con verla solo durante el verano y en Navidad, pero entonces, Janet se había vuelto a quedar embarazada. La combinación de un nuevo bebé con una Jess rozando la adolescencia había propiciado que acabara enviando a su hija a vivir con él.

Tyler había sentido alivio y alegría de que por fin Jess estuviera donde siempre la había querido tener, pero también había sentido rabia e incredulidad por el hecho de que Janet se hubiera desentendido de ella.

Para él, la familia era la familia, y así se mantenía incluso cuando las cosas se ponían feas. Uno no podía renunciar ni abandonar. Alejarse no era una opción. Tenía dieciocho años cuando Janet le había dicho que se había quedado embarazada tras el único encuentro sexual que habían tenido, y por mucho que la noticia había impactado a la familia O'Neil, él jamás había dudado de que tendría todo su apoyo.

La familia Carpenter, por el contrario, había sido menos tolerante, y a Janet nunca le habían perdonado que se hubiera quedado embarazada. Ella lo culpaba a él de todo, como si no hubiera sido ella la que había entrado en el granero aquel día ataviada únicamente con una sonrisa. Y ese resentimiento había impregnado su relación con su hija. No era de extrañar que Jess hubiera llegado a Snow Crystal sintiéndose insegura, rechazada y vulnerable.

—¿Qué opinas, Tyler?

Al darse cuenta de que le habían hecho una pregunta que ni siquiera había oído, Tyler se despertó y miró a su hermano.

—Sí, adelante. Gran idea.

—No tienes ni idea de lo que he dicho —Jackson se cruzó de brazos y estrechó la mirada—. Esto es importante. Podrías intentar prestar atención.

Tyler contuvo un bostezo.

—Y tú podrías intentar ser menos aburrido.

—El equipo de esquí del instituto necesita entrenador. Está perdiendo más de lo que gana. Quieren nuestra ayuda.

—He dicho «menos aburrido».

Su hermano lo ignoró.

—Les he dicho que les daríamos un par de sesiones. Podemos darles clases teóricas y luego una demostración sobre cómo aplicar la cera.

—¿La cera? —preguntó Kayla enarcando una ceja—. ¿Seguimos hablando de esquí, verdad? ¿No de depilación?

Tyler la miró.

—¿Cuánto tiempo llevas viviendo aquí?

—Lo suficiente como para saber exactamente cómo tomarte el pelo.

Sonriendo, Kayla hizo una anotación en su teléfono.

—Ayudar al equipo del instituto nos traerá buena publicidad. Puedo aprovecharlo a nivel local.

Malhumorado, Tyler bajó la mirada dando por hecho que le pedirían que lo hiciera él.

En una época de su vida había esquiado junto a los mejores del mundo. Ahora entrenaría a un pésimo equipo de instituto.

Un intenso pesar lo recorrió junto con una sensación de decepción y anhelo que no tenía ningún sentido. Lo hecho, hecho estaba.

Estaba a punto de hacer un comentario frívolo sobre cómo había llegado a lo más alto, cuando Jackson dijo:

—Hemos pensado que podría hacerlo Brenna.

Brenna era la persona indicada, obviamente. Era instructora certificada de Nivel 3 de la PSIA y tenía mucho talento como profesora; era paciente con los niños e intrépida con los esquiadores expertos.

Al mirarla, Tyler se fijó en cómo le cambió el gesto y cómo se le tensaron los hombros. No hacía falta ser experto en lenguaje corporal para ver que no quería hacerlo.

Y él sabía por qué.

Imaginaba que se negaría, pero en lugar de eso ella esbozó una tensa sonrisa.

—Claro. Kayla tiene razón. Nos traerá buena publicidad y será positivo para nuestra reputación —dio la respuesta que Jackson quería y escuchó mientras él señalaba los detalles, aunque ya no quedaba ni rastro de la sonrisa que había sido tan evidente unos momentos atrás. Ahora Brenna, seria, miraba hacia la ventana, hacia el bosque cubierto de nieve y los picos que se alzaban a lo lejos.

Tyler se preguntó por qué su hermano no se había percatado de la falta de entusiasmo en su respuesta y llegó a la conclusión de que Jackson estaba demasiado ocupado con la presión de mantener el negocio familiar a flote como para fijarse en pequeños detalles. Detalles como la rigidez de sus hombros.

Estaba furioso, a punto de estallar.

¿Por qué Brenna no se expresaba y decía lo que sentía y opinaba?

Sabía que no quería hacerlo. A diferencia de lo que le sucedía con la mayoría de las mujeres que había conocido, en el caso de Brenna le resultaba sencillo saber lo que pensaba y sentía. La expresión de su rostro se ajustaba a su estado de ánimo. Sabía cuándo estaba feliz, cuándo estaba ilusionada por algo; sabía cuándo estaba cansada y cuándo de mal humor. Sabía cuándo estaba triste. Y ahora lo estaba tras saber que entrenaría al equipo del instituto.

Y él sabía por qué.

Brenna había odiado ir a clase. Al igual que él, había considerado que era una absoluta pérdida de tiempo. Lo único que había querido hacer era ir a la montaña a esquiar tan deprisa como pudiera, y las clases se habían interpuesto en eso. Tyler había sentido lo mismo, y esa era la razón por la que la había comprendido. Sabía perfectamente lo que era sentirse atrapado dentro de un aula, sufriendo por no entender lo que ponía en unos aburridos libros que pesaban como ladrillos.

Sin embargo, en el caso de Brenna no habían sido ni el amor por las montañas ni el rechazo por el álgebra lo que la había llevado a detestar el instituto, sino algo mucho más feo e insidioso.

Había sufrido acoso.

En más de una ocasión, sus hermanos y él habían intentado averiguar quiénes le estaban haciendo la vida imposible, pero ella se había negado a hablar de ellos y ninguno había presenciado nunca nada que pudiera haberles dado alguna pista. Tampoco había ayudado mucho el hecho de que fuera más pequeña, ya que eso había supuesto que no coincidieran apenas durante su jornada escolar.

Tyler había querido solucionarlo y le había vuelto loco que ella no se lo hubiera permitido.

Si eso le hubiera sucedido a uno de sus hermanos, él habría solucionado el problema, y por eso no había entendido por qué ella no le había permitido ayudarla.

En una ocasión, Brenna había vuelto de clase con las rodillas arañadas, un corte en la cara y los libros estropeados tras su encuentro con quien fuera que la había empujado a una zanja.

–No necesito que libres mis batallas, Tyler O'Neil –le había dicho con la mochila llena de barro colgada de su delgado hombro.

Tyler recordó cómo en aquel momento había pensado

que si alguna vez descubría quién le estaba haciendo todo eso, lo arrojaría desde lo alto de Scream, una de las pistas más peligrosas de la zona.

Pero jamás lo había descubierto.

Y suponía que la persona o personas responsables se habían marchado de Snow Crystal dejando allí solo ese recuerdo.

¿Estaría Brenna pensando en ello ahora?

Se pasó la mano por la mandíbula y maldijo para sí. No quería verla como a alguien vulnerable. Quería verla como a uno de los chicos. Se había entrenado a sí mismo para no fijarse en la dulce curva de su boca cuando se reía. Era una colega. Una amiga.

Su mejor amiga. Y él nunca, jamás, haría nada que pudiera poner eso en peligro.

«Mierda».

—Iré al instituto. Entrenaré al equipo y haré lo que haga falta —mientras Tyler pronunciaba esas palabras, una parte de su cerebro le estaba gritando que se callara—. Brenna ya tiene demasiado que hacer por aquí.

Jackson enarcó las cejas con gesto de sorpresa.

—¿Tú?

—Sí, yo. ¿Por qué no?

—La pregunta es más bien: «¿Por qué sí?».

Esperó a que Brenna admitiera cómo se sentía y, cuando no lo hizo, se inventó una explicación.

—Son las estrellas del mañana —dijo repitiendo mecánicamente algo que había leído en el encabezado del informe del instituto de Jess, pero después decidió que necesitaba algo más convincente—. Y no hay nada mejor que disfrutar de las adulaciones de un grupo de adolescentes. Por aquí no me aduláis lo suficiente, así que lo haré.

—No —dijo Brenna sacando voz finalmente—. Todos sabemos que a ti eso no te va. Yo lo haré.

—Haré que me vaya. Lo haré yo, y no se hable más.

Kayla soltó una carcajada de alegría.

—Ya estoy viendo los titulares: «Campeón de esquí alpino entrena a equipo perdedor de instituto». Será una historia magnífica —comenzó a caminar de un lado a otro mientras su entusiasmo y emoción eran notables a cada taconeo que daba—. Podría investigar si a alguien le interesaría para grabar un documental. ¿Puedo hacerlo?

Tyler, que detestaba a la prensa después de la publicación de un artículo especialmente desagradable sobre su supuesta relación con una impresionante esquiadora de *snowboard* australiana, sintió cómo se le erizó el vello de la nuca.

—No, si queréis que sea el entrenador.

Jackson estaba frunciendo el ceño.

—¿Estás seguro de que quieres hacerlo?

—Estoy seguro —Tyler pensó en lo que acababa de comprometerse a hacer y decidió que desde ese momento el viernes se había convertido oficialmente en su peor día de la semana—. ¿Hemos terminado? Porque ver todas esas líneas en la hoja de cálculo me está haciendo sentir como si estuviera encerrado tras unos barrotes. Tengo trabajo que hacer con parte del equipamiento. Y me refiero a trabajo de verdad, no trabajo que tenga que ver con hacer presentaciones.

Era divertido burlarse de su hermano y lo ayudaba a olvidarse de que Brenna lo estaba pasando mal, algo que lo hacía sentirse agitado e incómodo.

—Casi hemos terminado —Jackson se negaba a que le metieran prisa—. Como sabéis, están pronosticando una gran tormenta de nieve por todo el estado. Ya se está monitoreando y, según la predicción del tiempo, se posará justo sobre la costa de Nueva Inglaterra, lo cual nos sitúa en un punto óptimo para tener nieve, y eso es una buena noticia teniendo en cuenta que ahora mismo estamos un veinte por ciento por debajo de la media para esta época del año.

—Así es el invierno en Vermont. Primero estás esquiando sobre la hierba, al minuto estás deslizándote por el hielo, y, si tienes mucha suerte, al momento te ves cubierto de nieve hasta el cuello.

La mención de la nieve hizo que Tyler saliera de su estado de hastío.

—¿Cuánta nieve se espera, exactamente?

—Entre 30 y 40 centímetros. Posiblemente más.

—Es la mejor noticia que he recibido en mucho tiempo. Me encanta disfrutar de un buen día de nieve.

—A nuestros clientes también, y pagarán por un guía, así que estarás ocupado.

—Nunca fallas a la hora de arruinar las buenas noticias. ¿Es que nunca puedes pensar en algo que no sea el trabajo?

—No, teniendo tan cerca nuestra época del año más ajetreada. Somos un complejo turístico de deportes de invierno.

Kayla levantó la mirada de su portátil.

—Y tú eres nuestra PUV.

—¿Que soy vuestra qué?

—Nuestra propuesta única de venta. Ningún otro complejo turístico tiene un esquiador medallista disponible para alquiler.

—Yo no estoy en alquiler.

Ignorando su peligroso tono, Kayla sonrió.

—Lo estás por un precio. Por un buen precio, he de añadir. No eres barato. ¿Has echado un vistazo a nuestra nueva web? Hay una página entera dedicada a ti. «Esquía con el mejor del mundo».

Tyler contuvo un bostezo.

—¿No puedo darles un mapa y que ellos se busquen el camino?

Jackson ignoró el comentario.

—La gente pagará una buena cantidad de dinero por lanzarse por las pistas con nieve fresca y disfrutar del silencio.

—Y con toda esa gente disfrutando de eso, no habrá silencio —destacó Tyler, pero Jackson no estaba escuchando.

—La nieve resultará una diversión en las pistas, pero no tanto en la carretera —como de costumbre, su hermano se centraba en las implicaciones para el negocio—. Si eso sucede, tendremos que encontrar habitaciones para tantos empleados como podamos porque los quitanieves no van a dar abasto.

Decidiendo que el tema de la logística no era problema suyo, Tyler se puso de pie.

—Mi cama es bastante grande para dos. Para tres, si son rubias —añadió evitando mirar la brillante melena oscura de Brenna—. Y ahora me marcho antes de que me muera de aburrimiento y tengáis que sacar de aquí mi cadáver en descomposición. No sé mucho de marketing, pero imagino que no sería bueno para el negocio.

Intentando sacarse de la cabeza la imagen de Tyler compartiendo cama con dos rubias, Brenna se abrochó la cazadora y salió a la gélida noche. Tyler avanzaba delante y se fijó en esos hombros anchos y poderosos pensando que, cuando él estaba presente, las reuniones nunca duraban mucho. Él aceleraba las cosas, impaciente por salir al aire fresco, incapaz de estarse sentado un momento.

Encerrar a Tyler O'Neil en una sala de reuniones era como intentar enjaular a un tigre.

Sus pies rozaban una ligera capa de nieve y sin necesidad de la predicción meteorológica sabía que tendrían más antes de que la semana terminara. Podía olerlo en el aire. La temperatura había caído en picado y el frío cargaba el cielo.

Por lo que a ella respectaba, no había un lugar en el mundo más perfecto que Snow Crystal. Adoraba la tranquilidad y la paz del lago en verano, el estallido de colores otoñales que hacían que pareciera que la frondosidad del bosque estaba en llamas, pero sobre todo adoraba la helada belleza del invierno.

—¡Brenna, espera! —Kayla corrió hacia ella con el portátil golpeteándole contra la cadera y su melena rubia deslizándose sobre su elegante abrigo rojo. Su cabello era suave y perfecto, como el de Christy. Y al igual que Christy, Kayla podría entrar en cualquier sala de juntas de Nueva York y no desentonar.

—¿Va todo bien?

—Sí, pero hacía días que no te veía. Ha sido una locura. ¿Vas a ir al gimnasio mañana? —a Kayla le sonó el teléfono y lo miró rápidamente—. Es un mensaje de mi exjefe de Nueva York ofreciéndome un ascenso si vuelvo. Es de risa. Me está enviando uno a la semana. Han conseguido una gran cuenta y están desesperados por contratar a gente.

—¿Volverías?

—Ni en un millón de años. Manhattan en Navidad es mi idea de pesadilla. Dame abetos y bosque. Preferiría abrazar a un alce antes que visitar a Santa Claus.

—Y, sobre todo, preferirías abrazar a Jackson.

Kayla esbozó una pícara sonrisa.

—Y tanto. Ese hombre hace que me cueste mucho levantarme por las mañanas, de eso no hay duda —se guardó el teléfono en el bolsillo—. Me encanta estar aquí, y este invierno estoy decidida a mejorar con mi esquí para no quedarme atrás. Ya estoy harta de los comentarios despectivos de Tyler sobre mi falta de destreza —siguió la mirada de Brenna y lo vio alejándose—. Nunca se queda hasta el final, ¿verdad? Quería convencerlo para dirigir unas clases magistrales para esquiadores de nivel avanzado, pero ha salido corriendo antes de que hubiéramos terminado.

—Sospecho que lo de entrenar al instituto y hacer de guía ya ha sido suficiente por una sola noche.

—No veo dónde está el problema. Le encanta esquiar.

Lo encuentra divertido. ¿Qué tiene de malo esquiar con los clientes?

—El problema es que es el mejor. Y para él la diversión es esquiar por lugares que harían que a cualquier otra persona le diera un infarto.

—A mí solo el esquí en sí ya me produce un infarto. La idea de lanzarme por una pendiente vertical me resulta aterradora.

—Pero eso es solo porque esta es tu segunda temporada.

—Estoy segura de que siempre me va a resultar aterrador. Soy una cobarde y no veo lógico situarme en una posición en la que podría acabar muerta. ¿Cómo lo haces? Quiero decir, tú te lanzas por pendientes que me harían llorar. El otro día, Jackson me dijo que podrías haber pertenecido al equipo de esquí nacional si tus padres te hubieran animado más.

Era algo en lo que Brenna no se permitía pensar.

—Querían que encontrara un trabajo en condiciones.

—Diriges el Outdoor Center. ¿Es que eso no es un trabajo en condiciones?

—Para ellos no —ladeó la cara y sintió unos copos de nieve posarse sobre sus mejillas—. Supongo que soy una decepción para ellos.

—¿Cómo puedes ser tú una decepción? Eres una profesora con gran talento, se te dan igual de bien los cobardicas que los temerarios —a Kayla se le iluminaron los ojos—. ¡Oye, qué gran idea! Deberías ponerle a una clase el nombre «Temerarios».

—No, si quieres que la imparta. No es bueno alentar a los niños a que hagan locuras por las pistas —Brenna se sacó el gorro del bolsillo—. Voy a alcanzarlo a ver si puedo convencerlo para que imparta tu clase magistral.

—Perfecto. Así podrá matarte a ti y no a mí. Ahora lo que necesitamos es nieve —Kayla se giró cuando Jackson se unió a ellas—. ¿Listo para cenar? Me ha escrito tu madre.

Ha hecho estofado de carne, aunque lo que en realidad pone en su mensaje es «estropeado de carne», así que puede que prefieras comida para llevar.

—No estoy seguro de estar de humor para una reunión familiar. ¿Qué tal una pizza en la cama? —le preguntó Jackson echándole un brazo sobre el hombro—. ¿Vienes, Brenna?

—¿A tomar pizza en la cama? Creo que no —se puso el gorro y se apartó el pelo de la cara—. Tengo que terminar de planificar las carreras.

—No podemos cenar pizza en la cama —murmuró Kayla—. Le he prometido a Elizabeth que iríamos. Es la noche de familia. Sean y Élise irán también, y Jess ya está allí.

—Adoro a mi familia, pero hay días en los que me mudaría a California encantado —Jackson agachó la cabeza, la besó y le lanzó a Brenna una mirada de disculpa—. ¿Va todo bien en Forest Lodge? ¿Estás cómoda allí?

—Es perfecta. Me encanta. Forest Lodge es la casa de mis sueños, me resulta muy cómoda. Gracias por dejar que me vuelva a alojar esta temporada.

—Nos viene bien tenerte aquí y tenemos cabañas vacías, así que tiene sentido. Buenas noches, Brenna.

—Buenas noches —los vio caminar sobre la nieve y agarrados del brazo en dirección a la casa principal. Sintió una punzada de envidia y se quedó allí de pie un momento, asaltada por emociones encontradas. Se alegraba por ellos, se sentía feliz de que fueran felices, pero de algún modo su felicidad y lo que compartían hacían que fuera más consciente de lo que faltaba en su vida.

Cansada y furiosa consigo misma, recorrió el camino cubierto de nieve que se extendía desde el Outdoor Center hasta la senda del lago y Forest Lodge. Era una de las primeras cabañas que Jackson había construido cuando se había hecho cargo de Snow Crystal, y a Brenna le encantaba. Todas las cabañas eran preciosas, pero Forest era especial.

El complejo turístico pertenecía a los O'Neil desde hacía cuatro generaciones, pero la verdad no había salido a la luz hasta la muerte del padre de Jackson. El complejo había estado en peligro y había sido Jackson el que había renunciado a su próspero negocio de esquí en Europa para volver a casa y dirigir el negocio familiar ayudado por Tyler, cuya propia carrera se había desplomado y esfumado de un modo monumental.

Recorría el camino respirando el aroma de los pinos y el frío de la noche. Los sonidos del bosque la apaciguaban. La capa de nieve aún era fina, pero todos esperaban que eso cambiara.

Estaba tan inmersa en sus pensamientos que por poco no se chocó con Tyler, que la estaba esperando.

Con sus botas de nieve planas apenas le llegaba al hombro.

—Creía que ya te habrías ido.

—Solo soy capaz de soportar un máximo de aburrimiento empresarial.

—Entonces, ¿por qué sigues aquí?

—Te he visto disgustada en la reunión. ¿Por qué nunca dices lo que piensas? —alargó la mano y le bajó el gorro para que le cubriera más las orejas—. Deberías haberle dicho a mi hermano que no cuando te ha pedido que entrenes al equipo del instituto.

Tyler siempre había sabido lo que sentía y pensaba, lo cual hacía que su aparente ignorancia sobre lo que sentía por él resultara de lo más sorprendente. A lo largo de los años había llegado a la conclusión de que el hecho de que la conociera tan bien era la única razón por la que no había averiguado la verdad. Llevaban tanto tiempo siendo íntimos amigos que jamás se le habría pasado por la cabeza plantearse esa relación o dejar de verla simplemente como la chica junto a la que había crecido.

Y ella prefería que fuera así.

Era más sencillo para los dos que Tyler no lo supiera.

Prefería evitar las situaciones incómodas que se producirían inevitablemente si se revelara semejante desequilibrio en la relación.

–Iba a hacerlo hasta que te has presentado voluntario.

El silencio del bosque los envolvió. Estaban en el cruce entre el camino que conducía al Outdoor Center y el camino que atravesaba el bosque hasta el lago.

–Alguien tenía que hacerlo y no quería que fueras tú –el cuello de la cazadora le rozaba la oscura sombra de su mandíbula y los ojos le brillaban con impaciencia–. Deberías haber dicho que no.

–Es mi trabajo. Jackson me ha pedido que lo hiciera.

–Y no debería haberlo hecho, pero cuando se trata de Snow Crystal mi hermano es muy estrecho de miras.

–Supongo que eso sucede cuando estás luchando por salvar un negocio. No tenías por qué haberte presentado voluntario. Yo lo habría hecho.

–Pero lo habrías hecho solo porque preferías eso a tener que mantener una conversación complicada.

–¿Cómo dices?

–Haces lo que sea por evitar confrontaciones.

–Eso no es verdad –apartó la mirada avergonzada y frustrada porque sabía que era cierto–. ¿Y qué esperabas que hiciera? ¿Decirle que no a mi jefe?

–¿Por qué no? Odiabas todo lo que tenía que ver con ese instituto. Estabas deseando poder marcharte. Los dos sabemos que no quieres volver ahí.

A ella se le hizo un nudo en el estómago, un nudo muy desagradable.

Había muchas cosas que deseaba haber dicho y haber hecho de otro modo. Cosas que su yo adulta le habrían dicho a su yo adolescente y a sus acosadores.

–No me interesaba mucho estudiar.

–Los dos sabemos que esa no era la razón por la que odiabas ese lugar.

Ella se sonrojó, incómoda por que la conociera tan bien. Sus días de instituto habían sido una época deprimente. Todo ese periodo de su vida habría sido desdichado de no haber sido por los hermanos O'Neil y por Tyler en particular.

–¿Por qué estamos hablando de esto? Pasó hace mucho tiempo.

–Ya estás otra vez evitando temas. Cuando algo es complicado, lo esquivas, te escondes. ¿Quién fue? Lo quiero saber.

–¿Quién fue quién?

–¿Quién te lo hizo pasar tan mal?

Le había hecho esa pregunta muchas veces a lo largo de los años y ella nunca le había dado una respuesta.

–¿Por qué estás sacando ese tema ahora? Pasó hace mucho tiempo.

–Exacto. Por eso precisamente me lo podrías contar.

Su persistencia la exasperaba.

–No fue nadie.

–¿Te caíste en la zanja tú sola? –Tyler puso los dedos bajo su barbilla y le giró la cara hacia él–. Jackson y yo sospechábamos de alguien. ¿Fue Mark Webster? ¿Tina Robson? Eso dos fueron los que más problemas causaron en tu curso.

–No fueron ellos –intentó ignorar lo que le hacía sentir tener su mano contra su piel–. Era muy torpe, eso es todo.

–Cielo, esquiabas conmigo, y la mayoría de las veces me seguías el ritmo. Había momentos en los que casi eras mejor que yo.

–¿Casi? La arrogancia no resulta atractiva, Tyler –pero había visto el brillo en sus ojos y sabía que estaba tomándole el pelo.

—Y tampoco lo es la evasión —una sonrisa que resultó demasiado atractiva titiló en las comisuras de sus labios—. No me lo vas a contar nunca, ¿verdad?

—No. Ya lo he dejado atrás y, de todos modos, no necesito que me protejas.

—¿Cameron Foster?

—¡Tyler, para!

—Si me hubieras dicho quién fue, los habría arrojado a la zanja.

Y ella sabía que era verdad. Tyler O'Neil se había pasado más tiempo en el despacho del director que en clase.

—Por eso no te lo conté. Ya tenías bastantes problemas sin que yo te causara aún más. Mira, te agradezco que te hayas ofrecido voluntario para dar esa clase, pero no era necesario. Los dos sabemos que lo odiarías. ¿Por qué querrías someterte a eso?

—Por ti.

A Brenna se le aceleró el corazón. La esperanza, esa cosa que reprimía tan implacablemente, recobró vida en su interior.

—¿Qué significa eso? ¿Por qué ibas a hacerlo por mí?

Él frunció el ceño, como si le hubiera resultado una pregunta extraña.

—Porque me preocupo por ti. Porque somos amigos desde que aprendimos a caminar.

Amigos.

Brenna sintió un golpe por dentro y supo que era decepción.

¿Cómo podía sentirse decepcionada por algo que siempre había sido su realidad? Debería estar agradecida por tener su amistad. Era avaricioso por su parte querer más, pero aun así quería más. Lo quería todo. Quería la fantasía al completo.

Y eso era lo que sería siempre, por supuesto.

Una fantasía.

Tyler le dio una amistosa palmadita en el hombro.

—Borra esa cara de enfado. Voy a dar esas clases y no hay más que hablar. Si te hace sentir mejor, puedes regalarme una botella de whisky por Navidad para anestesiar la agonía.

—Ya te he comprado el regalo de Navidad.

—¿Sí? ¿Y qué es?

—Una colección de pelis para chicas para que las veas con Jess. He pensado que os ayudaría a uniros más.

Él gruñó.

—Será mejor que estés de broma. Aunque, hablando de Jess, necesito tu ayuda. Está desesperada por esquiar.

«Igualita que su padre».

Le resultaba una idea agridulce porque era lo que había anhelado: ese hombre, hijos. Un hogar. Una familia. Snow Crystal. Ser una O'Neil de manera oficial. No sabía si era porque era una anticuada o porque había sabido desde el principio que el único hombre al que quería era Tyler. No había necesitado conocer a otros cientos de hombres para saber que él era el único.

Pero él no quería eso, y mucho menos lo quería con ella.

Se obligó a centrarse en el tema de Jess.

—Esquía contigo, no hay mejor entrenamiento que ese.

—Es lo único que quiere hacer. Se está quedando atrasada con sus deberes y no se concentra en clase —se pasó la mano por la mandíbula—. ¿Cómo puedo manejar la situación? No dejo de decirle que haga sus tareas, pero yo nunca hice las mías, así que, ¿me convierte eso en un hipócrita? ¿Le digo que haga lo que le digo o que haga lo que hacía yo? No sé. No dejo de pensar en el invierno pasado. Intenté controlarla y mira lo que pasó.

—Estaba retándote, probándote, y lo solucionaste.

—¡Se escapó!

—La encontraste al momento.
—Pero primero hizo que nos diera un infarto a todos.
Brenna pensó en la noche en que Jess había desaparecido.
—Supongo que tienes que establecer unos límites.
—Tú ignoraste los límites. Y yo también. ¿Cómo puedo imponérselos a mi hija?

Verlo cuestionándose a sí mismo resultaba una experiencia totalmente nueva. Tyler era una persona valiente y segura de sí misma. Ambas cualidades eran parte esencial de un deporte que demandaba una precisión total. Nunca había tenido dudas sobre lo que quería de la vida, y a Brenna le resultaba entrañable verlo intentando adaptarse a vivir con una hija adolescente. Pero sospechando que «entrañable» no era un adjetivo que él agradecería, se lo guardó.

—No podrías estropear nada si lo haces. Desde el momento en que Janet la envió aquí le dejaste claro que era una niña amada y querida. Eso es lo más importante.

Jess no había contado mucho sobre los años que había pasado con su madre en Chicago, pero había dicho suficiente para que Brenna, que siempre se había considerado una mujer apacible, deseara no volver a verse cara a cara con Janet.

—Pero con quererla no basta, ¿no? Me preocupa ser un padre pésimo. Esa es la verdad —respiró hondo y se pellizcó el puente de la nariz—. Eres la única persona a la que se lo he reconocido.

Ella se sintió como si le estuvieran estrujando el corazón.
—Eres un buen padre. ¿Cómo puedes dudarlo?
—No logré mantenerla a mi lado cuando nació, ¿verdad?
—Pero no fue porque no lo intentaras —sabía lo mucho que se habían esforzado los O'Neil por quedarse con Jess. Sabía lo que les había supuesto perderla—. ¿Por qué estás pensando en eso ahora cuando pasó hace tanto tiempo?

—Porque antes me lo ha mencionado.

—¿Lo de la batalla por la custodia?

—El hecho de que fuera un accidente. Está claro que Janet le dijo algo. Me preocupa que entre los dos la hayamos hundido emocionalmente.

—Si te sirve de algo, no creo que esté hundida, pero si resulta que está afectada por su infancia, tú no eres el responsable. No fuiste tú el que le dijo esas cosas.

—Soy responsable de lo que pase de ahora en adelante, y esa responsabilidad me asusta.

—No puedo imaginarte asustado —de todas las palabras que se podrían relacionar con Tyler O'Neil, «miedo» no era una de ellas—. A ti no te asusta ni nada ni nadie.

—Esto me asusta —dejó de caminar y se giró para mirarla. Ahora en esos ojos azules no había ni ápice de humor—. No quiero estropearlo, Bren.

Su sinceridad hizo que se le formara un nudo en la garganta. Brenna alargó la mano, la posó en su brazo y cerró los dedos alrededor de su bíceps extremadamente duro. Tyler O'Neil era pura masculinidad, pero ella intentaba no pensar en él de ese modo. Intentaba no fijarse ni en los anchos hombros, ni en la masa de músculo bajo su cazadora, ni en la reveladora sombra que le cubría la mandíbula. Intentaba verlo como a un amigo primero y como a un hombre después. Sin embargo, ese día, por la razón que fuera, la táctica no le estaba funcionando tan bien y sus sentidos recibieron un fuerte impacto.

Por su propia cordura, normalmente tenía mucho cuidado de no tocarlo, pero ese día había roto la norma.

Era hipersensible a él. Un cosquilleo le recorrió la espalda de arriba abajo. Le zumbaban las terminaciones nerviosas de todo el cuerpo, y el impulsivo deseo de ponerse de puntillas y besar esa sensual curva de su boca resultó casi abrumador.

Si lo hacía, ¿cómo reaccionaría él?

Se moriría del susto.

Y después, tartamudeando, le diría que no le parecía una buena idea porque trabajaban juntos, mientras que lo que de verdad estaría pensando sería que no era su tipo y que no la encontraba atractiva.

Ella tenía mucho cuidado de no cruzar nunca esa línea entre la amistad y algo más íntimo porque sabía que una vez la cruzara, jamás podrían volver atrás. Sus sentimientos eran un problema. No quería hacerlo sentir incómodo ni hacer nada que pusiera en riesgo su relación.

Se quitó el gorro, giró la cabeza y observó los altos árboles del bosque intentando bloquear la imagen de esa boca, de esos sensuales ojos azules y de ese precioso pelo revuelto por el viento.

Él también parecía tenso, pero Brenna sabía que era porque estaba pensando en Jess, no en ella.

La veía como a una amiga, en primer lugar y también en segundo. Dudaba que alguna vez la hubiera visto como a una mujer. Para él, ella no tenía género. Era una de las pocas personas en las que podía confiar en una vida plagada de aduladores, parásitos y gente que quería algo de él, ansiosos por comerse las migajas de una fama de segunda mano. La vida de Tyler mientras había competido en los circuitos de esquí alpino había sido una locura, pero en todo momento ellos habían mantenido su amistad.

—Creo que necesitas relajarte. Sigue tu instinto y haz lo que te haga sentir bien. No hay un único modo correcto de ser padre.

—Hay muchos modos equivocados de serlo.

«Que me lo digan a mí».

—La quieres por cómo es y eso es lo más importante para cualquier hijo. No deseas que fuera diferente.

—¿Ahora estamos hablando de ti? —con mirada compasiva, Tyler levantó una mano y le quitó nieve del cabello–. ¿Cómo está tu madre? ¿Has entrado últimamente en la guarida del dragón?

El hecho de que supiera al instante qué le estaba pasando por la cabeza era un indicativo más de lo bien que se conocían.

–Hace un mes que no la veo. Le debo una visita, pero la pospongo constantemente –Brenna forzó una sonrisa–. Tengo que prepararme de antemano para soportar una hora recibiendo sermones por cómo estoy malgastando mi vida aquí.

–Tienen suerte de tenerte, Bren.

«No, no la tienen».

–No creo que ellos piensen lo mismo. Para ellos soy una decepción. No soy como querían que fuese –había dejado de intentar cambiar la realidad. Algunas familias, como los O'Neil, formaban un equipo, y otras iban tambaleándose como una panda de inadaptados, como si se hubieran juntado por obra de un desdichado accidente.

–Tú eres tú –le dijo frunciendo el ceño–. Deberían querer que fueras tú.

Tyler tenía un don para simplificar las cosas.

Sabía que mucha gente lo veía como un hombre obsesionado con el deporte, como un tipo rebelde y superficial. Pero eso era solo la superficie. Bajo esa apariencia de despreocupación, era astuto y perspicaz.

–Precisamente porque entiendes eso y lo crees, sé que eres un padre fantástico. Aceptas a Jess tal como es. Eso es lo mejor que puede hacer un padre.

–La vuelve loca esquiar. Estoy intentando que haya un poco de equilibrio en su vida.

Brenna sonrió.

–¿Nosotros teníamos equilibrio a su edad?

–No. Siempre estábamos en la montaña.

Brenna se agachó y recogió una piña.

—Pues deja que ella haga lo mismo. Si te ves atrapado en una corriente fuerte, no intentas nadar contra ella. Deja que esquíe en cada rato libre que tenga y tal vez, si no la reprimes, se sentirá más dispuesta a pasar un poco de tiempo haciendo otras cosas. Ve dirigiéndola gradualmente.

—Eso suena muy razonable.

—Por cierto, te has marchado antes de que Kayla haya podido preguntarte si te plantearías dirigir una clase magistral de esquí.

—Ofrecerme a colaborar con el esquí del instituto ya ha supuesto un impacto demasiado grande para mi cuerpo por hoy —miró la hora—. ¿Qué haces ahora? ¿Estás ocupada?

—Iba a marcharme a mi cabaña y tú tienes noche de familia.

Los O'Neil intentaban juntarse una noche al mes para cenar. Era algo que envidiaba y admiraba al mismo tiempo. No tenía ni idea de cómo una familia podía alcanzar ese grado de proximidad. La suya, por supuesto, no lo había hecho.

—Eres bienvenida si quieres acompañarnos, ya lo sabes. Ojalá vinieras. Necesito apoyo moral para soportar a mis dos hermanos babeando por sus mujeres.

—Están enamorados.

Tyler se estremeció.

—Por eso te necesito allí. Somos la única gente cuerda que queda.

—Esta noche no —se guardó la piña en el bolsillo y echó a caminar otra vez; la fina capa de nieve crujía bajo sus pies. Si los meteorólogos no se equivocaban, pronto la nieve le llegaría por la rodilla—. Tengo papeleo que hacer —y necesitaba un poco de tiempo alejada de Tyler para recomponerse.

—Qué vida tan emocionante tienes. Debe de resultarte complicado dormir por las noches.

Ella respiró el aroma de la nieve y del bosque.

−Resulta que me gusta mi vida, aunque prefiero la parte que paso al aire libre.

−¿Te apetece que nos tomemos algo rápido? Tengo que hablar de sexo.

−¿Que tú… qué? −se tambaleó y él alargó una mano para sujetarla con fuerza.

−Ten cuidado. Retiro lo dicho. A lo mejor sí que eres un poco torpe cuando no estás concentrada −le soltó el brazo−. Me he dado cuenta de que no tengo ni idea de cómo hablar con Jess sobre sexo, y quiero saber qué decirle antes de que tenga que decirlo. No quiero titubear como me ha pasado esta noche con el otro asunto.

Jess.

Quería hablar de Jess.

Sentía las rodillas como si se hubiera bebido una botella de vodka.

−¿Qué otro asunto?

−No importa, pero me ha hecho pensar.

Ella también estaba pensando y deseaba no estar haciéndolo porque esos pensamientos giraban en torno a él desnudo.

−¿Pensar en qué?

−Para empezar, ¿a qué edad se supone que se le habla a un hijo de sexo? ¿Qué edad tenías tú cuando hablaste con tu madre?

«Yo todavía no hablo con mi madre».

−Nosotras no hablábamos de esas cosas.

−¿Nunca? ¿Y entonces tú cómo…?

−¡No me acuerdo! −sintiéndose como si la estuvieran estrangulando, se bajó la cremallera de la cazadora. Tyler y ella habían hablado de todo a lo largo de los años, pero nunca de eso. Por lo que a ella respectaba, su amigo no podía haber elegido un tema que le resultara más incómodo−. ¿Por otros niños? ¿Por los libros?

—Pero los demás niños dicen cosas que no son verdad. No quiero contarle más de lo que necesita saber, pero no tengo ni idea de cómo averiguar lo que ya sabe. Por eso digo que ser padre es una pesadilla. Necesito un libro o algo. Usaría Internet, pero prefiero no teclear las palabras «sexo» y «adolescentes» en el buscador por si acabo arrestado.

A Brenna le fue imposible no reírse, y agradeció la oscuridad y el frío del aire del invierno porque sabía que le ardía la cara. Distintas emociones se revolvían en su interior; los sentimientos que había intentado ignorar salían a la superficie. Deseaba parecerse más a Élise, que veía el sexo como un acto físico tan sencillo y claro como comer o beber.

Élise le habría dicho a Tyler lo que sentía sin más, lo habría desnudado, se habría acostado con él y después habría seguido con su vida como si se hubieran limitado simplemente a almorzar juntos.

—Tyler, no necesitas un libro. Sabes suficiente sobre sexo —más que suficiente, si los rumores eran ciertos. Había habido ocasiones en las que había deseado poder moverse con auriculares que bloquearan el sonido para no oír tantos cotilleos.

—Sobre hacerlo, sí, pero no sobre hablar de ello con una adolescente. Y por si fuera poco, no deja de encontrar todas las cosas que se han escrito sobre mí y la mayor parte es basura. Ya he activado el control parental en su portátil, pero eso no va a evitar que lea muchas cosas que no son verdad.

Brenna pensó en todas las cosas que había leído sobre él y se preguntó qué partes no eran verdad.

¿Lo de la noche siguiente a que ganara una Copa del Mundo en Lake Louise, cuando se había rumoreado que había pasado varias horas en un jacuzzi con cuatro miembros del equipo femenino francés? ¿O lo de la noche en la que supuestamente había esquiado semidesnudo por una zona del Hahnenkamm, una de las pistas más famosas de Europa, con una botella de whisky en la mano en lugar de un palo de esquí?

Ajeno a lo que ella estaba pensando, Tyler se pasó una mano por la mandíbula.

—¿Alguna idea? ¿Te acuerdas de cuando tenías trece años? ¿En qué pensabas cuando tenías esa edad?

En él. Había pensado en él. Tyler O'Neil había desempeñado un papel protagonista en todos sus sueños y fantasías de adolescente.

—Probablemente ya lo sepa todo. En el colegio les enseñan estas cosas desde muy pequeños.

—Sí, ¿pero cuánto les enseñan? Quiero que esté completamente informada, eso es todo. No quiero que un tipo con la libido por las nubes se aproveche de ella.

—Ni siquiera tiene catorce años, y lo único en lo que piensa es en el esquí. No creo que tengas que preocuparte tanto todavía.

—Quiero llevar la delantera en este asunto —respondió él mirando al cielo—. Vuelve a nevar. Te vas a congelar si te quedas ahí parada. Tómate una copa conmigo y así puedes decirme lo que te parece bien y lo que no.

No se estaba helando. Estaba ardiendo. Y estaba segurísima de que tenía la cara colorada.

—¿Quieres hablar de sexo?

¿Debería confesar que el sexo no era exactamente su especialidad?

—Tienes que ir a la noche de familia.

—Razón de más para tomarme una copa. Una reunión de trabajo seguida de una reunión familiar de los O'Neil es demasiado para cualquier hombre.

Él no valoraba del todo lo unida que estaba su familia, el hecho de que siempre estuvieran ahí, apoyándose unos a otros. No lo valoraba porque era lo único que había conocido.

—Si vamos al bar, te van a abordar los clientes.

–Y esa es la razón por la que nos vamos a beber la copa directamente de tu nevera. Te prometo que mañana te repongo lo que gastemos.

–¿Mi nevera? –el corazón le golpeteó con un poco más de fuerza–. ¿Quieres ir a mi cabaña?

–¿Por qué no? ¿Tienes cerveza? –la rodeó por los hombros y ella sintió el peso de su brazo, el poder de su cuerpo al rozar el suyo.

Para Tyler fue un gesto sin importancia.

Pero lo que sentía ella no lo fue en absoluto. Habría sido más seguro para su ritmo cardíaco y para su presión arterial haberse apartado, pero eso habría generado preguntas que no quería responder, así que decidió que su sistema cardiovascular tendría que asumir las consecuencias.

–Jess tiene talento –le dijo ella carraspeando–. Estás demasiado ocupado como para esquiar con ella, así que estaba pensando que tal vez debería apuntarse a las clases de menores de catorce años. Me estoy centrando en esquí acrobático, esquí de baches y en técnicas de esquí libre. Combinaremos la diversión con el trabajo. Tal vez se divierta, y le vendría bien para adquirir seguridad en sí misma. ¿Qué te parece?

–Creo que se morirá del aburrimiento. Eso está muy bien para la mayoría de los niños, pero no para Jess. Ella necesita más retos.

–¿Estás diciendo que mis clases son aburridas?

–No. Eres una profesora estupenda, pero Jess es distinta. Tiene algo.

–Es como su padre.

Tyler esbozó una adusta sonrisa.

–Y esa es probablemente la razón por la que Janet la echó de casa.

Habían llegado a los escalones de su cabaña. Una única luz brillaba en la ventana.

—Estoy de acuerdo en que necesita retos, pero si quieres sacarle el máximo provecho a ese algo que tiene, es importante que adquiera unas nociones básicas. Que se centre en el estilo.

—El estilo es irrelevante. La velocidad es lo que importa.

Brenna volteó la mirada y buscó las llaves. Era una discusión que habían tenido muchas más veces de las que podía contar.

—Un buen estilo va antes que la velocidad.

—Nada va antes que la velocidad. Uno quiere ser el más rápido, no el más bonito en la pista —le bajó el gorro hasta los ojos. Después se agachó, agarró un puñado de nieve de los escalones y ella retrocedió con las llaves en la mano.

—¡Ni se te ocurra! Tyler O'Neil, si te... ¡mierda! —se agachó demasiado tarde y la nieve le golpeó en el pecho y le salpicó en la cara—. ¡Estoy empapada!

—No deberías haberte bajado la cremallera de la cazadora.

—Te odio, lo sabes, ¿verdad?

—No, no me odias. En realidad, me quieres —estaba sonriendo mientras recogía más nieve, pero esa vez ella fue más rápida y la nieve que tenía en la mano lo alcanzó en toda la cara.

Sí que lo quería. Ese era el problema.

Lo quería de verdad, pero no permitiría que él lo supiera.

Aprovechó la ventaja que le sacaba ahora para entrar en la cabaña pensando que Tyler no se atrevería a lanzar nieve dentro de la casa.

Esas cabañas eran el orgullo de Snow Crystal. Ubicadas en el bosque y con vistas al lago, todas eran privadas y gozaban de intimidad, pero Forest era su favorita.

—Había olvidado la buena puntería que tienes. Ahora estoy cegado por la nieve —aún riéndose, Tyler se quitó la nieve de los ojos, se quitó las botas y la cazadora y las dejó junto a la puerta.

—Qué ordenado y limpio para la casa te has vuelto de pronto.

—Estoy intentando dar buen ejemplo. Me esfuerzo por ser un padre responsable. Es agotador —se tiró en uno de los sofás y su poderoso cuerpo dominó incluso esa grande y espaciosa habitación. La tela de sus vaqueros se ceñía a sus duros y musculosos muslos, un legado de años practicando esquí alpino.

Brenna se quitó el gorro y colgó la cazadora. Fue solo al ver que Tyler estaba observando su cuerpo cuando se dio cuenta de que tenía el jersey empapado y pegado a sus pechos.

Congelándose y ardiendo a partes iguales, se dio la vuelta, pero fue imposible ignorar la presencia de su amigo y el hecho de que estuvieran solos.

El ambiente resultaba extrañamente íntimo. La cabaña se encontraba situada en el extremo más alejado del lago, arropada por el bosque que se mostraba como unas oscuras formas atravesando acres de cristal.

La única otra propiedad parcialmente visible a través de los árboles era la casa de Tyler.

Si se arrodillaba en la cama, podía ver su dormitorio.

Intentando no pensar en la habitación de Tyler, abrió la nevera y sacó dos cervezas. Las destapó y le entregó una.

—Vuelvo en un segundo. Gracias a ti, tengo que cambiarme el jersey.

Sus miradas colisionaron brevemente, y entonces ella se marchó para refugiarse en el dormitorio.

¿Cuándo en toda su vida la había mirado?

Se puso un jersey seco, respiró hondo y se reunió con él en el salón.

—Sobre eso que me estabas preguntando...

—¿A qué te refieres?

Ella se acurrucó en el sillón situado frente a él.

—A lo del sexo y Jess.

—¿Te estás poniendo colorada? —la miró fijamente—. Estás muy mona cuando te entra la vergüenza, ¿lo sabes?

—Tú nunca estás mono. Eres como una patada en el culo todo el tiempo.

—Me encanta que me digas guarradas —le guiñó un ojo—. Continúa. ¿Qué hago con lo de Jess?

—¿Sinceramente? Creo que deberías esperar a que ella saque el tema. Yo me habría muerto de la vergüenza si mis padres hubieran intentado hablar conmigo de sexo.

—¿Y si no quiere preguntarme? ¿Y si dentro de unos años aparece y me dice que está embarazada?

—Creo que tienes que calmarte un poco —Brenna dio un trago de cerveza—. Asegúrate de que sabe que puede hablar contigo sobre cualquier cosa. Crea una atmósfera en la que se sienta cómoda para decirte lo que quiera.

—A juzgar por la conversación que hemos tenido antes, creo que ya hemos logrado esa atmósfera. ¿Te puedes creer que está intentando buscarme pareja?

Brenna estuvo a punto de atragantarse con la cerveza.

—¿Con quién?

Christy. Tenía que ser Christy con su suave melena rubia. O a lo mejor la preciosa y jovial Poppy, que trabajaba tan cerca de Élise en el restaurante.

Se produjo una breve pausa. Tyler la miró a los ojos y volvió a desviar la mirada.

—Con nadie en particular, pero cree que debería tener una vida sexual.

Sin duda, se trataría de Christy. Siempre estaba flirteando con Tyler.

A ella no se le daba bien flirtear aunque, de todos modos, ¿cómo se flirteaba con alguien al que conocías de toda la vida? Tyler la había visto empapada y exhausta tras un día en la montaña. La había sacado de zanjas y la había levantado del suelo cuando se había caído con los esquís. Lo sabía todo sobre ella. No tenían secretos. Podía imaginarse su reacción si le ponía ojitos o si le hacía algún comentario de tipo sexual. O se reiría a carcajadas o saldría huyendo.

La razón por la que podían ser amigos era que él no la veía así.

Las mujeres entraban y salían de su vida, pero su amistad era constante.

Y Brenna era consciente de que la razón por la que el año anterior había sido tan maravilloso, la razón por la que había podido disfrutar de su compañía y de su amistad, era que él se había centrado en Jess. Por primera vez en su vida había gestionado su déficit de atención y había dejado de lado su deseo de probar los encantos de cada mujer que se le cruzaba en el camino. La única mujer que había recibido su atención había sido su hija porque había renunciado a sus propias necesidades.

Y conociendo cómo era, la clase de persona tan sexual y pasional que era, Brenna se había preguntado a menudo si estaría viendo a alguien a escondidas, aunque jamás se lo había preguntado a él. Por el contrario, había aprovechado al máximo el tiempo que había pasado a su lado y, de vez en cuando, cuando habían salido a la montaña con algún grupo como guías o para dar clases, casi había sentido que volvían a ser niños.

Su amistad era más fuerte que nunca.

¿Estaría eso a punto de cambiar?

Si Jess se mostraba muy activa animándolo a salir con mujeres, no habría duda de que todo cambiaría.

Y Brenna sabía que Tyler no necesitaba más de treinta segundos en compañía de una mujer para resucitar su vida sexual.

¿Cómo se sentiría ella si eso sucedía?

CAPÍTULO 3

Intentando sacarse de la cabeza la imagen de Brenna con el jersey empapado de nieve pegado a sus pechos, Tyler recorrió el camino nevado hasta la casa principal.

Sin prisas, por enfrentarse a la abrumadora realidad de la noche de familia, se detuvo e inhaló el gélido aire observando cómo el bosque se transformaba ante sus ojos. La nieve fue cayendo hasta que todo rastro de verde desapareció y los árboles quedaron cubiertos por un manto blanco. De niño esa había sido su imagen favorita. Se arrodillaba junto a la ventana de su habitación y observaba cómo caían los primeros copos esperando que continuaran haciéndolo hasta que la nieve le llegara por la cintura. La primera nevada de invierno siempre había sido motivo de gran emoción y alegría en la casa de los O'Neil.

Las montañas habían sido su patio de juegos; la descarga de adrenalina del esquí alpino, su droga de elección.

Ahora recibía la llegada de la nieve con emociones entremezcladas.

Era positiva para el negocio y él sabía lo mucho que Snow Crystal necesitaba eso.

Estaba disfrutando del silencio justo cuando el teléfono le sonó.

Irritado por la interrupción, lo sacó del bolsillo con la intención de silenciarlo, pero entonces vio el nombre en la pantalla.

Hundiendo sus emociones hasta lo más hondo, se lo acercó a la oreja.

—¿Chas? ¿Qué tal va todo?

No preguntó dónde estaba su amigo. No le hacía falta. Chas era uno de los mejores técnicos de esquí. El hecho de que Tyler ya no compitiera implicaba que Chas estaba disponible para otro miembro del Equipo de Esquí Estadounidense, y eso ahora mismo significaba que tenía que estar en Val Gardena, Italia, en el circuito de la Copa del Mundo.

Si no hubiera sido por el accidente, él también habría estado allí y ahora habrían estado discutiendo sobre la estrategia, el recorrido y las condiciones de la nieve en un esfuerzo por dar con el plan perfecto. El trabajo de Chas había consistido en hacer uso de su habilidad y experiencia para hacer de Tyler el esquiador más veloz descendiendo la montaña. A lo largo de los años habían compartido cervezas, habitaciones de hotel, victorias y derrotas. Chas había sido más que otro simple miembro de la máquina oculta tras el equipo de esquí. Había sido su compañero y un íntimo amigo.

Junto a su hermano Sean, Chas había sido la primera persona que lo había visto tras el accidente.

Apretó la mano alrededor del teléfono y se quedó mirando obnubilado los árboles y las montañas.

—¿Qué tal ha ido hoy?

—¿No lo has visto?

—Por aquí estamos muy atareados —en lugar de decirle que no veía las competiciones de esquí desde el accidente, escuchó mientras Chas le describía el triunfo de los Estados Unidos en el eslalon gigante.

—Se ha hecho con su cuarta Copa del Mundo de GS.

—Es genial. Invítalo a una cerveza de mi parte.

–¿Por qué no vienes? Al equipo le encantaría verte.

¿Y sentarse en el bar o las gradas a ver cómo otros hacían lo que solía hacer él?

Sería como retorcer un cuchillo dentro de una herida abierta.

Tenían la temporada por delante. Se tomarían un breve descanso en Navidad antes de que todo comenzara de nuevo en Bormio, Italia, y después en Wengen, Suiza, y Kitzbuhel y el famoso Lauberhorn. Beaver Creek, Lake Louise, otro día, otro país, otra montaña, otra competición. Así había sido su vida.

Hasta la competición que le había puesto fin a todo eso.

–No voy a poder ir. Aquí estamos muy ocupados.

–¡Fantástico! Por lo que me contaste, el año pasado por estas fechas lo de «ocupados» no existía, así que me alegro de oír que las cosas están marchando bien. ¿Te ha atado Jackson al complejo turístico? ¿Qué haces allí?

«Entrenar al equipo de esquí del instituto. Intentar no pensar en mi antigua vida».

Tyler miró al cielo. La nieve seguía cayendo sin cesar, grandes y densos copos se posaban en sus hombros y le empapaban el pelo.

–Estoy ayudando a Brenna a dirigir el programa de actividades al aire libre.

–Ya. Bueno, eso suena... –hubo una pausa–. Eso suena genial.

Ambos sabían que lo que de verdad había querido decir había sido: «Eso suena como un montón de mierda».

Y Tyler estaba de acuerdo.

Y no porque no le encantara Snow Crystal, sino porque los dos sabían que preferiría estar compitiendo.

Ahora entendía que era algo que no había valorado como debía; que lo había visto como un derecho más que como un regalo.

Medio escuchó mientras Chas lo ponía al día sobre cada participante y sus ejecuciones en las pistas, emitió en respuesta los típicos sonidos de asentimiento, y vagamente se comprometió a ver la próxima competición por la tele si podía. Después colgó sintiéndose peor aún que antes.

La conversación lo había dejado siendo mucho más consciente de lo que había perdido.

Y no ayudaba nada que la única persona que lo habría entendido, su padre, llevara muerto dos años y medio.

Ignorando ese estado de ánimo tan oscuro en el que se había sumido, caminó hasta la puerta de la casa principal donde sus hermanos y él habían crecido y donde seguía viviendo su madre.

Aún sentía un puñetazo en el estómago al pensar que al entrar en la cocina que había sido el núcleo de la casa cuando era pequeño, su padre no estaría allí.

Su madre adoraba decorar la casa por Navidad y la prueba de ello estaba por todas partes. Luces diminutas enmarcaban las ventanas y distintos adornos destellaban a través del cristal. Una corona navideña colgaba de la puerta, tal como cada año desde que alcanzaba a recordar. De niño solía sentarse en el suelo de la cocina a encerar sus esquís mientras su madre parecía hacer magia sobre la mesa de la cocina con las hojas y ramas que había recogido en el bosque. Lo cortaba, engarzaba y unía todo formando una corona.

Tyler abrió la puerta. Unos cascabeles tintinearon anunciando su llegada y se quedó atónito al ver la cantidad de gente ya sentada alrededor de la mesa. Esa cantidad había aumentado a lo largo del año anterior. Primero había sido Jess, después Kayla y por último Élise. Normalmente estaba demasiado ocupada dirigiendo los célebres restaurantes del complejo turístico como para unirse a las cenas de familia, pero esa noche, tal vez porque se acercaban las Navidades, había sacado tiempo para acudir.

Al menos había tres conversaciones distintas desarrollándose en la mesa y Maple, la caniche miniatura de Jackson y Kayla, lo saludó entusiasmada pegando saltos como si tuviera muelles en las patas.

Tyler se agachó para hacerle carantoñas y después colgó la cazadora.

Su madre estaba ocupada en la cocina mientras Jess estaba sentada en la grande y resplandeciente mesa escuchando embelesada al abuelo Walter, que contaba una historia sobre cómo se había topado con un alce una vez mientras esquiaba. Era una historia que Tyler había oído cientos de veces pero que para Jess era nueva.

—¿Y se apartó, abuelo, o tuviste que esquivarlo tú esquiando?

—Se quedó ahí, mirándome, y yo lo miré a él. Te digo que ese animal era tan grande como esta casa.

Jess se rio y Tyler se fijó en cómo le resplandecían los ojos mientras escuchaba a su bisabuelo. Escuchaba con atención todo lo que oía sobre Snow Crystal, cada detalle, como si intentara rellenar los huecos y compensar lo que se había perdido mientras había vivido tan lejos.

Tyler se sintió ligeramente más animado.

Si hubiera seguido esquiando en la Copa del Mundo, ahora mismo no estaría ahí cuando Jess lo necesitaba.

—Estás exagerando, Walter —Alice, la abuela, se guardó las gafas en el bolso—. Siempre exagera. Ignóralo, Jess.

—¡No estoy exagerando! ¿Tú estabas allí? —refunfuñó Walter.

—¿Y cómo llegabais hasta lo alto de las pistas, abuelo?

—¡Caminando! Nos poníamos pieles en los esquís e íbamos caminando. No nos hacía falta que nos subieran hasta arriba como a vosotros ahora, debiluchos. Nosotros utilizábamos los músculos.

Tyler vio a su madre sacar una gran cazuela azul del horno.

—Deja que lo lleve yo. Al parecer, necesito hacer músculo —cruzó la habitación en un par de pasos, pero ella sacudió la cabeza y colocó la cazuela en el centro de la mesa.

—En el restaurante levanto cosas que pesan más, y además, si haces más músculo, voy a tener que coserte los vaqueros más a menudo de lo que lo hago ya.

Kayla levantó su copa de vino.

—¿Qué les pasa a tus vaqueros?

—Gajes del oficio por ser esquiador. Tengo tanto músculo que parezco Thor —Tyler apartó una silla y le guiñó un ojo—. ¿Empiezas a pensar que has elegido al hermano equivocado?

—No —respondió Kayla mirándolo a los ojos—. Con músculos o sin ellos, te mataría.

—Solo si no te mataba yo antes —animado por la naturalidad de la conversación, le quitó la cerveza a su hermano—. Gracias.

—¿Por qué has tardado tanto? —preguntó su madre levantando la tapa. Los deliciosos aromas de la comida se entremezclaban con el aroma a canela y pino—. ¡Estaba a punto de enviar un equipo de búsqueda! Me han dicho que te has marchado antes y que después no te han vuelto a ver —le pasó una pila de platos y enseguida la comida y la conversación comenzaron a fluir y la pregunta sobre dónde había estado se desvaneció en medio del caos.

—Acabo de hablar con Chas —no mencionó los veinte minutos que había estado en el bosque viendo la nieve caer e intentando recomponerse. No mencionó la desagradable sensación que acompañaba al hecho de saber que la Copa del Mundo de Esquí estaba en marcha. Debería haber estado viajando por el mundo, esquiando en un país distinto cada semana persiguiendo la codiciada bola de cristal que acompañaba a la obtención del que muchos consideraban el título más prestigioso de todos.

Se sentía como si lo hubieran obligado a bajar de un tren en marcha y estuviera viendo cómo continuaba sin él, dejándolo abandonado en un andén desierto.

Pero ese andén no estaba desierto.

Tenía un negocio en el que pensar. Responsabilidades. Su familia. A Jess.

Los ojos de su abuelo se iluminaron.

—Chas sigue siendo el mejor técnico del circuito.

—Sí —Tyler se sentó y apartó un cuenco de piñas para poder alcanzar la comida.

La casa siempre estaba igual en Navidad. Jarrones llenos de ramas con follaje del bosque, velas titilando sobre las estanterías junto a adornos hechos a mano. Era un hogar, lleno de vida y de amor.

Había botas tiradas cerca de la puerta y revistas amontonadas desordenadamente sobre la mesa junto a la ventana. Desde que su madre había empezado a trabajar en el restaurante con Élise, había pasado cada vez menos tiempo en casa, lo cual Tyler y sus hermanos habían agradecido aliviados.

Durante el año anterior, Elizabeth había recuperado parte de su antigua energía y entusiasmo por la vida, y Tyler era consciente de que Tom Anderson, dueño de una granja a unos cuantos kilómetros, la visitaba con más frecuencia de la que requería su papel como proveedor local del restaurante.

Se preguntó si era el único que se había fijado en que las visitas de Tom eran cada vez más regulares.

Jackson estaba sentado frente a él con el brazo extendido sobre el respaldo de la silla de Kayla.

—Bueno, ¿y dónde está Chas ahora mismo?

—En Italia. En Val Gardena.

—*Molto bene* —su hermano mayor sonrió—. Tienes que estar echando de menos tanta... pizza.

Tyler ignoró la indirecta y le acercó a su abuelo una fuente llena de esponjoso puré de patatas.

—Aquí la comida es muy buena.

—¿Y de qué habéis estado hablando durante casi una hora?

—No he estado hablando con Chas todo el tiempo. Me he topado con un alce del tamaño de una casa.

—¿En serio? —Kayla bajó la copa—. Porque si eso es verdad, quiero saber exactamente dónde para no pasar por ahí.

—Se asustaría más el alce de ti que tú de él —Jackson alargó la mano sobre la mesa para agarrar la sal—. Llevas un año viviendo aquí. Lo sabes.

—No lo sé. El único alce con el que me siento cómoda es el del sirope que Élise sirve en el restaurante.

Jess soltó una risita.

—Ese se escribe distinto. ¿De verdad has visto un alce?

—Claro —Tyler nunca perdía la oportunidad de tomarle el pelo a Kayla—. Esperaba encontrarse con una británica cosmopolita, así que le he dado la dirección de Kayla. Cuando llegue a casa, se lo encontrará allí acurrucado esperándola. Tal vez debería haber mencionado que Jackson quiere una cornamenta para colgarla en la pared. Parecía bastante enfadado.

—No tiene gracia. Sigue así y volveré a Nueva York —dijo Kayla fulminándolo con la mirada. Jackson la rodeó por los hombros con gesto protector.

—Yo te cubro las espaldas, cielo.

—¿Y qué pasa con el resto de mí?

Jackson bajó la mirada y una sonrisa titiló en la comisura de sus labios.

—Eso también. Prometo interponerme entre el alce y tú desde este día y en adelante, en lo bueno y en lo malo, en...

—¡Para! Me estás asustando —le contestó Kayla, aunque al instante se inclinó para besarlo.

A Tyler lo recorrió un escalofrío.

–A mí sí que me estáis asustando. No puedo soportar tanto romanticismo con el estómago vacío, y además, tenemos niños delante. Un poco de decencia, por favor.

Jess se puso recta, a la defensiva.

–No soy ninguna niña.

–Lo sé, pero te estoy utilizando como excusa para poner freno a estas desagradables muestras públicas de afecto, así que si pudieras hacerte la escandalizada, estaría genial.

Jess se sirvió unas patatas.

–No estoy escandalizada. Siempre se están besando. Ya deberías estar acostumbrado.

–Jamás me acostumbraré a eso. Preferiría ver danza sobre hielo por televisión.

–Odias ver danza sobre hielo. Papá, ¿me compras unos esquís nuevos?

Él abrió la boca, miró a su madre y recordó que debía contener el abrumador deseo de compensar a Jess por una infancia menos que perfecta y no darle todo lo que pidiera.

–Ya tienes unos.

–Un par.

–¿Y? Tienes un par de piernas.

–¿Cuántos pares de esquís tenías tú cuando competías?

–Sesenta.

–¿Sesenta? –preguntó Jess con los ojos de par en par–. No me extraña que necesitaras a Chas.

Su madre sacudió la cabeza.

–Recuerdo cuando no me podía mover por casa porque había esquís por todas partes. Entre vuestro padre y vosotros tres, podríamos haber abastecido a todo el pueblo.

La conversación pasó a girar en torno al esquí, como solía suceder, y de ahí derivó al tema del negocio.

–Brenna debería haber venido esta noche. Esa chica trabaja demasiado –Elizabeth O'Neil comprobó que todos los platos estuvieran llenos–. Odio imaginármela sola en esa cabaña. Deberíais haberla invitado.

–Te he visto hablando con ella –le dijo Kayla a Tyler desde el otro lado de la mesa–. ¿Te ha mencionado mi idea de ofrecer una clase magistral?

–Tal vez.

–Genial. ¿Y lo harás?

–No lo presiones mucho –dijo Jackson levantando el tenedor–. Ha accedido a entrenar al equipo de esquí del instituto. Por hoy ya tiene suficiente con una mala noticia.

–He invitado a Brenna –dijo Tyler, cambiando de tema deliberadamente mientras se servía verduras en el plato–. Me ha dicho que tenía cosas que hacer.

–Deberías haber insistido –su abuela le pasó una servilleta–. Seguro que le apetecía venir, pero le preocupaba molestar.

–¡Eso es una tontería! –contestó Walter refunfuñando–. Esa chica prácticamente ha crecido aquí. ¿Por qué iba a pensar que molesta? No puedes molestar a nadie a quien conoces de toda la vida.

–¿Entonces por qué no ha venido? –preguntó Alice pinchando comida del plato–. ¿Vas a dejar que se aloje en Forest Lodge toda la temporada, Jackson?

–Sí, a menos que de pronto nos sobrepasen las reservas. Y, por cierto, yo también la he invitado a venir. Me ha dicho que estaba ocupada.

Distraído por la imagen de Brenna con un jersey mojado y pegado al cuerpo, Tyler centró su atención en el plato.

–¿Y si nos sobrepasan las reservas? No puedes echarla.

–No, pero tendríamos que buscarle otro sitio para dormir. No te preocupes. Dudo que eso llegue a pasar.

Kayla lo miró pensativa y después miró a Élise.

–¿Sus padres no viven en el pueblo? ¿No podría quedarse con ellos en caso de emergencia?

—¡Ni hablar! Lo odiaría —contestó Jess—. Su madre es una maniática del orden. No le dejaba ni tener perro ni hacer nada para que la casa no se desordenara.

Tyler levantó la mirada del plato.

—¿Eso te lo ha dicho ella?

—Hablamos —respondió Jess jugueteando con la comida—. ¿Qué pasa? No, ella no me trata como si tuviera seis años. ¿Por qué os sorprendéis tanto?

—Yo no te trato como si tuvieras seis años. Y tienes razón con eso de que Brenna no querría vivir en su casa —a la madre de Brenna le gustaba tenerlo todo impoluto. Maura Daniels sería capaz de salir a limpiar las ventanas teniendo casi medio metro de hielo en la calle mientras la mayoría de la gente se refugiaría dentro de sus casas.

Tyler solía bromear con sus hermanos diciendo que esa mujer no necesitaba tener un sistema de seguridad en casa porque ya la tenía rodeada por un impenetrable muro de desaprobación.

—No está unida a sus padres —Tyler se preguntó si era el único que de verdad la conocía—. Si se quedara con ellos, se volvería loca.

—La semana pasada me encontré con su madre en el supermercado —murmuró Elizabeth— y apenas me hizo caso. Como si nos conociéramos de tres minutos en lugar de desde hace treinta años.

—Maura Daniels es más fría que un témpano, y el marido es casi igual de malo, aunque no me sorprende que sea así viviendo con ella. Esa mujer se ha helado tanto que hay días en los que alguien podría esquiar sobre ella sin riesgo de caer por alguna grieta en la superficie —Walter le dio a Maple un poco de comida bajo la mesa—. No me explico cómo esos dos pudieron crear a alguien tan dulce como Brenna.

—¿Por eso siempre estaba aquí cuando era pequeña? —preguntó Jess, y Tyler vio a su madre mirar a su abuela.

—Era hija única y supongo que le gustaba tener compañía —dando por zanjado el tema, Elizabeth comenzó a hablar de los planes para Navidad—. ¿Cuándo vas a poder traerme un árbol, Jackson? Quiero uno exactamente igual al que me encontraste el año pasado.

Tyler apartó la silla de la mesa y estiró las piernas.

—Mañana voy a ir al bosque a echarle un vistazo a uno de los senderos. Te traeré uno.

—Nosotros también necesitamos un árbol —dijo Jess poniéndose derecha—. ¿Puedo ir? Por favor. Quiero ayudarte a elegirlo.

—Estarás en el colegio.

—Podrías esperar a que llegara a casa.

—Pero entonces habrá oscurecido y correré el riesgo de cortarme partes vitales de mi anatomía junto con el árbol —al ver cómo la expresión de su hija pasó de la emoción a la decepción, añadió—: Iremos el sábado, después de esquiar. Tenemos techo abovedado, así que podemos tener uno más grande que el de la abuela.

Su madre sonrió y Jackson levantó su cerveza.

—Si vas a elegir un árbol para mamá, ¿puedes elegir otro también para la Moose Lodge? Está reservada desde este fin de semana durante una semana, y después se la quedan los Stephen.

Tyler enarcó las cejas.

—¿Vuelven?

—Por supuesto que vuelven —contestó su abuelo con un gruñido—. En eso consiste Snow Crystal, las familias vuelven una y otra vez. Crean recuerdos. Los Stephen llevan cinco años viniendo en verano e invierno. ¿O son seis ya?

Jackson lo miró.

—Seis. Y han reservado dos semanas. Me alegra saber que lo que pasó en verano no les ha quitado las ganas de volver.

Kayla se estremeció.

—¿Podemos no hablar de eso? Aún me vienen recuerdos de aquel día.

—¿Que aún te vienen recuerdos? —sereno y calmado, Sean alargó la mano para hacerse con un cuchillo—. Y eso que no fuiste tú la que acabó cubierta de la sangre del chico.

Al ver el rostro pálido de su madre, Tyler decidió que había llegado el momento de cambiar de tema.

—Tal vez tú salvaste al niño, pero yo le arreglé la bici. También me merezco un poco de adulación por mi heroicidad.

—La última vez que hablé con su padre me dijo que todo marchaba muy bien —Sean se sirvió más comida—. No le han quedado secuelas y sigue montando esa bici roja, así que supongo que el incidente nos asustó más a nosotros que a él.

Tyler dudaba que su hermano se hubiera asustado. Incluso de niño, a Sean no le había inquietado ver ni sangre ni huesos. Al contrario, le había fascinado, y ese era un factor que, sin duda, había marcado su decisión de convertirse en cirujano.

—¿Lo has llamado? —preguntó Jackson levantando su cerveza—. Es un gesto muy amable por tu parte.

—Va incluido en el servicio.

Walter miró a su nieto.

—¿Qué tal va el nuevo trabajo? ¿Echas de menos Boston?

—Lo que no echo de menos es el tráfico. Y está bien estar más cerca de aquí.

—Nos encanta tenerte cerca —dijo Elizabeth sirviendo más patatas a Jess—. Tienes que reunir fuerzas. El domingo vamos a tener mucho que hornear, cielo, y tendrás que venir muy temprano. Si quieres quedarte a dormir el sábado, perfecto.

—Tengo que esquiar. Es el entrenamiento. Papá vendrá —a Jess se le iluminó la cara como si fuera un árbol de Navidad. Tyler soltó el tenedor.

—No me lo perdería por nada.
—¿También irá Brenna?
—Sí, supongo que sí.
—Bien. Es una buena profesora.

Jackson levantó la cerveza.

—Y precisamente por eso sugerí que entrenara ella al equipo del instituto, pero claro, tú tenías que meterte por medio.

—Así es. Eso es lo que he hecho.

—¿Te importaría decirme por qué?

—Porque para Brenna eso habría sido una pesadilla. No deberías haberla puesto en ese dilema.

—¿Qué dilema?

—Pedirle que hiciera algo que para ella resulta muy duro cuando ya ha hecho mucho por nosotros.

—¿Y por qué es tan duro para ella? Es la elección perfecta. Enseña a chicos de esas edades constantemente.

Tyler empezó a perder los nervios.

—¡Pero no al equipo del instituto! Le estás pidiendo que vaya allí, a ese lugar del que no guarda buenos recuerdos —se preguntó cómo Jackson podía haberlo olvidado, y entonces se dio cuenta de que su hermano apenas había tenido tiempo para respirar y relajarse desde la impactante noticia de que el Snow Crystal Resort tenía graves problemas.

Jackson se lo quedó mirando un momento, desconcertado, como si hubiera visto la luz tras una década bajo tierra.

—Eso pasó hace mucho tiempo —pensó un momento y maldijo para sí, ganándose una mirada reprobatoria de su madre—. Qué desconsiderado he sido. ¿Y por qué no se ha negado?

—Porque odia los enfrentamientos, ya lo sabes, y siempre quiere complacerte. Eres su jefe.

—La conozco desde la guardería.

—Eso no cambia el hecho de que seas su jefe.

—¿Y tú cómo lo has sabido?
—La he mirado a la cara.
Jackson enarcó una ceja.
—¿Y desde cuándo te has convertido en Don Sensible?
—No hace falta ser sensible para saber lo que le pasa a Brenna —dijo y se terminó la cerveza—. Todo lo que siente se le ve reflejado en la cara. Lo único que hay que hacer es mirarla. Brenna es como un libro abierto, siempre lo ha sido. No tiene secretos.
Kayla lo miró detenidamente.
—Todas las mujeres tenemos secretos.
—Brenna no. La conozco de siempre. No hay nada que ella piense que yo no sepa.
La conversación continuó y para cuando Jess y él se marcharon, la nieve había cesado en intensidad.
Jess se subió la cremallera de la cazadora y se puso la capucha.
—Deberías invitar a Brenna a cenar o a tomar algo alguna noche.
—¿Y por qué iba a querer hacer eso? —preguntó Tyler caminando sobre la nieve—. Ya me supone bastante esfuerzo cocinar para ti sin tener que añadir a una persona más. Además, ninguna mujer en su sano juicio querría cruzar el umbral de nuestra casa. Si no se rompen algún miembro en la entrada, podrían ahogarse o ser atacadas por unos perros.
—Podríamos ordenarlo todo, y a Brenna le encantan Ash y Luna. Siempre está diciendo que le encantaría tener un perro, pero que está demasiado ocupada con el trabajo —Jess caminaba deprisa para no quedarse atrás.
—Parece que habéis hablado de más cosas que del colegio.
—Es guay.
Tyler hizo una bola de nieve y se la arrojó. Su hija gritó y se agachó.

—¡Papá! Compórtate.
—Me he pasado toda la noche encerrado con la familia. Necesito divertirme un poco.
—Deberías empezar a salir con chicas. No es natural que te pases todas las noches conmigo.

Tyler pensó en todos los años que no había tenido a su hija consigo y la rodeó por los hombros.

—Me gusta pasar las noches contigo cuando no eres como una patada en el... estómago.
—Ibas a decir «culo».
—No es verdad. Y no necesito que me organice citas una niña de... ¿cuántos años tenías?
—¡Trece!
—No necesito que me organice citas una niña de trece años.

CAPÍTULO 4

La augurada tormenta de nieve cayó durante las primeras horas de la mañana trayendo consigo el peor clima que los habitantes del pueblo habían visto en años. Al otro lado del estado había cortes de luz y en las carreteras. Las ramas de los árboles se partían y los limpiaparabrisas trabajaban al máximo para seguirle el ritmo a la intensidad de la nieve. El Servicio de Carreteras pasaba con los quitanieves y echaba arena, y los colegios estaban cerrados.

Snow Crystal se libró de todo eso menos de la tan esperada nevada que cubrió las montañas, el bosque y los senderos con una espesa capa de nieve.

Para cuando Brenna salió de su cabaña, la eficiente operación quitanieves del complejo vacacional había estado en activo varias horas. El camino que conducía a través del bosque hasta el Outdoor Center ya estaba despejado y lo recorrió lentamente, agradecida por la cálida ropa que llevaba mientras sentía el escozor del frío en las mejillas. Respiró el aroma de los pinos y se detuvo un momento, saboreando el silencio que siempre seguía a una intensa nevada.

Ni siquiera eran las siete de la mañana, pero Élise ya estaba en el gimnasio machacando la cinta de caminar y con la música resonando por las paredes de la sala construida como parte de la ampliación del spa que había realizado Jackson. Al otro lado de los muros de cristal que daban al bosque se alzaban los árboles, fantasmagóricamente blancos entre la oscuridad.

Brenna se estremeció ante la atronadora música y dejó caer su bolsa junto a la puerta.

—¿Esto es francés? No sé sobre qué estará cantando esa chica, pero siento mucho lo que le ha pasado y creo que tiene que ir a terapia.

Élise no aminoró el ritmo.

—Está furiosa porque un hombre la ha tratado muy mal. Si a mí un hombre me hiciera eso... —deslizó un dedo contra su cuello, como si lo estuviera rajando, y Brenna sacudió la cabeza mientras se quitaba la cazadora.

—¿Cómo puede Sean dormir contigo a su lado? ¿Esconde todos los cuchillos afilados?

—Es cirujano. Tiene mucha habilidad con un cuchillo. Si decidiera matarlo, no elegiría ese modo.

—Me alegra saberlo —Brenna subió a la elíptica—. ¿Ha podido llegar al hospital esta mañana? Las carreteras tienen que ser un caos con toda esta nieve.

—Se quedó allí a dormir anoche. Hoy tenía muchas operaciones y no quería arriesgar a quedarse atrapado por la nieve. He dormido sola.

—Ah... —Brenna pulsó el botón para comenzar—. Eso explica tu humor y la música atronadora.

—No le pasa nada a mi humor. Es tan bueno como siempre antes de que salga el sol —corría como si la persiguiera un oso—. Y ya sabes que odio el gimnasio, prefiero correr al aire libre. Me siento como un roedor en esta cinta. Cuando vivía en París, siempre corría por la calle.

—Yo no me puedo imaginar corriendo por una ciudad —dijo Brenna recogiéndose el pelo en una coleta—. Te tragarías todo el humo y tendrías que ir esquivando el tráfico.

—¿Quién se traga el humo? —una Kayla con cara de sueño entró en el gimnasio con la mirada clavada en el teléfono mientras revisaba el correo electrónico. Llevaba su melena rubia recogida en un moño deshecho en lo alto de la cabeza y una sudadera extra grande que le caía por el hombro dejándoselo al descubierto—. ¿Quién ha decidido que este era un buen momento para hacer ejercicio? Es brutal.

Brenna programó la máquina.

—Es la misma hora a la que quedamos en verano para correr por el lago.

—Pero entonces es de día. Ahora está oscuro y odio la oscuridad. ¿Hay alguna posibilidad de que empecemos una hora más tarde?

Élise la miró.

—¿A qué hora empezabas a trabajar cuando trabajabas para esa importante empresa de Nueva York?

—A las cinco de la mañana, pero por aquella época trabajaba con gente razonable. Nadie esperaba que me plantara en el gimnasio y acabara agotada físicamente antes siquiera de haber empezado mi jornada laboral.

Élise enarcó las cejas.

—Como si no te hubieras agotado físicamente durante toda la noche con Jackson.

Kayla esbozó una sonrisa petulante.

—Eso es distinto.

—¿No es esa su sudadera?

—Podría —en ese momento le sonó el teléfono y miró el número—. Es Lissa de Recepción. Perdonadme, compañeras masoquistas, tengo que responder. Hola, Liss, ¿qué tal? —soltó el bolso al suelo—. ¡Vaya, es una noticia fantástica! Sí, ya sé que es mucho... no te preocupes, yo me ocupo. Déjamelo a mí —colgó y Brenna aumentó la velocidad del paso.

—¿Qué es esa noticia tan fantástica? ¿De qué te vas a ocupar ahora?

—¡De un montón de reservas! —dijo Kayla haciendo una pirueta—. Veinte más desde anoche. La nieve los está atrayendo como avispas a un tarro de miel —redactó un correo rápidamente—. Esta tormenta es exactamente lo que necesitábamos. Estoy empezando a pensar que existe la posibilidad de que lleguemos a estar completos.

Élise se secó la frente con el antebrazo.

—¿Y con esa noticia basta para hacerte bailar? Jamás te podré entender.

—Me parece bien porque yo a ti tampoco te entiendo. O, como dirías tú, *je ne comprendes pas vous*.

Élise esbozó una mueca de disgusto.

—Yo no diría eso. Tu francés es pésimo. Por favor, te suplico que hables solo en inglés.

—Tengo que contárselo a Jackson. ¡Dios, adoro mi trabajo! —sonriendo, Kayla marcó el número y golpeteó con el pie en el suelo, impaciente. Al momento, puso mala cara y dijo—: Salta el buzón de voz. ¿Dónde está?

—Probablemente buscando su sudadera.

Brenna intervino.

—Conociendo a Jackson, ya estará en el complejo resolviendo algún problema —pensó en el año anterior, cuando todos estaban preocupados por que el negocio pudiera hundirse. Jackson había estado estresado y agotado por la presión de mantener el negocio familiar a flote y ocuparse de los delicados asuntos familiares—. Lo que has hecho es un logro increíble, Kayla. Gran trabajo.

—Trabajo de equipo. Yo los atraigo hasta aquí, Élise les da una comida que jamás olvidarán y tú haces que lo pasen genial en las pistas para que quieran volver. Deberíamos hacer una reunión de personal y abrir una botella de champán o algo así, celebrarlo un poco. Divertirnos un poco. Después de tanta incertidumbre, resultaría muy motivador para todo el mundo. Se lo voy a proponer a Jackson —Kayla pulsó el botón de «enviar» del correo electrónico–. Tengo que hablar con él porque, si estamos llenos, eso repercute en el complejo al completo. No solo en el alojamiento, sino en los alquileres de esquís, en las clases, en el alquiler de motos de nieve y todas esas cosas.

–¡Si vais a alojar a más gente, también tendrán que comer! –con el ceño fruncido, Élise aumentó la velocidad de la cinta de correr–. Y eso significa que, gracias a ti, estas Navidades voy a tener que trabajar el doble. No sé por qué me molesto con esta máquina si me paso el día corriendo por la cocina.

–Te encanta estar ocupada –dijo Kayla subiéndose a la cinta contigua y con el teléfono aún en la mano.

Brenna miró a Élise, que se limitó a mirar al techo y encogerse de hombros con un gesto muy galo.

–Nació con el teléfono pegado a la mano. A veces pienso que para Kayla su teléfono es más importante que su corazón. Es lo que hace que le bombee la sangre. Si lo suelta, una parte de ella muere.

–Guarda el teléfono, Kayla –dijo Brenna con tono suave–. Vas a tener un accidente.

–Y entonces sí que se derramaría sangre –Élise bajó la velocidad y agarró su botella de agua–. Y mi Sean hoy ya está muy ocupado, así que no tendría tiempo de recomponerte los huesos si te los aplasta la cinta de correr.

Kayla se estremeció.

–Qué desagradable.

–Es su trabajo.

–Sé cuál es su trabajo, no necesito detalles.

–A veces creo que nuestros trabajos tienen ciertas similitudes –continuó Élise bajando la botella–. Los dos nos pasamos el día trabajando con huesos y carne fresca.

–¡Oh, por favor! –a Kayla se le puso mala cara y Brenna sonrió.

—Lo está haciendo a propósito para molestarte. Se está riendo de ti.

—Pues va a dejar de reírse cuando le vomite el desayuno en los pies. ¡Cuánto me alegro de no vivir en tu casa, Élise! No me gustaría estar presente durante vuestras conversaciones cuando volvéis del trabajo.

—¿Crees que malgastamos el tiempo que pasamos juntos hablando del trabajo? A los dos nos apasiona lo que hacemos, pero cuando terminamos, ahí se queda. A veces ni siquiera hablamos. Solo practicamos sexo.

—Demasiada información —Kayla agarró el mando y subió el volumen de la música; al percatarse de que era en francés, la bajó con gesto de disgusto.

Élise la volvió a subir.

—Estás muy tensa. ¿Qué tiene de malo el sexo?

—En ningún momento he dicho que tenga algo malo. Simplemente no entiendo tu necesidad de hablar de ello constantemente.

—¿Por qué no? El sexo es algo perfectamente normal, es una cosa saludable. Y los O'Neil son hombres muy sexuales, muy pasionales. En cuanto Sean entra por la puerta, deja de pensar en su día de trabajo —y con una pícara sonrisa, añadió—: Anoche...

—¡No! —Kayla se tapó los oídos—. Brenna, ¡detenla! A ti te hace caso.

Brenna miró a Élise envidiando la naturalidad con la que hablaba de sexo y envidiando también la relación que tenía con Sean. ¿Cómo sería llegar a casa por las noches para reunirte con tu persona amada en lugar de encontrarte con una casa vacía? ¿Cómo sería saber que la persona a la que quieres te corresponde? No habría que ocultar ni reprimir nada. No tendría que clavarse las uñas en las manos para evitar alargarlas y acariciarlo.

Kayla seguía centrada en el trabajo.

—Élise, sé que te estabas planteando cerrar el Boathouse en Nochebuena y Navidad, pero si estamos llenos, creo que tendrás que mantenerlo abierto.

Élise volvía a correr deprisa; su melena oscura le rozaba la mandíbula.

—¿Me estás diciendo cómo dirigir mis restaurantes?

—Te estoy diciendo que nuestro número de clientes se ha duplicado —caminando sobre la cinta, Kayla seguía comprobando el correo electrónico—. Van a tener que comer. Veo una oportunidad.

—Y yo veo un ataque de nervios —sin aliento, Élise pulsó un botón de la máquina y aminoró la marcha—. Tendré que contratar a más personal para la semana de Navidad.

—Dime lo que necesitas y te lo daré —le contestó Kayla ojeando un correo—. Se lo diré a Jackson. ¿No se puede ocupar Poppy del Boathouse durante las fiestas?

—Está ocupada en el restaurante conmigo. Ya se me ocurrirá algo. ¡Y ahora basta! ¿Qué ha pasado con nuestra norma de no hablar nunca del trabajo mientras hacemos ejercicio? Aunque tampoco es que se le pueda llamar ejercicio a lo que estás haciendo tú. La única parte del cuerpo que estás moviendo son los dedos. No has quemado ni una caloría.

—Pero esto tampoco es que sea trabajo exactamente. ¡Es emocionante! Además, esta mañana antes de salir de casa ya he quemado muchas calorías.

Brenna se paró a pensar en los cambios que se podían producir en pocos meses.

En esa misma época, el año anterior, las tres habían estado solteras. Ahora ella era la única que no tenía una relación y, aunque le encantaba que sus amigas fueran felices, eso también hacía que se sintiera más sola que nunca.

¿Cómo podría soportar que Tyler volviera a salir con mujeres?

—¿Estás bien, Brenna? —le preguntó Élise bajando de la

máquina y echándose una toalla alrededor del cuello–. Estás muy callada.

–Estoy bien –no lo estaba, ¿verdad? No estaba bien en absoluto, pero como no quería que lo descubrieran, cambió de tema–. Qué gran noticia lo de las reservas, Kayla. Para mí cualquier cosa que garantice el futuro de Snow Crystal es motivo de celebración. Para empezar, significa que mantengo mi trabajo.

Lo cual significaba también que seguiría trabajando con Tyler.

Sería testigo de cada una de sus citas. Sería como trabajar en la puerta de Disneylandia viendo a todo el mundo disfrutar de una experiencia única mientras tú te quedabas allí como un mero espectador.

Élise se secó la frente con la toalla.

–Si estás bien, ¿entonces por qué tienes aspecto de encontrarte mal?

Brenna paró la máquina y respiró profundamente.

–No es nada.

Élise miró a Kayla.

–Vas a decirnos qué es ese «nada» y juntas lo vamos a resolver.

–No podéis resolverlo.

–Se me dan muy bien los cuchillos. ¿Se trata de alguna persona? Dame un nombre. Te lo haré filetes.

Kayla se estremeció y Brenna se quedó mirando la máquina con desolación, incapaz de seguir fingiendo. Eran sus amigas, la primera relación estrecha que había tenido con otras mujeres. Recordaba cómo Kayla había confiado en ellas tras su primera noche con Jackson.

–Es Tyler.

Élise estrechó la mirada.

–¿Te ha hecho daño? Sí, sin duda lo voy a filetear.

–No, no me ha hecho nada –respondió Brenna bajando

de la cinta–. Soy yo. Y es complicado –era algo de lo que no había hablado nunca con nadie. Ella no era de compartir sus sentimientos. Se le hizo un nudo en la garganta y tragó con dificultad, desconcertada por el repentino torrente de emociones. Estaba cansada, nada más. La conversación con Tyler la había desestabilizado más de lo que había querido admitir. No había podido sacársela de la cabeza, ni siquiera esquiando, y eso era muy raro en ella.

Kayla bajó también de la cinta.

–¿En qué sentido es complicado?

–Yo... bueno... me gusta –dijo tartamudeando, y tras decidir que por una vez diría la verdad, añadió–: Lo quiero.

Élise enarcó las cejas.

–¿Y crees que eso es una novedad para nosotras?

¿Lo sabían?

–¿Lo sospechabais? ¿Cómo? ¿Tan obvio es? ¡Ay, qué horror!

Élise abrió la boca, pero Kayla se le adelantó.

–Teníamos una sospecha –dijo con tacto–. ¿Por qué es complicado? ¿Qué ha cambiado?

No estaba acostumbrada a hablar sobre sus sentimientos por Tyler.

–Jess quiere que empiece a salir con mujeres.

Kayla soltó el teléfono.

–¿Eso te ha dicho?

–Me lo ha dicho él.

–¿Ha hablado contigo sobre salir con otras mujeres? –preguntó Élise furiosa–. Voy a filetearlo y a saltearlo en aceite caliente. ¿Cómo puede ser tan insensible?

La lealtad de las chicas resultaba conmovedora, pero ella sabía que no era justo permitirles culpar a Tyler.

–No fue insensible, estaba hablando conmigo como con una amiga. No sabe nada de lo que siento por él.

Kayla se la quedó mirando.

—¿Estás segura de eso?

—¡Por supuesto! —pero ellas lo sabían, ¿verdad? Y si ellas lo sabían...—. ¿Creéis que se ha dado cuenta?

—No, claro que no —respondió Kayla para calmarla—, es solo que te conocemos desde hace tiempo y pensamos que haríais una pareja perfecta.

—Tyler también me conoce desde hace mucho tiempo. Me conoce de toda la vida. Se le da muy bien adivinar lo que pienso y siento. Lo hizo la otra noche cuando Jackson me pidió que me ocupara de la clase del instituto. Sabía que lo odiaría y por eso se ofreció a hacerlo él —se llevó la mano a la boca—. Sería terrible que lo supiera. No quiero que sienta lástima por mí. Este es mi problema, no el suyo. No quiero que las cosas cambien.

Élise la miró con exasperación.

—*Merde*, ¡por supuesto que quieres que las cosas cambien! Y, por una vez, en lugar de esconder la cabeza en la nieve...

—En la arena —murmuró Kayla ganándose una mirada de furia.

—¡Nieve, arena, barro o lo que sea que hacéis cuando no queréis enfrentaros a algo! En lugar de eso, podrías decirle la verdad. Quieres acostarte con él. Quieres que pase de estar vestido a estar desnudo más rápido de lo que su coche de carreras pasa de cero a cien. Quieres que esté tan enamorado de ti como tú de él.

—Pero eso no sucedería. No es lo que él quiere. Si se enterara, sería horriblemente incómodo.

—A menos que te equivoques sobre lo que él siente por ti.

—No me equivoco. Lo conozco tan bien como él me conoce a mí, y sé que no soy su tipo —había cosas que ellas no entendían. Cosas que ella nunca había compartido con nadie—. Creo que para la semana que viene ya estará saliendo con Christy.

—¿Christy? —Kayla se mostró atónita ante la idea—. ¡De eso nada! Para empezar, Tyler es un auténtico amante de la naturaleza y Christy es una chica de interior sin duda alguna. ¡Es peor que yo incluso! Si se rompe una uña, necesita terapia. Lo volvería completamente loco en menos de sesenta segundos. En eso estás totalmente equivocada.

—Es la clase de chica con la que él se relacionaba todo el tiempo en los circuitos de esquí.

—Tal vez. Pero después de terminar de esquiar y, además, ninguna de esas relaciones duraba.

—Flirtea con ella constantemente.

—Tyler flirtea con todo el mundo que tenga menos de cincuenta años. Así es como se comunica.

—Pues conmigo no lo hace.

Élise eligió un par de mancuernas.

—Interesante, ¿no? ¿Y eso no te dice nada?

—Sí, me dice que no me ve así. Yo soy alguien con quien sale a esquiar y a trepar por los árboles, no con quien flirtea.

Élise levantó las pesas.

—Kayla tiene razón. Los dos hacéis una pareja perfecta —el modo en que enroscaba la «r» hacía que sonara como un gatito contento—. Puede que tengas que hacer algo drástico y tomar el control de la situación.

—Ya he tomado el control de la situación. Me estoy esforzando mucho por asegurarme de que no se entera de lo que siento.

—*Je ne comprend pas*. No lo entiendo —Élise parecía confusa—. ¿Por qué no quieres que se entere?

—Porque eso dañaría nuestra amistad.

Kayla se apoyó contra la pared.

—Tal vez es hora de convertir lo que tenéis en algo más que una amistad.

Élise bajó las pesas.

—Deberías preguntarle directamente para que no hubiera errores. Yo a Sean le dejé muy claro que me interesaba.

—Es distinto —apuntó Brenna agarrando su botella de agua—. Sean y tú tenéis una química brutal. Siempre habéis compartido algo especial. Yo ya sé lo que siente Tyler, y no es lo mismo que siento yo —dijo en voz baja—. He aprendido a vivir con eso. He aprendido a vivir con todas esas fotos y rumores cuando estaba esquiando. Supongo que es una de las razones por las que el último año ha sido tan especial para mí. Con Jess viviendo con él, todo ha sido mucho más sencillo. Y por el trabajo hemos estado pasando más tiempo juntos y ha sido genial.

Élise parecía perpleja.

—Entonces, si de verdad estás tan feliz con la situación, sigue adelante.

—Se acabó. He estado fingiendo que podemos, pero no podemos. Es inevitable que conozca a alguien y no estoy segura de que me vaya a resultar sencillo vivir con eso. ¿Qué mujer va a querer que sea amigo mío? —se sentó en la máquina—. Me pregunto si todo sería más sencillo si me marchara.

—Eso ya lo hiciste —dijo Élise bajando las pesas—. ¿Te funcionó?

—No —de pronto le costaba hablar—. Está en mi corazón, así que allá donde voy, viene conmigo.

—¡Oh, Bren, no digas esas cosas! —dijo Kayla con los ojos llenos de lágrimas y llevándose la mano a la boca—. Me vas a hacer llorar, y yo nunca lloro. Tú no te vas a marchar de aquí. ¡No puedes! Ni se te ocurra. Eres parte esencial del equipo.

—Sí. Sin ti, Kayla se convertiría en una perezosa —Élise tenía los ojos algo más brillantes de lo habitual—. Te necesita para mantener en forma ese culo prieto que tiene. Sin ti, estaría todo el día sentada en su escritorio.

—Mierda —exclamó Kayla secándose las mejillas con la palma de la mano y sonándose la nariz—. Prométeme que no harás nada precipitado. Lo solucionaremos de algún modo.

Conociendo las formidables habilidades de Kayla para solucionar cosas, Brenna estuvo a punto de sonreír.

—Gracias, pero ni siquiera tú puedes arreglar esto.

—Tyler aún no ha empezado a salir con nadie. Puede que no llegue a suceder.

—Sucederá. Ha estado dejando de lado sus propias necesidades por Jess, pero si ella lo está animando a hacerlo, entonces sucederá. Es guapísimo, las mujeres se le echan encima —había tenido que verlo toda su vida. El modo en que lo miraban, los extremos a los que llegaban para llamar su atención—. Estoy siendo una estúpida y resultando patética. No me hagáis caso. Estoy cansada. Es más, creo que me voy a saltar el resto de nuestro entrenamiento —se agachó y recogió su bolsa del suelo mientras Kayla y Élise se miraban.

—Pero tú nunca te saltas nuestros entrenamientos. Jamás. Siempre dices que no hay ni una sola cosa en el mundo en la que el ejercicio no pueda ayudar.

—En esto no puede ayudar. Tengo que organizar las clases de hoy. Luego os veo.

No había solución. Lo sabía.

Podía marcharse de allí, podía aceptar un trabajo en la otra punta del mundo, pero ¿cómo podía sacarse a Tyler del corazón?

Kayla esperó a que Brenna cerrara la puerta y exhaló.

—¡Mírame! Estoy hecha un cuadro.

Élise la miró.

—*C'est vrai*. Estás hecha un cuadro. Pensé que eras una británica muy fina que nunca llora. Tienes los ojos del color de una salsa de tomate, o más bien de tomate concentrado.

—¿Por qué en tu vida todo tiene que tener una referencia culinaria? —Kayla activó la cámara del móvil y se miró—. ¡Mierda, tienes razón! No volveré a maquillarme si sé que voy a hablar con Brenna.

—Jamás la había visto tan emotiva. Es una persona muy calmada y contenida. Es la primera vez que ha admitido sus sentimientos.

Kayla se guardó el teléfono en el bolso.

—Debe de ser horrible estar enamorada de un hombre al que no le interesas. Y cuando ha dicho eso de que lo llevaba en el corazón... —se le volvieron a saltar las lágrimas, y Élise la miró con frustración.

—*Merde, j'en ai assez*. ¡Basta! ¿De qué sirve tanto lloriquear y gimotear? Necesitamos un plan —murmuró algo en francés y extendió una colchoneta de yoga—. Y, además, él sí que está interesado por Brenna.

Kayla se sonó la nariz.

—He de admitir que yo también lo he pensado. ¿Viste cómo reaccionó en la reunión cuando Jackson le sugirió a Brenna que fuese a dar las clases? Por poco me derrito en el sitio. Ese hombre mataría a un dragón por ella, pero Brenna no lo ve.

—Mmm —exclamó Élise pensativa—. Filete de dragón, hamburguesa de dragón...

—¡Deja de pensar en comida aunque sea por cinco minutos! Lo que quiero decir es que es muy protector y que él no es así con nadie. Cuando me caí en el hielo el otro día, se rio y pasó por encima de mí. Así que, ¿por qué no dice algo? ¿Por qué no ha dado ningún paso? Él no es tímido con las mujeres.

—No lo sé —Élise retorció el cuerpo en una postura que podía ser tanto de yoga como de Pilates—. No sé cómo funciona el cerebro de un hombre. Otras partes, sí, pero el cerebro no.

—A lo mejor no la ve de ese modo. Creció con ella. A lo mejor la ve como a un chico más.

—Nadie podría ver a Brenna como a un chico —Élise cambió de postura y estiró las extremidades—. Tal vez no ve la oportunidad.

—Se ven todo el tiempo, tienen muchas oportunidades —Kayla ladeó la cabeza sin dejar de mirar a su amiga—. ¿Voy a tener que llamar a los bomberos para que te rescaten de esa postura? ¿Cómo puedes hacer eso?

—Practiqué ballet durante un tiempo. Se ven en el trabajo, no todo el tiempo.

—Eso no es verdad. La otra noche se tomaron una copa juntos.

—¿Cómo lo sabes?

—Porque los vi caminando hacia Forest Lodge. Él la llevaba agarrada del hombro y se estaban riendo —enarcó las cejas cuando Élise se abrió de piernas ejecutando el ejercicio con gran elegancia—. No pienso ayudarte a levantarte.

—¿La estaba rodeando con los brazos?

—Sí, pero parecía un gesto más de amistad que de amor.

—Debió de ser muy duro para Brenna —Élise se inclinó hacia delante con elegancia y agilidad—. Tienes razón. Habría sido la oportunidad perfecta para dar el paso.

—Lo cual sugiere que tú te equivocas y que ella tiene razón. No está interesado.

—O se está conteniendo.

Kayla reflexionó sobre el comentario.

—Si es así, entonces hay que sacarlo de su zona de confort. Tienen que pasar más tiempo juntos. Al menos así sabríamos si siente algo o no.

—*D'accord*. Ya estoy harta de todo este rollo. Me va a estallar la cabeza.

—¿Pero cómo podemos organizar algo cuando nos espera la temporada más ajetreada que hemos tenido en años?

Tendrán suerte si llegan a cruzarse en alguna pista esquiando.

—Soy chef, no Cupido. Y a mí no se me da bien el enfoque evasivo e indirecto que todos parecéis usar. Si yo fuera Brenna, le diría directamente: «Tyler, durante toda mi vida te he visto muy atractivo y ahora me gustaría acostarme contigo. ¿Sí o no?».

Kayla sonrió.

—¿Eso fue lo que hiciste con Sean?

—No, con Sean no pregunté. Tomé lo que quería —estiró los brazos por encima de la cabeza—. Le arranqué la ropa y él me arrancó la mía.

—Brenna jamás haría eso, y tampoco le diría a Tyler que lo encuentra atractivo y que quiere acostarse con él. Es muy tímida para esas cosas. Y tradicional. Si pasa algo entre ellos, tiene que ser él el que dé el primer paso —fascinada, vio a Élise elevar las piernas lentamente y bajarlas de nuevo—. Necesitamos un plan.

—Brenna no te va a dar las gracias precisamente si te entrometes.

—No quiero que me dé las gracias, y me voy a entrometer con delicadeza. Ni se enterará.

Élise se levantó con un elegante movimiento.

—Yo sigo prefiriendo el enfoque directo, pero primero probaremos a tu modo. Ahora deja de mirarme y haz un poco de ejercicio.

Brenna estaba sentada en la cama en Forest Lodge con una taza de té de hierbas entre las manos. Aún faltaba una hora para que sonara el despertador, pero llevaba media noche despierta pensando en Tyler.

Forest Lodge tenía un dormitorio de lujo en la planta baja, completo con aseo y jacuzzi privado, pero ella prefería dormir en el entresuelo porque le encantaban las vistas desde ahí. Solía tumbarse a contemplar el bosque que se extendía a lo lejos. Era como vivir en una casita de árbol con unas vistas más impresionantes que cualquier imagen que un artista pudiera reproducir con un lienzo y óleos.

Fuera aún estaba oscuro, pero la nieve resplandecía bajo la luz de la luna y podía ver el bosque cubierto por una densa capa blanca. Caía sobre los árboles formando extravagantes pliegues, líneas afiladas, y su peso hacía que las ramas se combaran.

¿Quién necesitaba un árbol de Navidad cuando durante el invierno cada día en Snow Crystal era como Navidad?

Arrodillada en la cama, miró entre los huecos de los árboles. Podía ver la Casa del Lago, donde Tyler vivía con Jess.

Había pasado muchos veranos e inviernos felices en esos bosques con las tres generaciones de O'Neil: Sean, Jackson y Tyler, su padre Michael y su abuelo, Walter. Con ellos había explorado la zona y había transformado estructuras que se estaban viniendo abajo en algo habitable. Había cargado ladrillos, lijado madera y se había metido al lago mientras habían construido un embarcadero. Ahí fuera en alguna parte había un árbol en el que había grabado el nombre de Tyler.

No podía decirse que no quisiera a sus padres, pero en ocasiones sentía que había nacido en la familia equivocada. Ellos no entendían su amor por las montañas y su deseo de estar al aire libre, y mucho menos lo compartían. Cuando habían intentado enfriar ese amor suyo por las montañas y por el esquí, negándose a costearle el equipo que necesitaba, Michael le había regalado los viejos esquís de Tyler y le había dejado guardarlos en Snow Crystal.

Brenna jamás había comprendido la hostilidad de su madre hacia los O'Neil, que eran bien queridos y respetados por todos los demás en el condado. Finalmente había decidido que Maura Daniels simplemente se oponía en rotundo a cualquier cosa que tuviera que ver con el esquí y los deportes de invierno. Mantenía despejada de nieve su pequeña y prístina casa y se quejaba sin cesar de los largos y fríos inviernos en Vermont hasta el punto de que en ocasiones Brenna llegaba a pensar que las montañas debían de haberla ofendido personalmente de algún modo.

Y así había crecido en una casa, a la vez que había pasado el tiempo en otra, hasta el día en que se enteró de que Janet Carpenter estaba embarazada.

Había sido el peor día de su vida.

Se había perdido en las montañas durante dos días sin decirle a nadie adónde iba.

Había sido Jackson, que pasaba allí el verano durante las vacaciones de la universidad, el que la había encontrado.

El fuerte y leal Jackson, que había ignorado las órdenes de los padres de ella, de los suyos propios y del equipo de rescate, y a pie había subido hasta la cumbre en la que solían acampar de niños siguiendo una corazonada.

Había querido que hablara con él, pero Brenna había mantenido la boca bien cerrada porque siempre le resultaba más sencillo guardarse las cosas que compartirlas.

Por extraño que parezca, aquella había sido la única vez en su vida en la que su madre había resultado un consuelo. Fue como si por fin hubiera sabido lo que su hija, ajena a ella en todo lo demás, necesitaba.

Había sido su madre la que la había animado a levantarse por las mañanas, a lavarse el pelo, vestirse y a terminar otro año de instituto. Había sido su madre la que le había dado de comer sopa casera, cucharada a cucharada, y la que la había abrazado cuando había llorado.

Nunca habían hablado de los detalles, pero por una vez su madre había dejado de meterse con ella y le había mostrado una amabilidad y una empatía que Brenna no había recibido ni antes ni desde entonces. Resultaba una dolorosa ironía que la peor época de su vida hubiera sido también la mejor.

Fue entonces cuando a Tyler le habían otorgado una plaza en el equipo nacional de esquí. Desde aquel momento había estado viajando de un lado a otro y sin volver a casa entre viaje y viaje, así que había habido meses en los que solo lo había visto por televisión.

Ella se había formado como instructora de esquí y había trabajado con Jackson en Europa durante cuatro años con la esperanza de que la distancia pudiera matar esos sentimientos; sin embargo, Tyler también había esquiado en Europa y con frecuencia ella se había reunido con la familia para verlo competir.

Lo había visto triunfar y ganar medalla tras medalla, esquiando más deprisa y con más fuerza que nadie, destacando de los demás con su puro talento y fuerza en la montaña. Los medios de comunicación lo describían como feroz y temerario en las pistas, pero ella simplemente lo veía como el chico con el que había esquiado desde que era pequeña.

Lo entendía.

Entendía que no era ambición lo que lo movía, sino amor por la velocidad. Los medios de comunicación lo acusaban de ser despiadadamente competitivo, y lo era, pero Brenna sabía que la persona contra la que estaba compitiendo era él mismo. Había pasado horas sola en la montaña a su lado, observando cómo probaba nuevas rutas y giros y pistas aparentemente imposibles. Mientras él se había esforzado hasta el límite, ella había sido la única testigo.

Se puso un forro polar encima del pijama y bajó la escalera curvada que conducía a la primera planta. Estaba a punto de prepararse otra taza de té cuando lo vio en la puerta.

Por un momento se preguntó si su mente lo habría imaginado, pero entonces lo vio sonreír y señalar a la nieve.

Deseando tener puesto algo que no fuera el pijama, fue a

abrir la puerta. Un golpe de aire helado casi la derribó, y se acurrucó contra su forro polar.

—¿Pasa algo? ¡Es de madrugada!

—Casi ha amanecido y necesitamos salir pronto si queremos primera silla.

¿Primera silla?

—¿Quieres ir a esquiar?

—¿Has visto la nieve? Mira detrás de mí.

—Ya lo he hecho.

Más tarde el aire estaría cargado con los gritos de felicidad de unos niños emocionados, pero en ese momento Snow Crystal estaba envuelto en ese extraño y fantasmagórico silencio que siempre seguía a una fuerte nevada.

—Es un día perfecto para esquiar en nieve polvo.

—Sí, y antes de que se lo dediquemos a otras personas, se me ha ocurrido que deberíamos dedicarnos un rato para nosotros. Un regalo de Navidad por adelantado. Hora de ir a la oficina, señorita Daniels, antes de que llegue el resto del mundo. Vístase y vamos a esquiar un poco —sus ojos azules tenían una expresión adormilada y aportaban el único toque de color a un mundo que se había vuelto blanco de la noche a la mañana. Se quedó un momento ahí, hipnotizada.

—¿Ahora?

Él señaló con la cabeza.

—Ahí fuera hay casi un metro de nieve virgen esperándonos. Ya deberías tener las botas puestas.

Ella conocía a muchos vecinos del pueblo, gente que el resto del tiempo era perfectamente civilizada, que matarían por ser los primeros en subir en el telesilla de cuatro plazas un día como ese.

—Habrá cola para estrenar pista.

—Razón de más para no perder tiempo. Te doy dos minutos para vestirte —llevaba un gorro que le cubría la frente y tenía las manos metidas en los bolsillos del abrigo. A juzgar por la barba incipiente que le ensombrecía la barbilla, no había perdido tiempo en afeitarse. Su sonrisa denotaba seguridad, y ella se preguntó si alguna mujer se le habría resistido a algo alguna vez.

Sintió un cosquilleo en el estómago.

—Hoy tenemos mucho trabajo por delante.

—Razón de más para aprovechar las próximas horas. O podrías volver a la cama y dormir una hora más, si es lo que prefieres —el brillo en su mirada le decía que conocía la respuesta.

—No estaba dormida.

—Cuando éramos adolescentes nunca tuve que insistir tanto para convencerte. Te saqué por la ventana de tu habitación más de una vez.

—¡Eso fue hace mucho tiempo! Una eternidad. Antes de Janet. Ahora somos adultos. Responsables.

—Demasiada responsabilidad no es buena. Seré responsable a partir de las ocho y media. De todos modos, para entonces la montaña ya estará pateada, así que de momento voy a disfrutar de tiempo para mí. Vamos —su voz sonó profunda y persuasiva—. Si tengo que pasarme el día esquiando con gente que no sabe distinguir un bastón de esquí de un bastón de caramelo, lo mínimo que puedes hacer es dejar que primero me divierta contigo.

Élise habría aprovechado ese comentario. Élise habría flirteado, o incluso lo habría metido en casa y lo habría llevado a la cama que aún guardaba el calor de su cuerpo.

Tal vez debería intentarlo.

—Podrías pasar un rato —dijo con indiferencia y él frunció el ceño.

—¿Y para qué? ¿No te habrás convertido en una de esas mujeres que tardan siglos en vestirse por la mañana, verdad? Recuerdo que una vez te pusiste los pantalones de esquí encima del pijama. Esperaré aquí mientras te cambias.

Brenna se sonrojó. ¿Cómo se flirteaba con un hombre cuando ni siquiera él sabía que estabas flirteando?

—¿Por qué yo? —preguntó con la voz ronca—. Podrías haber ido a esquiar con tus hermanos.

—Demasiado complicado y, además —añadió con un tono absolutamente despreocupado—, me gusta esquiar contigo.

Era lo único que compartían. Lo único que ella tenía que no tuvieran las demás.

La capacidad de seguirle el ritmo.

—Salgo en dos minutos.

Tyler esbozó una lenta y sexy sonrisa.

—Que sea uno. Tenemos que aprovechar al máximo los ratos de tranquilidad. Por aquí eso escasea ahora que aumenta el número de visitantes.

Ella lo entendía porque sentía lo mismo. Al igual que Tyler, siempre había preferido estar al aire libre que quedarse metida en un sitio.

—¿Dónde está Jess?

—Se ha quedado a dormir en casa de mi madre. Han estado cargando el congelador para Navidad. Hay muchas probabilidades de que hoy no haya colegio y, si es así, iré a esquiar con ella después. Si no, mi madre la llevará a clase. Ahora date prisa y vístete antes de que el resto del pueblo se nos adelante.

Intentando no ver más allá en esa invitación, Brenna se puso rápidamente su equipo de esquí, agarró lo que necesitaba y se reunió con él fuera.

Tyler condujo hasta el teleférico que trasladaba a la gente de cuatro en cuatro a lo alto de la montaña. Lo habían cambiado hacía unos años y el nuevo tenía menos problemas con el hielo y el frío.

Aún estaba oscuro y, al contrario de lo que pensaba Brenna, fueron los primeros esquiadores en subir.

Tyler quitó la nieve del asiento y Brenna se sentó a su

lado; sus muslos se rozaban. Se quedaron ahí sentados en silencio, disfrutando del lento trayecto que los subía por la montaña. Desde ahí, Brenna pudo disfrutar contemplando una vista aérea de esa perfección invernal. Bajó la mirada hacia los árboles y los estrechos senderos planeando mentalmente una ruta para así intentar no pensar en el roce de sus piernas.

Hacía mucho frío y se acurrucó más contra su cazadora. Tenía el hombro apoyado en el de él.

¿Cuántas veces habían estado así? Sentados el uno al lado del otro viendo cómo el sol salía por la cima, con la luz deslumbrándolos y danzando sobre la nieve intacta y fresca, y los cristales de hielo destellando bajo el cálido azul del cielo de invierno.

Al bajar del telesilla y detenerse en lo alto, Tyler se giró hacia ella.

—¿Te alegras de no haberte quedado en la cama?

—Sí. Me encanta cómo está el bosque después de la nieve —nada que hubiera tenido nunca podía ni compararse con esa belleza ni producirle la misma emoción que las montañas y el bosque—. Esto es perfecto —y el hecho de estar con él lo hacía más perfecto todavía.

Y precisamente porque estaba pensando en él en lugar de concentrarse, se cayó de espaldas.

—Ay, mierda.

Riéndose, él se acercó.

—No recuerdo la última vez que te vi caerte —mientras ella intentaba levantarse, él se sacaba el teléfono del bolsillo.

—¿Qué estás haciendo?

—Disfrutar del momento. Y reuniendo evidencia gráfica.

—Ni se te ocurra.

—Estoy de broma —aún riéndose, se guardó el teléfono, alargó la mano y la puso de pie.

El esquí de Brenna se enganchó con el suyo y él se resbaló ligeramente; la agarró con fuerza para evitar que cayeran los dos.

Ella apoyó la mano sobre su hombro para sujetarse. Primero lo miró a la mandíbula, después a la boca y por último a los ojos.

Unos ojos que ahora tenían una expresión seria y donde ya no quedaba ni rastro de diversión.

—¿Estás bien?

—Estoy bien.

Tyler se la quedó mirando un momento y después la soltó. Desenganchó los esquís y se giró hacia los árboles.

Para él ese momento había pasado, pero la mente de Brenna, su memoria, estaba repleta de instantes como ese. El nombre de Tyler no estaba tallado simplemente en un árbol en alguna parte; estaba tallado en su corazón.

Se quedó ahí quieta observando cómo se movía con fluidez por la densa nieve. Solo un experto como él podía hacer que pareciera sencillo, como si no le supusiera ningún esfuerzo.

Ya estuviera lanzándose por una pendiente en una Copa del Mundo de descenso, deslizándose por nieve profunda o por pistas mantenidas por pisanieves, era el mejor. Un atleta supremo, en sintonía con su entorno. En un deporte donde la diferencia entre ganar y quedar segundo era cuestión de una centésima de segundo, él se había mantenido en lo más alto.

Lo siguió por una ruta cubierta por una nieve perfecta; el instinto y el conocimiento de la zona lo ayudaban a dar con el camino idóneo a través del denso polvo blanco. Era un esquiador habilidoso y agresivo, que se lanzaba por las pistas sin signos visibles de miedo, fueran cuales fueran las condiciones. Lo oyó soltar un grito de satisfacción al ejecutar una serie de giros suaves y perfectos, deslizándose por la nieve con ritmo y fluidez. Lo siguió cuando se adentró entre los claros, y fueron zigzagueando entre árboles esculpidos en nieve, con las ramas deformadas y combadas por el peso de su carga invernal. El único ruido que se oía eran el susurro de los esquís y el suave golpeteo de nieve posándose sobre nieve mientras se abrían paso por el bosque en dirección a la zona principal del complejo.

Cuando finalmente Tyler se detuvo y ella paró a su lado, Brenna tenía las mejillas coloradas del frío y su aliento formaba pequeñas nubes en el gélido aire.

—Ha sido increíble.

El sol danzaba sobre la superficie de la nieve y cristales de hielo destellaban como si hubiera azúcar esparcido por el suelo. En los árboles había un par de carboneros trinando, y, tras ellos, el cielo se veía de un azul perfecto.

—Es el mejor momento del día —Tyler se quitó un guante y se subió las gafas—. Va a ser un buen día.

Ya había comenzado del mejor modo posible.

—Gracias por pedirme que te acompañara. La mayoría de la gente mataría a su vecino por estrenar pista.

—Ey… —Tyler giró la cabeza y le lanzó una sonrisa que la dejó paralizada—, yo sí que he estrenado pista. Tú has ido detrás de mí.

Ella lo empujó, pero él ni se movió, fuerte como una roca sobre sus esquís.

—La próxima vez, yo iré primero.

—Si me logras alcanzar, puedes ir la primera sin problema.

—¿Recuerdas cuando nos saltábamos las clases y veníamos aquí? —Brenna se apoyó en su bastón—. Nos sentíamos como si fuéramos los dueños de la montaña.

—Y lo éramos.

—Pero entonces llamaban a mi madre y nuestros padres tenían que ir al colegio. Mi madre me castigaba el fin de semana. Mientras salíamos del colegio, me iba diciendo que la había avergonzado y yo lo único que oía era a tu padre preguntándote qué tal estaba la nieve.

—Aún recuerdo cómo miraba tu madre a mi padre. Si hubiera podido, lo habría enterrado en una montaña de nieve. Los O'Neil nunca han estado entre sus personas favoritas. Pensaba que mi padre era un irresponsable —dijo mirando al frente—. Supongo que mucha gente lo pensaba. Y aún lo piensa.

Ella notó su cambio de humor.

—Era un buen hombre.

—Era pésimo como empresario. Estaba atrapado en una vida que no quería y, en lugar de afrontarlo, decepcionó a mucha gente. Les hizo mucho daño.

—¿Tu madre habla de ello alguna vez?

—Jamás. Es tremendamente leal. Lo amaba con sus defectos y todo.

—¿Y no consiste en eso el amor? En amar a alguien tal como es. Si quieres que alguien cambie, ¿cómo puede eso ser amor? —Brenna vio a un pájaro sobrevolar entre unas ramas haciendo que cayera más nieve sobre el suelo del bosque.

Estaban solos en ese monte invernal, envueltos por el frío y por un blanco infinito y acompañados únicamente por la sobrecogedora belleza del bosque.

—Sin Jackson, habría perdido su casa y los abuelos también la suya. A veces es complicado evitar que los malos recuerdos puedan más que los buenos —su dura confesión, el hecho de que estuviera haciendo algo tan poco habitual en él como admitir esa lucha interna, dejó a Brenna impactada.

¿Por qué siempre que él sufría, ella sufría también?

Era su dolor y, aun así, ella lo sentía como si fuera suyo propio.

Había sucedido lo mismo después del accidente. Lo mismo después de la muerte de su padre.

Lo que él sentía, lo sentía ella, como si estuvieran conectados por un cable invisible que le transmitía sus emociones sin ningún filtro.

—Siempre pienso en tu padre cuando estoy esquiando entre árboles —eligió las palabras con cuidado; lo que quería era reconfortarlo, no herirlo—. Esquiábamos aquí muy a menudo. Aún puedo oír su voz diciéndome que me fijara en los huecos entre los árboles, no en los árboles en sí.

—A mí esto también me recuerda a él.

Quebrantando su propia regla, Brenna le puso una mano en el brazo.

—Tenía muchas cosas buenas. Era divertido, aventurero, y te animaba a serlo tú también. No había ni un solo día en el que no se sintiera orgulloso de ti, en el que no te animara. Era un hombre con gran maestría para el deporte y veía lo mismo en ti. Fue tu padre quien te enseñó a esquiar, y era brillante.

—Su idea de enseñar era plantarse en lo alto de una pendiente vertical y decir: «sígueme».

—Exacto. Mis padres nunca me dejaron hacer nada remotamente arriesgado. Él te animó a perseguir tus sueños.

—Y persiguió los suyos. Aunque tal vez con demasiado entusiasmo —tomó aire—. No suelo hablar de esto. Supongo que como lo conocías...

—Lo quería —dijo Brenna sin más, y Tyler giró la cabeza.

Clavó en ella sus ojos azules, y ella contuvo el aliento porque lo que compartieron en ese momento fue algo íntimo y profundamente personal.

—Y él te quería a ti. Para él eras la chica más guay de las pistas.

—Te tenía mucha envidia porque tú tenías un padre que de verdad comprendía tu pasión. Que la compartía —aturdida por la intensidad de sus sentimientos, le soltó el brazo—. Intenté hablar con mi madre de ello, intenté explicarle lo que siento al deslizarme por la nieve mientras el sol hace que las montañas y el bosque pasen del blanco al naranja. Intenté explicarle que cuando estoy esquiando todos mis problemas desaparecen, que solo puedo pensar en mis esquís y en las montañas, que me despeja la mente y hace que mi corazón se sienta libre.

—¿Y no lo entendía?

—Me soltaba una charla sobre que una buena formación sería mi billete para salir de este lugar —jamás había entendido que Brenna habría sido feliz esquiando por las montañas de Snow Crystal el resto de su vida, que no había querido ese billete para marcharse—. Todo lo que he querido siempre está aquí, pero ella eso jamás lo ha entendido.

Él la miraba fijamente.

—¿Y qué es lo que quieres?

—Las montañas. Esta vida —«a Tyler O'Neil».

Con cuidado de no revelar esa parte, agachó la cabeza y hundió el bastón en la nieve.

—Supongo que tengo suerte. La mayoría de la gente no se puede acercar tanto a vivir sus sueños. Pero aquel día te envidié. Te imaginé volviendo a casa y sentándote en la mesa de la cocina para contarles a todos lo que habías hecho. Seguro que hasta Elizabeth te preparó un chocolate caliente.

—Probablemente. A ti imagino que no te prepararon un chocolate, ¿no?

—Me cayó un sermón sobre ser responsable y lo fácil que es arruinar una vida haciendo elecciones equivocadas.

Él esbozó una lenta y pícara sonrisa.

—Y deja que adivine, yo era una de las elecciones equivocadas sobre las que te advirtió.

A Brenna se le paró el corazón y después comenzó a darle brincos como unos esquís sobre terreno escabroso.

—Pero lo decía porque no entendía que yo habría hecho

todas esas cosas incluso aunque tú no hubieras estado conmigo.

–No aprobaba nuestra amistad.

–Mi madre no aprobaba nada de lo que yo hacía. No era nada personal –frunció el ceño porque a veces sí que había parecido que tuviera algo personal en su contra, aunque sabía que no podía ser. La familia O'Neil siempre había sido amable y educada con Maura Daniels, así que no había nada que pudiera explicar esa gélida actitud, excepto el hecho de que le molestara el estilo de vida que llevaban y la agradable relación que tenían con su hija–. No le gustaba que estuviera en tu casa y nunca lo entendí.

Tyler alargó el brazo y le sacudió nieve del hombro.

–Le preocupaba que fuéramos una mala influencia. Tres chicos y su niñita pequeña.

–¿Me estás tratando con condescendencia? –le preguntó enarcando una ceja–. Yo hacía todo lo que hacíais vosotros. Y la mayor parte del tiempo, lo hacía mejor.

–Supongo que por eso se preocupaba. ¿Se llegó a enterar tu madre de que te escapabas por la ventana de tu habitación?

–No. Si lo hubiera sabido, me habría castigado un mes entero.

–Si hubiera sabido la mitad de las cosas que hacíamos juntos, te habría castigado hasta los dieciocho años.

Tyler le habló con diversión en la mirada, y ella pensó en la cantidad de veces que había querido matarlo por algo que le había dicho o hecho y cómo, al final, esa sonrisa la había dejado petrificada. Esa sonrisa hacía que su rabia, su enfado y su frustración se desvanecieran dejando solo una emoción. La emoción más poderosa de todas.

El corazón le palpitaba como intentando recordarle que existía. Una intensa sensación la envolvió calentándole la piel y robándole el aliento. Para él, era una amiga; pero para ella, él siempre era un hombre.

Amaba su fuerza y su irreverente determinación para vivir la vida que quería vivir. Rompía corazones, pero no promesas, principalmente porque nunca las hacía. Con sus amigos y familia, era tremendamente leal y protector.

¿Cómo sería un beso suyo? Por un instante deseó ser una de esas mujeres que flirteaban y disfrutaban de sus atenciones. Tal vez el tiempo que pasaban con él fuera fugaz, pero no tenía duda de que disfrutarían cada minuto.

Él se la quedó mirando un momento y después apartó la mirada.

–Deberíamos irnos.

–Sí –respondió Brenna con la voz quebrada, aunque no importó porque él ya se estaba alejando entre los árboles mientras ella permaneció allí un momento esperando que, al menos esa vez, Tyler no hubiera podido leerle el pensamiento.

En lo que respectaba a sus sentimientos, Tyler era asombrosamente perceptivo, y esa era la razón por la que había aprendido a ocultar lo que sentía.

Lo siguió despacio. En esa ocasión no intentó mantenerse a su ritmo, no solo porque los árboles estaban más juntos según se aproximaban a la parte baja de la pista, sino también porque no se fiaba de sus piernas.

Le temblaban. Las notaba inestables.

Decidiendo que pensar en besar a Tyler era garantía de sufrir un accidente, intentó centrarse en esquiar. Ya se había caído una vez y no iba a volver a hacerlo.

Cuando llegó al telesilla, él ya la estaba esperando, y justo mientras se quitaba los esquís, le sonó el teléfono.

–De vuelta a la realidad.

–No deberías haberlo tenido encendido –dijo Tyler con impaciencia–. Ignóralo.

–No puedo. Debería estar trabajando –sacó el teléfono del bolsillo y leyó el mensaje–. No me he molestado en apagarlo porque, de todos modos, ahí arriba no hay cobertura.

—¿Quién es?

—Kayla. Reunión de emergencia a las siete y cuarenta y cinco.

—¿De emergencia? —preguntó Tyler quitándose los guantes—. Mi futura cuñada tiene un concepto extraño de lo que es una emergencia. Para nosotros una emergencia es una avalancha. Para Kayla, es un periodista con una fecha de entrega.

Brenna sonrió porque era cierto.

—Ha ayudado a transformar este lugar. Tiene mucho que ver con el hecho de que Snow Crystal tenga futuro. Y además, Jackson y ella hacen una pareja encantadora. Jamás pensé que pudiera llegar a verlo tan enamorado.

Tyler se agachó para soltarse la bota.

—¿Te molesta?

—¿Por qué iba a molestarme?

—Has salido a cenar con él algunas veces —respondió con tono de indiferencia—. Habéis trabajado juntos durante años. Solo me lo preguntaba, eso es todo.

—Entre Jackson y yo nunca ha habido nada más que amistad —al contrario de lo que sentía por Tyler. Sin querer ahondar en ello, se guardó el teléfono en el bolsillo y se agachó para recoger sus esquís—. Será mejor que volvamos antes de que envíen una patrulla de búsqueda.

CAPÍTULO 5

—Tenemos buenas noticias y malas noticias —dijo Kayla caminando de un lado a otro de la sala, tal como siempre hacía cuando estaba pensando—. Las buenas son que la nieve ha traído otra avalancha de reservas. Es increíble. Jamás pensé que fuéramos a estar así de ocupados tan pronto.

—Yo siempre estoy así de ocupada, y ahora mismo debería estar en la cocina preparando el servicio del almuerzo —impaciente por volver al restaurante, Élise zapateaba con un pie en el suelo—. ¿Cuáles son las malas?

—Que haya tantas reservas supone que estemos justos de capacidad —dijo Kayla lanzándole a Brenna una mirada de culpabilidad—. He tenido que reservar Forest Lodge. Lo siento muchísimo. Me siento fatal, pero no he tenido elección.

A Brenna se le hizo un nudo en el estómago. No se había planteado que no pudiera pasar el invierno en Forest Lodge. Sintió consternación, decepción, y preocupación por saber dónde viviría.

Jackson frunció el ceño.

—Forest no está en alquiler. Traslada a esos clientes a otra cabaña.

—Las otras están reservadas. Y han solicitado Forest específicamente.

—No pasa nada —se apresuró a decir Brenna, aunque Jackson sacudía la cabeza.

—Brenna se ha alojado ahí desde que la construimos. ¿Por qué iban a pedirla? No aparece en la web.

—Deben de haberla visto en el mapa y les habrá gustado la ubicación. Han ofrecido pagar a precio de catálogo sin descuento. ¿Qué iba a hacer? Dirigimos un negocio y querían Forest Lodge —visiblemente estresada, Kayla se frotó la frente—. Tal vez me he equivocado. Debería haberles dicho que estamos completos. Lo siento. Mirad, voy a llamarlos y voy a decirles que he cometido un error.

—¡No, no puedes hacer eso! —Brenna entendía que era ridículo sentirse dolida cuando Kayla estaba haciendo su trabajo, y haciéndolo bien—. Tienes razón. Dirigimos un negocio. Y no solo eso, estamos intentando salvar un negocio.

Kayla le dirigió una mirada de agradecimiento.

—Parece que las cifras se están saneando, pero tal vez me estoy dejando llevar demasiado. Jackson dice que un día de estos se va a encontrar a gente durmiendo en el establo.

—Bueno, es Navidad, así que... —murmuró Elizabeth, y Brenna forzó una sonrisa.

—Has hecho lo correcto. No te preocupes. ¿Cuándo tengo que marcharme?

—Llegan el sábado porque querían la semana anterior a Navidad. Las pistas están más tranquilas. Después he reservado las dos semanas de Navidad y Año Nuevo.

—¿Este sábado?

—Sí. No tenemos mucho tiempo para preparar la cabaña. Han hecho muchas peticiones especiales. Árbol, más camas...
—Kayla repasó una lista provisional y Brenna fue consciente en ese momento de que serían otras personas, y no ella, las que pasarían la Navidad en Forest Lodge.

—Ya se me ocurrirá algo –dijo con firmeza, más para convencerse a sí misma que para convencer a Kayla.

—Puedes ocupar una habitación en el hotel —propuso Jackson, pero Kayla sacudió la cabeza mientras comprobaba algo en el teléfono.

—Lissa ha reservado la última habitación esta mañana. Esta noche está libre, pero no creo que Brenna quiera tener que estar haciendo tantos traslados.

A Brenna la invadió la ansiedad. No tenía tiempo para buscar un sitio donde vivir cuando faltaban menos de dos semanas para Navidad.

—No tengo muchas cosas que trasladar. Soy persona de pocas posesiones.

—Necesitas un lugar donde te sientas como en tu casa y una triste habitación de hotel no es la solución, ni siquiera aunque tuviéramos una, que no es el caso.

Jackson intervino.

—En primer lugar, nuestras habitaciones de hotel no son tristes, y, en segundo lugar, estás hablando demasiado rápido.

Kayla parecía nerviosa.

—Tengo un montón de cosas en la cabeza. Lo siento, Brenna. Sé que adoras Forest Lodge y que te resulta un alojamiento muy práctico porque está cerca del telesilla. Podrías quedarte con Jackson y conmigo, pero estamos más lejos así que... ¡Espera! —se le iluminó la cara y se giró hacia Tyler—. Tú tienes cuatro habitaciones, ¿verdad?

Tyler había tenido el ceño fruncido durante toda la conversación.

—Ya sabes que sí.

—¿Y por qué no se queda Brenna contigo en la Casa del Lago? Está impresionante desde que terminaste con la reforma y está incluso más cerca del telesilla que Forest Lodge, así que la ubicación no podría ser mejor —dio una palmada—. ¡Soy un genio!

Jackson frunció el ceño.

—Kayla, no puedes...

—Ojalá se me hubiera ocurrido antes; podría haber presentado la solución con el problema y haberme ahorrado el mal rato —ignorando a Jackson, Kayla sonrió y recorrió la sala como un general formando a sus tropas—. Así Brenna puede seguir alojada en el complejo y nosotros podemos alquilar Forest Lodge con la tarifa más alta. Todo está saliendo a las mil maravillas. Esto merece brindar con champán.

—¿A las ocho y media de la mañana? —preguntó Jackson con suavidad y mirando a Kayla con una mezcla de diversión y exasperación.

Brenna no parecía estar divirtiéndose tanto. Estaba consternada.

¿Mudarse a vivir con Tyler?

No se le podía ocurrir nada peor.

—¡No puedo vivir con Tyler! —no se atrevió a fijarse en su reacción. No podía mirarlo. Aunque tampoco le hacía falta porque sabía exactamente lo que estaba pensando. Por Jess se había visto forzado a restringir su alocado estilo de vida, pero ahora que estaba a punto de recuperarlo lo último que necesitaba era que su amiga de la infancia se mudara a vivir con él—. No es la solución. Alquilaré un apartamento. Tenía pensado hacerlo en cuanto el Snow Crystal se recuperara, aunque mientras estaba medio vacío no había motivo.

—No podrás alquilar un apartamento antes de Navidad —dijo Kayla, que seguía caminando de un lado a otro—. Y aunque encontraras uno para Año Nuevo, no resultaría práctico que tuvieras que estar trasladándote de un lado para otro. Por eso empezaste a vivir aquí.

Brenna no sabía qué opción era peor, si la idea de vivir en un lugar lejos de Snow Crystal o la idea de mudarse con Tyler.

—Puedo quedarme con mis padres como solución a corto plazo.

—No, no puedes —la voz de Tyler carecía de su habitual

tono humorístico–. Ir a visitarlos te vuelve loca, así que vivir allí no es una opción. Puedes vivir conmigo. Jess y yo tenemos mucho espacio. Tiene sentido –esos ojos azules se clavaron en ella y todos los demás presentes en la sala se desvanecieron. Allí ahora solo estaban ellos dos y sus sentimientos, que eran tan enormes, tan descontrolados, que pensó que él incluso podría verlos.

La conocía mucho, pero por alguna razón estaba ciego para eso en concreto.

Debería decírselo. Debería dejar de evitar el tema y ser sincera sobre lo duro que era para ella. Eso era lo que él habría hecho.

Pero como no lo haría en público, se limitó a negar con la cabeza.

–No estaría bien.

–Si te hace sentir mejor, podemos compartir las tareas de la cocina.

–Pues ahí vas a salir perdiendo porque soy una cocinera horrible.

–Sabes preparar beicon, así que te pondré de encargada del desayuno –Tyler estiró las piernas y esos poderosos muslos se tensaron contra la tela de sus pantalones de esquí–. El beicon es un modo perfecto de empezar el día. Además, a Jess le encantaría tenerte en casa. Te volverá loca hablando de esquí, así me quitarás esa carga a mí y, además, necesitamos ayuda extra para lograr que los perros no se suban a los sofás.

–Yo os llenaré la nevera –se ofreció Élise–. Esa será mi contribución para compensar las molestias que se te van a ocasionar, Brenna.

La comida iba a ser el menor de sus problemas.

Le estaban pidiendo que viviera con Tyler.

Tendría que verlo arreglarse para salir con otra mujer. Tal vez incluso lo vería llevándola a casa. Y no estaba solo

Tyler, ¿verdad? También tenía que pensar en Jess. Estaba entusiasmada por poder pasar tiempo a solas con su padre después de tantos años separados.

¿Cómo se sentiría con otra persona allí molestando?

Era Navidad. Una época para estar con la familia.

Estorbaría.

—Tal vez podría quedarme con Elizabeth —desesperada, buscó una alternativa—. Hasta que se me ocurra otra cosa —miró a la mujer que había sido para ella más madre que la suya propia—. Elizabeth, ¿te molestaría mucho?

—¿Quedarte con Elizabeth? —preguntó Kayla contrariada, como si esa opción no se le hubiera pasado por la cabeza—. Bueno, eh...

Elizabeth parecía incómoda.

—Lo siento muchísimo, cariño, en cualquier otro momento, por supuesto, me encantaría tenerte en casa, pero espero una multitud de familiares de Inglaterra.

—¿Familiares? —preguntó Jackson enarcando una ceja—. ¿Qué familiares?

—Muy lejanos —murmuró su madre—, primos segundos. No los conocéis. Son por parte de mi madre. Ingleses. Ya sabéis que tengo parientes a los que no conocéis.

—¿Una multitud?

—No sé exactamente cuántos —respondió vagamente Elizabeth—. Lancé una invitación abierta, aunque, ahora que lo pienso, tal vez no fue lo más sensato. Querían venir a Vermont y como en casa me siento un poco sola en Navidad, sugerí que vinieran de visita. Vaya, qué fastidio. Qué inoportuno. Lo siento mucho, Brenna.

—¿Sola? —preguntó Tyler con incredulidad—. Yo pagaría dinero por estar solo por aquí. Este lugar está lleno de gente día y noche, y si Kayla sigue con esto, parece que la cosa va a ir a peor. En Snow Crystal podemos ofrecer muchas cosas, pero la soledad no es una de ellas. Brenna, puedes mudarte con Jess y conmigo. Me harías un favor. De lo contrario, cualquier día me voy a dar la vuelta y voy a descubrir que Kayla ha alquilado mis habitaciones vacías para los turistas.

A Kayla se le iluminó la cara.

—Eso es...

—¡Ni se te ocurra! —gruñó Tyler—. ¿Hemos terminado ya? La forma más segura de arruinar un día de nieve polvo perfecto es llenándolo de reuniones.

—¡Yo he terminado! Cuánto me alegra que todo esté solucionado —dijo Kayla mirándolos a todos con gesto de alivio—. Ahora ya no me siento tan culpable. ¡Ay, Dios mío! ¿De verdad es esta hora? —exclamó mirando el reloj espantada—. Tengo una entrevista con los medios programada para las nueve. ¡Ah! Tyler, una cosa más. Esta mañana va a venir un periodista para esquiar contigo. Espero que no te importe.

—Las buenas noticias no cesan —comentó Tyler con ironía—. ¿Para qué publicación trabaja? ¿*Cartoon Weekly*?

—Es autónomo y sus trabajos se publican en todas partes, desde *The New York Times* hasta la revista *Outside*, pero esto será un artículo para un blog de esquí. Tienen medio millón de seguidores. Está haciendo un artículo sobre estaciones de esquí sin descubrir y resulta que va a pasar por la zona, así que me ha llamado. Qué fantástica coincidencia que estés libre. Lo va a tuitear en directo.

La expresión de Tyler reflejaba que estaba a punto de estallar.

—¿Que va a hacer qué?

—Va a esquiar contigo y a publicarlo en Tweeter a tiempo real —respondió Kayla evitando mirarlo y escribiendo un correo electrónico a la vez—. Quiere que sus seguidores sientan lo que es esquiar con Tyler O'Neil.

—Espero que sus seguidores disfruten de la parte en la que se cae esquiando por un precipicio —dijo Tyler levantándose. Jackson suspiró.

—Siéntate, Ty. Ese tipo solo tiene dos horas libres y nos dará buena publicidad.

Tyler se puso la cazadora; su poderoso cuerpo parecía estar a punto de estallar de rabia contenida.

—Daré tu estúpida clase maestra y ayudaré a entrenar al equipo del instituto si tengo que hacerlo, pero no pienso detenerme en mitad de un descenso para que un tipo al que ni conozco de nada ni me importa pueda compartir la experiencia de estrenar pista en nieve polvo con otro medio millón de personas a las que ni conozco de nada ni me importan.

Kayla se quedó helada. Lentamente, bajó la mano.

—Lo siento. Veo que me he pasado de la raya —parecía arrepentida—. Me pareció buena idea.

Jackson sonrió.

—Era una buena idea. Ignóralo. Lleva sin pisar la calle cinco minutos y eso siempre lo pone de un humor de perros.

Tyler lo fulminó con la mirada.

—Si tan genial es la idea, puedes hacerlo tú.

—Lo haría —respondió Jackson con calma—, pero a nadie le interesa esquiar conmigo. Eres tú el que atrae a las masas, aunque jamás he entendido por qué teniendo en cuenta que eres un gruñón hijo de...

—¡Jackson! —gritó Elizabeth lanzándole a su hijo una mirada reprobatoria. Jackson cerró la boca y sacudió la cabeza.

—Todos estamos haciendo lo que podemos para conseguir publicidad para este sitio, eso es todo.

Viendo que Tyler estaba a punto de explotar, y sabiendo que si eso sucedía, se pasarían el resto del día sin verlo, Brenna decidió que sus propios problemas podían esperar.

—El periodista no puede tuitearlo en directo. Eso no es posible —todos se giraron para mirarla y ella se encogió de hombros preguntándose por qué era la única que podía ver el problema—. Si solo tiene dos horas, eso condiciona las zonas de la montaña donde puede esquiar. Si quiere nieve polvo, tendrá que esquiar por las pistas situadas por encima del complejo y las de más abajo de los claros, y allí no podrá usar el teléfono. No hay cobertura. Se corta constantemente.

Jackson torció el gesto.

—Tiene razón. No había pensado en eso.

—Y si de verdad quiere sentir lo que es esquiar con Tyler O'Neil —continuó Brenna—, estará esquiando muy rápido y, probablemente, de un modo al que no estará acostumbrado. Es terreno para expertos. Doy por hecho que es experto, pero, de cualquier modo, tendrá que concentrarse para no matarse. Sugiero que en lugar de tuitear en vivo, porque eso podría convertirse fácilmente en tuitear en muerto, escriba un artículo sobre lo que ha sentido, y tal vez Tyler podría aportar algunos comentarios.

A Tyler se le iluminaron los ojos.

—Es una idea genial. Aquí va una cita: «Sal de mi montaña echando leches».

Brenna contuvo el deseo de reírse y envidió el hecho de que Tyler nunca temiera decir lo que pensaba.

Pero ahora, que la crisis estaba superada, la mente de Brenna volvió a centrarse en el problema. Ya estaban hablando de otras cosas, para ellos eso no era trascendental, sin embargo, para ella era inmensamente importante.

No solo porque dejaría de vivir en Forest Lodge, lugar que adoraba, sino porque esperaban que se fuera a vivir con Tyler.

No sabía qué le molestaba más, el hecho de que Kayla la hubiera puesto en esa incómoda situación cuando sabía lo que sentía, o el hecho de que Tyler ni se hubiera inmutado.

Si necesitaba más pruebas de su falta de sentimientos hacia ella, ahí las tenía.

Él no lo veía como una situación incómoda porque para él no lo era.

Para él sería un huésped, nada más. No le preocupaba poder toparse con ella en ropa interior.

Kayla estaba hablando de los detalles.

—El periodista estará aquí a las nueve y media. ¿Lo harás, Tyler? —le preguntó nerviosa, y él suspiró.

—Sí, lo haré. Pero me debes una.

Kayla sonrió, cruzó la sala y lo besó en la mejilla.

—Te quiero, ¿te lo he dicho últimamente? Vas a ser un cuñado perfecto.

—¿Que voy a ser un cuñado perfecto? Ya soy perfecto —miró a Kayla y a Jackson—. Entonces, ¿ya habéis fijado fecha para finiquitar esto?

—«Esto» se llama boda —respondió Jackson con tono suave— y «finiquitar» no es el verbo que yo habría elegido.

Kayla le limpió el carmín de la mejilla a Tyler.

—La respuesta es no, no hemos fijado fecha, pero está en mi lista de tareas pendientes.

—Junio —dijo Jackson con firmeza—. He reservado todo el complejo. Vamos a casarnos en Snow Crystal, en el huerto detrás de la casa.

—¡Oh! —asombrada, Kayla abrió los ojos de par en par y se llevó la mano al corazón—. ¿En serio? Eso es… bueno… —respiró hondo—. ¿Vamos a casarnos?

—Llevas el anillo que te regalé —respondió Jackson con tono suave—. Estoy preparado para hacerlo oficial.

Ella miró el resplandeciente diamante que llevaba en el dedo y con un tono algo extraño, dijo:

—Comprobaré mi agenda para junio.

—Ya he bloqueado el mes en tu calendario. Era el único modo de que tuviera prioridad sobre tu trabajo.

—¡Eso no es verdad! Pero junio… —con la respiración entrecortada y visiblemente aturdida, Kayla comenzó a caminar otra vez de un lado para otro—. Es poco tiempo. No estoy segura de poder tenerlo todo organizado para entonces. Hay mucho que hacer.

—Para ti no. No vas a organizar tu propia boda.

—Pero...

—No vas a organizar tu propia boda, Kayla.

—¿Entonces quién lo hará?

—Nosotros. El abuelo, la abuela, mamá, Élise, Sean... tu familia —pronunció esas palabras con bastante énfasis y Kayla se detuvo en seco con los ojos brillantes. Lo miró y algo sucedió entre sus miradas.

Elizabeth suspiró con satisfacción y Jackson se levantó y abrazó a Kayla.

—Buscaos una habitación —dijo Tyler subiéndose la cremallera—. Y hacedlo rápido antes de que Kayla las reserve todas, porque lo que está claro es que en mi casa no os vais a quedar. Será mejor que me marche a buscar a tu reportero —se marchó y Brenna se levantó también.

—Felicidades —cruzó la sala y abrazó a Jackson y a Kayla, alegrándose por ellos, aunque sintiendo cierta envidia al mismo tiempo porque no solo compartían amistad, sino que lo compartían todo.

Ella nunca había tenido ese grado de cercanía con nadie, y no porque no lo hubiera intentado.

Sabía que para Élise el sexo era poco más que un entrenamiento atlético. Y, si los rumores eran ciertos, Tyler pensaba igual. No sabía si ella era distinta, más anticuada, o si simplemente llevaba enamorada toda la vida y eso había condicionado el modo en que se relacionaba con otros hombres.

Las pocas relaciones íntimas que había tenido habían sido divertidas en su momento, pero en ellas no había habido una conexión profunda.

Para ella, el amor no era efímero ni temporal. No era algo que se pudiera curar mediante la ausencia o la fuerza de voluntad. No se podía encontrar en una mirada o en una sola noche. Era algo profundo y permanente. Amar a Tyler formaba parte de ella tanto como sus extremidades o su color de pelo. No era algo que pudiera encender y apagar.

—Tengo que ir a dar una clase —dijo con una sonrisa, y salió por la puerta asegurándose de no perderla hasta estar alejada de todo el mundo.

—Bueno, ahora dime la verdad —tras esperar a que la sala se vaciara, Jackson acorraló a Kayla en la puerta cuando ella intentó salir.

—¿La verdad sobre qué? ¿Sobre qué pienso de la boda? Estoy emocionada. Nerviosa, por supuesto, y un poco abrumada porque tengo millones de cosas que hacer y…

—No me refiero a la boda. ¿Por qué has reservado Forest Lodge?

—Ah, eso… —no lo miró a los ojos—. Ya os lo he dicho, tenía una avalancha de reservas y…

Él colocó los dedos bajo su barbilla y la obligó a mirarlo.

—Cielo, ¿te crees que soy estúpido?

—¿Crees que me estoy inventando huéspedes?

—No, pero creo que podrías haber elegido instalarlos en un lugar que no fuera Forest Lodge. Ya sabes cuánto le gusta a Brenna ese lugar. Le ha dolido que la hagas trasladarse, y la verdad es que es algo muy mezquino, sobre todo estando tan cerca las Navidades…

Kayla se estremeció.

—Jackson…

—… pero sé que no eres una persona mezquina, así que tiene que haber algo más detrás de todo esto, y dada tu «brillante idea» de que se mude con Tyler, doy por hecho que todo está relacionado.

—Sí que es una idea brillante. Me alegra mucho que se me haya ocurrido.

—Sí, pero no se te ha ocurrido hace dos minutos. Tu cerebro no funciona así. Eres toda una maestra resolviendo problemas, analizas todas las soluciones posibles. Has empezado la reunión sabiendo perfectamente cómo querías que terminara. Así que mi pregunta es, ¿por qué estás intentando juntar a Tyler y a Brenna?

Kayla abrió la boca para rebatir esa acusación y lo miró.

—Porque Brenna lleva enamorada de él toda su vida y nunca pasa nada. Es exasperante.

—No puedes entrometerte, cielo.

A ella le cambió la cara.

—Me siento culpable. Nosotros somos tan felices... Yo te tengo a ti y Élise tiene a Sean, y Brenna quiere tanto a Tyler, y él está ciego y es estúpido.

Jackson posó las manos sobre sus hombros.

—Ni está ciego ni es estúpido. Las emociones no son tan fáciles de controlar como te gustaría. No se pueden forzar los sentimientos. O están ahí o no están.

—Eres un hombre. Tú no lo entiendes.

—Lo entiendo más de lo que crees. He crecido consolando a mujeres que estaban enamoradas de Sean —le acarició el pelo—. No puedes hacer que una persona se enamore de otra. Esto no funciona así.

—¡Ya lo sé! —contestó ella con el ceño fruncido—. ¿Te crees que yo me quería enamorar de ti? ¡Pues no! Eso hizo que todos mis planes se desbarataran.

—Sí, claro, es verdad, te salió muy mal todo —sonriendo, él bajó la cabeza y la besó.

Cuando finalmente apartó la cabeza, Kayla parpadeó como aturdida y posó la mano sobre su pecho.

—Siempre haces eso cuando estás perdiendo una discusión.

—No estoy perdiendo nada.

—¿Qué estabas diciendo?

—Estaba diciendo que uno no se puede entrometer en la vida amorosa de los demás. Lo que sucede entre dos personas es algo privado.

—¿Y qué pasa si dos personas son perfectas la una para la otra y nunca pasa nada?

—Que entonces tal vez entre ellos no tiene que pasar nada. Se conocen desde que Brenna tenía cuatro años. Si algo hubiera tenido que pasar, seguramente ya habría sucedido a estas alturas.

—Y habría sucedido si tu hermano no estuviera tan ciego.

Jackson la llevó hacia sí.

—No está ciego.

—Entonces, ¿por qué no ha dado ningún paso?

—No es una conversación que haya mantenido con él porque doy por hecho que eso es asunto suyo, no mío —se apartó de ella y le lanzó una mirada penetrante—. Pero estoy seguro de que sus razones tendrá.

—¿Me estás diciendo que nunca has pensado que harían una pareja perfecta?

Jackson vaciló.

—Tienen mucho en común, eso es verdad, pero Brenna es una persona más estable. A Tyler yo no lo describiría exactamente como «estable», y no me gustaría que ninguno de los dos sufriera.

Ella lo rodeó por el cuello.

—Pero crees que estarían bien juntos.

—Son amigos íntimos. Pero hay una diferencia entre ser amigos y ser amantes. No puedes provocar esa situación solo porque a ti te gustaría.

—Tal vez no, pero sí que al menos puedo darles un empujoncito poniéndolos a los dos en el mismo sitio.

—Imagino que mi madre también está metida en esto, dado que estamos a punto de que nos visite «una multitud de familiares de Inglaterra» de la que jamás he oído hablar.

—No estaba metida en esto, pero tal vez también piense que Brenna y Tyler necesitan un poco de ayuda.

—De acuerdo, lo hecho, hecho está... —Jackson volvió a

acercarla a sí y en esa ocasión la miró con seriedad–. Pero prométeme que vas a dejarlo ya.

–De verdad que necesito Forest Lodge. Creía que te alegraría que estemos tan llenos.

–No me lo has prometido.

–Necesitamos huéspedes. Eso fue lo que te dije cuando me diste el trabajo las Navidades pasadas.

–Hemos recorrido un largo camino desde entonces –él le acarició la mejilla–. No lo vas a prometer, ¿verdad?

–Lo voy a intentar con todas mis fuerzas, pero si cuelgo ramilletes de muérdago por todas partes, no me culpes.

–Lo que has logrado aquí es impresionante. Aún no me puedo creer que las Navidades pasadas me las pasara despierto por las noches preguntándome si cuando terminara el año tendríamos el negocio abierto.

Ella lo rodeó por el cuello.

–Te quiero.

–Yo también te quiero. Pero la única relación en la que quiero que te vuelques es la nuestra. ¿Entendido?

–Mmmm –lo besó–. Tal vez. ¿Pero qué pasa con lo del muérdago? Sería una pena desperdiciarlo.

–Seguro que podemos darle buen uso.

CAPÍTULO 6

Tyler terminó el recorrido, dejó al reportero en la casa principal para que se entrevistara con Kayla, dio una clase a la que se había comprometido en un momento de debilidad y terminó el día rescatando a un niño pequeño que se había caído de boca en medio de una ventisca de nieve.

Para cuando llegó a casa, se sentía como un oso con una espina clavada en la pata.

—¡Papá! —gritó Jen saliendo del estudio con Ash y Luna tras ella—. ¿Es verdad?

—¿Qué es verdad? ¿Que no voy a volver a esquiar con un reportero? Sí, es verdad. Me ha preguntado cosas que no le contaría ni a mi madre y encima se habrá extrañado de que haya querido hundirlo en la nieve —se quitó a los perros de encima—. ¿Cuántas veces te tengo que decir que no dejes a los perros entrar en mi estudio?

—La abuela dice que Brenna se viene a vivir con nosotros.

—No a vivir exactamente —dejó los guantes en la mesa—. ¿Pero qué te parecería que se quedara aquí un tiempo? Debería haberlo consultado primero contigo, pero estaba metida en un problema y he querido ayudarla.

—Papá, ¡no tienes que consultarme nada! Adoro a Brenna. Será guay tenerla aquí en casa, sobre todo en Navidad. La Navidad siempre es más divertida cuando hay mucha gente. Será genial, rondar alrededor del árbol de Navidad con nuestros pijamas puestos.

Imaginando a Brenna en pijama, Tyler se bajó la cremallera de la cazadora. No se había atrevido a pararse a pensar en lo que supondría tenerla viviendo allí.

—Tal vez no sea una idea tan genial.

—Es una idea genial. Será como si fuéramos una familia.

Lo cual le planteaba un nuevo problema.

—¿Es que te importa que normalmente estemos solos tú y yo? ¿Echas de menos a tu madre y a tu hermana?

Jess se encogió de hombros y su sudadera se deslizó de su delgado hombro.

A Tyler lo invadió la frustración.

—¿Eso es un sí o un no? Sea lo que sea lo que estás pensando, dilo ya. Puedo asumirlo todo, pero no quiero ni portazos, ni berrinches, ni que te encojas de hombros como haces siempre. Ya sabes que no hablo el idioma adolescente.

—¡A mí no me dan berrinches! Y no echo de menos a mamá —Jess levantó en brazos a Luna y hundió la cara en su pelo—. Vivir con ella era demasiado estresante. Y para serte sincera, no siento que Carly sea mi hermana. Quiero decir, solo tenía unas semanas cuando mamá me echó de casa, así que no se puede decir que nos conozcamos. Ni siquiera me dejaban tenerla en brazos por si se me caía. No la odio ni nada de eso, pero no siento mucho por ella. Supongo que ahora me considerarás una mala persona.

Tyler, a quien la gente había juzgado durante toda su vida, captó la inseguridad en su voz y frunció el ceño.

—Creo que eres una gran persona.

Jess lo miró.

—Supongo que me preocupa lo que piense la gente de mí por tener una hermana a la que nunca veo. La señora Kelly de la tienda me ha preguntado cómo está la bebé. Cuando le he dicho que no lo sabía, se ha quedado como decepcionada.

Él estaba seguro de que esa decepción estaría enfocada más bien hacia Janet que hacia Jess.

Se puso de cuclillas a su lado y comenzó a jugar con Luna.

—Tengo más práctica ignorando consejos que dándolos, pero te voy a dar uno de todos modos. No vivas tu vida preocupándote por lo que otros piensen de ti. En primer lugar, porque la mayoría de las veces la gente piensa en sí misma, no en ti, y en segundo lugar y, más importante, porque el modo en que elijas vivir tu vida no es asunto de nadie. Tú ocúpate de tu vida y deja que los demás se ocupen de la suya.

—¿Y si todo el mundo me juzga?

—Eso es problema suyo.

—Supongo que no quiero que la gente piense cosas malas de mí.

—La gente que importa es la que está más unida a ti, y la persona que importa eres tú. Siempre que lo que hagas te parezca bien y no le estés haciendo daño a nadie, no creo que haya nada de qué preocuparse —le acarició la mejilla y se puso de pie—. Vamos a ayudar a Brenna a traer sus cosas. Amigos. Familia. Esas son las personas que cuentan, Jess. Mantenlas cerca.

—¿Crees que me pasa algo y que por eso no siento nada? —dijo de pronto—. Porque me lo he preguntado. A lo mejor soy una persona fría e insensible o algo así.

Él maldijo para sí y la abrazó.

—A ti no te pasa nada, cielo. Carly llegó y a ti te echaron. Eso va a complicar las cosas. Nadie te culparía por guardarle un poco de rencor.

—Pero eso no es así —respondió Jess con la voz amortiguada por el pecho de su padre—. No le guardo rencor. En todo caso, se lo agradezco. Por ella estoy aquí y prefiero vivir contigo que vivir con mamá. Y supongo que me siento culpable porque a lo mejor debería estar triste o algo así.

—Ya... —a Tyler se le secó la garganta—. Bueno, entonces eso es bueno porque todos estamos contentos. No tienes que sentirte culpable por eso. Y ahora dejemos de hablar de cosas profundas porque me está empezando a doler la cabeza. Cuéntame qué tal te ha ido el día.

—Bien. Mejor que a ti —Jess se sorbió la nariz y se apartó—. Cuéntame lo del reportero. A la abuela le preocupaba que pudieras matarlo.

—Lo he intentado, pero se me ha escapado.

Jess se rio.

—¿Esquiaba bien?

—Ha tenido suerte —consciente de que ella no le había respondido sobre cómo le había ido el día, se anotó mentalmente que tenía que volver a sacar el tema después—. Vamos a recoger a Brenna.

—¿Los dos?

—Claro. Parecía bastante disgustada por tener que marcharse de Forest Lodge y puede que verte la anime —pensando que lo mejor sería que hubiera una tercera persona presente, Tyler recogió sus llaves—. Vamos antes de que se venga andando hasta aquí con las maletas. Podemos ayudarla a recoger la cabaña si aún no lo ha hecho. Abrígate bien porque ahí fuera está helando.

—No tengo tres años, papá.

—Bien, porque de ningún modo ahora te cambiaría los pañales ni te prepararía purés para comer.

—Dejé de llevar pañales a los dos años —dijo Jess sonriendo—. No tienes ni idea sobre bebés, ¿verdad? ¿Podemos llevarnos a Ash y a Luna? No me gusta dejarlos solos.

—Jess, será un recorrido en coche de dos minutos. No se van a morir por estar solos dos minutos.

—Ya, pero está nevando y podría pasarnos cualquier cosa. Podrían preocuparse por nosotros, sobre todo Luna. Los huskies son una raza social y a ella le gusta saber dónde estoy en todo momento. Son de la familia y has dicho que la familia es importante –agarró a los perros y Tyler se resignó a realizar otro trayecto con unos perros jadeantes.

—Pues venga, vamos, aunque no tengo ni idea de dónde vamos a meter el equipaje de Brenna. Si Ash aúlla o me araña el coche, lo llevaré a la perrera.

—Sé que no lo dices en serio porque el tío Jackson y tú fuisteis los que rescatasteis a Maple.

—Sí, bueno, pero Maple era una monada y muy vulnerable. Ash es como un perro matón.

Jess hundió la cabeza en el pelaje de Ash.

—Ignóralo, cariño, te quiere, en serio.

—No lo quiero –aliviado de ver a su hija sonreír otra vez, Tyler fue hacia la puerta–. Es un perro rabioso y apestoso.

—¡No es un perro rabioso! –lo siguió hasta el coche–. Hoy he visto a Dana. Me va a ayudar a adiestrarlo.

—Esa es la primera buena noticia que he tenido en todo el día. Este animal necesita urgentemente que lo adiestren, de eso no hay duda, y nadie tiene más experiencia con huskies siberianos que mi prima. Abróchate el cinturón.

—Me ha dicho que si voy allí me enseñará a montar en trineo. Sería guay. Me encantaría llevarme al equipo al bosque. ¿Lo has hecho alguna vez?

—Sí, pero es demasiado lento para mi gusto. Cuando inventen un cruce de husky con motor turbo, probaré de nuevo.

—Pero un equipo completo de perros llevándote por el bosque... eso tiene que ser muy guay. Los turistas pagan una fortuna por eso. Si Dana es tu prima, y es la nieta de la hermana de tu abuelo, ¿qué parentesco tiene conmigo? –le preguntó sentándose a su lado seguida por los perros, que golpearon a Tyler en la cara con la cola.

–Probablemente prima segunda o... ni idea. No me hagas preguntas difíciles. Guárdatelas para la abuela. Y pon a esos perros en la parte trasera. Que yo sepa, ninguno de los dos sabe conducir –sacudiendo la cabeza, Tyler dio marcha atrás y avanzó por el sendero. La nieve se había acumulado durante el día, pero el quitanieves había pasado por las carreteras que recorrían el complejo turístico y ahora estaba apilada, formando una densa y profunda montaña, a un lado de la carretera.

Jess dio un grito de alegría.

–¡Cuánta nieve! ¿Podré esquiar mañana todavía?

–Sí, siempre que la visibilidad sea buena –respondió Tyler aparcando en la puerta de Forest Lodge.

A través de las enormes ventanas, pudo ver una única maleta en mitad del suelo.

–Está claro que Brenna no ha terminado de hacer las maletas, así que vamos a entrar a ayudarla –salió del coche y los perros lo siguieron, levantando nubes de nieve al subir corriendo los escalones de la cabaña.

Sin llamar, Tyler abrió la puerta y los perros pasaron esquivándolo.

–Siéntate. Siéntate –agarró a Ash del collar y lo hizo sentarse en el suelo de madera–. Quédate ahí. Si destrozas este sitio, mi hermano me matará y entonces yo te mataré a ti.

Jess se quitó la bufanda y de ella cayó nieve.

–Si el tío Jackson te matara, entonces tú no podrías matar a Ash después.

–Pues en ese caso tú tendrías que matarlo por mí. Quédate con ellos y asegúrate de que no se suben al sofá.

–En la web pone que los perros que están bien educados pueden entrar en las cabañas.

–Exacto. Ash y Luna son los perros más mal educados del planeta. Por eso están viviendo conmigo y no con la abuela.

–¿Porque son brutos con Maple?

–Sí, un caniche miniatura y dos huskies bravucones no forman una buena combinación. Para ellos todo era como jugar al fútbol americano y Maple era el balón. ¿Brenna? –¿dónde demonios estaba?

Sabía que estaba disgustada, y por esa razón no había querido discutirle a Kayla la obvia manipulación del nuevo alojamiento de Brenna. No quería verla disgustada.

–Estoy aquí arriba –dijo ella asomándose–. ¿Qué haces aquí? –su rostro estaba parcialmente ensombrecido, pero a él le pareció ver que tenía los ojos un poco rojos.

¿Había estado llorando?

No. Nunca había visto a Brenna llorar. Ni una sola vez. Ni siquiera cuando se había caído y se había roto el tobillo esquiando, ni cuando aquellos imbéciles a los que se negaba a identificar la habían arrojado a una zanja.

Pero sabía cuánto le encantaba vivir en esa cabaña en particular.

Recordaba lo emocionada que estaba cuando se había mudado allí. Había preferido dormir en la plataforma antes que en el dormitorio principal, y esa decisión no lo había sorprendido. Brenna habría dormido en el suelo del bosque si hubiera resultado una opción factible.

–He pensado que tal vez necesitabas ayuda para recoger el resto de tus cosas.

–Ya está todo.

–¡Genial! Dime dónde están las maletas y las cargaré en el coche. Ya tienes tu habitación lista –le había dado la que estaba más alejada de la suya y le había encargado a Jess la tarea de prepararle la cama y hacer que el lugar resultara agradable y acogedor.

–Eso es todo. Esa es la maleta, la que estás viendo.

Tyler se quedó mirando la única y pequeña maleta sobre el suelo de madera.

—¿Todo lo que tienes está ahí dentro?

—Bueno, no todo. Está claro que mi equipo deportivo no va ahí dentro. Eso lo guardo en el Outdoor Center.

Él pensó en la patinadora sobre hielo canadiense con la que había estado saliendo en la época de su accidente. Su maletín de maquillaje había abultado y pesado más que esa maleta. Cuando habían viajado, habían necesitado un coche a parte solo para su equipaje.

Pensar en ello le recordó por qué Brenna y él eran tan buenos amigos.

—Me encanta una mujer que viaje ligero.

Algo se iluminó en los ojos de Brenna antes de que desviara la mirada.

—Espera, ya bajo.

Su voz no sonó como siempre y Tyler se pasó una mano por la nuca; miró a Jess, pero su hija estaba jugueteando con Ash y no pareció haberse dado cuenta.

Se le hizo un nudo de pánico en el pecho.

«Por favor, que no llore».

La espera se le hizo eterna y cuando por fin apareció, Brenna fue a la zona de la cocina, comprobó que la nevera estaba vacía y deslizó una mano por la encimera de granito mientras él la observaba intentando encontrar algo que decir que no sonara ni tosco ni falto de tacto.

—Sé que te encanta este sitio –ahora fue la voz de Tyler la que sonó extraña. Áspera, algo ronca, como si hubiera estado toda la noche despierto y bebiendo en una sala llena de humo–. Sé que es importante para ti.

—Las cosas que son importantes para mí están fuera, no dentro. Un cielo azul, la nieve, el olor del lago en verano. Esas cosas no las puedo enmarcar ni meterlas en un jarrón. Pero sí, es cierto, adoro esta cabaña –miró hacia el altísimo techo–. Jackson lo hizo muy bien cuando construyó estas cabañas.

—El abuelo casi lo mató por haber gastado tanto dinero. No dejaban de discutir. Nos pasamos meses con broncas diarias.

—Pero Jackson tenía razón —con una última mirada alrededor del salón con su techo de catedral y la enorme chimenea de piedra, fue hacia la puerta y se dio cuenta de que Jess estaba allí—. Hola, Jess. Tengo que quedarme con vosotros un par de noches, hasta que encuentre algo para mí. Espero que no te importe. Te prometo no molestar.

—Tú no molestas. Y, además, te vas a quedar más de un par de noches. ¿Podemos ver vídeos de esquí juntas?

—Claro —sintiendo que la situación resultaba algo incómoda, Brenna se agachó para acariciar a Luna, que le lamió la cara con gran euforia—. Tendrás que decirme cuáles son las reglas de vuestra casa. Llevo tanto tiempo viviendo sola que no he tenido que pensar en nadie más.

Tyler apretó la mandíbula. La expresión de Brenna lo hizo sentir como si hubiera pisado una canasta llena de gatitos recién nacidos.

—No hay reglas —respondió Jess con una pícara sonrisa—. Papá hace como si las hubiera, pero después los dos vamos y las rompemos.

—Eso es muy típico de tu padre —apuntó Brenna acariciando a Luna—. Nunca se le han dado demasiado bien las reglas.

—¡Oye! Desde que Jess se ha venido a vivir conmigo, me porto muy bien, ¿verdad, cielo?

—No. Sigues poniendo los pies encima de la mesa cuando nadie mira y bebes la leche directamente del cartón —Jess estaba intentando evitar que Ash se subiera al sofá—. Pero lo intenta, Brenna. A veces en la nevera hay incluso comida además de cerveza.

Tyler sintió cómo algo de la tensión de sus hombros comenzaba a relajarse un poco.

—Forest Lodge tiene unas vistas geniales, pero mi casa es mejor. Te va a encantar. Te he instalado en la habitación del fondo, que da al bosque. Jess te ha preparado el dormitorio mientras yo daba mi última clase.

Miró a Jess como pidiéndole que confirmara la información, pero su hija no estaba mirándolo.

¿Se le habría olvidado?

—¿Jess?

—¿Mmm?

—¿Has preparado la habitación, verdad? Porque si se te ha olvidado, voy a vender tus esquís y te voy a apuntar al club de historia extraescolar.

—¡He preparado la habitación! Vamos, Luna, vamos a llevar a Brenna a su nueva casa.

Brenna agarró su cazadora y se puso las botas.

—Esto debe de ser un trastorno para ti estando las Navidades tan cerca. No dejes de hacer por mí nada que harías normalmente.

—El año pasado fue mi primera Navidad de verdad aquí, así que aún estamos pensando qué vamos a hacer. Quiero un montón de adornos, pero papá dice que la casa ya es un desastre como está, así que sigo intentándolo —dijo Jess con una risita y llevando a Ash hacia la puerta—. Vamos a tener un árbol de verdad y lo vamos a elegir pronto. Puedes venir. Podríamos ir después de entrenar.

—Si hay suficiente luz —dijo Tyler abriendo la puerta y sacando a los perros. Jess los siguió y él estaba a punto de salir cuando Brenna lo agarró del brazo.

—¿Seguro que esto te parece bien? ¿Puedes ser sincero?

—Yo siempre soy sincero —pero eso no era cierto, ¿verdad? Ahora mismo, mientras miraba esos dulces ojos, quería decir cosas que sabía que cambiarían su relación para siempre. Y por eso se contuvo—. ¿Para qué están los amigos? Esta noche podríamos ver una peli —sabía que tenía que hacer algo para que ella dejara de sentirse como se estaba sintiendo, porque verla así de disgustada lo estaba matando–. Después de que me hayas preparado la cena –eligió esas palabras para provocarla y se quedó aliviado al ver que su expresión de abatimiento quedó reemplazada por un peligroso brillo.

–¿Te piensas que te voy a hacer la cena?

–Por supuesto. Eres la chica. Yo soy el chico. Yo me siento a ver el fútbol con una cerveza. Tú cocinas. Jess y tú podéis decidir entre las dos quién limpia la cocina –sus palabras lograron el efecto deseado, y despertada de su estado de inercia, ella se agachó y agarró un puñado de nieve.

–Tengo algo que responder a eso, Tyler O'Neil.

Él se dijo que una bola de nieve en la cara bien valía el oírla reírse a carcajadas. Pero, por supuesto, la cosa no quedó ahí, porque los perros decidieron unirse al juego al igual que Jess, y antes de poder detenerlo todos estaban empapados y cubiertos de nieve.

Ash se abalanzó sobre Brenna y ella cayó al suelo boca arriba a la vez que apartaba al perro que intentaba lamerle la cara.

–¡Quítamelo de encima!

–Lo siento –respondió Tyler tirando del collar. Después, la ayudó a levantarse–. Dana va a ayudar a Jess a adiestrarlo.

–Pues le deseo suerte con eso –contestó Brenna, aunque seguía riéndose mientras se sacudía la nieve de la cazadora–. Puede que necesite una ducha antes de la cena, que, por cierto, yo no voy a preparar a menos que queráis envenenaros.

–Estaba de broma. Élise ha prometido mandar comida, aunque sus palabras exactas fueron algo así como «no te acostumbres».

El aroma del pelo de Brenna le recordaba a flores de

verano, y tuvo que esforzarse mucho para no fijarse en la suave curva de su boca. Conteniendo un arrebato de deseo, metió la maleta en el maletero.

Era su amiga. Iba a ayudarla, y ayudarla no implicaba dirigir su relación hacia algo que él había tenido el cuidado de evitar. Era una relación que estaba decidido a no estropear, y el único modo de asegurarse de eso era aparcando el tema.

—Esta es tu habitación —dijo Jess abriendo la puerta—. Tiene vistas al bosque y al lago, y está al lado de la de papá.

Algo en cómo lo dijo hizo que Brenna girara la cabeza, pero Jess estaba intentando evitar que Luna se subiera a la cama.

—Los perros no deberían estar aquí arriba, así que no podemos decir nada.

Brenna dejó la maleta en el suelo.

—Creía que tu padre había dicho que yo me quedaba con la habitación del fondo.

—¿Sí? —preguntó Jess como distraída—. Seguro que se refería a esta. Tiene las mejores vistas.

Brenna miró la pared del dormitorio e imaginó a Tyler durmiendo al otro lado. Para ella lo ideal habría sido tener un poco más de distancia, pero no estaba en posición de quejarse, ¿verdad?

—Esta habitación es preciosa.

Unas enormes ventanas se extendían hasta el techo abovedado y desde ellas podía ver el lago, el bosque y las montañas. La gran cama estaba cubierta por una colcha de color verde cálido y crema, y una alfombra cubría parte del suelo de madera. No era un estilo masculino exactamente, pero tampoco era recargado. Era tal como ella prefería las cosas.

La Casa del Lago había estado abandonada y deshabitada durante décadas hasta que Tyler había decidido un día que, a pesar de su estilo de vida nómada, necesitaba una residencia permanente.

Retirada y ubicada en la zona más remota del complejo, la Casa del Lago había sido la elección obvia y siempre que había estado allí se había dedicado a reformarla con la ayuda ocasional de su familia.

Como persona no dada a privarse de nada, Tyler había instalado una gran terraza de madera que bordeaba la vivienda, el mismo jacuzzi que había en las cabañas y había añadido un muelle donde en verano tenía un par de kayaks.

Abajo, el salón tenía los mismos techos altísimos y la misma chimenea de piedra de las cabañas, pero la superficie era considerablemente más grande. Había aprovechado ese espacio para construir una sala audiovisual de lo más vanguardista y había convertido el sótano en un gimnasio totalmente equipado.

–¿Qué tal hoy en el colegio? –le preguntó Brenna mientras abría la maleta. Comenzó a guardar sus cosas en la cajonera que había junto a la cama a excepción de un vestido, su único vestido, que colgó cuidadosamente en el armario.

Era negro y estaba hecho de una tela elástica que sabía que resaltaba su figura. Se lo ponía cada vez que necesitaba algo más apropiado que unos pantalones de esquí o un chándal, lo cual, afortunadamente, no se daba con mucha frecuencia.

–Me gusta ese vestido, pero el negro es para un funeral –dijo Jess obligando a Ash a sentarse–. Deberías vestir de azul. Del mismo azul que tu gorro. Estás muy guapa de azul.

–Casi nunca me pongo el vestido negro, así que no puedo justificar tener uno azul y, de todos modos, no quiero acumular más equipaje. Así es más sencillo –así sería más sencillo seguir adelante con su vida cuando tuviera que hacerlo, porque estaba muy segura de que tendría que hacerlo. Ese momento idílico no podía durar, y menos ahora que estaba viviendo tan cerca de Tyler. Tenía la sensación de que la situación se iba a volver muy incómoda enseguida–. Bueno, ¿y cuál es tu habitación?

–Yo estoy al fondo. Tengo vistas al bosque –mientras Luna se tumbaba en el suelo, Jess se sentó en la cama y se cruzó de piernas–. Me gusta. Tengo un árbol justo junto a mi ventana. Puedo bajar por él cuando quiero.

«De tal palo, tal astilla».

Brenna, que también había salido por la ventana de su dormitorio más veces de las que podía recordar, decidió que darle un sermón por ello sería hipócrita. Comenzando a entender ahora el dilema de Tyler, intentó darle un enfoque distinto.

–Tu padre es bastante tolerante. Si quieres salir de casa, puedes usar la puerta principal. No va a detenerte, y así será menos probable que te rompas un hueso.

–Me gusta trepar árboles. Mamá jamás me dejaba hacer cosas así porque le parecía que no era nada femenino.

Brenna guardó los calcetines de esquí en un cajón. Hablar de Janet Carpenter era un modo de hacer que un día luminoso se volviera oscuro.

–¿Hablas con tu madre a menudo?

–Cada unas cuantas semanas. Son conversaciones muy incómodas –se rodeó las piernas con los brazos–. No le interesa oírme hablar de esquí y odia todo lo que tiene que ver con Snow Crystal, así que no puedo hablar de esto. Si menciono a papá, está deseando colgar, así que me paso todo el tiempo intentando encontrar cosas que decir que no tengan que ver ni con él ni con el esquí, lo cual es bastante complicado cuando vives en lugar como este –se apartó el pelo de la cara con un gesto universalmente adolescente–. Supongo que soy una gran decepción. Nunca he sido lo que ella quiere.

–Seguro que eso no es verdad –a Brenna se le quedó la

boca seca. No quería hablar de eso, no podía. Hacía que se le acelerara el corazón y se le revolviera el estómago. Quería cambiar de tema desesperadamente, pero tampoco era justo para Jess.

–Según mi madre, me parezco mucho a papá. No la conoces, pero... –Jess frunció el ceño–. ¿O sí la conoces? No es que Snow Crystal sea un lugar muy grande, y debisteis de ir al colegio en la misma época.

Brenna sacó un par de camisetas de la maleta.

–La conocía un poco.

–Me pregunto por qué nunca ha hablado de ti. Era más mayor, así que supongo que tu nombre nunca surgió.

Le temblaban las manos.

–Seguro que es por eso.

–Te va a encantar esta habitación. Después de doce años viviendo en Chicago, tener vistas a un bosque es como estar en el paraíso –Jess tiró de un hilo de su calcetín–. A veces duermo con la ventana abierta para poder respirar el aire. En el colegio también intento sentarme junto a la ventana.

Brenna metió las camisetas en un cajón.

–¿Van mejor las cosas?

–¿En el instituto? No. Es como estar en una jaula. ¿Tú te sentías así?

–A veces –«todo el tiempo». Abrió otro cajón–. ¿Y qué tal tus compañeros?

–La mayoría, unos pesados –respondió Jess evitando su mirada–. ¿Has terminado? Porque deberíamos bajar a ayudar a papá con la cena. Puede armar un desastre total si lo dejamos solo. Ni siquiera los perros probarían su comida.

–Un minuto –respondió Brenna sacando el resto de la ropa y pensando en una conversación que habían mantenido unas semanas atrás. Había recogido a Jess del colegio y la había encontrado visiblemente disgustada. De camino a casa había estado callada, lo cual no era habitual en ella, y había sido ese silencio lo que había animado a Brenna a contarle algunas de sus experiencias en el instituto con la esperanza de animarla a expresarse con ella.

No había funcionado, pero por el modo en que la chica había escuchado y por las preguntas que le había hecho, Brenna se había quedado convencida de que algo similar podía estar sucediéndole a Jess. Y, si eso era cierto, quería ayudar.

–Ahora que voy a pasar aquí un tiempo, deberíamos poder esquiar juntas más a menudo, si quieres.

–¡Me encantaría! Gracias. Quiero ganarlo todo esta temporada. Quiero que papá se sienta orgulloso.

–Ya se siente orgulloso, Jess. Te quiere.

–Sé que me quiere, pero ya conoces a papá. Para él, o ganas o pierdes.

–Hubo muchas veces en las que perdió tanto como ganó. No todo consiste en ganar.

–Él dice que todo se centra en eso, que nadie compite para quedar segundo. ¿Podemos ver vídeos de esquí juntas esta noche? Quiero ver algunos de la Copa del Mundo para analizar la técnica.

–Deberías pedirle a tu padre que eso lo hiciera contigo. Se le da bien ver lo que la gente hace mal.

–No lo va a hacer –respondió Jess con tono apagado–. Él nunca ve esquí por la tele.

–Bueno, está ocupado y...

–No es porque esté ocupado. Ve fútbol americano, béisbol, baloncesto, hockey sobre hielo... cualquier deporte que salga por la tele, pero nada de esquí.

Brenna se detuvo con una sudadera en la mano.

–¿Nunca?

–Nunca –respondió Jess encogiéndose de hombros–. Supongo que es duro para él. No debería habértelo contado. Probablemente no quiere que lo sepamos ninguna de las dos.

—Yo... Has hecho bien en contármelo —sufriendo por él, Brenna guardó la sudadera en el cajón y lo cerró—. ¿Te da alguna razón?

—Sí, pero después de un año de excusas te das cuenta de que tiene que haber algo más. Quiero preguntárselo, pero no quiero empeorar las cosas y, de todos modos, solo soy una niña. Supongo que no hablaría conmigo.

—Eres una niña genial. Te quiere —respondió Brenna con delicadeza—, pero él no es la clase de hombre al que le resulta fácil hablar sobre lo que siente.

—Lo sé. Es por el rollo ese de ser un machote.

—No solo por eso —Brenna se preguntaba cuánto sabría Jess sobre la vida de Tyler—. Cuando estaba en el equipo de esquí, para él era complicado tener intimidad. Siempre había alguien haciéndole fotos o plantándole un micrófono delante de la cara. La gente publicaba cosas tanto si las había pronunciado como si no, así que aprendió a no decir nada —ella se había enfadado, había enfurecido al leer algunas de las mentiras que se habían publicado.

—Tal vez hable contigo, sobre todo ahora que estás aquí todo el tiempo. Confía en ti. Lo comprendes y los dos sois amigos de toda la vida —dijo Jess levantándose de la cama—. Espero que lo haga. Debería hablar con alguien. Creo que lo está volviendo loco. Por eso ha estado a punto de matar a ese reportero esta mañana. Ese tipo ha sido tan estúpido de preguntarle qué se sentía al no poder practicar más esquí de competición.

—¿Le ha preguntado eso? ¿Cómo lo sabes?

—Me lo ha dicho Kayla. Estaba muy enfadada porque, al parecer, le había dicho al hombre textualmente que no le preguntara ni por su carrera ni por su familia, y él le ha preguntado las dos cosas. Ha tenido suerte de que papá no lo haya enterrado debajo de una montaña de nieve —Jess se estremeció cuando se oyó un estruendo desde la cocina. Ash gimoteó y se escondió debajo de la cama en busca de refugio–. Deberíamos ir antes de que lo rompa todo o se envenene.

Brenna siguió a la adolescente hasta abajo.

Todos estaban tan ocupados, tan centrados en intentar salvar el complejo, que ninguno de ellos se había parado a pensar en lo que debía de estar afectando a Tyler el hecho de estar allí y no poder esquiar.

Entraron en la cocina y lo encontraron dando golpes a todo y maldiciendo mientras sacaba unas sartenes. Había comida por toda la encimera y Brenna enarcó las cejas.

–Creía que Élise iba a preparar la cena.

–Y lo iba a hacer... –él le lanzó una mirada que habría podido provocar un fuego sin la necesidad de cerillas–, pero al parecer no solo tengo que cocinarlo, sino que también tengo que recalentar algunas cosas. Habría sido más sencillo pedir comida para llevar.

–Pero no tan sano –Jess le quitó la sartén de la mano–. Yo me ocupo, papá. Tú siéntate y disfruta de una agradable y relajante copa con Brenna.

Hizo que sonara como si tuvieran una cita, y a Brenna le dio un brinco el corazón.

¿Por qué la situación resultaba tan incómoda?

Tyler sacudió una mano.

–Hay bistec...

–Lo sé –dijo Jess con paciencia–. Se fríe. No es complicado.

–Eres vegetariana.

–Eso era el año pasado.

–Es verdad –él levantó la misma mano y se pasó los dedos por el pelo–. Hay una salsa.

–... que hay que calentar, pero no hervir porque, si no, se cortará.

Tyler la miró.

–¿Desde cuándo te has convertido en chef?

—Desde que Élise me ha dado unas cuantas lecciones —complacida consigo misma, Jess echó aceite en la sartén y esperó a que se calentara—. Me ha dicho que la cocina básica es una técnica de supervivencia, y que como vivo contigo voy a necesitar todas las técnicas de supervivencia que pueda reunir.

—¿Eso te ha dicho? Qué encanto. No pienso volver a ayudar a Élise con sus esquís —Tyler sirvió ensalada en los platos—. Brenna, hay cerveza en la nevera. Sírvete. Eso adormecerá tus papilas gustativas y las preparará para lo que sea que vaya a salir de esa sartén.

La estaba tratando como siempre la trataba, como trataba a sus hermanos.

No había motivos para sentirse incómoda.

—Estará delicioso —Jess le dio la vuelta a uno de los bistecs, que aterrizó en el suelo de la cocina. Ash cruzó la habitación de un salto y lo devoró.

—Está claro que estaba delicioso —dijo Tyler con brusquedad—. Ese era el tuyo, ¿verdad?

Jess no pudo contenerse la risa.

—Chico malo. ¡Ash, malo!

Ash sacudió la cola alegremente y Tyler suspiró.

—Tienes mucho que aprender si quieres disciplinar a ese perro. Si le dices «chico malo», no te rías al mismo tiempo.

—Es adorable, sobre todo cuando sabe que está siendo travieso. Pone esa mirada tan mona de culpabilidad. No pasa nada. Élise ha mandado más de los que necesitamos. Supongo que sabía que íbamos a cargarnos alguno.

Tyler fulminó a Ash con la mirada.

—Estás descontrolado. Y fíjate en que no estoy sonriendo al decirlo. Además, a mí no me pareces adorable. Creo que eres como una patada en el...

—Papá, ese lenguaje —Jess echó otro bistec al fuego y Ash sacudió la cola con la mirada clavada en su ama con esperanza.

Un olor delicioso se propagó por la cocina y en esa ocasión, cuando Jess le dio la vuelta al bistec, lo hizo con exagerado cuidado.

Ash gimoteó y se tumbó en el suelo esperando que se cometiera otro error culinario en su favor. Luna, la que mejor se portaba de los dos perros, estaba tumbada tranquilamente bajo la mesa observando a Jess.

Tyler terminó de repartir la ensalada entre los platos y sacó un par de cervezas de la nevera.

—¿Por qué no habías cocinado nunca para mí?

—Porque aún estoy aprendiendo. Élise ha estado enseñándome en casa de la abuela. Quería sorprenderte —Jess sirvió los bistecs y patatas asadas en los platos y los colocó en la mesa.

—Es una sorpresa —Tyler le pasó una cerveza a Brenna—. Una sorpresa buena. ¿Significa esto que también vas a dejar de tirar tu ropa por la casa y que vas a hacer la colada?

Brenna destapó su cerveza. Había estado en esa cocina muchas más veces de las que podía contar, así que, ¿por qué de pronto todo se le hacía tan distinto? No era una reacción lógica.

—No deberías haber cocinado para él, Jess. Estás reforzando los estereotipos de género.

—No, me estoy asegurando de comer bien —la niña se sentó y levantó el cuchillo y el tenedor—. Mañana le toca cocinar a él. Papá, no se le puede echar kétchup a ese bistec tan delicioso. Se cargará el sabor.

Ignorándola, Tyler se echó una buena cantidad de kétchup en el plato.

—Si mañana me toca a mí, entonces cenaremos comida para llevar.

Jess miró a Brenna.

—¿Cuál es tu favorita?

—La mejicana —respondió Tyler cortándose el bistec—. Su favorita es la mejicana.

Jess se lo quedó mirando fijamente.

–Lo sabéis todo el uno del otro.

–No todo –Brenna se centró en su plato. Las cosas que no sabía de Tyler eran minucias, cosas muy personales. ¿Dormiría desnudo?

–Se puede cocinar comida mejicana desde cero, papá. Lo único que necesitas son frijoles, tortillas de trigo... no sé, pero seguro que no es tan complicado. Le mandaré un mensaje a Élise para preguntarle y mañana iremos de compras –le pasó una tira de bistec a Luna por debajo de la mesa–. Brenna se va a quedar impresionada.

–O podría terminar envenenada. No intento impresionar a Brenna. Me conoce de toda la vida, así que ya no hay modo de impresionarla. Este bistec está bueno. A cambio de esto, recogeré la casa, pero tú puedes ocuparte de tu propia colada. Y deja de dar de comer al perro por debajo de la mesa. ¿Qué tal tu habitación, Bren? ¿No son geniales las vistas del bosque?

Tyler sabía de ella más que nadie, y aun así no sabía lo más importante de todo. Lo que sentía por él.

–Es preciosa, gracias, y me encanta poder ver el lago.

Él se detuvo con el tenedor a medio camino de la boca.

–¿Puedes ver el lago?

–Sí. Jess me ha puesto en la habitación que está al lado de la tuya –y se estaba preguntando cómo iba a dormir por las noches sabiendo que lo único que los separaba era una fina pared.

Tyler soltó el tenedor lentamente.

–¿Al lado de la mía?

–¿Pasa algo? –preguntó Brenna intentando sonar despreocupada–. Puedo mudarme sin problema si prefieres que use otra.

Él fijó su mirada en ella, esa mirada azul e inquietantemente intensa.

–No –le respondió con la voz algo cargada–. Es una habitación bonita –miró a Jess, pero su hija no levantaba la vista de la comida.

–Lo siento –dijo la adolescente con tono alegre–. Culpa mía. Creía que te referías a esa habitación. Ahora no tiene sentido que se mude. Da igual, y a Brenna le ha gustado la habitación. Si alguien se ha quedado con hambre, hay más bistecs.

¿Hambre?

Brenna apenas podía tragar la comida.

Jamás habría imaginado que estar con Tyler pudiera hacerla sentir tan incómoda.

CAPÍTULO 7

En la casa principal, que llevaba cuatro generaciones siendo el hogar de los O'Neil, Walter O'Neil se acomodó junto a la limpísima mesa de la cocina y vio cómo Alice, su esposa desde hacía sesenta años, ayudaba a Elizabeth a colocar masa de galletas sobre grandes placas de hornear.

–Así que Brenna se ha mudado con Tyler.

–Necesitaba un lugar adonde ir –Elizabeth sacó dos bandejas de estrellas de canela del horno e introdujo la siguiente tanda–. Tenemos suerte que de Tyler tenga espacio.

Walter gruñó.

–La última vez que lo conté, tú tenías cinco habitaciones de sobra.

–He invitado a unos familiares de Inglaterra –respondió Elizabeth pasando las galletas a una rejilla para que se enfriaran.

Walter miró las sillas vacías alrededor de la mesa.

–Pues yo no veo a ningún familiar de Inglaterra.

–No estoy segura de qué va a pasar, pero no me parecía justo invitar a Brenna y arriesgarme a tener que pedirle que se marche después. Necesita un lugar permanente.

—¿Permanente? —Walter afiló la mirada. Su rostro estaba ajado y cubierto de arrugas por una vida vivida al aire libre, pero aún tenía mucho pelo y parecía tener setenta años en lugar de ochenta.

—¿Exactamente cuánto tiempo crees que se quedará con Tyler?

—No lo sé —Elizabeth partió una de las galletas por la mitad para comprobar la masa—. Al menos hasta Navidad. A Jess le encanta la Navidad, y será positivo que Brenna forme parte de ella.

—¿Pretendéis juntarlos a los dos, verdad?

—Yo no estoy haciendo eso —contestó Elizabeth mordisqueando una galleta—. Pero prácticamente han crecido juntos y Jess adora a Brenna. Tiene sentido que se haya mudado con él.

—Soy viejo, pero no estúpido. Os estáis entrometiendo.

—No eres viejo —Alice le dio una palmadita en la mano—. Y creo recordar que tú te entrometiste bastante en el caso de Sean y Élise.

—Te estás imaginando cosas —contestó Walter aunque los ojos le brillaban—. Lo único que hice fue señalar algo que todo el mundo sabía. Esos dos eran demasiado testarudos como para ver lo que los demás veíamos.

—Con Tyler pasa lo mismo. Está claro lo que Brenna siente por él —Elizabeth agarró un cuenco de cobertura y Walter se la quedó mirando pensativo.

—¿Pero qué siente él por ella? No es su tipo habitual de chica. No se parece en nada a las otras.

—Él no iba en serio con las otras, solo formaban parte de esa vida que llevaba. Y no recuerdo haber recibido la llamada de ninguna de esas mujeres cuando estuvo postrado en una cama de hospital y con su carrera arruinada. ¿Dónde estaban entonces? —se secó las manos en el delantal—. Fue Brenna la que estuvo a su lado. Estuvo ahí noche y día, y no había forma de convencerla de que se marchara. Fue ella la que hacía que se le pasara el mal genio cuando a los demás casi nos daba miedo entrar en esa habitación. Ha estado a su lado en lo bueno y en lo malo.

–Y en todo ese tiempo nunca ha pasado nada. Recuerdo la fiesta de este verano. Él ni la miró. Lo que tienen es una amistad, y nunca llegará a ser otra cosa –Walter alargó la mano para robar una galleta y Alice le dio un golpecito en los nudillos.

–Son para el Boathouse Café.

–No van a echar de menos una, y no quiero darles a los clientes algo que yo no haya probado.

–Ya te has comido demasiadas de esas en toda tu vida, Walter O'Neil. Recuerda lo que dijo el médico.

–Dijo «moderación» –contestó mirando a Alice–. Una galleta es moderación, y además, me he pasado toda la mañana recogiendo nieve.

–Siente algo por ella –Elizabeth estaba espolvoreando azúcar glas sobre las galletas–. A veces pienso que estar aquí lo está matando lentamente, pero se ha ofrecido a entrenar al equipo del instituto porque sabía que ella no quería volver por allí. No habría hecho eso por nadie. Es lo más romántico que he oído en mi vida.

Walter suspiró.

–Ese chico lleva saliendo con mujeres desde que llegó a la pubertad y jamás lo he visto mostrar por Brenna un interés que no tenga que ver con su amistad.

–No ha puesto ninguna pega cuando Kayla ha sugerido que se mudara con él.

–¿Cómo iba a hacerlo? Todos lo estabais presionando, parecía una araña atrapada bajo una montaña de madera. Lo más seguro es que al final se rebele, como siempre hace cuando intentáis enjaularlo.

–Nadie está intentando enjaularlo, Walter.

—Puede que vuestro plan fracase. A lo mejor ella no es lo que él necesita.

—Creo que es exactamente lo que necesita, y espero que lo descubra por sí mismo —calmada, Elizabeth sirvió el té.

Tyler sacó a los perros fuera y esperó. Su aliento formaba pequeñas nubes al contacto con el gélido aire.

No tenía ninguna prisa por volver adentro sabiendo que Brenna estaría acurrucada en su estudio. Jess y ella habían elegido una película y entre las dos lo habían condenado a una noche de cine romántico y azúcar a la que no podría sobrevivir sin el apoyo de una botella de whisky.

La elección no lo había sorprendido.

Ya sabía que Brenna era una romántica. Era una faceta de ella que habría sorprendido a más de uno dada su actitud de chicazo, pero no a él.

Ella creía en el amor y en los finales felices para siempre, lo cual era otra razón por la que con ella no había querido pasar de la amistad.

Por desgracia, ese plan se había complicado más desde que Jess la había instalado en la habitación contigua.

Respiró hondo e intentó desterrar lo que solo se podía describir como pensamientos inapropiados.

Brenna había estado en su casa en millones de ocasiones y ni una sola vez había resultado una situación incómoda.

Hasta esa noche.

Estaba seguro de que su hija no le había preparado esa habitación por error. Y también estaba seguro de que no recibirían visita desde Inglaterra próximamente, pero no había querido avergonzar a Brenna diciéndole a su irritante y entrometida familia lo que podían hacer con todos sus planes, sobre todo porque ella ya parecía lo suficientemente avergonzada.

¿Cómo iba a dormir sabiendo que estaba al otro lado de la pared?

¿Dormiría desnuda?

Por lo que había visto, en esa maleta no había espacio para mucha ropa.

Oyó la puerta abrirse y Jess salió.

—Brenna está preparando chocolate caliente. Lo hace con todo, con nata y malvaviscos.

—No tenemos malvaviscos.

—Le quedaban unos pocos en casa y se los ha traído en la maleta.

Lo cual dejaba menos espacio aún para la ropa.

—Genial —se bajó la cremallera de la cazadora para que el aire frío le rozara la piel—. Así que ya que viendo esa película que habéis elegido no me he muerto de sobredosis de azúcar, ahora sí que lo haré.

Jess zapateaba contra el suelo para mantenerse en calor.

—Me gusta que haya otra mujer por casa. Ojalá se quede para siempre.

—Tienes que dejar lo que estás haciendo, Jess.

—¿Qué? ¿Qué estoy haciendo?

Él siempre prefería hablar claro y no veía motivos para cambiar ese enfoque con su hija.

—Tienes que dejar de intentar emparejarme con Brenna.

—¿Estás sugiriendo que...? —ella abrió la boca y a él le hizo gracia ese gesto exagerado de sorpresa y ofensa. Después, sacudió la cabeza.

—¿Quieres un consejo? No te unas al club de teatro. No resultas convincente. Cíñete al equipo de esquí.

Jess cerró la boca.

—He cometido un error con las habitaciones, eso es todo.

—Sí, claro. Supongo que encima tengo que dar las gracias por que no la hayas metido en la mía. Ahora deja de entrometerte, o tendré que buscarle otro alojamiento a Brenna porque esto no es justo para ella –y tampoco era justo para él. Había pasado de no permitirse nunca pensar en sexo y en Brenna al mismo tiempo a no ser capaz de separarlos.

Sudando, esperó que la película que habían elegido no contuviera escenas de sexo.

–Papá, ¿te puedo preguntar algo?

–Claro –sacado de una perturbadora ensoñación en la que Brenna aparecía desnuda en la ducha, se obligó a prestar atención.

–¿Incluso aunque sea de algo sobre lo que no hemos hablado nunca?

Ahora sí que le estaba prestando toda su atención. ¿Sería una pregunta relacionada con el sexo? Después de su conversación con Brenna, se había decidido a comprar un libro sobre cómo hablar del tema con los adolescentes, pero no lo había hecho aún. No tenía ni idea de por dónde empezar.

–Puedes preguntarme lo que sea –dijo con la voz entrecortada. Carraspeó–. Hicimos ese trato cuando viniste a vivir conmigo el invierno pasado. Sigues siendo muy pequeña, pero podemos hablar de los detalles si quieres... –«por favor, que no sea sobre...»–, aunque lo primero que hay que saber es que es mejor si tienes una relación estable.

–¿Qué? –preguntó Jess mirándolo–. ¿De qué estás hablando?

¿Por qué demonios no había comprado ese libro?

–Lo único que digo es que no pasa nada por hablar del mecanismo, pero debería significar algo, eso es todo –suponía que como experto en sexo vacío e insignificante, estaba cualificado para hablar de ello.

–¿Qué debería significar algo?

–El sexo –respondió. Se le había secado la boca–. ¿Eso es lo que me estás preguntando, verdad?

–¡No! ¡Papá, qué asco! –se puso roja y dio una patada

a la nieve con la punta de la bota–. ¡No quiero hablarte de sexo! ¡Puaj, qué situación tan incómoda!

–No es incómoda –pero sí, podía equipararse a la situación más incomoda de su vida–. Puedes preguntarme sobre el tema. Es importante que conozcas la información real en lugar de cargarte con un montón de datos falsos de tus amigos.

–¡No quiero hablar de sexo! Ya lo sé todo, ¿de acuerdo?

–¿Todo? –de pronto, ahora tenía una nueva preocupación–. ¿Cómo lo puedes saber todo? Tienes trece años.

–Casi catorce, y todo eso nos lo enseñan en el colegio y... –se llevó las manos a la cara y sacudió la cabeza–. ¡Da igual! ¡Eso no es lo que te quería preguntar!

Tyler se sentía tan incómodo como su hija.

–Bien. De todos modos no importa, porque no pienso dejarte salir de casa hasta que cumplas los cuarenta.

–Tranqui, papá. Me interesa más el esquí que los chicos.

Esa era una buena noticia, pero no tanto como para calmarse.

Iba a encargar ese condenado libro ahora mismo para que la próxima vez que surgiera el tema pudiera tratarlo sin sentir que se le había atado la lengua por tres sitios.

–Entonces, ¿qué querías preguntarme? No te conviertas en una de esas mujeres que espera que un hombre juegue a las adivinanzas. Si se te pasa algo por la cabeza, dilo claramente.

–Iba a preguntarte si lo echas de menos.

–¿El sexo?

–¡No! –respondió Jess soltando una carcajada–. Papá, ¿es que solo piensas en el sexo?

«Sí, desde que has puesto a Brenna en la habitación de al lado».

–Empecemos esta conversación otra vez –dijo y respiró hondo–. ¿Que si echo de menos qué?

—Esquiar —contestó Jess y él frunció el ceño.
—¿Por qué iba a echarlo de menos? Sigo esquiando.
—Pero no en competición. Desde el accidente ya no puedes competir... —se lo quedó mirando con cierta inquietud—. Me preguntaba si sería duro, eso es todo. Quiero decir, nunca ves el esquí por la tele. Jamás. ¿Odias no poder competir más?

—Si estuviera compitiendo, no podría enseñarte. Y me encanta enseñarte.

—¿En serio? —a la niña se le iluminó la cara—. ¿No te molesta?

—No —y ahora se dio cuenta de que era la verdad—. Me divierto mucho. Eres buena. Y vas a ser aún mejor.

—Guay. Me encanta que esquíemos juntos.

Él la rodeó por los hombros y la abrazó.

—A mí también me encanta.

—Y te encanta esquiar con Brenna.

Tyler bajó la mano y la miró.

—Deja eso de una vez a menos que quieras que te meta nieve por dentro de la cazadora.

—Solo era un comentario.

—Pues no comentes nada. Y tampoco pienses.

—Ten cuidado —Brenna comprobó el casco de Jess y le subió la cremallera de la cazadora para protegerla del cortante viento—. Lo importante no es ganar, sino participar.

—Claro que lo importante es ganar —Tyler estaba relajado y cómodo subido a sus esquís, ajeno a la atención que estaba despertando entre el resto de niños y sus madres—. De lo contrario, ¿de qué sirve arriesgarte a romperte el cuello descendiendo por una colina a velocidad inhumana? Para eso, mejor te quedas en casa.

Brenna suspiró.

—Lo único que digo es que no pasa nada si no gana.

—Y yo digo que sí pasa. Va a ganar, y si no gana estudiaremos el porqué y trabajaremos en ello —Tyler puso las manos sobre los hombros de Jess y le giró la cara hacia él—. Escúchame porque, ya que se me está empezando a dar bien, voy a darte un consejo. Olvídate de todo lo que no sean tus esquís y de lo que sientes en la colina. Confía en ti misma. Céntrate. Puedes darles una paliza de la hostia.

Jess sonrió encantada.

—No deberías decir «hostia». Es un grave error como padre.

Brenna no sabía si reír o golpearse la cabeza contra un árbol.

—Y tampoco puedes decirle que tiene que darles una paliza. Se supone que eres un entrenador. Si hablas así en las sesiones de los viernes por la noche, al instituto llegarán montones de quejas de los padres.

—Bien. Entonces me despedirán y podré volver a hacer algo interesante por las noches. No tengo paciencia con gente que no quiere oír la verdad.

—Si te despiden, tendré que hacerlo yo.

—Es verdad —respondió él apretando los dientes—. Puedo dar consejos de buen entrenador si hace falta —se giró hacia Jess—. Necesitas que el vértice del giro esté en la puerta. Observa la transición e intenta mantener un ritmo constante.

Jess asintió con la cabeza.

—¿Vas a estar viéndolo?

—Todo el tiempo.

—Haré que te sientas orgulloso, papá.

Hubo una pausa y Tyler se aclaró la voz.

—No deberías estar hablando con nosotros. Deberías estar concentrándote. No dejes que nada ni nadie te distraiga —se agachó y comprobó las correas, le sacudió nieve de los esquís y asintió—. Necesitamos a Chas.

Jess se ajustó las botas.

–Está con el equipo nacional.

–Ese hombre tiene confundidas sus prioridades, pero si no viene a ti, tendrás que ir tú a él.

–Papá, yo nunca lograré estar en el equipo nacional.

–«Nunca» es una palabra prohibida en la familia O'Neil. Ahora sal de aquí y machácalos.

Brenna estaba escuchando, preguntándose si ayudar a Jess hacía que Tyler se sintiera peor con el tema del esquí.

Quería decirle algo, pero Tyler O'Neil no era persona de compartir sus sentimientos, y no quería obligarlo a hacerlo.

¿Habría hablado de ello con alguien? ¿Con sus hermanos? Probablemente no. Los tres estaban muy unidos, pero dudaba que alguna vez se sentaran a expresar sus sentimientos. Hablaban sobre esquí, sobre todo lo que tuviera un motor e, inevitablemente, sobre el negocio.

Estaba ahí de pie, consciente de su poderosa presencia a su lado, mientras ambos veían cómo Jess se situaba en su posición.

Brenna casi podía sentir sus nervios.

–Está nerviosa.

–Eso no es malo.

–Está pensando en agradarte, no en esquiar. Le pides demasiado.

Tyler gruñó.

–Son los pequeños detalles los que pueden marcar la diferencia entre ganar y perder. Y no le pido nada que no sea capaz de lograr.

Brenna lo miró exasperada. Él tenía la mirada clavada en su hija. Había visto esa misma mirada en su rostro miles de veces en el pasado. Una mirada de absoluta concentración. Pero ahora esa concentración estaba dirigida a su hija, y eso era algo que no había visto antes.

–En la vida hay más cosas que ganar una carrera, Tyler.

—Eso me han dicho.
—Ella no es tú.
Él frunció el ceño.
—¿Qué estás sugiriendo?
—Me preocupa que la estés presionando demasiado.
—La presión forma parte de la competición. Puede soportarlo.
—¡No todo se trata de ganar, Tyler! Si le haces pensar eso, entonces se hundirá cuando no gane.
—¿Qué mierda de discurso liberal es ese? Es una competición. Por supuesto que se trata de ganar. Si no, ¿para qué sirve? —dejó de mirar a Jess lo justo para lanzarle a Brenna una mirada de incredulidad—. ¿Quieres que aminore y sea educada para que la chica que va detrás pueda ganar?

Brenna quiso reírse porque en ese momento él le recordó al chico que había sido años atrás, deslizándose a toda velocidad por las pistas como si tuviera un cohete pegado a los esquís.

—Lo único que digo es que quiere agradarte tanto que podría ponerse en peligro.
—El esquí de descenso siempre es peligroso.
—¡Pero existe una línea muy fina entre romper récords de velocidad y romperte el cuello!
—Es buena.
—¡Pero creció en Chicago y la crió una madre que odia el esquí!
—Razón de más para que ahora recupere el tiempo perdido. Es una O'Neil. No solo por el pelo y los ojos, sino por lo que siente por la nieve. ¿O es que no te has dado cuenta?
—Sí, me he dado cuenta —Brenna se rindió y decidió centrarse en Jess esperando que lo hiciera bien y no se cayera.
—Quiere esquiar. No la obligo a hacer nada que no esté desesperada por hacer de por sí. El invierno pasado intenté contenerla y mira dónde estamos ahora por eso.

Brenna pensó en la noche en la que Jess había desaparecido decidida a impresionar a su padre esquiando la pista más complicada del complejo.

–Fue una noche horrible.

–Es la siguiente –Tyler vio a Jess impulsarse desde la salida y ganar velocidad de inmediato.

–Tiene un estilo bueno.

–Está echando la mano atrás. Está rotando el cuerpo y perdiendo segundos en cada puerta.

–Lo está haciendo bien –Brenna se estremeció cuando una de las puertas, los postes que marcaban el recorrido, golpeó a Jess en la cara–. Es su primera temporada de invierno de verdad aquí, Tyler, y la temporada solo comenzó hace unas semanas.

–Lo cual significa que tenemos mucho tiempo para compensarlo. Se está concentrando en las puertas y no en sus giros.

–Tyler –una mujer se plantó delante de él con la boca en un tono rojo brillante y esbozando una sonrisa–. Soy Anna. La madre de Patty Clarke.

No podía haber elegido un peor momento para intentar captar su atención.

Tyler ni la miró. Tenía los ojos clavados en Jess.

–Está patinando en los giros. Está poniendo demasiado peso en el esquí interior con demasiada antelación en cada giro, y necesita una línea más definida cuando se acerque a la puerta.

–Podemos trabajar en eso. Es principiante, Tyler, ¡no tiene la fortaleza física de un esquiador Campeón del Mundo!

–Está perdiendo tiempo.

Al ver que no iba a responder a Anna Clarke, Brenna intervino.

–Patty promete mucho como esquiadora, Anna.

La madre de Patty la ignoró y se acercó más a Tyler.

Brenna se puso colorada y por un momento sintió que volvía a tener quince años, que estaba sola en los pasillos del instituto por los que resonaban las carcajadas de los otros chicos. Cada vez que pensaba en el instituto, el recuerdo dominante era el de estar sola mientras el resto de compañeros se movía en manada. Algunos días había sido invisible, otros se había sentido como una gacela solitaria rodeada por una manada de hienas. Había preferido los días invisibles, los días en los que sus verdugos la dejaban tranquila, a pesar de que esa soledad había resultado deprimente. Saltarse las clases para reunirse con Tyler había sido la única luz en un periodo gris de su vida.

Miró brevemente a Anna preguntándose qué se sentiría al tener esas habilidades sociales. Al estar tan seguro de una respuesta positiva a tus propuestas. A Brenna la habían rechazado tantas veces que ahora le daba miedo exponerse demasiado.

Había salido del instituto con la autoestima hecha trizas y, aunque había logrado recomponerla poco a poco, era consciente de su intrínseca fragilidad. En la pista de esquí se sentía segura. Con la gente que quería y conocía, se sentía segura. Pero cuando se trataba de gente como la madre de Patty, volvía a ser una adolescente torpe e insegura.

Anna no mostraba señales de ser insegura. Y si en algún momento de su vida había sufrido rechazo, no parecía que eso le hubiera dejado huella.

—Me estaba preguntando si estarías dispuesto a darle clases particulares. Yo también iría.

Tyler observó cómo Jess terminó el recorrido y después giró la cabeza, con su hermoso rostro absolutamente inexpresivo. Si se percató de la sonrisa que le dirigió Anna Clarke, no reaccionó ante ella.

—Si está en el equipo del instituto, entrenará los viernes, y yo daré algunas de esas clases.

—He visto el folleto en la web y dice que estás disponible para clases particulares —el tono ronco de su voz implicaba que estaba interesada en algo más que en la pericia de Tyler en la nieve.

—Solo esquiadores expertos, y, aun así, solo en casos concretos.

—¿Quién decide a quién eliges?

Tyler la miró a los ojos, al parecer nada impactado por esa cantidad de máscara de pestañas aplicada tan generosamente.

—Brenna —su voz sonó a seda sobre capas de acero—. Si ella considera que un esquiador muestra un talento excepcional, entonces lo entreno. Tendrás que hablar con ella.

Anna Clarke no respondió a eso, pero se ruborizó y le dijo algo a él en voz baja antes de alejarse con sus esquís.

A Brenna le latía el corazón a toda velocidad.

—No deberías haber hecho eso.

—Tienes razón. Lo deberías haber hecho tú —respondió algo molesto—. Ha sido una grosera y le has dejado que se saliera con la suya.

El corazón le golpeteaba.

—No importa.

—Sí que importa, Brenna. Tienes que decir lo que piensas. Si dejas que una persona te pisotee, volverá a hacerlo una y otra vez.

—Estamos rodeados de niños y de sus padres. No quería discutir. Es poco profesional.

—Los dos sabemos que tú no discutirías ni aunque te vieras acorralada.

¿La consideraba una persona tan patética?

—Crees que no tengo agallas.

Él la miró fijamente.

—Cielo, te he visto esquiar. Tienes más agallas que nadie que conozca. Puedes esquiar por una pendiente vertical sin vacilar, pero cuando se trata de relacionarte con gente, sobre todo con gente como Anna, cuando una situación social te hace sentir incómoda, te vienes abajo.

—Me estás llamando cobarde.

—No —frunció el ceño—. No se te da bien manejar a esa clase de gente. Pero lo vamos a cambiar.

Él nunca había dicho algo así, y Brenna, casi sin respiración, soltó una carcajada.

—¿Quieres que me pelee con Anna?

—No, voy a enseñarte a ser asertiva —se colocó el guante—. La próxima vez, en lugar de dejar que te trate con desdén, le dirás unas cuantas cosas que harán que te trate con respeto.

—No se me dan bien las palabras. Normalmente se me ocurre qué decir una semana después de que haya pasado la oportunidad de haberlo dicho.

—Pues entonces pensaremos en ello por adelantado. Tengo las palabras perfectas para decirle a una mujer como esa —se le acercó, le susurró algo al oído y ella abrió la boca asombrada y miró atrás para asegurarse de que nadie lo había oído.

—Yo jamás diría eso.

—Te garantizo que si se lo dijeras, no volvería a hacerte lo que te ha hecho.

Medio riéndose, medio asombrada, Brenna sacudió la cabeza.

—De todos modos, no creo que vuelva a dirigirme la palabra. Has sido muy maleducado con ella.

—Y ella ha sido una grosera contigo —dijo sin más. Después se quitó el guante y posó la mano en su nuca para obligarla a mirarlo. Era un hombre grande y protector. La fuerza de sus dedos contrastaba con la calidez de su mirada.

Nunca nadie había arrojado a ese hombre a una zanja ni lo había hecho sentirse inferior.

El corazón le latía con tanta fuerza que se sintió como si se le fuera a salir del pecho.

—Puedo cuidar de mí misma. Siempre lo he hecho. Siempre lo haré.

—Te alejas de todo, lo cual es un modo de gestionar la situación, pero ahora vamos a probar a hacerlo a mi modo —bajó la mano, aunque no antes de acariciarle la mejilla.

El gesto resultó tan inesperado como íntimo, e hizo que el estómago le diera un vuelco.

Por un breve instante, a Brenna le pareció ver algo en sus ojos, pero al instante despareció y él ya se estaba volviendo a poner el guante y fijándose en la carrera.

—He aprendido a ser brutalmente directo con algunas personas porque, de lo contrario, la próxima vez que abra la puerta de mi habitación puede que me encuentre a una de ellas ahí tendida y desnuda.

—¿Desnuda? —se sintió como si estuviera cayendo desde un precipicio hasta un abismo sin fondo. No por primera vez se sentía ajena a la vida que él había vivido. Ella jamás se habría tendido desnuda en una cama a esperar a un hombre al que no conocía—. ¿Eso te ha pasado?

—Más a menudo de lo que te podrías imaginar. Al parecer, ahí fuera hay un montón de mujeres que se piensan que tumbarse en la cama de un hombre les garantiza atención personal.

Un sentimiento de tristeza se entremezcló con otro de fascinación.

—¿Y cómo manejabas la situación? —y entonces vio su pícara sonrisa y se sonrojó—. Lo siento. Olvida la pregunta.

—Les decía que se pusieran a la cola —estaba tomándole el pelo, y ella no supo cómo responder porque a lo largo de los años de su amistad, habían hablado de todo excepto de eso. Sabía que había habido mujeres, por supuesto. La prensa le había sacado el máximo provecho a su pasión por la velocidad y por las mujeres, y en cierto punto de su carrera había sido complicado distinguir cuál era su prioridad.

Y fue en ese momento cuando Brenna había dejado de leer las noticias.

—No me puedo imaginar qué clase de mujer se metería en la cama de un hombre al que no conoce —hablaba sin pensar y entonces se dio cuenta de lo ingenua que estaba sonando, de lo poco sofisticada que resultaría. Y él estaba acostumbrado a mujeres que no eran ninguna de esas dos cosas.

—¿Quieres que te describa a esa clase de mujer? —Tyler se estaba riendo, convirtiendo la tensión en humor, tal como siempre hacía—. La primera vez que sucedió fue después de mi primera victoria en el campeonato del mundo. Salí y pedí otra habitación. El hotel estaba tan aterrado de que fuera a denunciarlos por ese fallo de seguridad que me dieron la Suite Presidencial. La segunda vez Jackson estaba allí. Él se ocupó.

Podía imaginarse a Jackson, tan sereno y diplomático, sacando a mujeres desnudas de la cama de Tyler.

—También se ocupaba de las mujeres que lloraban por Sean.

—Era un tipo muy ocupado. Pero ya basta de hablar de mi pasado porque tenemos compañía —sonrió cuando Jess se acercó hasta ellos esquiando—. Te inclinas hacia la puerta para salvarla y por eso giras tu cuerpo en exceso y pierdes el equilibrio. Tienes que afinar más tu línea de descenso. Oye, ¿qué pasa? —frotándose el brazo, se giró hacia Brenna—. ¿Por qué me clavas el codo?

Brenna no sabía si reírse o golpearlo en la cabeza con el bastón.

—Porque ha hecho un montón de cosas bien, y tú solo estás señalando lo que ha hecho mal. Ha sido un gran primer descenso, Jess. Bien hecho.

Tyler parecía desconcertado.

–No necesita que le diga lo que ha hecho bien, ya sabe lo que ha hecho bien. Mi trabajo como entrenador consiste en decirle lo que ha hecho mal para que pueda corregirlo la próxima vez.

Brenna respiró hondo.

–Es joven, Tyler. No es una atleta profesional. Tu trabajo es alentarla además de entrenarla. De lo contrario, la gente pierde el entusiasmo y abandona.

–¿Estás diciendo que si no le digo a la gente lo que hace bien, abandona? Por mí, perfecto. Si son tan debiluchos, entonces deberían abandonar directamente.

Con las mejillas coloradas, Jess se rio.

–Yo no soy una debilucha.

–Por supuesto que no lo eres –disgustado, Tyler se inclinó hacia delante y le desabrochó el casco.

–Siento no haber ganado, papá –pronunció esas palabras con cierta despreocupación. Tyler abrió la boca para decir algo, pero Brenna lo miró.

–Lo estás haciendo genial. Y vamos a trabajar en los aspectos que no son tan buenos. Para cuando termine la temporada, te los cargarás a todos. Y ahora vamos a casa para que Brenna te prepare uno de sus chocolates calientes. Si tengo suerte, hasta puede que me prepare uno a mí también.

Tyler echó atrás su silla y puso los pies sobre la mesa mientras observaba cómo Brenna freía beicon. Desde que se había mudado, no había podido relajarse en su propia casa. Estaba acostumbrado a sentirse cómodo con ella, pero esa sensación se había esfumado y ahora estaba reemplazada por tensión, por excitación sexual y por un abrumador deseo de tenderla sobre la mesa y descubrir esas partes de ella que no conocía.

—¿Vamos a tomar el desayuno para cenar?

Brenna le dio la vuelta al beicon con gran pericia y lo fulminó con la mirada.

—Añade tomates y chile y el desayuno se convierte en una salsa perfecta para pasta —su jersey era de un luminoso tono azul y se ceñía a sus curvas.

Unas curvas en las que él no quería fijarse.

—Podrías escribir un libro. «Mil y una cosas que hacer con beicon».

—¿Te estás quejando?

—Con tal de no ser el cocinero, jamás me quejo.

Desde hacía un año nadie se había alojado allí además de Jess y él, e incluso antes de que su hija hubiera llegado, no había tenido el valor de dejar que ningún invitado se quedara a pasar la noche porque la experiencia le decía que después eran difíciles de echar.

Ojalá Jess se reuniera con ellos, pero oía sonidos de la televisión procedentes del estudio y sabía que estaba solo ante la situación.

—Si sigue nevando así, mañana valdrá la pena madrugar para ir a esquiar.

—Mañana no puedo —respondió ella removiendo la cazuela—. Desayuno con mis padres.

—¿Por qué? Te vuelven loca. Siempre que los ves, vuelves disgustada. ¿Por qué te obligas a pasar por eso?

—Porque siguen siendo mis padres —removió la salsa con la cuchara—. Y porque me siento culpable.

—¿Por qué te sientes culpable?

—Porque los he decepcionado. Esto no es lo que querían que hiciera con mi vida.

—Pero es lo que tú querías hacer con ella, así que eso tiene que significar algo, ¿no?

—Tal vez. Pero eso no cambia el hecho de que hace un mes que no paso por casa, y eso que vivo al lado.

—Tienes un trabajo a tiempo completo —él juntó las manos por detrás de la cabeza y sonrió—. Y ahora también cocinas para mí.

—No pienso revelar esa parte —bajó el fuego y dejó que la salsa cociera—. Y voy a ir a desayunar porque así tengo una excusa para marcharme por la clase de las diez.

—Tú asegúrate de que no dejas que te pisoteen. ¿Quieres que te lleve?

—¿Te estás ofreciendo a interceder entre mi madre y yo? —preguntó sonriendo—. Siempre he pensado que eras valiente, Tyler O'Neil, pero ahora lo sé con seguridad.

—No me da miedo tu madre.

—Pues debería. No eres su persona favorita.

—Me relaciona con malas noticias —y probablemente tenía razón—. ¿Cómo va a reaccionar al hecho de que estés viviendo conmigo?

—No estoy viviendo contigo. Me alojo en tu casa. No es lo mismo —lo miró y desvió la mirada—. Sigo viviendo en Snow Crystal, así que no necesita saber nada más que eso.

Él la imaginó caminando descalza por la casa y durmiendo en la habitación de al lado.

—Sí, es probable que eso sea buena idea.

CAPÍTULO 8

Aún no había amanecido cuando Brenna se subió al coche a la mañana siguiente.

El trayecto hasta casa de sus padres le supuso unos veinte minutos, y en ese tiempo no hubo ni un solo segundo en el que no le entraran ganas de darse la vuelta y volver a Snow Crystal. Llevaba días nevando sin parar, pero no lo suficiente como para hacer que el trayecto resultara peligroso, y la carretera estaba limpia, así que no había motivos para posponer la visita.

Su estado de ánimo había caído en picado, al igual que la temperatura.

Visitar a sus padres era un deber, no un placer, y era un deber que siempre la hacía sentir vacía, deprimida y más que culpable.

Si se comparaba con Kayla y Élise, tenía suerte, ¿no? Tenía a su padre y a su madre, y, además, seguían casados.

Aparcó en la puerta de una construcción de ladrillo de estilo colonial que era el orgullo y la alegría de su madre. Para Brenna, una casa era un lugar donde estar cuando no se podía estar fuera. Si fuera por ella, viviría en una tienda de campaña. Y de hecho, alguna que otra vez lo había hecho, en verano; había levantado una tienda en el jardín trasero hasta que su madre la había obligado a entrar en la casa, preocupada por lo que dirían los vecinos.

Para Maura Daniels, la opinión de sus vecinos estaba en segundo lugar, pero solo por detrás de la de Dios.

Brenna se quedó sentada un momento, preparándose para lo que le esperaba, prometiéndose que no se disgustaría por nada.

Tenía una llave en el bolsillo, pero llamó al timbre y esperó, tensa como un ciervo olfateando el aire alerta ante el peligro. Si se hubiera tratado de alguna de las viviendas de los O'Neil, habría entrado directamente, segura de ir a recibir una cálida bienvenida. Ahí, en la casa en la que había crecido, dudaba antes de cruzar el umbral sin permiso. Nada molestaba más a una madre obsesionada con el orden que visitas sin previo aviso o invitación.

Para Brenna, vivir allí había sido como crecer metida en una camisa de fuerza.

Oyó el rítmico taconeo de su madre sobre el suelo de madera de cerezo y la puerta se abrió.

—Hola, mamá.

—¡Estás empapada!

—Está nevando.

—Dejas las botas fuera.

Lo habría hecho aunque no se lo hubiera dicho, pero su madre no dejaba nada al azar cuando se trataba de su casa.

Brenna había aprendido a muy temprana edad que la nieve tenía que quedar fuera de la casa. Su madre no podía controlar el clima, pero para controlar sus efectos más ingratos, trabajaba cada hora del día desde sacándole brillo a las ventanas hasta eliminando marcas imaginarias de ese suelo que pulía con tanto amor.

—¿Cómo estás, mamá? —dio un paso al frente con cuidado de no resbalar. Lo último que necesitaba era empezar la temporada con un tobillo roto, y encima como resultado de los demasiado entusiastas hábitos de limpieza de su madre.

—Bien. Hemos estado muy ajetreados en el trabajo —su madre miró sus pantalones de esquí negros, y Brenna interceptó la mirada mientras se quitaba las botas y las dejaba en los escalones.

—Tengo clase a las diez en punto. He pensado que podría estar más rato aquí si luego no tenía que pasar a cambiarme.

—Si nos visitaras más a menudo, no tendrías que concentrar tanto en cada visita.

Brenna sabía que lo mejor era evitar responder a eso. Las conversaciones con su madre eran como un partido de tenis. Siempre que devolvía la pelota, luego le llegaba con más fuerza, pero aun así tenía que admitir que su madre parecía más tensa de lo habitual.

Se preguntaba qué habría pasado.

Entró en la casa e inmediatamente se sintió como si las paredes se estuvieran cerrando a su alrededor, atrapándola dentro. Quería empujarlas, quería liberarse. No ayudaba nada que estuvieran pintadas de un tono rojo oscuro y que de ellas colgaran cuadros y fotografías. Su madre era una coleccionista de cosas. Cuadros, adornos, jarrones, figuritas... La casa estaba abarrotada con todos ellos y no había duda de que la Navidad traería consigo otro aluvión de objetos que sumar a las paredes y superficies ya de por sí saturadas. Brenna no entendía de qué servía llenar una casa de objetos, pero su madre disfrutaba añadiendo cosas a la casa.

Era la vivienda en la que había crecido, pero para ella nunca había sido un hogar. Ese lugar la asfixiaba. Echaba de menos el altísimo techo de catedral de la Casa del Lago y los acres de cristal que capturaban la luz del sol y enmarcaban los árboles. Ya fuera invierno o verano, era como mirar una postal, y nunca se cansaba de ello. De hecho, le asustaba la rapidez con la que había empezado a sentir ese lugar como su hogar.

Siguió a su madre por la cocina.

Su padre estaba sentado en la barra de desayuno con los ojos pegados al televisor.

—Hola, papá —se inclinó para besarlo y él le dio un breve abrazo sin apenas apartar los ojos del partido de fútbol.

—Deberías apagar eso cuando tu hija está en casa. Dios sabe que no es algo que suceda a menudo —su madre sacó una taza y la llenó de café—. Espero que esos O'Neil te estén pagando bien por todas las horas que le dedicas a ese lugar.

Ya estaba ahí otra vez, la fricción, la tensión. Si su madre fuera una máquina, Brenna habría comprobado el aceite para ver si podía hacer que funcionara con más suavidad.

—Es elección mía trabajar tanto, mamá. Me encanta mi trabajo, y Jackson O'Neil es un buen jefe. Adoro trabajar con él.

—Así que estás decidida a trabajar otra temporada para los O'Neil —el gesto de boca de su madre expresaba lo que opinaba al respecto.

—Sí —Brenna rodeó la taza con las manos para entrar en calor. Su madre podía helar el ambiente con más eficacia que un aparato de aire acondicionado—. Las reservas van en aumento y resulta emocionante después de lo mal que lo han pasado los últimos años.

—Si Michael O'Neil le hubiera prestado más atención a sus responsabilidades, no lo habrían pasado así.

El rencor con el que habló la impactó.

—Está muerto, mamá. No deberías hablar así de los muertos. Y Jackson y Kayla han trabajado mucho durante el último año. Es una época muy emocionante, y estoy disfrutando de mi trabajo —si se había esperado que las noticias dieran pie a una respuesta positiva, podía volver a sentirse decepcionada.

—Ambas sabemos que no es el trabajo lo que te retiene aquí —Maura Daniels dejó la taza con un golpe sobre la resplandeciente encimera de granito y soltó sus emociones en forma de cacofonía de golpes mientras sacaba cuencos de los armarios y unos huevos de la nevera—. Podrías haberte quedado en Europa. Tuviste la oportunidad de escapar de estos largos e interminables inviernos y de la familia O'Neil, pero ¿la aprovechaste? No. Volviste aquí a la primera oportunidad que tuviste y tiraste tu vida por la borda.

Apenas llevaba cinco minutos en la casa y ya había empezado todo. Brenna miró por las ventanas hacia las montañas que tanto amaba e intentó imaginar ser así de feliz en otro lugar. Cuando Jackson había iniciado su negocio en Europa, ella había vivido en Suiza un tiempo. Era precioso, pero no era Snow Crystal.

—No estoy tirando nada por la borda. Soy feliz.

—¿Lo eres? —su madre se detuvo con un cartón de huevos en la mano—. ¿No quieres algo más que esto? ¿Qué pasa con tener una casa? ¿Una familia?

Su madre la hacía sentir como si hubiera hecho algo mal.

Brenna miró a su padre, pero claramente él había decidido no implicarse y estaba mirando al televisor.

—Estoy asentada. Volví porque quería este trabajo.

—Volviste por él.

—Volví porque Jackson me dijo que el negocio familiar tenía problemas. Son mis amigos, mamá. Jackson me ofreció un empleo y yo lo acepté.

—Las dos sabemos por qué lo aceptaste, Brenna Daniels. Pensaste que si los dos estabais en el mismo sitio, tendrías una oportunidad con él. Siempre has hecho el tonto con Tyler O'Neil.

Brenna sintió cómo le ardían las mejillas.

—Eso no es verdad.

—Puedes mentirte todo lo que quieras, pero a mí no me

engañas. Fue una mala influencia de pequeña y sigue siendo una mala influencia para ti ahora. Estás tirando tu vida por la borda por ese chico.

—Es mi vida, y no considero que esté tirando nada por la borda. Adoro Snow Crystal. Es donde quiero estar —«y no es un chico». Pensó en los anchos y musculosos hombros de Tyler, en el atlético poder de su cuerpo y en la sombra que cubría su mandíbula. No, no era un chico. Era todo un hombre.

—¿Querrías estar en Snow Crystal si él no estuviese aquí? Te estás poniendo en ridículo, eso es lo que estás haciendo, y nos estás avergonzando a nosotros.

Brenna agarró la taza.

—¿Cómo os estoy avergonzando?

Con la boca apretada, su madre batió los huevos y los vertió en una sartén.

—No me lo ibas a contar, ¿verdad?

—¿Contarte qué?

—Que te has mudado con él. Soy tu madre y tengo que ser la última en enterarse de que mi hija está viviendo con Tyler O'Neil.

¿Lo sabía?

A Brenna se le revolvió el estómago y maldijo para sí por no haber imaginado que eso podía pasar.

—Mamá...

—En lugar de enterarme por mi propia hija, he tenido que enterarme por Ellen en la tienda. ¿Cómo crees que me he sentido?

—¿Cómo lo sabe Ellen?

—¿Cómo lo sabe todo el mundo por aquí? Porque la gente habla.

La idea de que todo el mundo estuviera chismorreando la hizo estremecerse. Era como volver a estar en el instituto, con todos murmurando sobre ella.

–¡No estoy viviendo con él, mamá! Estoy alojada en su casa, eso es todo, y pasó hace unos días. El negocio está en alza; necesitaban alquilar la cabaña y yo necesitaba un lugar donde quedarme. Soy una mujer adulta y tomo mis propias decisiones. ¡Déjame en paz!

–Podrías haberte quedado aquí. Aquí tienes tu habitación, como siempre ha estado.

Sintió un intenso calor en la nuca.

–Empiezo la jornada muy pronto y termino tarde. Ahora que llega el mal tiempo, no quiero tener que hacer este trayecto cada día.

–Las dos sabemos que esa no es la razón –su madre ladeó la sartén y ajustó el fuego–. De pequeño era un salvaje y de mayor también lo es. Los Carpenter nunca lo han perdonado por lo que le hizo a Janet.

–Haces que parezca como si hubiera abusado de ella o algo así, y las dos sabemos que eso no fue lo que pasó. ¿Por qué todo el mundo culpa a Tyler? Janet tuvo la mitad de responsabilidad –para ella, más de la mitad. Pero había cosas que Brenna sabía que no había contado nunca y no pretendía hacerlo. ¿Qué sentido tenía?–. Y Jess es maravillosa.

–No culpo a la niña. No puede ser fácil para ella crecer siendo la hija de Tyler O'Neil.

–Está orgullosa de él. Lo adora. Y él es un buen padre. Muestra mucho interés por ella y la acepta tal como es –añadió énfasis al comentario e intentó ignorar el hecho de que su propio padre no había participado en la conversación en ningún momento–. Los O'Neil han luchado por tener a Jess. Fue Janet la que se la llevó de bebé.

–No pienses que siento compasión por esa mujer, porque no es así –su madre volcó en un plato una tortilla perfecta y lo colocó delante de Brenna–. Aún no se lo has dicho, ¿verdad?

–¿Decirle qué?

Su madre se detuvo. La miró fijamente a los ojos.

—No le has dicho que Janet Carpenter fue la que te acosó en el instituto.

Comenzó a sudar y a temblar.

¿Cómo podía seguir afectándola tanto eso después de tantos años?

—No quiero hablar del tema.

—Nunca hablas —su madre abrió un cajón y sacó un par de tenedores—. Esa chica hizo que tu vida en el instituto fuera un martirio, pero jamás se lo dijiste a él.

—¿Cómo iba a hacerlo? Es la madre de Jess. Si le contara lo que pasó, todo sería mucho más complicado. Resultaría incómodo para él y terrible para la pobre Jess.

—He perdido la cuenta de todas las mochilas y abrigos que tuve que comprarte.

Eso no había sido lo peor. No, lo peor habían sido las palabras que habían minado su autoestima.

«No eres su tipo, Brenna. A él no le van las de pecho plano y pelo castaño. Esquiará contigo, pero nunca, jamás, querrá acostarse contigo».

Los abrigos y las mochilas se habían podido sustituir, pero ella no había logrado borrarse esas palabras de la cabeza.

—Los padres de Janet se estaban divorciando. Creo que estaba pasándolo mal en casa.

—Eso no es excusa para hacerle la vida imposible a otra persona —su madre le pasó un tenedor—. Me sentí aliviada cuando se llevó al bebé de aquí. Fue lo mejor.

—Janet se llevó a Jess a Chicago, ¡a muchos kilómetros de distancia de los O'Neil! ¿En qué sentido pudo ser lo mejor?

—¡Fue lo mejor para ti! ¿Cómo te habrías sentido si te hubieras encontrado a Janet y a Jess en el supermercado todos los días? Y, de todos modos, Tyler O'Neil no estaba aquí. Estaba viajando por todo el mundo. No podía estarse quieto ni cinco minutos.

—Pertenecía al equipo de esquí. Tyler es un atleta de talla mundial.

—Lo era —su madre sirvió otra tortilla perfecta y se sentó al lado de Brenna—. A lo mejor era un atleta de talla mundial, pero por mucho talento que tenga, ahora no le va a servir de nada, ¿no?

—Y le está resultando duro —lo sabía, a pesar de que él no lo había hablado con nadie, y le partía el corazón—. ¿No te da pena?

—¿Pena de qué? ¿De que ya no esté viviendo a todo tren y con una chica distinta en cada país?

Brenna se estremeció como si su madre la hubiera apuñalado.

—Fuiste tú la que me enseñó a no creerme todo lo que leía y oía.

—Bueno, esperemos que su hija tampoco lo haya leído ni oído.

Brenna miró la comida que se le estaba quedando fría en el plato. Nada bueno podía suceder si decía lo que pensaba. Y nada bueno podía salir de ahí si seguían con esa discusión.

—Jess ha vuelto y es feliz. Deberías verla esquiar. Tiene mucho talento. Igual que su padre.

Su madre dio un bocado.

—¿Cuánto tiempo crees que pasará hasta que se canse de tener que cuidar a una adolescente?

—Tienen una relación fantástica. Deberías verlos juntos, ellos...

—Tyler O'Neil nunca va a sentar la cabeza. Jamás será lo que quieres que sea, y por mucha esperanza que tengas, nada va a cambiar eso. Y mudarte a vivir con él tampoco lo cambiará.

—No quiero que sea nada que no es —dijo Brenna pinchando la tortilla. ¿Por qué había ido?—. Es un buen amigo. Mi mejor amigo.

—Una mujer y un hombre no pueden ser tan buenos amigos.

—Yo no lo creo.

—Entonces realmente eres tonta. Una persona siempre siente más que la otra.

Brenna tragó saliva porque sabía que en ese caso su madre tenía razón, y ella era la persona que sentía más que Tyler.

—No importa.

—¿No? —su madre soltó el tenedor con un golpe—. ¿Qué pasará cuando conozca a alguien? ¿Crees que a esa mujer le va a agradar que seas su mejor amiga? Porque él conocerá a alguien.

Era imposible mantener una conversación con ella. Hablar con ella era como verse acribillada por palabras, y esas palabras martillaban su piel y sus huesos como granizo; dañaban una piel que ya se resentía desde que Tyler le había confesado que Jess quería que tuviera una vida amorosa.

—Soy amiga de Sean y de Jackson, y sus relaciones con Élise y con Kayla no se han visto afectadas por nuestra amistad.

—Es distinto. No estás enamorada ni de Sean ni de Jackson. Te verás apartada de la vida de Tyler y será como si vuestra amistad no hubiera existido jamás —en su voz había una amargura que Brenna no había oído nunca antes. Y había algo más. Tristeza.

De pronto se sintió culpable. ¿Tan dolorosa era para su madre su situación?

—Tyler no me apartaría de su lado. Nos conocemos de toda la vida.

—Y si algo tuviera que pasar, ya habría pasado a estas

alturas. Ya es hora de que asumas el hecho de que Tyler O'Neil no siente lo mismo por ti.

«Esquiará contigo, pero nunca, jamás, querrá acostarse contigo».

—Ya basta, mamá.

—Deberías marcharte y construirte una nueva vida en otro sitio en lugar de humillarte a ti misma esperando a recoger las migajas que caen de su mesa.

—¿Podemos hablar de otra cosa?

—No puedes construir una vida basada en sueños, Brenna. Deberías salir con otros hombres, ver a otra gente. Helen y Todd vinieron a firmar una licencia la semana pasada. Se casan la primera semana de febrero. Y Susan Carter lo hizo el mes pasado. Esa boda se va a celebrar por todo lo alto, vendrán invitados de fuera del pueblo —como secretaria del ayuntamiento, su madre tenía toda la información sobre quién se iba a casar con quién.

Había momentos en los que deseaba que tuviera otro empleo.

—Salgo con otros hombres.

—¿Con quién? ¿Cuándo?

Acorralada, Brenna se puso a buscar una respuesta desesperadamente.

—Esta semana voy a salir con Josh. El martes —pronunció esas palabras antes de poder contenerlas. Al ver el rostro de su madre iluminarse por primera vez desde que había entrado por la puerta, se dio cuenta aterrada de que al intentar mejorar las cosas, las había empeorado. Seguro que su madre se lo contaba a Ellen Kelly en el supermercado y antes de que la nieve hubiera cuajado, todo el mundo sabría que Brenna Daniels iba a salir con Josh. Todo el mundo menos Josh. Tenía que solucionarlo antes de que Josh se enterara.

La iba a matar.

—Mamá...

—Bueno... —su madre respiró lentamente, y se le relajaron los hombros—. Me agrada mucho. Josh es muy respetado en este pueblo. Es el jefe de policía más joven que hemos tenido nunca. Y tiene una cabeza bien amueblada. No le faltan admiradoras.

«Oh, mierda».

Decidiendo que desenmarañaría ese follón más tarde, Brenna cambió de tema.

—Así que Helen y Todd por fin se van a casar. Qué bien —hablaría de lo que fuera para que el tiempo pasara y que su madre no hablara de Tyler.

Logró sobrevivir al desayuno, pero cuando se marchó, tenía un fuerte dolor de cabeza, y la pequeña cantidad de tortilla que había comido le había caído como una piedra en el estómago.

Llegó al Outdoor Center sintiéndose emocionalmente agotada y soltó un gruñido al reconocer el todoterreno del jefe de policía.

«Voy a salir con Josh».

¿Por qué tenía que ser la primera persona con la que se encontrara?

Aparcó a su lado, cerró los ojos y se prometió que si deshacía ese lío, nunca, jamás, volvería a decir una mentira.

La puerta se abrió y, al girar la cabeza, lo vio allí.

—Parece que has tenido un día horrible, y eso que solo son las nueve y media. ¿Quieres hablar de ello? —Josh le habló con tono suave y la mirada fija. Ella se sonrojó.

La mitad de las chicas de su clase habían estado enamoradas de él; la mitad que no había estado enamorada de los O'Neil, claro.

—No esperaba encontrarte aquí. ¿Es una visita social o tenemos problemas con la ley?

Josh enarcó una ceja.

—No lo sé. ¿Deberíais?

—Puede que haya quebrantado una o dos normas en mi época —y haber dicho una mentira. Una gran mentira. Sentía la lengua pegada al paladar.

—¿Has estado en algún lugar emocionante?

No había motivos para no decírselo, y menos cuando la gente habría visto su coche aparcado en la casa de sus padres.

—Visitando a mis padres.

—Ah —esa mirada oscura era muy perspicaz—. ¿Y qué tal ha ido?

—Ha sido... —Brenna se mordió el labio—. Estresante.

—¿Quieres que los arreste? —Josh esbozó una sonrisa cálida y comprensiva, y ella se preguntó cuánto duraría esa sonrisa una vez se corriera la voz y alguien le preguntara por su «cita».

Se bajó del coche y le fallaron los nervios al verse frente a esos hombros tan anchos.

—Mira, Josh... —iba a resultar muy embarazoso confesar, pero sería mucho más embarazoso que él se enterara por otra persona—. Tengo que decirte algo... y necesito que me escuches y que no te enfades.

Él estaba ahí de pie, con las piernas separadas; era un hombre fuerte, formal y absolutamente decente.

—Te escucho.

¿Cómo iba a hacerlo?

—Yo... Cuando he estado con mi madre, ella no paraba de decirme que estoy malgastando mi vida, que debería haberme marchado de Snow Crystal hace años en lugar de quedarme aquí. Me ha empezado a hacer una lista de todos los que se van a casar...

A él le brillaban los ojos.

—¡Vaya! ¿Y sabes por qué se ha puesto así?

—Sí —le golpeteaba el corazón y tenía las manos cubiertas de sudor—. Se ha enterado de que me he mudado a casa de Tyler.

—¿Te has mudado a casa de Tyler?

Vio un cambio en su expresión y se preguntó por qué automáticamente todo el mundo daba por hecho que había algo entre ellos.

—¡Sí, porque Kayla ha alquilado Forest Lodge y no tenía otro sitio adonde ir! Me voy a quedar con él hasta que pueda encontrar otro sitio.

Se produjo un largo silencio.

—Estoy empezando a comprender por qué tu madre se ha puesto así.

—No dejaba de hablar de ello. Me ha dicho que debería mudarme, que debería ver a otras personas... No paraba de decir esas cosas, y el único modo de hacerla callar ha sido... le he dicho que yo... —se encogió de hombros avergonzada—, bueno, que estoy saliendo con alguien.

Josh la miró fijamente.

—A juzgar por tu expresión y por el hecho de que no has sido capaz de mirarme a los ojos desde que has bajado del coche, doy por hecho que yo soy ese alguien.

—Lo siento —sintiéndose culpable y avergonzada, se cubrió la cara con las manos—. No sé por qué lo he dicho. No dejaba de decirme que estaba malgastando mi vida, que debería salir con otra gente, y se me ha escapado, y entonces he intentado arreglarlo, pero no he podido, y ahora he organizado un buen lío porque seguro que se lo va a contar a la gente porque cree que eres el partido perfecto...

—Oye, cálmate. Son muchas palabras para tan poco espacio de tiempo —unas fuertes manos le rodearon las muñecas y, con delicadeza, le apartaron las suyas de la cara—. Tienes que respirar, cielo.

Ese «cielo» la hizo sentir aún peor.

—Lo siento mucho, Josh. No sé en qué estaba pensando. Y ahora vas a ir al supermercado y todo el mundo te hará preguntas y... bueno, ya sabes cómo son. Cotillean. Voy a llamarla ahora mismo y le voy a decir que era mentira. Le diré que me deje en paz.

—No la llames. Tengo una idea mejor.

Ella se obligó a mirarlo esperando encontrar rabia, pero lo que encontró en su lugar fue un gesto de diversión.

—¿Sí?

—Sí, vamos a tener esa cita.

—No podemos. Josh, la gente chismorreará.

—Me enfrento a borrachos, ladrones de coches e incluso a algún atracador armado. Creo que me las puedo apañar con los chismorreos.

—No puedo permitir que lo hagas. Ojalá no lo hubiera dicho nunca. Debería haber sido asertiva y haberle dicho que mi vida amorosa es asunto mío, pero he dicho lo contrario. Quería detenerla.

—Entonces detengámosla. ¿Cuándo es nuestra cita?

Sentía la cara tan caliente como una hoguera.

—Le he dicho que el martes.

Josh pensó por un segundo.

—Tendré que cambiar algunas cosas, pero supongo que puedo quedar el martes. Tengo una reunión con el Equipo de Rescate de Montaña a las seis para hablar de la temporada de invierno, pero terminaré sobre las siete y media.

Como escalador experimentado, Josh era entrenador del Equipo de Rescate de Montaña de Snow Crystal.

—¿Estás seguro? —no podía quitarse de encima la vergüenza que sentía—. Yo invito. Y te recojo donde me digas.

—No —respondió él pensativo—. Te recogeré en casa de Tyler. ¿A las ocho te va bien? Tenemos que ir a un lugar público para que se corra la voz de nuestra cita por todo el pueblo, así tu madre estará contenta un tiempo y te dejará tranquila. Y ahora tengo que irme. Llego tarde a una reunión de planificación para la siguiente nevada que se nos viene encima.

—No tienes tiempo para esto.

—Es lo de siempre. Prohibiremos el aparcamiento, acondicionaremos las carreteras y tendremos a los quitanieves funcionando durante la tormenta. Traiga lo que traiga consigo el clima, tenemos que comer —dijo Josh con calma—. Reservaré mesa en algún lugar del pueblo.

—No es justo para ti.

—Es una cena, nada más —respondió con delicadeza—. Dos amigos compartiendo comida y charlando. No tiene que ser más complicado que eso.

—¿No? ¿Qué pasará después?

—Ya lo pensaremos cuando lleguemos al final de la cena. O podemos volver a cenar juntos o podemos declarar públicamente que no encajamos el uno con el otro. Puedes decir que le tienes aversión a salir con un poli. No sé, ya se nos ocurrirá algo.

—Me siento como si te estuviera utilizando.

—No lo estás haciendo. Estás siendo sincera conmigo —vaciló—. Tal vez me exceda diciendo esto, sobre todo porque creo que sabes lo que siento por ti, pero nos conocemos desde hace mucho tiempo y no quiero verte sufrir. En este caso creo que deberías escuchar a tu madre. Tyler no es hombre de sentar cabeza, y tener a su hija viviendo con él no va a cambiar eso.

Era la primera vez que Josh le había dado voz a sus sentimientos, y oírlo resultó peor de lo que había sospechado.

—Josh... —resultaba muy doloroso saber que él podría estar sintiéndose tan mal como ella—. Somos amigos desde hace mucho tiempo y... nunca me habías dicho nada y... —respiró hondo—, y no tengo ni idea de qué decir.

—No tienes que decir nada. Son mis sentimientos, es mi problema.

Estaba intentando facilitarle las cosas, pero para ella no estaba siendo fácil, probablemente porque se encontraba en la misma situación. Todo lo que él sentía, ella lo sentía, aunque por una persona distinta.

—No podemos salir a cenar si tú sientes lo que dices que sientes. Estaría mal.

—¿Acaso tú no puedes vivir con Tyler sintiendo lo que sientes? No voy a hacerme ilusiones con nuestra cita, no tienes que preocuparte por eso. ¿Que si me gustaría algo más? Sí, pero me conformaré con una amistad.

Y eso ella lo entendía mejor que nadie.

Había hecho lo mismo, ¿verdad? Toda su vida.

Sintió envidia por Élise y Kayla. Sus vidas amorosas parecían tan sencillas mientras que la suya era un follón.

—¿Por qué todo tiene que ser tan complicado?

Josh soltó una suave carcajada.

—Creo que a eso se le llama «vida».

Debería haber sido sencillo amarlo. Era todo lo que la mayoría de las mujeres buscarían en un hombre, pero sabía que el amor y la lógica no iban de la mano necesariamente.

—¿Estarás bien?

—¿Un tipo grande y duro como yo? ¡Claro! Iré a arrestar a alguien para desahogarme.

Era muy típico de Josh. Fuerte, paciente y formal. Esa era la razón por la que la gente le enviaba postales navideñas incluso aunque los hubiera encerrado en el calabozo durante una noche.

¿Por qué no podía haberse enamorado de él?

Su madre tenía razón. Habría sido mucho más sencillo.

—Pero te diré una cosa —Josh puso las manos sobre sus brazos y su tono sonó engañosamente suave—. Si Tyler te hace daño, seré yo el agente que lo arreste.

—Son mis sentimientos, es mi problema —le devolvió sus propias palabras, y Josh la miró durante un instante antes de soltarla.

—Tal vez, pero si te veo con los ojos rojos y sé que no

has estado pelando cebollas, entonces también será su problema.

Esperando que la situación entre Tyler y Josh no se fuera a deteriorar, sacó su mochila del coche, corrió hacia el Outdoor Center y se topó con Tyler.

—Oye —él le puso las manos sobre los hombros para detenerla—, ¿de qué huyes? ¿Incendio o avalancha?

Amor.

Huía del amor.

Verlo la desestabilizaba, y más teniendo tan cercanas las conversaciones con su madre y con Josh. Sabiendo que Josh seguía fuera, decidió que lo mejor sería entretener a Tyler unos cinco minutos. No le extrañaría que el jefe de policía le leyera los derechos.

¿Cómo se había complicado todo tanto?

¿Cómo demonios se había metido en ese lío?

Por no decir lo que pensaba.

Debería haberle dicho a Tyler que no podía mudarse con él, y debería haberle dicho a su madre que se metiera en sus propios asuntos.

—Lo siento. No estoy teniendo una mañana demasiado buena.

—Has desayunado con tu madre. Por tu cara, supongo que ha ido tal como temías.

—He salido con indigestión y no creo que sea por la tortilla.

—¿Te lo ha hecho pasar mal? —estaba de pie, con las piernas separadas y los brazos cruzados. Ella sentía su impaciencia, esa energía que formaba parte de él. Era el polo opuesto al tranquilo y calmado Josh.

Carecía de la delicada sutileza de Josh, pero su ofrecimiento de escucharla la conmovía especialmente porque sabía que no le habría hecho esa oferta a nadie más que a ella. La respuesta de Tyler ante una situación estresante no era hablar del tema. Él no analizaba nada y su idea de terapia era lanzarse por una pendiente vertical tan rápido como fuera humanamente posible.

—No hay nada de qué hablar. Ha sido una visita por obligación y ya está. Pero gracias.

—Vamos, Bren —sonaba impaciente—, dime qué te ha molestado.

—Cree que estoy desperdiciando mi vida —era más rápido decir una media verdad que discutir o evitar la pregunta—. Quiere que me marche y que consiga un trabajo de verdad.

—No lo hagas. Tu sitio está aquí —le acarició la mejilla—. Eres una O'Neil honorífica.

Ella se quedó sin respiración.

Brenna O'Neil.

¿Cuántas veces había garabateado esas palabras en la parte trasera de su cuaderno?

—La verdad es que paso más tiempo con tu familia que con la mía.

—Eso suele pasar cuando la tuya te produce indigestión. Anímate. De todos modos, las próximas semanas vas a estar tan ocupada que no podrás ir a tu casa. Luego iré a entrenar a Jess, y después, si tenemos tiempo, iremos a por el árbol de Navidad. ¿Quieres acompañarnos? —se olvidó del tema, siguió con otra cosa y Brenna se sintió aliviada por ello.

—Puede, si a Jess no le importa. Tengo que ir a por mi equipo y después estaré dando clases todo el día. ¿Tú?

—Jackson me ha pedido que almuerce con él y con unos empresarios que vienen a visitarnos. No me apetece mucho tener que conversar con ellos. Será sobre acciones, bonos... —parecía tan horrorizado que ella no pudo evitar reírse.

—Viven aburridos ahí metidos detrás de un escritorio. Todos te envidian y te admiran. Quieren codearse con un esquiador medallista de oro e intentar absorber algo de esa adrenalina y búsqueda de emociones. Sé tú mismo.

Se preguntó si ese sería un buen consejo. Decirle a Tyler que fuera él mismo podía resultar arriesgado, y sus siguientes palabras confirmaron que no era ella la única que lo pensaba.

—Eso es interesante porque Jackson me ha dicho que intente con todas mis fuerzas no ser yo mismo durante una hora —tenía los ojos del color del océano y por eso, incluso en el gélido invierno, la hacía pensar en el verano. Mirarlo hacía que a su piel la recorriera una calidez que le penetraba los huesos, hacía que le fallaran las extremidades, y derretía su tensión.

—No estoy de acuerdo. Creo que están interesados en tu verdadero yo.

—Al parecer, mi verdadero yo es una bomba de relojería —esbozó una sonrisa—. Soy salvaje y soy peligroso.

Y ella deseaba tanto a ese tipo salvaje y peligroso que casi podía saborearlo.

—Jackson sigue enfadado contigo por haberle dicho a ese grupo la semana pasada que deberían haber elegido otra actividad distinta.

—Eran peligrosos.

—Hiciste que se sintieran como unos incompetentes. ¡Querían dejarlo e irse a casa!

—Eran unos incompetentes. En mi opinión, ¡deberían haberlo dejado y haberse ido a casa! No entiendo por qué me culpan por eso. Mintieron sobre su experiencia, lo cual yo podría calificar de peligroso no solo para ellos, sino también para mí. Además de casi matarme de aburrimiento, estuve a punto de morir congelado por estar esperando a que me alcanzaran.

Por muy deprimida que estuviera, él siempre la hacía reír.

—Haremos que la gente haga una prueba antes de esquiar contigo. Luego nos vemos.

—Oye, Bren... —la agarró del brazo y con un tono extremadamente casual, dijo—: Te he visto hablando con Josh. ¿Qué quería?

¿Qué debía responder a eso?

—Quería llevarme a cenar.

—¿Por qué? —un músculo se tensó en su mandíbula—. ¿Por qué iba a querer llevarte a cenar?

El hecho de que le hiciera esa pregunta le hirió el corazón, ya de por sí maltrecho.

«No eres su tipo, Brenna. A él no le van las de pecho plano y pelo castaño».

—Sé que no es algo en lo que tú te hayas fijado, Tyler, pero debajo de mi equipo de esquí, soy una mujer —se sentía tan dolida que fue más brusca con él de lo que había sido nunca—. Tengo citas. Tengo sentimientos —y esos sentimientos eran tan puros, estaban acercándose tanto a la superficie, que estaban empezando a asustarla.

Él le sujetaba el brazo con fuerza.

—Sé que eres una mujer —respondió con los dientes apretados—. Me he fijado.

—¿Ah, sí?

Fue una pregunta que nunca antes le había hecho. Un tema que ninguno de los dos había tratado jamás.

Se quedaron mirándose, y ella supo que al decir lo que pensaba, al haber pronunciado esas palabras, había cruzado una línea invisible.

Sus cuerpos estaban cerca, pero no llegaban a tocarse. Lo sentía tanto que apenas podía respirar. Si daba un paso más, estaría contra ese duro y poderoso cuerpo, y lo deseaba más que a nada. Deseaba cada centímetro de ese sexy chico malo. Quería respirar su masculino aroma, verse aplastada bajo su peso, quedar enroscada en su cuerpo.

No podía pensar en otra cosa que no fuera sexo; ocupaba toda su cabeza y todos sus sentidos estaban en llamas.

Giró la cabeza y miró la mano de Tyler, que aún le rodeaba el brazo. Rara vez establecían contacto físico. Miró esos dedos e imaginó cómo sería sentirlos contra su piel desnuda. Seguro que tendría destreza con ellos, lo sabía.

Pero jamás llegaría a descubrir exactamente lo diestro que era, ¿verdad?

Esperó a que él dijera algo, pero Tyler no lo hizo. Por el contrario, la miró con la respiración entrecortada.

Claramente, estaba intentando pensar en algún motivo por el que Josh quisiera salir con ella.

Brenna deseó poder volver a la cama y comenzar el día de nuevo.

—Tengo que irme —dijo desalentada, pero en lugar de soltarla, Tyler la agarró con más fuerza.

—Te ha pedido que vayas a cenar con él, pero tú le has dicho que no, ¿verdad?

A ella le dio un vuelco el corazón.

—Le he dicho que sí —de pronto, se cansó de todo eso. Se cansó de que le dijeran lo que debía o no hacer. Se cansó de mantener la boca cerrada cuando su mente gritaba por dentro—. Me recoge el martes a las ocho.

CAPÍTULO 9

—Tequila. Sin más —Brenna apoyó la cabeza en la barra del bar y se perdió la mirada que Kayla le lanzó a Élise.

—Ya la has oído —le dijo Kayla a Pete, el camarero, guiñándole un ojo—. Danos la botella y tres vasos. Es una noche de chicas. Estamos de celebración.

—Yo no estoy de celebración. Me estoy compadeciendo.

—¿De quién?

—De mí misma —levantó la cabeza y se hundió los dedos en el pelo—. Olvídate del vaso. Sírvemelo directamente en la garganta y hazlo rápido. Quiero quedar inconsciente.

—¿Tan mal está la cosa? —Kayla esperó a que Pete llenara el vaso y se lo pasó a Brenna—. Bueno... ¿nos vas a contar qué está pasando?

—¿Qué os hace pensar que pasa algo?

—Eh... ¿aparte del hecho de que tú normalmente no bebes alcohol?

Brenna levantó el vaso, volcó el contenido en su boca y comenzó a toser al sentir el fuego en la garganta.

—Está asqueroso.

—Es un sabor adquirido y está claro que tú no lo has adquirido. Por curiosidad, ¿por qué has pedido tequila?

—Porque es sábado por la noche, he tenido una semana

de mierda y una cerveza no me iba a bastar. Cuando veo a la gente beber tequila en las películas, siempre parece que se están divirtiendo. Merezco divertirme y, como está claro que de momento no voy a tener diversión entre las sábanas, he pensado que podría divertirme vaciando una botella.

–¿Cómo es posible que hayas tenido una semana de mierda? –Élise ignoró el tequila y pidió una copa de vino–. Casi es Navidad, el negocio está en alza y te has mudado a vivir con Tyler. Es tu sueño, ¿no?

–Si no te quisiera, te mataría. Os mataría a las dos. Por entrometeros. Por ponerme en esta situación. Y para que quede claro, no es mi sueño tener al hombre de mis fantasías durmiendo en una cama diferente y con una pared entre medias –le acercó su vaso a Kayla–. Llénalo. No escatimes.

–Si no escatimo, mañana no podrás caminar.

–Ya me preocuparé por eso mañana. Ni se os ocurra volver a interferir –bebió y sintió la calidez extenderse desde su garganta hasta sus rodillas–. Mi vida ha sido un desastre continuo desde que hicisteis que me mudara con él.

–Bren, solo llevas un par de días viviendo con él. Los desastres no pueden suceder tan rápido.

–En mi vida sí. En estos días me han pasado muchas cosas –acercó el vaso a Kayla–. Más.

–No –Kayla le devolvió la botella a Pete–. ¿Qué ha pasado?

–He visitado a mis padres y, como en este lugar hay un sistema de comunicaciones más sofisticado que nada que haya desarrollado la NASA, ya se habían enterado de la feliz noticia sobre mi nuevo alojamiento.

Kayla esbozó una mueca de disgusto.

–¡Ups!

–«Ups» no alcanza a expresar lo que ha sido. Me ha caído una buena charla sobre todos los motivos por los que soy estúpida al mudarme con Tyler. Le he dado a mi madre vuestro número de teléfono. De ahora en adelante podréis hablar las dos del tema directamente, sin intermediarios –agarró el vaso de Kayla y se lo bebió–. De todos modos, yo no pinto nada. Todo el mundo me ignora.

–*Merde*, ¿qué le has hecho? –Élise se acercó para quitarle el vaso a Brenna de los dedos–. Ya basta, o te caerás de boca en la nieve.

–Al menos eso solo lo hace cuando bebe. Yo lo hago estando sobria –Kayla le hizo un gesto a Pete–. ¿Nos puedes servir un par de gaseosas?

Brenna levantó la cabeza.

–No quiero gaseosa. Quiero tequila.

Preocupado, Pete le sirvió una gaseosa.

–¿Va todo bien, Brenna?

–No –se apoyó en la barra del bar con la barbilla sobre la palma de la mano–. Mi vida es un asco.

–Es el tequila el que está hablando –se apresuró a decir Kayla–. Se lo ha bebido demasiado deprisa. Estamos bien, Pete. Tienes un montón de gente esperando al otro lado de la barra. No dejes que te entretengamos.

–Conozco a Brenna desde que era pequeña y jamás la había visto así.

–Todo el mundo me conoce desde que era pequeña –dijo Brenna con tono lúgubre–. Todo el mundo opina sobre cómo debería vivir mi vida, y todo el mundo lo expresa. Vamos, Pete, adelante. Dime qué estoy haciendo mal y después llama a mi madre y compadeceos de mí. O puedes llamar a Ellen Kelly y ya de paso podéis desviar la llamada y hacer correr la noticia por toda la nación. Houston, Brenna tiene un problema.

–No creo que estés haciendo nada mal, Bren.

Nervioso, retiró la botella de tequila y se fue al otro extremo de la barra.

Kayla sonrió.

—Lo has asustado.

—Bien. A lo mejor ha llegado el momento de espabilar un poco a la gente. Estoy harta de que todo el mundo piense que sabe quién soy y qué necesito. Estoy cansada de ser la vecinita tonta.

Élise deslizó los dedos por el tallo de su copa.

—En ese caso, podrías irte a casa ahora mismo, entrar en el dormitorio de Tyler desnuda y servirte un poco de esa diversión entre las sábanas.

—No he tomado suficiente tequila para eso y, de todos modos, ya me he puesto demasiado en ridículo por hoy —dio un trago de gaseosa y esbozó una mueca—. Esto no me hace sentir mejor.

—Mañana me darás las gracias cuando no te sientas como si te estuviera machacando la cabeza el martillo de Thor.

—Me voy a casa y me meteré pronto en la cama. Así no tendré que escuchar a Tyler en la ducha —se levantó del taburete y se tambaleó—. A lo mejor debería haberme conformado con la cerveza.

—No, estás muy graciosa después de beber tequila —dijo Kayla recogiendo su abrigo—. Te voy a comprar una caja entera por Navidad. Te acompaño a casa.

—Gracias a ti, esa casa está solo a unos pasos al final del camino y puedo ir sola —se puso la cazadora y vio a sus amigas cada una a su lado, ahí apostadas, como sujetalibros—. ¿Qué?

Élise la agarró del brazo.

—Te llevamos hasta la puerta.

—Os estáis agarrando a mí porque, si no, os caeríais.

Kayla sonrió.

—Eso es verdad. Venga, chica del tequila, vamos a llevarte a casa.

Caminaron por la crujiente nieve, Kayla resbalándose y refunfuñando, mientras Brenna se preguntaba por qué se le habría ocurrido que tomarse una copa con sus amigas podría solucionarle el problema.

Le daba vueltas la cabeza, le temblaban las extremidades y estaba rebuscando en su bolso en busca de la llave justo cuando Tyler abrió la puerta.

Llevaba un jersey azul remangado hasta los codos y unos vaqueros que evidenciaban por qué su madre lo consideraba un tipo peligroso. Ninguna mujer en su sano juicio podría mirarlo y no ver problemas en el horizonte.

Él las miró a las tres.

–¿Qué le habéis hecho?

Brenna gruñó.

–Nada. Puede que esto impacte a algunas personas, pero tomo mis propias decisiones sobre cómo vivir mi vida. Buenas noches, chicas. Gracias por traerme a casa –soltándose de ellas, dio un paso adelante mientras, tras ella, sus amigas desaparecieron discretamente.

Mirando hacia la luz del vestíbulo, intentó pasar por delante de él, pero perdió el equilibrio y cayó contra su pecho.

Unas manos fuertes rodearon sus hombros, y lo oyó resoplar entre dientes.

–Brenna...

–En esta puerta no hay espacio suficiente para dos personas –estaba apoyada en él y podía sentir la presión de sus muslos contra su cazadora.

–No –respondió él–. No lo hay.

–Creo que podríamos quedarnos atascados –apoyó la cabeza contra su pecho–. ¡Ay, Dios, qué bien hueles! –sintió sus dedos apretándole los brazos.

–Brenna...

–Si vas a darme una charla, no lo hagas. Hoy ya me han dicho bastante lo que debo y no debo hacer. Estoy harta de que otros sepan lo que me conviene.

–Me alegra oírlo, pero ¿por qué no me dices todo eso

dentro para que no acabemos congelados? –la metió dentro y cerró la puerta dejando fuera el frío y la oscuridad–. ¿Cuánto has bebido?

–¿Por qué? ¿También me vas a reprender por eso?

–No, pero nunca te había oído hablar así.

–Siempre me estás diciendo que sea más asertiva y que diga lo que pienso. Así soy cuando digo lo que pienso. Puedo beber lo que quiera, puedo trabajar donde quiera, puedo acostarme con quien quiera. No necesito aprobación pública.

Se hizo un breve silencio.

Un músculo se tensó en la barbilla de Tyler. Después, la soltó.

–Lo que necesitas –le dijo lentamente– es café. Prepararé un poco –entró en la cocina y ella lo observó sin despegar la mirada de esas piernas fuertes y atléticas.

–Ty, ¿te gustan las mujeres con las que te acuestas?

Se oyó un golpe, cuando una taza cayó al suelo, seguido de una ristra de improperios.

–¿Qué? ¿Qué has dicho?

–Te he preguntado si te gustan –se sentó en la silla y se llevó las manos a la cabeza mientras seguía observándolo–. ¿O para meterse en tu cama solo se requieren una melena rubia y unas tetas grandes?

–¿Qué has bebido esta noche exactamente?

–Tienes que responder a mi pregunta antes de que yo responda a la tuya. ¡Oye! –añadió sintiéndose orgullosa de pronto–, ¿has oído eso? He sido asertiva. Me he mantenido firme. ¿No estás impresionado?

Él apretó la mandíbula.

–La respuesta es sí. Me gustan. Y no han sido ni por asomo tantas como...

–Tequila –respondió sonriendo–. He bebido tequila. Estaba asqueroso.

Él recogió los pedazos rotos de porcelana y preparó café.

—A lo mejor la próxima vez tendrías que limitarte al café.
—Beberé lo que me apetezca beber. Así que te gustan, ¿pero no quieres volver a verlas? Quiero decir, ¿te acuestas con ellas y ya está?

Él le puso delante una taza de café solo.

—¿Por qué me estás preguntando eso?
—¿Por qué no?
—Mi vida sexual no es algo de lo que hable normalmente.
—Ya estoy harta de lo normal. ¿Quién decide qué es normal? Vamos a sobrepasar los límites. Quiero hablar de tu vida sexual.

Él se sentó frente a ella.

—Si vamos a sobrepasar los límites, puedes empezar diciéndome por qué vas a salir con Josh.
—Ah, no... —sacudió la cabeza y deseó no haberlo hecho porque eso hizo que el mareo fuera más intenso—. Primero, tienes que responder a mi pregunta.

Hubo un breve silencio.

—No quiero compromisos, así que sí, intento elegir a mujeres que sientan lo mismo.
—¿Y alguna vez te equivocas?
—A veces.
—¿Y en esos casos te llaman y te dicen que te quieren?
—Intento evitar que las cosas vayan tan lejos.
—¿Entonces no ha habido ni una sola mujer que te haya gustado lo suficiente como para querer pasar tiempo con ella con la ropa puesta?

Él la miró. Brenna esperó que desviara la mirada, pero no lo hizo. El silencio se prolongó más y más, Tyler siguió mirándola hasta que el corazón le comenzó a latir con fuerza y se le encogió el estómago. Estaba segurísima de que lo que le estaba pasando a su cuerpo no tenía nada que ver con el tequila.

—¿Ty? ¿Vas a responder?

—Es tu turno.

—No puedo recordar lo que me has preguntado.

—¿Por qué vas a salir con Josh?

—¿No es obvio? Está muy bueno. Y además es fuerte, es un tipo centrado y de fiar. Debería ser perfecto para mí.

—¿Debería?

—Bueno, existe el pequeño inconveniente de que no estoy enamorada de él, pero la mayoría de la gente no deja que eso sea un problema así que... —dio un sorbo de café—, yo tampoco lo voy a ver como un problema. Sexo sin sentimientos. Puedo hacerlo.

Él tenía la mandíbula apretada.

—No, no puedes.

—¿Por qué no?

—Porque te conozco. Te odiarás a ti misma.

—A lo mejor no.

—Tienes que cancelar esa cita.

—No tengo la más mínima intención de cancelar esa cita.

Él se levantó de pronto y la silla chirrió contra el suelo.

—No puedes acostarte con él, Bren.

—¿Me estás diciendo lo que puedo y no puedo hacer?

—Te estoy ofreciendo un consejo de amigo.

—Pues ahora mismo no tienes mucha pinta de amigo. Tienes pinta de querer matar a alguien.

—No quiero ver cómo te hacen daño.

—Es gracioso, los que dicen que no me quieren hacer daño son justo los que me lo hacen. Si quiero acostarme con Josh, lo haré. Y será mi decisión. Pero si estás preocupado por Jess, no lo estés. Podemos ir a su casa —apartó la silla—. Me alegra que estemos teniendo esta conversación. Siento que te conozco mejor. Ahora me voy a la cama.

—Te ayudo a subir.

—No hace falta. Puedo apañarme sola —fue hasta las escaleras y se detuvo—. ¿Me haces un favor, Ty?

—¿Qué?

—No te duches esta noche. No quiero imaginarte desnudo al otro lado de la pared.

Se despertó cuando sonó la alarma y sintió como si tuviera la cabeza atrapada entre dos cantos rodados. Y por si eso era poco, además tenía un claro recuerdo de todo lo que había sucedido la noche anterior y de todas las cosas que había dicho.

«Oh, mierda».

No quería recordar lo que había dicho.

Después de tomarse unos analgésicos, se duchó y llegó a la montaña a tiempo para su primera clase. El sol era cegador, los rayos le atravesaban la cabeza como filos de un cuchillo mientras intentaba sobrevivir a la mañana.

—Así que mientras completas el recorrido, tienes que extender, soltar, plantar el bastón... —estaba en mitad de una clase particular cuando le sonó la radio. Ese mínimo sonido fue fatal, y se estremeció—. Discúlpame un minuto, Alison.

Era Patrick, uno de los nuevos instructores, preguntándole dónde estaba.

—En lo alto de Moody Moose —«con una jaqueca espantosa y no de muy buen humor».

Sostuvo la radio lo más lejos posible de su oído y escuchó mientras el chico le describía el problema. Por un momento se olvidó del dolor que le machacaba el cerebro.

—¿Qué? ¿Qué estás haciendo en Black Bear? —se giró y bajó la voz para que no la pudieran oír—. Es uno de los recorridos más complicados del complejo. ¿Por qué has subido ahí a un grupo de niños de seis años? ¡Son unos bebés!

La voz del chico se oía entre interferencias mientras explicaba que uno de los niños se había equivocado de camino y los demás lo habían seguido.

—Han visto un letrero azul y han pensado que era una pista azul.

Brenna no perdió el tiempo señalando que debería haberlos controlado mejor. Miró al otro lado de la cumbre sabiendo que tardaría menos de cinco minutos en llegar a la pista donde estaba Patrick.

—Quedaos donde estáis. Voy a ayudaros.

Por suerte, Alison era buena esquiadora y juntas llegaron hasta Black Bear.

—No los veo, y nunca he esquiado por esta pista. Da miedo –Alison miró hacia abajo de la pendiente y después hacia atrás.

—No los veo por ninguna parte –dijo Brenna ajustándose las gafas–. La cima de Black Bear engaña porque parece menos pronunciada de lo que es en realidad, así que supongo que han avanzado sin esperar y para cuando han llegado a la zona más empinada, ya era demasiado tarde para volver atrás. Vamos a tener que bajarlos de la montaña de algún modo. Lo siento mucho, pero tengo que ayudar a Patrick, Alison.

—¡Claro que sí! Cambiaremos la clase a otro día. Llamaré al Outdoor Center.

—¿Te importaría? Me siento fatal, pero no puedo dejarlo solo con esto.

—Estaré aquí otra semana más, así que no hay problema. Voy a bajar por otra pista distinta. ¿Quieres que llame a la patrulla o algo?

Brenna consideró las opciones y sacudió la cabeza.

—Los bajaremos de uno en uno. Tardaremos un poco, pero es inevitable.

—¿Qué es inevitable? –preguntó Tyler tras ella, con su traje negro de esquí ciñéndose a esos musculosos contornos de su poderoso cuerpo.

Si el Diablo hubiera decidido dedicarse al esquí, habría

llevado ese traje, pensó Brenna fijándose en cómo cambió la expresión de Alison.

—Eres... oh... vaya... No me puedo creer que te esté viendo. Quiero decir, sabía que vivías por aquí, pero...

—Tenemos niños pequeños atascados en Black Bear —intentando no pensar en todas las cosas que le había dicho la noche anterior, Brenna mantuvo la mirada fija en el horizonte.

—¿Es esto una nueva política? ¿Retar a los pequeños?

—No tiene gracia, Tyler —nada le parecía gracioso después del tequila.

—¿Hay heridos?

—Aún no.

—Qué optimista —calmado, se agachó y se ajustó las botas de esquí—. Bueno, ¿cuál es el plan?

—Hay demasiada distancia para volver a subirlos arriba, así que voy a tener que bajar esquiando con ellos, pero como alguien tiene que quedarse con los demás, tendré que hacerlo de uno en uno. Harán falta tres viajes. El tiempo que dura mi clase con Alison.

—Hola, Alison —Tyler le dirigió una sonrisa que podría haber derretido la nieve, y Alison se la devolvió.

—Hola. Por cierto, me pareces increíble —tenía la cara roja—. Ese descenso en Beaver Creek fue una pasada. Esquiabas como si te hubieras escapado de la cárcel o algo así.

Brenna apretó los dientes, pero Tyler no pareció fijarse, y si la referencia a sus éxitos pasados le molestó, no lo demostró. Estaba encantador, carismático, e incluso le dio a Alison un par de consejos. Para cuando la chica se marchó esquiando, lucía la sonrisa más amplia que Brenna había visto en su vida.

—¿No la vas a seguir? —Brenna se dijo que el tono de su voz era el resultado de la jaqueca, no de los celos—. Creo que podrías tener suerte. Es tu tipo.

Él la miró fijamente.

—Voy a ayudarte a rescatar a los niños. ¿Cuántos hay?

—Cuatro. Dos niños y dos niñas —se sintió miserable por haber pensado por un instante que él los abandonaría, y al momento se vio invadida por una cálida sensación—. Gracias.

—¿Te encuentras bien para ayudar?

—¿Por qué no me iba a encontrar bien?

—¿No te duele la cabeza?

—Nada.

Él esbozó una ligera sonrisa.

—Vale. Pues vamos.

Tyler avanzó una breve distancia y cuando su cuerpo dejó de hacerle sombra a Brenna, ella sintió el sol golpeando contra su cara. Creía que no había emitido ningún sonido de queja, pero debió de hacerlo porque él se giró y le dijo:

—Ponte las gafas, eso ayudará a filtrar el sol.

—No tengo ningún problema con el sol.

—Cielo, lo de anoche fue una borrachera de chica adulta, y ahora tienes una resaca de adulta.

Toda sensación de calidez y bienestar se disipó.

—Te pegaría, pero tenemos unos niños que rescatar.

Al pasar esquiando por delante de él, vio cómo se estaba riendo.

Tyler la alcanzó con facilidad.

—¿Recuerdas algo de anoche?

—Todo.

—Estabas...

—Cierra el pico, Tyler.

Él le lanzó una mirada que hizo que la recorriera un cosquilleo.

—Bueno, este es el plan. Tú te llevas a uno, Patrick se lleva a otro y yo me llevo a dos.

—¿Qué?

—Niños. Me llevaré a uno debajo de cada brazo.

—No puedes hacer eso.

—¿Por qué no? ¿No habías dicho que eran bebés?

—No bebés literalmente.

—Echemos un vistazo a ver qué tenemos —Tyler pasó por delante de ella y desapareció dejándola sin más elección que seguirlo.

Patrick, que estaba trabajando su primera temporada como instructor, tenía a los cuatro niños arrimados a un lado de la pista. Dos estaban llorando, una estaba haciendo un muñeco de nieve y el otro estaba claramente desesperado por esquiar por Black Bear porque Patrick lo estaba sujetando de la cazadora y le estaba reprendiendo sobre lo importante que era escuchar, seguir las instrucciones y no irse solo esquiando.

Brenna se fijó en la expresión de determinación del niño y miró a Tyler.

—Me recuerda a ti —murmuró al pasar esquiando por delante de él para reunirse con Patrick.

—Yo ya estaría abajo —contestó Tyler y se sentó en la nieve junto al niño que estaba llorando—. Oye, ¿qué pasa?

El niño miró con pavor hacia la pendiente vertical que se extendía bajo él.

—De... demasiado empinado.

—Sí, es empinado. Imagínate lo impresionados que se van a quedar los otros niños cuando les digas que has esquiado Black Bear.

—No quiero esquiarlo. Me voy a caer —dijo sollozando— o a morir.

—Ni te vas a caer ni te vas a morir. Te lo prometo.

El niño no parecía muy convencido.

—Sí, claro que sí.

—No —contestó Tyler pacientemente—, porque yo estaré sujetándote. Solo te caerás si me caigo yo, y yo no me voy a caer.

–Eso no lo sabes.

–Sí que lo sé. Siempre sé cuándo me voy a caer, y no será hoy. ¿Cómo te llamas?

–Richard.

Tyler se acercó a la pequeña que tiritaba de frío.

–¿Y tú cómo te llamas?

–Rosie.

–Encantado de conoceros, Richard y Roise. Soy Tyler. Puedo bajaros de esta montaña, pero no lo puedo hacer si estáis llorando porque el ruido me desconcentra y está haciendo que a mi amiga le duela más la cabeza. Tenéis que hacer exactamente lo que os diga, y si lo hacéis, ganaréis una medalla.

Richard parecía interesado por lo que oía. Se sorbió y se rascó la nariz.

–¿Una medalla?

–Una medalla. Podéis llevárosla a casa y colgarla en vuestra puerta. Hasta os sacaré una foto con ella puesta –se acercó para subirle la cremallera de la cazadora a la niña–. Tienes que tenerla abrochada para ir más abrigada–. ¿Estáis listos?

–¿Qué vas a hacer?

–Voy a llevarte debajo de mi brazo derecho.

–¿Y mi hermana?

–Ella irá debajo de mi brazo izquierdo –se levantó y hundió los bastones en la nieve. Después se agachó, les desabrochó los esquís y los hincó en la nieve junto a los bastones–. Luego vendré a por ellos.

–¿Por qué no puedo dejarme los esquís puestos?

–Porque no quiero que me los clavéis mientras estoy descendiendo.

–Yo puedo bajarlos –se ofreció Patrick, y Tyler miró al niño que había causado el problema.

–No lo creo. Vas a necesitar las dos manos para controlarlo –se agachó y miró al niño a los ojos–. Tienes que hacer todo lo que te diga Patrick y exactamente cuando te diga que lo hagas. ¿Entendido?

El pequeño asintió y Tyler dejó que Patrick saliera primero, supuestamente para poder intervenir si era necesario.

A Brenna se le hizo un nudo en la garganta.

«Mierda».

Justo cuando estaba totalmente enfadada con él, hacía algo así.

Era un esquiador de talla mundial; se le revolvían las tripas ante la idea de dar clase a esquiadores experimentados, y aun así, ahí estaba, con un niño debajo de cada brazo y con la mirada puesta en el que se estaba intentando escapar de Patrick. Podría haberse mostrado impaciente o irritado y, sin embargo, convirtió la situación en un divertido juego. Esquió a ritmo constante haciendo que la empinada pendiente resultara la pista más sencilla del complejo. Era un hombre que podía con todo, y de pronto cada una de las emociones que sentía por él se magnificaron.

Observándolo, sintió como si se le estrujara el corazón. La conversación con su madre la había herido y ahora se sentía expuesta, desprotegida.

Vivir juntos había intensificado lo que sentía por él.

Ver cómo era con Jess...

Brenna dejó de mirarlo deseando poder apagar sus sentimientos o, al menos, ignorarlos. Se dijo que era el tequila lo que la había puesto tan sentimental.

–¿Estás lista? –preguntó a la niña que había estado haciendo el muñeco de nieve, le explicó lo que quería que hiciera y juntas esquiaron sin que Brenna la soltara ni por un instante.

Tyler estaba esperando abajo; tenía el casco y las gafas en la nieve mientras se reía y bromeaba con los padres, que no parecían en absoluto alarmados ni enfadados por que sus hijos hubieran descendido por una de las pistas más complicadas del complejo. Y ella no tuvo que pensar mucho para encontrar el motivo por el que habían aceptado la situación de un modo tan apacible.

La razón la tenía justo delante: ese hombre de metro noventa.

Cuando una de las madres le preguntó si podían sacarse unas fotos, Brenna se esperaba que él se negara, pero de nuevo la sorprendió posando con cada uno de los niños. Ante la insistencia de uno de los padres, metió a Brenna también en la foto.

Le echó el brazo por el hombro, la llevó contra sí y ella esbozó la sonrisa de rigor.

—Un placer conocerte —dijo el padre de Richard estrechándole la mano y alborotando con cariño el pelo de su hijo—. Esta es para el álbum. Gracias. Y gracias también a tu novia.

Brenna no se atrevió a mirar a Tyler.

—¿No se apaga ni con la llave ni con el interruptor? —Tyler sujetaba el teléfono entre el hombro y la mandíbula mientras vertía dos latas de tomate y una de judías sobre la carne y subía el fuego.

La comida no resultaba nada apetitosa y tenía la sensación de que nada de lo que hiciera iba a mejorar la situación. Removió con una cuchara y escuchó mientras Jackson le detallaba el problema.

—Te propongo un trato: tú vienes a arreglarme la cena, y yo voy a arreglar la motonieve. Cocinas mejor que yo.

Brenna entró en la cocina con el pelo mojado por estar recién salida de la ducha. Llevaba una camiseta de tirantes con unos pantalones de yoga y estaba descalza. Evitando su mirada, caminó cuidadosamente por la gran cocina abierta. Piernas largas. Pies descalzos.

Por desgracia, la falta de contacto visual no hizo nada por calmar la tensión que ahora parecía ser una constante en su relación.

No era solo el hecho de vivir juntos lo que había causado el problema, sino el cambio en la forma en que estaban respondiendo el uno al otro.

Cuando la había animado a decir lo que pensaba y a ser más asertiva con la gente, no se había dado cuenta de que él sería una de esas personas.

Y no importaba si había sido por culpa del tequila; había dicho cosas que no se podían borrar.

Habían hablado de temas que ninguno de los dos había tratado nunca.

Como el sexo.

¿Estaría pensando en acostarse con Josh?

Sintió como si algo lo atravesara; una emoción que no reconocía y que no había sentido nunca antes.

Celos.

Él nunca se había puesto celoso, y resultaba irónico que la primera vez que fuera a experimentar los celos fuera con Brenna. Había protegido su amistad con más cuidado que ninguna otra cosa en su vida, aparte de Jess. No debería importarle a quién veía o qué hacía.

Así no funcionaba su relación, y jamás lo haría.

Jackson estaba diciéndole algo desde el otro lado del teléfono, pero Tyler no lo oyó.

Le rugían los oídos y el cerebro le estaba jugando una mala pasada.

Quería llevarla contra la pared y besarla hasta que ella ya no pudiera recordar ni su propio nombre, y mucho menos pensar en Josh. Quería deslizar la boca por su hombro desnudo y continuar más abajo. Quería arrancarle esa camiseta de tirantes de su firme, suculento y perfecto cuerpo y darse un festín con cada parte de ella.

Cuando Brenna abrió la nevera y por fin lo miró, en sus ojos debió de ver algo que no había visto antes porque se quedó paralizada. A él le recordó a una gacela viendo a un león, temerosa de moverse.

Aunque, dado que estaba a punto de abalanzarse sobre ella, resultaba una incómoda analogía.

Tal vez habría estado más segura con el león.

No tenía derecho a hacer eso. No tenía derecho a generar pensamientos que no tenía intención de realizar con actos.

La voz de Jackson volvió a sonar, más aguda esta vez.

—¿Qué? Sí, sigo aquí —la observó mientras ella sacaba algo de la nevera. Era esbelta y fuerte, tonificada, y él sabía que el hecho de que se le estuviera haciendo la boca agua no tenía nada que ver con la comida que estaba preparando.

—¿Ty? ¿Me estás prestando atención? —la voz de Jackson salió por el teléfono, irritada, y él se obligó a concentrarse.

—Más o menos —respondió con la voz ronca. Desvió la mirada de la hondonada y la curva perfectas que formaban la cadera y la cintura de Brenna. ¿Qué había querido decir con ese comentario sobre que no se había fijado en que era una mujer? Por supuesto que se había fijado. De hecho, se estaba esforzando tanto por no fijarse, que se estaba volviendo loco—. Estoy aquí, por desgracia. Ojalá no lo estuviera porque así no tendría que ser el que hiciera la cena —escuchó las previsibles bromas de su hermano con la mirada posada de nuevo en los suaves brazos de Brenna y en su firme columna. La había visto con menos ropa en verano, pero por la razón que fuera, ahora era distinto—. ¿Qué? No creo que lo que estoy cocinando tenga un nombre, pero parece como si alguien se hubiera muerto dentro de la cacerola. Con un poco de suerte, este brebaje me asegurará no volver a cocinar nunca. Élise está enseñando a Jess, así que tengo esperanza en el futuro. Eso, contando con que tenga un futuro, porque podría no tenerlo una vez me coma esto —esperaba que Brenna se marchara, pero, en lugar de eso, ella se sentó en la mesa y agarró el vaso de zumo que se había servido, escuchando.

Su piel se veía fresca y suave, su cabello era del color del roble. Tenía ese tipo de rostro que usaban las agencias de publicidad para anunciar champús y jabón natural, lo cual convertía sus pensamientos en más inapropiados todavía.

Era su mejor amiga.

Y Josh la iba a llevar a cenar.

Metió la cuchara en la cacerola pensando que, aunque removiera sin cuidado, no arruinaría más algo que ya estaba echado a perder.

—¿La cebolla debería ser negra? ¿Qué? —escuchó a Jackson—. Preferiría arreglar la motonieve que la cena, eso seguro.

—Jackson tiene un problema con una de las motonieves? —medio susurró Brenna para no interrumpir la conversación—. Puedo ir a ayudarlo.

¿Estaba buscando una excusa para escapar?

Él sacudió la cabeza, aunque sabía que era perfectamente capaz de arreglar lo que fuera que estuviera roto. Sabía cómo funcionaba un motor tan bien como él.

—¿Ves un cable negro con una franja blanca saliendo del estator? —se cambió el teléfono de posición para poder hablar y seguir removiendo; no lo hizo porque pensara que con remover iba a mejorar la cena, sino porque teniendo una cuchara en la mano no podría agarrar a Brenna—. Tiene un conector tipo bala y a veces se sale... sí, eso es. ¿Tenías desconectada la caja de aire? Bueno, entonces ahí está el problema. Sin el cable conectado, el trineo no se detendrá cuando lo apagues.

Le solucionó el problema a Jackson, y para cuando terminó la llamada y dejó el teléfono sobre la mesa, ya había recuperado el control.

–He hecho la cena. ¿Un consejo? Encarga comida para llevar.

–Huele... interesante –Brenna se levantó y se acercó al fuego–. ¿Qué es?

–Mejicano, aunque es un desastre. Lleva judías, chile y alguna otra cosa. Alguna otra cosa que he quemado. Échale la culpa a Jackson. Me ha distraído. Ha llamado en la parte más complicada, cuando estaba friendo.

Ella apoyó la cadera contra la encimera.

–¿La parte más complicada? ¿Alguna vez escuchas lo que dices?

Ahora mismo él solo podía oír a su cerebro diciéndole que la besara.

–Jamás me escucho a mí mismo –murmuró– porque tengo unas ideas muy locas.

–Tyler, has rescatado a dos niños y has descendido con uno debajo de cada brazo por una pendiente por la que el noventa por ciento de la población no se atrevería a bajar ni con las manos libres. ¿Y a esto –dijo mirando la comida– lo llamas «difícil»?

–Preferiría esquiar esa pendiente con los ojos vendados antes que hacer la cena.

–Estará buena.

–Aún no la has probado.

–Estás olvidando que yo tampoco soy buena cocinera. Si el modo de conquistar el corazón de un hombre es a través del estómago, estoy condenada. Lo que sea que hayas hecho será mejor que lo que suelo comer.

¿Le interesaba el corazón de un hombre? ¿U otras partes de él?

Tyler agarró su cerveza y le dio un gran trago.

–¿Has hablado con Patrick sobre el incidente con esos niños?

–Sí, pero ya estaba bastante asustado como para que

encima yo insistiera en el tema. Gracias por ayudar. Quise darte las gracias ayer, justo después de aquello, pero te marchaste corriendo y luego apenas nos vimos en todo el día.

Él se había esforzado especialmente en asegurarse de que no se vieran.

—De nada.

—Escucha, sobre lo de la otra noche y las cosas que dije...

—Olvídalo —Tyler levantó la mirada aliviado cuando Jess entró en la cocina—. Hola, cielo. Llegas tarde. ¿Iba con retraso el autobús?

—Sí —sin mirarlo, Jess fue directa a la nevera.

Tyler estaba a punto de hacer un comentario sobre los adolescentes poco comunicativos cuando se fijó en sus zapatos.

—¿Qué te ha pasado?

—No me ha pasado nada.

Por un momento él se olvidó de Brenna.

—Estás calada. ¿Te has caído en una zanja o algo?

—Ahí fuera el suelo resbala mucho. Espero que mañana nieve otra vez —se sirvió leche en un vaso, pero la mano le temblaba tanto que se le derramó en el suelo—. Me he roto la cazadora. Me pagaré una nueva. Lo siento.

—No tienes que pagar nada. ¿Desde cuándo te pagas tu ropa?

—Mamá me hacía pagar la ropa que estropeaba —se bebió el vaso y lo rellenó—. Me decía que si la pagaba, aprendería a cuidar más mis cosas.

Tyler la miró.

—Sí, bueno, los accidentes ocurren, y no espero que pagues por ello. Pero me gustaría saber cómo se te ha roto —había algo en su actitud, en el modo en que estaba evitando mirarlo, que le decía que había algo más que no le estaba contando—. ¿Te has...?

—¡Papá! Deja de hacer preguntas. Soy una patosa, eso es

todo —furiosa, cerró la nevera de un golpe y arrugó la nariz—. ¿Qué huele tan mal?

—Eso que huele tan mal es lo que sucede cuando me dejas cocinar —decidiendo que para tratar con una adolescente se requerían las habilidades de un experto en desactivación de bombas, dejó el tema—. Cuando tengas hambre, cenamos.

—Creo que ya no tengo hambre —dijo Jess acercándose y mirando dentro de la cacerola con cautela—. ¿Lo has probado?

—¿Por qué iba a querer probarlo? Lo he hecho yo. El resto te toca a ti —soltó la cuchara, fue a la mesa y se sentó en una silla. Estaba a punto de poner los pies encima cuando vio a Jess.

—Tú siéntate también, Brenna —dijo llevando a Brenna a la mesa—. Pero no en este lado porque voy a estar cocinando y moviéndome por aquí. Ve a sentarte al lado de papá. Yo terminaré la cena.

Él no quería que Brenna se sentara a su lado.

No la quería tener cerca, pero, al parecer, Brenna no se percató de esa descarada manipulación adolescente porque hizo lo que Jess le indicó.

—Bueno, ¿qué tal el cole, Jess?

Tyler se preguntó si ella tendría más éxito que él, pero todo apuntaba a que Jess no tenía ganas de compartir los detalles de su día con nadie.

—No he ido a esquiar. No hace falta decir más —respondió Jess metiendo la cuchara en la cacerola. Probó el contenido con cuidado y tosió a la vez que los ojos se le llenaban de lágrimas—. ¡Papá! ¿Cuánto chile le has puesto a esto?

—He perdido la cuenta. Échale la culpa a tu tío Jackson. Me estaba hablando.

—No es buena idea perder la cuenta con el chile —bebió agua como si llevara un mes perdida en el desierto, y Luna se acurrucó a su pierna con la esperanza de comer algo—.

No querrías comer esto, hacedme caso. Te destrozaría ese cerebro perruno que tienes.

Rebuscó entre los armarios, sacó más tomates y puré de tomate concentrado y fue añadiendo y saboreando al mismo tiempo.

—Ty, se ha comido tu comida y sigue viva —dijo Brenna alargando la mano hacia el zumo que se había servido—. Es un milagro.

El milagro era que él estuviera logrando mantener las manos lejos de ella.

Desde donde se encontraba, recibía una visión directa de su parte de arriba y mantuvo la mirada clavada en el valle que se formaba entre sus suaves pechos. Vio una piel cremosa, un toque de encaje y después ya perdió la concentración.

No respiró, no se movió, y cuando ella se sentó, tomó aire sintiéndose como si un objeto pesado le hubiera golpeado la entrepierna.

Gracias a Jess, la tenía sentada tan cerca que podía ver los destellos verdes de sus ojos y las pecas que le salpicaban la nariz. Podía percibir ese sutil aroma que le hacía pensar en los largos y lentos días de verano.

Y no podía pensar en otra cosa que no fuera sexo.

¿Por qué?

¿Qué demonios le pasaba? ¿Sería el recuerdo de las cosas que ella había dicho bajo la influencia del tequila o sería simplemente que sentía celos de Josh?

Apartó la silla con un movimiento involuntario diseñado para poner distancia entre los dos. Desviando la mirada de sus hombros y de la suave piel de sus brazos, agarró la cerveza.

Frente a ellos, Jess servía la cena en unos cuencos.

—He hecho lo que he podido, pero probablemente os hará sudar.

Él no podía sudar más de lo que ya lo estaba haciendo.

Era por tener a Brenna viviendo allí. Delante de sus narices. Moviéndose por la casa descalza y ataviada únicamente con una camiseta de tirantes y unos pantalones ceñidos de yoga.

«Y hablando de sexo».

Hundió el tenedor en la comida y se sorprendió por lo bien que sabía.

—Eres un genio, Jess.

La expresión hosca y malhumorada de su hija se desvaneció y quedó reemplazada por una sonrisa.

—Lo has hecho tú. Yo lo único que he hecho ha sido arreglarlo un poco —lo miró y sonrió—. Bueno, vale, lo he arreglado mucho.

Por fin habían superado el momento de la cena, aunque él no había prestado mucha atención a lo que habían estado hablando.

Brenna tuvo la sensatez de no volver a mencionar nada del colegio y la conversación se había centrado en el esquí. Aun así, él no había podido dejar de pensar en sexo.

Comió rápidamente, decidió no servirse un segundo plato y recogió su plato de la mesa.

—Disculpadme, chicas, tengo que ir a darme una ducha fría —se levantó y se golpeó contra la mesa en un intento de no mirar a Brenna.

—¿Ahora? —Jess tenía la misma expresión que habría tenido si su padre le hubiera dicho que se había apuntado a clases de ballet.

—Sí, ahora. Cocinando se suda mucho.

—Brenna y yo vamos a ver esquí por la tele. ¿Lo ves con nosotras?

—Lo siento, cielo, esta noche no —ni siquiera la culpabilidad fue suficiente para obligarlo a dar una respuesta distinta—. Tengo que ayudar al tío Jackson con esa motonieve.

Jess recogió los cuencos.

—¿Después de la ducha?

Él abrió la boca, pero fue incapaz de pensar en una explicación lógica, básicamente porque no tenía ninguna. La lógica había desaparecido de allí, al igual que el autocontrol.

—No sabía que un hombre no pudiera decidir cuándo darse una ducha en su propia casa. Gracias por rescatar la cena. Luego os veo.

Al final renunció a la ducha fría a cambio de salir de la casa lo antes posible. Agarró la cazadora, silbó a Ash y salió al frío de la calle.

Recorrió caminos cubiertos de nieve en dirección al granero donde guardaban las motonieves y el resto de equipo de exterior.

Jackson estaba tendido boca arriba hurgando en la motonieve y empleando palabras que habrían hecho que su abuela torciera el gesto. Unas palabras que fueron a peor cuando Ash pegó un salto y aterrizó encima de él.

—Creía que estabas adiestrando a este estúpido perro.

—Es un trabajo en progreso —respondió Tyler junto a la motonieve—. Hasta el momento no ha habido muchos progresos.

—Me lo creo —contestó Jackson acariciando al perro antes de levantarse—. ¿Qué tal la cena?

—He empezado a prepararla yo, así que eso te puede dar una pista. Por suerte, ha llegado Jess y ha rescatado la comida.

—Eso explica que estés vivo. Entonces, si no has venido para decirme que te has envenenado y que solo te queda una hora de vida, ¿qué estás haciendo aquí? —Jackson probó la motonieve—. Esta máquina está muerta. He cambiado las clavijas, pero estaban llenas de combustible cuando las he sacado.

—Bueno, al menos sabes que les entra combustible, así

que ese no es el problema. Tiene pinta de que las agujas de las válvulas de entrada están pegadas al carburador –dijo Tyler quitándose los guantes y agachándose junto a su hermano.

Durante la siguiente hora trabajaron juntos con la motonieve, y entonces Kayla entró con dos tazas de café. Maple, su caniche miniatura, la seguía.

–He pensado que... ¡Ah, hola, Tyler! No sabía que estabas aquí.

Ash vio a Maple y echó a correr hacia ella.

–¡Siéntate! –dijo Tyler, y Ash se detuvo en seco, vaciló, y volvió a saltar, pero ese breve retraso le había dado a Kayla la oportunidad de dejar las tazas en el suelo y levantar a Maple en brazos.

–¡Controla a ese animal!

–Lo creas o no, ahora mismo está controlado –dijo Tyler levantándose y sentándolo en el suelo–. «Siéntate» significa que tengas el culo pegado al suelo.

Ash sacudió la cola con la mirada clavada en Maple.

–El perro quiere jugar –Jackson se levantó y se limpió las manos con un trapo–. No le va a hacer daño.

–A lo mejor no intencionadamente, ¡pero Ash jugando puede terminar con Maple! –Kayla sujetaba a la perrita, pero Maple se revolvía–. ¿Es que tienes ganas de morir? Os he traído café, pero casi todo está en el suelo ahora.

–Eso veo –Jackson se inclinó y la besó lentamente, tomándose su tiempo.

Ash gimoteó.

–Tápate los ojos, colega –murmuró Tyler–, esto es solo el principio.

Kayla apartó a Jackson con delicadeza.

–¿Qué tal es tener a Brenna viviendo en casa?

«Difícil».

Y era ella la que lo había puesto en esa situación.

Sabiéndolo, le dio la respuesta que sabía que a Kayla no le gustaría oír.

–Apenas nos vemos.

Como era de esperar, a Kayla le cambió la cara.

–¿En serio?

–Hemos estado cada uno haciendo nuestras cosas. Me preocupaba un poco que se pudiera sentir sola, así que me alegro de que esté saliendo con Josh.

–¿Saliendo con Josh? –la expresión de consternación de Kayla dejó claro que no lo sabía–. ¿Desde cuándo está saliendo con Josh?

–¿Y cómo quieres que lo sepa? Su vida amorosa es asunto suyo –respondió mirándola fijamente, y ella se sonrojó.

–Tyler...

–Los dos somos amigos desde hace mucho tiempo. Josh es un buen tipo. Me alegro por ella –no se alegraba nada. Y quería cargarse a Josh–. Bueno, esto ya está arreglado, así que debería volver a casa.

Recogió sus guantes, silbó a Ash y se marchó dejando a Kayla preocupada.

CAPÍTULO 10

–Míralo otra vez –acurrucada en el sofá junto a Jess, Brenna pulsó un botón del mando a distancia–. Fíjate en el clavado de bastón, ¿lo ves? –volvió a ponerlo una vez más mientras le daba la explicación a Jess, mostrándole cómo unos pequeños cambios podían provocar una gran diferencia en su técnica y velocidad.

–Pon uno de los descensos de los que ganó papá.

Brenna intentó pensar en una excusa. Lo último que quería hacer era ver a Tyler a cámara lenta, pero como no se le ocurría ninguna razón que darle que no llamara demasiado la atención, se levantó.

–¿Sabes dónde guarda esos DVD?

–Están metidos al fondo del mueble de tu derecha.

Brenna abrió el mueble.

En una balda había cinco bolas de cristal apretujadas entre libros, unos cuantos juegos y varios DVD. Levantó una con reverencia.

–¿Las guarda aquí?

Estaba claro que a pesar de ser una representación de su excelencia en el deporte, había preferido meterlas ahí antes que mostrarlas.

–Ya te he advertido que tiene un problema con esto. La

mayoría de la gente tendría un trofeo de la Copa del Mundo donde todo el mundo pudiera verlo, pero papá no. Los esconde. Supongo que no quiere verlos. Nunca habla de ello, a pesar de que podría aprovecharlo para fanfarronear.

Brenna pasó la mano por encima de la codiciada bola. Ganar una sería un sueño para la mayoría de los esquiadores. Tyler tenía cinco, dos por haber ganado el título mundial en su totalidad, y tres por disciplinas individuales, en su caso, el descenso.

—Para mí esto significa más que las Olimpiadas. Para ganar esto tienes que esquiar a un nivel alto de manera constante y en distintas disciplinas.

—Por eso es más triste todavía que los tenga escondidos.

Brenna puso uno de los trofeos sobre una estantería.

—Aquí queda muy bien.

Jess se estremeció.

—¡No, no, no puedes hacer eso!

—Lo estoy haciendo.

—Pues entonces es responsabilidad tuya, no mía.

—Yo asumo la responsabilidad. Empezaremos con uno y veremos qué pasa.

—Una idea genial. Si sigues viva por la mañana, puedes sacar el segundo.

—A lo mejor ni se da cuenta. Y aquí está el DVD que quieres ver —lo puso en el reproductor y volvió a acurrucarse en el sofá, resignada a ver a Tyler esquiar.

Él había ofrecido una ejecución asombrosa, se había lanzado por la montaña complemente ladeado, atacando la pendiente como si estuviera esquiando por su vida. Era una de las muchas razones por las que atraía a las multitudes que vibraban al verlo. Era un atleta supremo, con un don espectacular, lo cual hacía que el accidente que había puesto fin a su carrera resultara más brutal aún.

El hecho de que esas cinco bolas de cristal estuvieran metidas en un armario detrás de un montón de cosas confirmaba lo duro que le estaba resultando no poder competir.

Era el segundo invierno que se había perdido el campeonato, pero el año anterior los O'Neil habían estado tan centrados en salvar Snow Crystal y en aprender a seguir adelante tras la muerte de Michael, que no había habido tiempo para pensar en la situación de Tyler. Además, Tyler se había visto de pronto con una adolescente en casa, un cambio en sus circunstancias que había debido de impactar más en su vida que la posibilidad de perder el hogar y el negocio familiar. Ese año era distinto. Snow Crystal por fin estaba comenzando a dar señales de recuperación, Jess y Tyler se habían acostumbrado a vivir juntos, y él tenía más tiempo para pensar en lo que había perdido.

¿Debería hablar con él? ¿Debería darle una oportunidad de confiar en ella?

Su relación había cambiado, y ella no estaba segura de cuáles eran las reglas ahora.

Pulsó el botón de pausa.

—Fíjate en eso, justo ahí. Todo es perfecto. El ángulo de sus esquís, el peso... —le dio a Jess algo en lo que pensar, rebobinó y volvió a poner las imágenes mientras repasaba las opciones en su cabeza.

Podía hablar con él, pero las cosas estaban un poco extrañas entre los dos desde que se había mudado a la Casa del Lago. Vivir bajo el mismo techo lo había intensificado todo, como si alguien estuviera iluminando sus sentimientos con un cañón de luz.

Y sabía que para él también estaba siendo una situación incómoda, porque había empezado a evitarla.

—Lo tienes en pausa desde hace cinco minutos —dijo Jess quitándole el mando a distancia—. ¿Qué estás mirando?

A él. Lo estaba mirando a él. Estaba mirando el gesto de determinación en su barbilla y cómo el traje de esquí se amoldaba a cada contorno de su duro y poderoso cuerpo.

—Fíjate en su posición —añadió con la voz ronca—, fíjate en el equilibrio, en la línea que ha adoptado y en lo cerca que está de la puerta —«fíjate en esos hombros, esos muslos, ese gesto de pura concentración sobre ese rostro increíblemente hermoso».

«Y mírame a mí, que me estoy poniendo en ridículo por completo».

—Yo jamás seré así de buena —dijo Jess mirando la pantalla con pesimismo. Brenna le quitó el mando.

—Podrías serlo. Tienes talento. Lo único que necesitas es práctica.

—¿Cómo puedo practicar cuando estoy todo el día metida en ese aburrido instituto?

Brenna captó desesperación en su voz y recordó haberse sentido igual cuando tenía su edad.

—¿Lo odias?

Jess se hundió en el sofá y comenzó a mordisquearse una uña.

—Del todo.

Brenna pensó en lo que habían comentado antes. En los zapatos manchados. En el abrigo roto.

—¿Las clases o los compañeros?

—Las clases —tenía las rodillas contra el pecho y miraba fijamente la imagen de su padre congelada en la pantalla—. Y a los compañeros. Son patéticos.

—¿Quieres hablar de ello?

Jess se encogió de hombros; aunque ese gesto tendría que haber indicado indiferencia, en realidad reveló lo mal que se sentía.

—No hay nada de qué hablar. Las chicas solo se preocupan de su estúpido pelo y de los estúpidos chicos. No tenemos nada en común.

—¿Te lo están haciendo pasar mal?

—No más de lo habitual.

Al pensar en lo que había sido «habitual» para ella se le revolvieron las entrañas.

—¿Cuándo empezó todo?

Jess se miró las uñas.

—Básicamente el primer día de clase. Nunca es bueno ser la nueva del pueblo.

—Pero te estás integrando. ¡Te han elegido para el equipo de esquí! —en cuanto lo dijo, se preguntó cómo podía haber estado tan ciega y haber sido tan estúpida—. Oh.

Jess soltó una pequeña carcajada.

—Sí, eso es. Lo he oído todo. Que solo me han elegido por mi padre, que no valgo nada, que no tengo talento.

A Brenna se le encogió el estómago.

—Jess...

—En parte es culpa mía porque cuando empecé las clases le fui hablando de él a todo el mundo. Supongo que querían asegurarse de que sé cuál es mi lugar... —atacó otra uña aunque ya no quedaba mucho por atacar—. ¿Crees que por eso me metieron en el equipo? ¿Por papá? Sé sincera.

—No. Tienes talento para esquiar, Jess. Necesitas pasar más tiempo en la montaña, eso es verdad, pero tienes algo que la mayoría de la gente nunca tendrá por mucho que se pasen cada minuto de sus vidas practicando.

—Entonces seguiré diciéndome que se equivocan.

—¿Hay alguien simpático?

—Un par de chicas me hablaban al principio, pero como les preocupa estar en la línea de fuego, ahora también me ignoran. No pasa nada —dijo demasiado apresuradamente—, de verdad que no me importa.

Eso le resultaba dolorosamente familiar.

—¿Es una persona en concreto o un grupo? —hablar de ello, recordar su experiencia, hizo que se le revolviera el estómago—. ¿Hay algún líder?

—Vamos a ver más esquí —dijo Jess poniéndose de pie y rebuscando entre la colección de DVD de Tyler—. Vamos a ver ese en el que se partió el hueso del pie. Quiero saber cómo logró levantarse y esquiar.

—No sabía que se hubiera roto nada. Fue mucho más tarde cuando encontraron que se había astillado el hueso – Brenna seguía sentada, observándola, preguntándose cómo manejar la situación.

Podría haberlo dejado ahí, podría haber seguido con otra cosa sin tocar el tema que la estaba revolviendo por dentro, pero sabía que así no ayudaría a Jess.

—Jess, cielo, podemos hacer algo al respecto —se sentía como si volviera a tener quince años—. No tienes que tolerar nada de todo eso.

Jess miraba la pantalla.

—Sé que no fue un accidente grave ni nada de eso, que no fue como el grande que tuvo, pero aun así tuvo mala pinta. La mayoría de la gente no habría seguido esquiando.

—¿Lo saben tus profesores? ¿Lo sabe alguien?

—No. Y no quiero contárselo, ¿de acuerdo? —le dijo girándose con furia en la mirada—. Si lo cuento, haré que la cosa sea cien veces peor. No tienes ni idea. Los padres se piensan que pueden ir al colegio, exigir que se solucione, y que así todo se soluciona, pero las cosas no funcionan así.

—Lo sé —Brenna tenía la boca tan seca que apenas podía hablar—. Sé que las cosas no funcionan así.

—Prométeme que no se lo contarás a papá.

—Él sabe que algo no va bien. Deberías hablar con él. Podría ayudarte.

—No necesito ayuda. Cuando él tiene un problema, se lo soluciona él solo y no habla de ello todo el tiempo —se sentó y se quedó mirando la pantalla–. Me ocuparé. Tengo que endurecerme.

–No, no tienes que hacer eso. Tú no eres el problema. Ellos son el problema. No permitas que te hagan sentir mal. Eso es lo que hice yo –era doloroso recordarlo.

Jess se giró y la miró.

–¿Qué hiciste?

–Nada –respondió Brenna simplemente–. No tenía seguridad en mí misma. Dejé que me la arrebataran y ojalá no lo hubiera hecho.

Jess se la quedó mirando con incredulidad.

–Pero tú tienes mucha seguridad en ti misma. Diriges este lugar y eres la única persona que conozco que puede alcanzar a mi padre esquiando. Podrías haber estado en el equipo nacional.

–Me siento segura en la montaña, me siento segura con las cosas que conozco, pero no con lo demás. Era nula a la hora de tratar con grupos de niños y no me interesaban ninguna de las cosas que les interesaban a las demás chicas. Pelo, uñas, ropa, chicos... –se sonrojó porque, por supuesto, sí que le había interesado un chico en particular.

–Así me siento yo.

–Si no quieres hacer otras cosas, lo entiendo, porque yo sentía lo mismo. Pero tal vez podríamos intentar solucionar esto –se quedó sentada un momento recordando lo sola que se había sentido en el colegio–. Y puedes hablar conmigo. A veces hablar ayuda.

Jess se hurgaba el calcetín.

–¿Se lo contarás a papá?

–No, si no quieres que lo haga. Pero deberías pensar en decírselo. Se preocupa mucho por ti.

–Sí, ya lo sé –tenía las mejillas sonrojadas–. Pero ya conoces a papá. Me preocupa que se preocupe demasiado. Se presentaría en el instituto hecho una furia.

Brenna pensó en las veces que él había amenazado con hacer exactamente eso cuando ella estaba en el instituto, y supo que contenerlo no sería sencillo.

—A lo mejor se nos ocurren cosas pequeñas que puedes hacer, como resultar más segura o fingir que no te importa.

–No funcionaría.

–A lo mejor no, pero puede que merezca la pena intentarlo.

–¿Tú lo hiciste?

–No. Yo intenté ignorarlo y aguanté cada día como pude, pero ojalá no lo hubiera hecho. Ojalá les hubiera dicho que merecía respeto. Que todo el mundo merece respeto.

–¿Tenías amigos?

–A tu padre –respondió Brenna con una media sonrisa–. En cuanto salía de clase, venía aquí para estar con los O'Neil.

–¿Quién se portaba mal contigo? ¿Sigue viviendo por aquí?

Brenna se la quedó mirando con el corazón acelerado; era la única pregunta que sabía que jamás podría responder.

–No, ya no. Pero creo que deberíamos centrarnos en ti...

El sonido de la puerta abriéndose hizo que las dos se sobresaltaran, y al momento Ash entró corriendo en la habitación dejando tras de sí un reguero de nieve.

Aliviada por la interrupción, Brenna lo agarró del collar y lo obligó a sentarse.

Tyler entró hecho una fiera.

–¡Se ha escapado dos veces en el bosque! ¡Está descontrolado!

Jess estaba de rodillas en el suelo abrazando y besando a Ash.

–Eres un chico malo, malo. Nadie te entiende.

–Lo entiendo perfectamente –dijo Tyler quitándose el abrigo–. Es un bestia.

—Es adorable.

—Si para ti eso es adorable, me aterra el día que empieces a salir con chicos —se fijó en la bola de cristal que había en la estantería—. ¿Qué hace eso ahí?

Jess miró a Brenna como diciéndole «Te lo he dicho» y empezó la cuenta atrás.

—Cinco, cuatro, tres, dos, uno...

—Lo he puesto ahí —Brenna intentó adelantarse a la explosión—. Deberías estar muy orgulloso. No soporto que los tengas escondidos.

Él no explotó. Más bien se quedó callado. Parecía como si tuviera la cara tallada en piedra, y ella sintió un repentino golpe de culpabilidad por haberle causado más dolor.

Imaginaba que le gritaría, pero en lugar de eso, Tyler se dio la vuelta y salió de la habitación dando un portazo.

Jess suspiró.

—No me extraña que esté soltero.

Era como si toda su vida se estuviera desplomando. Cosas que había tenido bajo control de pronto estaban descontroladas. Las emociones que había intentado ignorar lo azotaban por todas partes.

Salió de la ducha, agarró una toalla y oyó un golpecito en la puerta de su habitación.

Se anudó la toalla alrededor de la cintura, cruzó la habitación y abrió la puerta.

Se encontró a Brenna ahí de pie, y vio culpabilidad en su mirada un instante antes de que ella posara la mirada en su torso desnudo.

—No pretendía enfadarte. Lo siento —rectificó—. Bueno, la verdad es que no lo siento. No deberías esconder esos premios, Tyler. Son parte de ti. Simbolizan un gran logro. Los ganaste.

Él se preguntó si Brenna llevaría máscara de pestañas o si eran así de espesas y voluptuosas de forma natural.

—Me alegra que estés diciendo lo que piensas, pero ¿por qué le estás hablando a la pared? Antes podíamos mirarnos a los ojos.

—No llevas nada puesto.

—Llevo una toalla. Si no estás preparada a mirarme cuando llevo una toalla, desde luego que no estás preparada para acostarte con Josh.

Ella abrió la boca de par en par.

—¿Qué tiene que ver Josh con esto?

Todo. Imaginarla con Josh era la razón por la que no estaba durmiendo.

—Lo único que digo es que si no eres capaz de mirar a un hombre a los ojos cuando lleva una toalla, no estás preparada para pasar una noche de sexo sin sentimiento.

—Habrá sentimiento. Me gusta Josh.

Tyler resistió las ganas de darle un puñetazo a la pared.

—No es el hombre adecuado para ti.

—¿Cómo lo sabes? A diferencia de ti, yo no tengo un prototipo de pareja.

—Yo tampoco.

—Sí, claro que sí. ¿Por qué estamos hablando de esto? He venido aquí para hablar de los premios. Deberías ponerlos a la vista, Tyler. ¡Los has ganado tú!

—Sé que los he ganado. No necesito mirar esas cosas todos los días para saber que los he ganado.

—Pero estás haciendo que para Jess sea complicado hablar de cosas que duelen, porque tú no lo haces. Le estás enseñando a guardarse las cosas y eso no es bueno.

Confundido, Tyler la miró.

—¿Me estoy perdiendo algo? ¿Qué tiene que ver con Jess que yo esconda esos premios? —se apoyó contra la puerta y la vio dar un paso atrás. Recordó que en otro tiempo se habían sentido cómodos el uno con el otro, pero esos tiempos ya habían pasado. Era como intentar bailar cuando no te sabías los pasos–. ¿Brenna?

–Tienes que animarla a hablar contigo.

–¿En general o sobre algo en concreto? Podrías darme alguna pista.

–Hay montones de pistas, Tyler –seguía mirando la pared y él se vio invadido por la frustración.

–¡Joder, Bren! ¿Podrías mirarme cuando estamos hablando?

–Lo único que digo es que tienes que promover una atmósfera de comunicación abierta, eso es todo.

Tyler soltó una carcajada de incredulidad.

–Eso suena a algo sacado de un manual de autoayuda y pierde impacto viniendo de alguien que ahora mismo está mirando a la pared.

Ella se sonrojó.

–Intento ayudar –soltó bruscamente y él le miró la boca preguntándose cómo de pronto resultaba tan complicado estar a su lado y no tocarla.

–Comunicación abierta. Supongo que puedo intentarlo. ¿Qué tal si nos comunicamos abiertamente ahora también y me dices la verdadera razón por la que vas a salir con Josh?

–¿Dejarás de esconder esas bolas?

Tyler intentó no sonreír, pero fracasó.

–Cualquier otra persona se lo habría pensado dos veces antes de formular esa pregunta de ese modo en particular, pero no tú. Por eso no estás lista para tener sexo sin sentimiento.

–¡Déjalo ya! Al menos por cinco minutos en tu vida podrías dejar de pensar en sexo –le dijo furiosa–. ¡Y ponte algo de ropa! Fuera hay un metro de nieve. No deberías ir por ahí desnudo.

Él abrió la boca para decir que, de momento, la nieve

no había entrado en su dormitorio, pero Brenna ya se había marchado.

No pudo sacarse de la cabeza la conversación de esa noche y a la mañana siguiente decidió llevar a Jess al colegio en lugar de dejar que fuera en autobús.

Su hija miraba al frente sin hablarle.

Harto de su mal humor y nada dispuesto a andarse con evasivas, Tyler fue directo al grano.

—¿Qué te pasa?

—¡Te has portado mal con Brenna!

Totalmente asombrado, Tyler la miró.

—¿Qué? Yo nunca me he portado mal con Brenna.

—Estuviste horrible. Sacó la bola de cristal porque se sentía orgullosa de ti, y tú le lanzaste una de esas miradas frías tuyas.

Tyler, que desconocía que tuviera una «mirada fría» se sintió culpable. ¿Por eso había estado tan enfadada con él? ¿Habría herido sus sentimientos?

—No quería que estuviera en la estantería.

—Pues espera a que se haya ido a la cama y luego lo vuelves a meter en el armario. ¡Pero no la hagas sentirse mal!

Tyler abrió la boca para decir que a él le hacía sentirse mal ver el trofeo, pero decidió cerrarla.

—Si te hace sentir mejor, me disculparé.

—¡No quiero que te disculpes por hacerme sentir mejor, papá! Tienes que disculparte porque lo lamentes de verdad.

—Lamento haber molestado a Brenna. Pero no lamento haber metido esa cosa en el armario.

—¡Esa cosa la ganaste tú! Venciste a todo el mundo en la montaña. ¿No estás orgulloso? Deberías estar fanfarroneando por todas partes.

Tyler se detuvo cerca del colegio.

—No me importa lo que piense la gente.

—¿Por qué? No lo entiendo —Jess lo miró atónita.

—Yo no competía por eso. Sé cuándo gané y cuándo la fastidié. No necesito ni bolas de cristal ni medallas que me lo recuerden. Quería ser el más rápido descendiendo esa montaña. Eso era todo.

El único sonido que se oía en el coche era el de su respiración.

—Y lo fuiste. Es duro, ¿verdad? —su voz fue un susurro—. Siempre te niegas a hablar de ello, pero odias no poder competir más.

Tyler abrió la boca para quitarle importancia al asunto, pero entonces recordó lo que había dicho Brenna sobre una comunicación abierta.

—Sí, lo odio —dijo con gran esfuerzo—. Sobre todo en un día como hoy cuando está nevando. Me devora por dentro.

—Ojalá no te hubiera pasado eso.

Mirando a la carretera, se asombró al notar un picor de emoción en la garganta.

—Sí, yo también, pero no tiene sentido desear que algo que ya ha pasado no hubiera pasado. Es una pérdida de energía.

—Eso casi suena a consejo de adulto, papá.

—¿Significa eso que me estoy volviendo bueno en esto de la paternidad?

—No eres pésimo.

—Gracias. Es importante que me des tu opinión para mejorar —la miró y vio que ella lo estaba mirando.

—Nunca habías hablado de ello.

—Solo contigo, cielo. Mantengámoslo entre los dos.

—Sí, claro, papá —estaba tartamudeando y tenía las mejillas sonrojadas de orgullo—. Quiero que sepas que puedes hablar conmigo en cualquier momento.

—Gracias, cielo —se preguntó qué tenían los niños que

hacían que un hombre pasara de la dureza a la ternura con una sola mirada–. Y tú también puedes hablar conmigo.

Jess buscó una respuesta de adulta.

–A veces la vida es una mierda.

¿Era eso una referencia a su vida o a la suya? Y como no estaba seguro, dio una respuesta neutral.

–Completamente. Las cosas pasan. La vida pasa. Si no puedes cambiarlo, tienes que seguir adelante, pero si hay algo que puedes hacer para facilitar las cosas, entonces lo haces. ¿Has oído? –le guiñó un ojo–. Ese ha sido otro consejo de adulto. Se me está empezando a dar bien esto. Voy a sacar sobresalientes en paternidad.

–¿Y no mirar los trofeos hace que te sea más sencillo?

–Un poco.

Los ojos de Jess estaban cargados de amor.

–Voy a guardarlos con llave para que nadie pueda encontrarlos. Voy a tirar tu medalla de oro a la basura.

La pasión que veía en ella le resultaba inquietantemente familiar.

–No hace falta que vayas tan lejos.

–Me la he estado poniendo –había culpabilidad en su mirada–. Te he hecho sentir peor.

–Tenerte cerca solo hace que me sienta mejor. ¿Y sabes qué? Creo que algún día podrías tener tu propia medalla para colgarte al cuello.

–Estás de broma.

–No estoy de broma. Tienes algo, Jess, y vamos a trabajar en ese algo juntos –se acercó para abrazarla, pero entonces pensó que a lo mejor eso no era muy «guay» y se apartó–. Lo siento. Había olvidado que estamos en la puerta del colegio. Aquí no se permiten los abrazos.

–No me importa lo que digan los demás. Están celosos porque eres mi padre –el modo en que lo dijo confirmó sus sospechas de que tenía problemas en el colegio.

Intentó tener calma.

–¿Alguien te lo está haciendo pasar mal?

Ella abrió la boca para ignorar el comentario, pero entonces cambió de opinión.

–A veces. Son unos idiotas, eso es todo. Les encantaría poder esquiar contigo todos los días.

En la mente de Tyler se formó una desagradable sospecha.

–Jess, ayer viniste a casa hecha un desastre...

–Me resbalé en el hielo. Tengo que irme. Adiós, papá –agarró la mochila, pero él la detuvo.

–Espera. Acabo de hablar contigo. Tú deberías hablar conmigo.

–Y lo hago.

Pero estaba claro que estaba ocultando algo.

–¿Quieres invitar a alguien a casa este fin de semana? ¿A alguna amiga para que se quede a dormir? Porque puedes hacerlo.

–No, gracias. Estaré esquiando todo el tiempo y aún tenemos que ir a por el árbol. Hay montones de cosas que hacer para Navidad. Luego hablamos, papá –salió del coche antes de que él pudiera detenerla y cruzó las puertas del colegio con paso rápido, la cabeza agachada y sin hablar con nadie.

Tyler maldijo para sí y contuvo las ganas de ir tras ella y exigirle que le contara qué estaba pasando. Porque algo pasaba, de eso estaba seguro.

Apoyó la cabeza en el asiento y agarró el volante con fuerza.

¿Era eso por lo que Brenna lo había estado animando a hablar con ella?

¿Sabía algo que no le estaba contando?

Anotándose mentalmente que tenía que preguntarle, volvió a Snow Crystal.

Una mañana con un grupo de esquiadores que tenían más dinero que destreza no hizo nada por mejorar su estado de ánimo, y para cuando recogió a Jess del colegio, estaba que echaba humo. Nevaba sin cesar y no parecía que fuera a parar. Se preguntó si Brenna y Josh decidirían posponer su cita o incluso cancelarla directamente.

Jess salió de clase tal como había entrado: con la cabeza agachada, evitando contacto visual y dirigiéndose directa al autobús. Habría pasado por delante del coche sin darse cuenta si él no hubiera bajado la ventanilla para llamarla.

—¡Papá! —sorprendida, miró a su alrededor—. ¿Qué haces aquí?

—Tenía que ir a la tienda a comprar algo —mintió—, así que he pensado que ya de paso podría pasar a buscarte.

Vio a un grupo de madres mirando en su dirección y en ese momento se dio cuenta de que había estado ciego por no ver cómo podría haber afectado a Jess tenerlo como padre. ¿Toda esa gente buscaba información sobre él en Internet? ¿Estarían leyendo esas mentiras o, peor aún, transmitiéndoselas a Jess?

Su hija se sentó a su lado y se apartó el pelo de la cara.

—¿Qué tal el día? —había leído que los padres no debían asediar a su hijos a preguntas y se preguntó cómo funcionaría eso, porque ahora mismo lo único que quería era clavarla al asiento hasta que le hubiera contado qué le estaba haciendo sentir mal.

—Bien.

Tyler apretó los dientes.

—Para que quede claro, «bien» no me sirve de respuesta.

—No quiero hablar de ello. He estado pensando en la Navidad. Si Brenna va a estar viviendo con nosotros, deberíamos comprarle un regalo. Uno grande. Tiene que ser una Navidad de verdad. No puede ser la única sin un montón de regalos debajo del árbol ni un calcetín a los pies de la cama.

Tyler, que no quería pensar ni en calcetines ni en camas que tuvieran que ver con Brenna, y que seguía intentando sacarle a su hija otra respuesta que no fuera un simple «bien», asintió.

–Claro, lo que haga falta. No, espera un minuto –se dio cuenta de que aún no había comprado los regalos de Navidad–. ¿Quién dice que va a haber un montón de regalos para ti? ¿Le has escrito la carta a Santa Claus?

Jess se recostó en el asiento.

–Dejé de creer en Santa Claus cuando tenía seis años, papá. Además, ya nadie escribe cartas.

–¿Y? –tamborileó con los dedos sobre el volante; estaban parados detrás de un quitanieves–. Envíale un correo electrónico al Polo Norte. O un mensaje por el móvil. Habla con él por Skype. Haz lo que sea que hagan los adolescentes hoy en día para comunicarse. Ese hombre necesita alguna pista.

Jess se rio.

–Que hable con Santa Claus por Skype. Eso suena a algo que se le podría ocurrir a Kayla.

–Y tanto.

–Así que básicamente me estás diciendo que no sabes qué comprarme.

–Alguna pista me serviría de ayuda. ¿De verdad crees que debemos comprarle algo a Brenna? Nunca le he regalado nada por Navidad.

–Está viviendo en nuestra casa y va a despertarse con nosotros la mañana de Navidad. Va a ser súper incómodo si todos tenemos regalos y ella no tiene nada que abrir.

Él giró a la izquierda en la señal que decía: *Snow Crystal Resort and Spa.*

–Entonces a lo mejor a ella también le gustaría escribir a Santa Claus.

–Va a ser un tipo muy ocupado –dijo Jess inclinándose

hacia delante para ver las pistas de esquí–. El telesilla aún está en marcha. ¿Puedo hacer un descenso rapidito?

–Tienes que hacer los deberes. ¿Qué tienes hoy?

–Literatura. Estamos estudiando *Romeo y Julieta*. Prefiero que me mates, me harías un favor.

–Si tus profesores piensan que debes estudiarlo, entonces debes estudiarlo –aminoró la marcha al acercarse a una pareja que llevaba a dos niños en un trineo–. No tengo ni idea de qué comprarle a Brenna.

–¿Sabes que a ella siempre le regalaban muñecas y cosas así para Navidad? Odiaba las muñecas. Deberíamos regalarle algo que le encante. Pensaré en algo –estaba saliendo del coche antes de que él pudiera hacer más preguntas.

Entraron en casa y casi acabaron en el suelo derribados por Ash y Luna.

–Será mejor que te lleves a estos dos a dar un paseo rápido.

–Luego voy a casa de la abuela. Pueden venir. ¿Me puedo quedar a dormir?

–Claro –Tyler vio el abrigo de Brenna colgando del perchero–. ¿Vas a cenar con la abuela?

–Sí, pero picaré algo porque quiero terminar esta chorrada de deberes antes de irme.

Probablemente debería haberle dicho que los deberes no eran ninguna chorrada, pero ella ya se había ido y estaba entrando en el estudio, con la mochila sacudiéndole contra la cadera y Luna pisándole los talones.

Abrió la boca para recordarle que los perros no debían entrar en el estudio y volvió a cerrarla. Ahora que Jess estaba ocupada, sería un buen momento para hablar con Brenna.

Subió los escalones de dos en dos, pero oyó el ruido de la ducha y retrocedió.

Estaba en la cocina observando el contenido de la nevera, que daba pena, cuando ella entró.

Al verla, por poco no se tragó la lengua.

El vestido era negro y ajustado; lo suficientemente ajustado como para ceñirse a cada curva y hondonada de su cuerpo. Era un vestido diseñado para una mujer con un cuerpo perfecto.

Y Brenna tenía ese cuerpo perfecto.

Un cuerpo que hasta hacía poco había intentado ignorar.

Y por eso si con todo eso no bastara, se había puesto unas medias negras y unos tacones que podrían considerarse un arma letal.

Si Jess se hubiera presentado vestida así, la habría castigado.

Cerró la nevera de un portazo.

—¿Entonces vas a seguir adelante?

—¿Cómo dices?

—Con lo de esta noche. Vas a seguir adelante.

—Se llama «cita», Tyler. Y no solo estoy pensando en seguir adelante con ello, estoy pensando en disfrutarlo también. ¿Hay algún problema?

Sí, claro que lo había. Derribar de un golpe al jefe de policía le traería consecuencias.

—Hace mal tiempo. No es el mejor momento para estar en la carretera. Deberíais cancelarlo.

—¿Por el tiempo? Josh ha crecido aquí, igual que tú y que yo. Ha conducido con este tiempo desde que tiene el carné. Si aquí dejáramos de hacer cosas por el tiempo, dejaríamos de vivir directamente.

—Solo digo que requiere concentración extra —y estaba segurísimo de que Josh se distraería. ¿Quién no lo haría con Brenna a su lado?—. ¿Eso es lo único que te vas a poner? A lo mejor quieres ponerte algo que abrigue más.

—Es el único vestido que tengo, Tyler.

Él se preguntó cuánto podría tardar en conseguirle otro vestido.

—Deberías ponerte un jersey. Tienes que taparte un poco.

—No tengo un jersey lo suficientemente bonito.

—Llamaré a Kayla —dijo desesperado—. Según Jackson, se trajo media Nueva York con ella cuando se mudó. Se está planteando cederle una habitación solo para su ropa.

—Me pondré el abrigo. Además, el coche de Josh estará caliente.

Y ella estaría en ese coche. Con Josh. Con esas kilométricas piernas expuestas y esos kilométricos tacones.

—Estarías mejor con botas de nieve.

—¿Botas de nieve? —lo miró como si se hubiera vuelto loco.

—Este fin de semana hemos superado el medio metro de nieve.

—Pero no dentro del restaurante, espero.

—¿Cómo vas a llegar del coche al restaurante?

—No lo sé, pero llevo esquiando Devil's Drop desde que tenía seis años, así que creo que puedo apañármelas para recorrer un caminito —le brillaban los ojos de furia—. ¿Qué te pasa?

Esa era una pregunta que Tyler no podía responder.

—No he tenido un buen día —aunque no sería nada comparado con lo mala que sería la noche—. Mira, esperaba que pudiéramos hablar de Jess. Hoy me ha dicho algo. ¿Ha confiado en ti? ¿Te ha contado algo?

—«Confiar» suele significar que alguien no quiere que destapes la información que te da.

—Pero se trata de Jess. Si supieras que está pasando algo malo, me lo dirías, ¿verdad?

Ella desvió la mirada.

—Deberías estar teniendo esta conversación con ella, no conmigo.

—La estoy teniendo contigo. ¡Es mi hija, Brenna! Es vulnerable. Si sabes algo, deberías decírmelo —se detuvo cuando la puerta se abrió y Jess entró con dos perros absolutamente nerviosos.

–Al final he decidido sacarlos antes, así que me voy a casa de la abuela ya y me llevo los deberes –un aire helado y nieve la siguieron hasta dentro de la casa–. ¿Me puedes llevar, papá?

Ash se sacudió lanzando nieve por todas partes y al ver a Brenna corrió hacia ella.

–¡Siéntate! –bramó Tyler y el perro se detuvo en seco y se tiró al suelo gimoteando como ofendido.

–Ya vamos por nuestra tercera clase con Dana. Se está esforzando mucho –orgullosa, Jess se quitó las botas y miró a Brenna–. ¡Hala! Estás increíble. Papá, te tienes que cambiar. No sé adónde vais, pero si ella va así, tú no puedes ir en vaqueros.

Tyler apretó la mandíbula.

–No vamos a ninguna parte.

–¿Brenna se ha vestido así para ver la tele?

–No, Brenna sí que va a salir. Tiene una cita con Josh.

–¿Josh? –preguntó Jess sorprendida. Y su expresión pasó de una de asombro a otra de espanto–. ¡De eso nada! No puedes hacer eso.

Brenna parecía nerviosa.

–Jess...

–Quiero decir, esto no es lo que... Yo quería que... –miró a su padre con gesto de angustia–. ¿Por qué te quedas ahí parado? ¡Di algo!

Pero ya que Tyler no se fiaba de lograr decir algo civilizado, se centró en su hija.

–Vamos. Te llevo a casa de la abuela.

–Puedo ir andando...

–No, no puedes. Hace un tiempo terrible. Que lo pases muy bien, Brenna.

Jess plantó los pies firmemente en el suelo con una actitud más testaruda que los perros.

–Papá...

—¡Muévete!

—¡Vale! ¡Perdona por estar viva! –con gesto hosco y brusquedad, volvió a ponerse las botas y fue hasta el coche dando pisotadas; era la viva imagen de una inocencia herida.

Fue un trayecto de cuatro minutos hasta la casa de la abuela y Jess empleó cada segundo de esos minutos en decirle lo que estaba haciendo mal con su vida.

—¿Por qué le dejas hacer eso? ¡Le gustas, papá!

—Claro –distraído, él iba conduciendo pegado al borde de la carretera. La nieve estaba apilada en densos montículos y sentía las ruedas girar–. Por eso va a salir con Josh. Tiene todo el sentido del mundo.

—No se te permite emplear sarcasmo. Eso lo hago yo. Soy una adolescente, tú eres el padre –dijo Jess apretando los puños exasperada–. No la viste la otra noche. Estábamos viéndote esquiar y no dejaba de mirar a la pantalla.

—Si estabais analizando técnicas de esquí, normal que estuviera mirando a la pantalla.

—Ella no estaba haciendo eso. Tenía esa mirada, como ausente. ¡Y ahora va a salir con Josh! ¿Por qué dejas que pase esto?

—Que yo sepa, no soy yo el que controla con quién sale Brenna –giró el volante a la izquierda y con gran habilidad sacó el coche de la zona con más nieve. La superficie estaba resbaladiza. Peligrosa–. Hay mucha nieve. Tenemos que volver a limpiar esta carretera.

—Deja de cambiar de tema. ¡A Brenna no le gusta Josh, papá!

—¿Entonces por qué está saliendo con él? ¡Si tan experta eres en el tema, tal vez me lo puedas decir!

—¡No lo sé! –los dos estaban gritando y a él de pronto le impactó ver lo mucho que se parecían. Era como estar discutiendo consigo mismo, y no resultaba una situación cómoda.

—Según mi experiencia, una mujer no se pone tacones y un vestido de infarto para salir con un tipo que no le gusta.

—Pero es que ese es el único vestido que tiene. No es que lo haya comprado especialmente para la ocasión ni nada de eso.

—¿Cómo lo sabes?

—Estaba con ella cuando deshizo las maletas, ¿lo recuerdas? Ella es chica de vaqueros y pantalones de esquí.

—¿Entonces por qué va a tener una cita elegante con Josh si no está interesada en él? —casi se rio de sí mismo. Estaba tan desconcertado que le estaba pidiendo consejo sobre mujeres a su hija de trece años.

Jess subió los pies al asiento y al mirar a Tyler los volvió a bajar.

—Probablemente porque tú nunca le has pedido una cita, y quiere tener una vida. No quiere morir vieja y marchita sin vida sexual.

Tyler estuvo a punto de salirse de la carretera.

—¿Y tú qué sabes de...?

—No empieces, papá. No vamos a tener esa conversación otra vez.

—¡Bien!

—«Bien» no me vale como respuesta.

Él apretó los dientes al oír que su hija le estaba devolviendo sus propias palabras.

—La veo todo el tiempo. Cada puñetero día.

—Has dicho «puñetero». Además, verla no es lo mismo que pedirle una cita y darle la oportunidad de arreglarse y ponerse guapa.

—Brenna no necesita arreglarse para estar guapa. Está guapa en vaqueros.

—¡Escúchate! ¿Cómo has podido tener tanto éxito con las chicas? No lo entiendo —dijo Jess dándose golpecitos en la cabeza con el puño—. Papá, tienes que hacer algo. Vuelve ahí ahora mismo y habla con ella antes de que llegue Josh.

Tyler aparcó en la puerta de la casa de su madre.

—Mira, te agradezco el interés, pero no puedo tener una relación con Brenna solo porque te guste.

—A ti también te gusta. La quieres.

—La quiero como amiga.

—¿En serio? ¿Entonces por qué te has estado comportando de un modo tan raro desde que se ha mudado? ¿Por qué te enfada tanto que vaya a salir con Josh? Si solo fueras su «amigo», te alegrarías por ella.

Tyler abrió la boca y la volvió a cerrar. Miró la puerta de la casa de su madre, enmarcada por luces diminutas y vegetación invernal.

Navidad.

Familia.

Brenna quería todo eso, lo sabía.

—No queremos las mismas cosas.

—¿Cómo lo sabes? ¿Se lo has preguntado alguna vez?

—No soy bueno para las mujeres.

—A lo mejor depende de la mujer. Y cómo te comportes es algo que eliges tú. Los dos me estáis volviendo loca. «Porque nunca hubo historia más triste que esta de Julieta y su Romeo». Está claro que Shakespeare no os conoció a Brenna y a ti —Jess abrió la puerta y bajó tirando de su mochila—. Hasta mañana, papá. Intenta no portarte como un cretino.

—Espera. Jess, quiero hablar contigo sobre...

—Buenas noches. «Mil veces buenas noches». Es Shakespeare, aunque por qué Julieta dice eso mil veces, es algo que no sé. Probablemente porque Romeo no la estaba escuchando la primera vez. Los hombres deberíais espabilar y prestar atención.

La puerta se cerró.

Tyler se estremeció.

¡Vaya con la comunicación abierta!

Tal vez Jess tenía razón. Tal vez debería volver y preguntarle directamente a Brenna por qué iba a salir con el jefe de policía.

Le diría que siempre había sentido algo por Josh y ahí acabaría todo.

Condujo todo lo rápido que se atrevió y aparcó en la Casa del Lago detrás del todoterreno de Josh.

Aliviado por que Jess ya no estuviera en el coche, maldijo profusamente y después entró en casa.

El sonido de unas risas le dijo que fueran cuales fueran las razones por las que iba a salir con Josh, Brenna no se encontraba bajo presión.

Antes, cuando había estado hablando con ella, no había visto ni un atisbo de sonrisa en su cara.

Esperando esbozar lo más parecido a una sonrisa cordial, Tyler dijo:

—¡Josh! Este tiempo debe de tenerte muy ocupado —«pero no demasiado», pensó furioso, «porque estás en mi casa con las manos encima de mi...».

«¿Mi qué?».

«¿Mi mujer?».

Brenna no era su mujer y nunca lo sería.

—Nada que no hayamos visto antes —respondió Josh sonriendo y aparentemente ajeno a la tensión que se respiraba en el ambiente. Sin uniforme parecía más joven, tenía un aspecto más relajado.

Tyler suponía que la mayoría de las mujeres lo encontrarían guapo. Conocía a muchas que estaban interesadas en él, incluyendo a Brenna, al parecer.

La miró y por primera vez le resultó imposible interpretar su expresión.

Josh también la estaba mirando.

—Estás increíble.

—¿En serio? —preguntó ella con el rostro iluminado, y

Tyler deseó haber sido él el que le hubiera hecho el cumplido.

Efectivamente, estaba increíble, y eso era algo que había estado intentando ignorar con todas sus fuerzas.

–¿Te traigo el jersey, Bren?

Josh la ayudó a ponerse el abrigo.

–No lo va a necesitar. El coche está caliente y tengo montones de mantas para emergencias. Aunque, Bren, a lo mejor sí que quieres las botas de nieve para llegar al coche. Sería una pena estropear esos zapatos tan preciosos. A menos que quieras que te lleve en brazos, claro.

Tyler echaba humo.

–Irá mejor caminando, por si te resbalas. Y si tenéis algún problema en la carretera, podéis llamarme.

Josh lo miró fijamente.

–Se me da muy bien caminar y creo que puedo manejarme en la carretera, pero gracias por el ofrecimiento.

–Si es demasiada molestia traerla a casa luego, llámame e iré a buscarla. No importa lo tarde que sea.

–Cuando salgo con una mujer, luego me aseguro de acompañarla a casa.

A Tyler lo invadió la ira.

–Ella...

–¡Tyler! –dijo Brenna entrecerrando los ojos peligrosamente–. No queremos entretenerte. Seguro que tienes cosas que hacer. Que pases buena noche.

¿Buena noche? ¿Cómo demonios iba a pasar una buena noche sabiendo que estaba con Josh?

Esperó a que la puerta se cerrara, y después fue hasta el estudio y sacó una botella de whisky.

CAPÍTULO 11

–Bueno, nos han visto al menos tres de las mayores cotillas del pueblo –dijo Josh con voz suave–, lo cual debería garantizarnos que tu madre se va a enterar de que estás diciendo la verdad sobre lo de salir con otras personas –se detuvo cuando una mujer se acercó a su mesa–. ¿Qué puedo hacer por usted, señora Cook?

–Siento molestarte cuando no estás de servicio... –la mujer asintió hacia Brenna–, pero me preguntaba si vas a volver a impartir esas clases de defensa personal para mujeres.

–Para eso tiene que hablar con el agente Marsh –respondió Josh–. Él tiene una lista de espera. Se pondrá en contacto con usted cuando se planifique una nueva clase. Probablemente sea para primavera.

–¿Y no te parece que soy demasiado vieja para apuntarme?

–No, señora –respondió él con una cálida sonrisa que hizo que la señora Cook sonriera a su vez.

–Bueno, siento haberos molestado. Que paséis una agradable noche. Brenna, ese vestido te sienta perfecto. Estás ideal –al alejarse, la mujer se tropezó con una mesa y Brenna sonrió.

—Bueno, jefe, parece que tiene otra admiradora más. Así que ni las drogas ni les pones esposas, simplemente les sonríes.

—Ojalá fuera así de sencillo.

Qué paciente era, pensó Brenna. Tenía tiempo para todo el mundo. Tyler era desfachatadamente imperfecto mientras que Josh era perfecto para ella en todos los sentidos, y estaba siendo ridícula por no valorar y aprovechar lo que podría tener con Josh.

Si seguía así, acabaría vieja y marchita, lamentándose de todas las oportunidades que se había perdido y de las cosas que no había hecho.

—Vamos a tu casa a acostarnos —soltó las palabras y después se estremeció de vergüenza. Ay, Dios, no debería haber dicho algo así. Debería haber flirteado o, al menos, haber sido más sutil. Debería haberlo besado y haber dejado que las cosas siguieran su curso. Cuando Élise hablaba de ello, hacía que sonara muy normal y natural, pero Brenna nunca se había sentido menos natural en su vida.

Josh soltó el tenedor lentamente.

—¿Ahora? ¿O quieres esperar a después del postre?

Ella no sabía si reírse de sí misma o meterse debajo de la mesa.

—No pretendía decirlo así. Lo siento...

—¿Qué sientes?

—Pues... esto se me da fatal. ¿Por qué se me tiene que dar tan mal? Para todo el mundo es fácil, y yo quisiera morirme aquí mismo —avergonzada, se cubrió la cara con las manos y después sintió las fuertes manos de Josh apartándole los dedos de los ojos.

—Si te mueres aquí mismo, me dejarías cargado con un montón de papeleo que no me apetece rellenar ahora mismo.

—Te estás burlando de mí.

—Cielo, no me estoy burlando de ti, y es una oferta alucinante, pero creo que probablemente necesitemos hablar un poco de ello —sacudió la cabeza cuando un camarero se acercó—. Ahora no, gracias —fue firme, decidido, y el camarero retrocedió mirándolos nervioso.

Imaginando cómo se traduciría esa conversación en la tienda del pueblo, Brenna sintió que le ardía la cara.

—¿Me ha oído? Voy a tener que mudarme a Europa. No me puedo creer que haya dicho eso. Quiero decir, había estado pensando en ello, claro, y... —no tenía ni idea de qué decir o hacer, pero Josh estaba sonriendo.

—Yo tampoco me puedo creer que lo hayas dicho. ¿Quieres que te diga por qué?

—Creo que mudarme con Tyler me ha vuelto loca.

—Has pensado que había llegado el momento de curarte de Tyler y que yo podría ser la cura —el hecho de que él se estuviera mostrando tan sensato y calmado hacía que se sintiera peor.

—Lo siento mucho.

—No lo sientas. Me halaga que me hayas elegido a mí.

—Me importas mucho.

—Lo sé. Tú a mí también, y por eso estoy aquí sentado. Si no fuera agente de la ley, tal vez me vería tentado a esposar a Tyler a un árbol y dejarlo allí hasta que hubiera tenido tiempo de pensarse lo que quiere —su tono era suave, pero su mirada era de acero.

—No es culpa suya —ella agachó la cabeza—. ¿Qué me pasa? La gente practica sexo sin compromisos ni sentimientos de por medio todo el tiempo.

—Gracias.

—Josh, no quería decir...

—Puedes dejar de dar explicaciones. Te conozco desde que tenías cuatro años. Para ti siempre ha habido un único hombre.

—Y no me quiere, así que tengo que acabar con esto, tengo que seguir adelante con mi vida. No me puedo creer que estemos hablando de esto. Yo nunca hablo de este tema —se recostó en la silla, desesperada; sus emociones se aproximaban tanto a la superficie que le costaba contenerlas—. ¿Qué voy a hacer, Josh? —y entonces se dio cuenta de que no era justo preguntarle, porque él se encontraba en la misma posición que ella—. Me siento muy mal porque sé que sientes algo por mí.

—Pero son mis sentimientos. Ya te lo he dicho. Deja de preocuparte por mí, deja de preocuparte por Tyler, y empieza a pensar en ti misma. ¿Tú qué quieres?

Ya ni siquiera lo sabía.

—Necesito ser sincera, pero si le digo a Tyler lo que siento, le va a dar algo.

—A lo mejor no. Al menos así sabrías cómo están las cosas. ¿No es mejor estar seguro?

Ella miraba la copa de vino.

—Me da miedo estropearlo todo.

—¿Miedo? —Josh le lanzó una ligera sonrisa—. Brenna Daniels, ¿la misma que una vez descendió esquiando por Baker's Ridge en medio de una tormenta de nieve? Eres la persona más valiente que conozco.

—No se me da bien decir lo que pienso. Generalmente prefiero esconder la cabeza en la nieve y esperar que, para cuando se haya derretido, el problema ya haya desaparecido.

—Este problema en particular lo tienes prácticamente desde siempre, así que creo que es justo asumir que no va a desaparecer. Salgamos de aquí —Josh le hizo una señal al camarero, y Brenna sacó su monedero.

—Pago yo. Esta situación la he provocado yo, y además me he estado quejando y he estado lloriqueando todo el rato. No deberías pagar tú.

—Échame un cable, Brenna. Si no pago, todo el pueblo se enterará, y Ellen Kelly jamás volverá a dejarme entrar en la tienda.

—En ese caso, te daré el dinero en metálico cuando estemos en el coche.

—Pues entonces parecerá que estás sobornando a un agente de la ley.

Discutieron, él pagó y después la llevó a casa en silencio, a través de la nieve y la oscuridad.

Cuando finalmente aparcó en la puerta de la Casa del Lago, dejó el motor encendido.

—Esperaré hasta que hayas entrado.

—Lo he pasado muy bien. Y siento mucho lo de... bueno, ya lo sabes. Básicamente todo —sintiéndose muy incómoda, agarró el bolso—. ¿Quieres pasar a tomar un café o algo? —¡ay, Dios! ¿Por qué había dicho «o algo»? Ahora parecía que se le estaba insinuando otra vez. Por suerte, Josh se limitó a sonreír.

—Creo que Tyler tiene un límite y ya ha tenido suficiente por una noche.

Brenna se quedó sentada observando cómo la nieve rozaba el limpiaparabrisas y se derretía en el capó.

—Él no piensa en mí de ese modo.

Josh respiró lentamente.

—Brenna... —su tono era paciente—, ¿por qué crees que estaba tan enfadado cuando he venido a recogerte?

—Porque es muy protector, eso ya lo sé —miraba los árboles cargados de nieve recordando lo mucho que se habían divertido jugando en el bosque—. Soy como su hermana pequeña.

—Yo tengo una hermana pequeña y soy protector, pero eso no significa que quiera estrangular a cada tipo que trae a casa —giró la cabeza y la miró fijamente—. Le importas, Bren. Aquel asunto con Janet lo afectó y desde entonces se ha cerrado a las relaciones.

–Lo sé. Se quedó destrozado por perder a Jess.

–Lo cual es una locura si te paras a pensarlo porque un hombre como él no debería haber querido verse atado con un bebé.

–Es un padre maravilloso y siempre la ha adorado –saltó en su defensa y Josh la miró con exasperación.

–Estoy empezando a pensar que debería encerraros una noche en el calabozo porque así os veríais obligados a hablar.

Dentro de ella despertó esa peligrosa emoción llamada «esperanza».

–¡No! –se quitó los zapatos y se puso las botas de nieve–. No lo voy a hacer. No voy a imaginar algo que no existe ni a querer algo que no puedo tener. No quiero vivir así mi vida.

–Tal vez sea hora de decirle lo que sientes.

–¿Y después qué? Me dice que no siente lo mismo y la situación es tan incómoda y embarazosa que tengo que dejar mi trabajo. Después de una conversación así no hay sitio adónde ir. Sería incapaz de mirarlo a los ojos. Buenas noches, Josh –salió del coche antes de que él pudiera decir nada más. Llevaba los zapatos colgando de los dedos. Metió la llave en la cerradura y se sintió aliviada al verlo alejarse, pero también culpable porque era un buen amigo y ella no podía ser lo que él quería que fuera.

Todo el mundo estaba enamorado de la persona equivocada, pensó desanimada, como en una de esas películas tontas con finales cargados de complicaciones. Esa clase de películas que odiaba.

Cerró la puerta, soltó los zapatos en el suelo, se quitó las botas y colgó el abrigo.

La cazadora de Tyler estaba colgada junto a la suya. Tocó la tela y se acercó para hundir la cara en ella.

–Llegas tarde –oyó decir a Tyler tras ella–. Estaba preocupado.

Brenna dio un respingo y se giró, con el corazón acelerado y buscando una explicación para el hecho de haber estado acurrucada contra su cazadora.

—He... he perdido el equilibrio —«y me he caído de boca en tu cazadora».

«Mierda».

—Ya —la miró de un modo extraño—. ¿Lo has pasado bien? —estaba de pie en la puerta del estudio y su poderoso cuerpo casi llenaba todo ese espacio. Una sombra le cubría la mandíbula y estaba descalzo. Era tan fuerte, musculoso y guapo que casi dolía mirarlo.

Esos brillantes ojos azules la miraban, y su respuesta a esa mirada fue tan intensa que la desmoralizó porque jamás había sentido ni una décima parte de esa carga sexual estando con Josh.

—Sí, lo he pasado bien.

—¿Vas a volver a verlo?

Ese era el momento en el que debería decir algo. Podía lanzarse y decir: «Tyler, siento algo por ti y me gustaría saber si tú sientes algo por mí».

Se quedó allí de pie, balanceándose al borde de una decisión, temerosa de dar ese paso.

—No lo sé. Necesito acostarme —tenía que marcharse de ahí.

—Espera —la voz de Tyler sonó suave—. Ven, quédate conmigo en el estudio. Podríamos ver una peli o algo.

¿Le estaba proponiendo que se acurrucaran en la oscuridad?

¿Por qué iba a hacer eso?

—Estoy muy cansada.

—Un café rápido, entonces. En la cocina.

Recordando lo que había pasado la última vez que él le había preparado café en la cocina, sacudió la cabeza.

—De verdad, tengo que meterme en la cama —sus miradas

colisionaron fugazmente, pero bastó para que a ella se le acelerara el pulso.

Tal vez sí que sentía algo por ella. Tal vez no era algo unilateral.

Él rompió el tenso silencio.

—Quería hablar contigo sobre Jess.

—¿Jess? —pasó de la esperanza a la decepción de golpe. Así que no tenía motivos personales para querer pasar un rato con ella. Se trataba de Jess—. ¿Qué pasa con Jess?

—Sospecho que está teniendo problemas en el colegio. Me ha dejado caer que ha hablado contigo de ello.

—Deberías estar hablando con ella, no conmigo.

—Si sabes algo, no deberías ocultármelo.

Había tantas cosas que le estaba ocultando, que apenas le importaba.

—El mejor modo de asegurarte de que un adolescente no te vuelva a dirigir la palabra es traicionando su confianza.

—Así que sí que sabes algo. Venga, Brenna, ¡me lo tienes que contar!

Le palpitaba la cabeza. Le dolía la cabeza.

—No puedo hacer esto ahora, Tyler —echó a andar para pasar por delante de él, pero él le agarró el brazo.

—Estás rara —su mirada se oscureció peligrosamente—. ¿Ha dicho Josh algo que te haya molestado?

—No. Lo he pasado de maravilla esta noche.

—¿Te has acostado con él?

Ella se quedó helada.

—Eso no es asunto tuyo.

—Dime qué ha pasado —la agarró con más fuerza—. Estás disgustada, y no lo estabas cuando te has marchado.

—No ha pasado nada —y nunca pasaría nada porque estaba enamorada del hombre equivocado.

—¿Vas en serio con él?

Había llegado el momento. Ese era el momento en el que debía decirle la verdad y preguntarle qué sentía él.

–¿Por qué me lo preguntas?

Se hizo un silencio vibrante. Un momento en el que ella pudo sentir tanto su respiración como la de él.

–Porque no quiero que te haga daño. Me importas.

Su esperanza, dañada y magullada, volvió a la vida.

–¿Sí?

–Por supuesto. Llevamos toda la vida siendo amigos.

Amigos.

Se quedó allí parada un momento, lo justo para recobrar el equilibrio y la cordura.

La sinceridad era una cosa, pero no tenía sentido lanzar una pregunta directa cuando ya conocía la respuesta.

–El amor de mi vida es mi trabajo –se apartó de él y fue hacia las escaleras, con la visión nublada por unas lágrimas ardientes que se negaba a dejar caer–. Buenas noches, Tyler.

CAPÍTULO 12

Tyler cerró con un portazo y colgó su cazadora.

Esperó a que los perros lo asaltaran, pero en lugar de eso encontró silencio. No había rastro ni de Brenna ni de Jess.

Se estaba preguntando dónde estarían cuando oyó unas carcajadas provenientes del estudio. La puerta estaba cerrada, suponía que para que los perros no pudieran entrar.

Felicitándose por haber impuesto por fin reglas y disciplina en la casa, y aliviado de que fuera lo que fuera eso que estaba disgustando a Jess en el colegio no pareciera afectarla en casa, Tyler cruzó el pasillo y abrió la puerta.

—¡Fuera! —gritó Jess y guardó algo rápidamente en una bolsa mientras Ash saltaba y ladraba desesperado.

Tyler enarcó las cejas.

—Siempre es agradable recibir una cálida bienvenida al final del día.

—¡No puedes entrar aquí! —Jess metió unas bolsas debajo del sofá—. Es Navidad, papá. Tienes que llamar a las puertas antes de entrar, no irrumpir directamente.

—Esta es mi casa. Puedo irrumpir donde quiera.

—¡Los regalos tienen que ser un secreto! Espera ahí un minuto —se oyeron movimientos y murmullos y finalmente Jess farfulló—: Ya puedes pasar.

Aceptando la invitación lanzada a regañadientes, Tyler abrió la puerta completamente y vio a Ash y a Luna tumbados uno a cada lado de su hija.

—Creía que habíamos acordado que no podían entrar ni en el estudio ni en el salón.

—Esta es su habitación favorita.

—Qué curioso porque también es la mía —miró a Brenna pensando que estaba igual de guapa en vaqueros ajustados y jersey azul que con aquel vestido negro.

—No te esperábamos aún en casa, papá. Dijiste que hoy tenías una clase a última hora.

—La han cancelado —su mirada se posó en la pantalla y vio una imagen de sí mismo en el célebre Hahnenkamm, considerado el recorrido más desafiante del circuito de la Copa del Mundo. Recordaba bien ese descenso en particular. La luz daba de llano en la cumbre y la visibilidad era complicada. Tres esquiadores habían caído.

Se giró.

—Supongo que no habréis cenado. Cocino yo.

—¡Yo lo hago! —dijo Jess apresuradamente—. Tú odias cocinar.

Lo odiaba mucho menos de lo que odiaba verse por televisión.

—Haré filetes.

Ash gimoteó, se levantó, y Jess sonrió.

—Os juro que reconoce esa palabra.

—Me veo dispuesto a cocinar para humanos, pero no sobrepasaré la línea de cocinar para perros —dijo Tyler agachándose para acariciar a Ash—. Eres un chico malo.

—Y tú eres un experto en ese tema —añadió Jess mirándolo—. Por cierto, esta noche duermo en casa de la abuela.

—¿Otra vez?

—¿Qué quieres que te diga? Tiene un árbol y la casa está muy navideña. La nuestra parece zona restringida para Santa Claus y la nevera vuelve a estar vacía. A este paso, se nos pasan las Navidades.

Sintiendo una puñalada de culpabilidad, Tyler se pasó los dedos por el pelo.

—Mañana iré a comprar. Y este fin de semana iremos a por el árbol. Nos llevaremos la motonieve.

—Probablemente sea demasiado tarde. Ya no quedará ninguno.

—Jess, vivimos en un bosque.

—Ya no quedarán de los buenos.

Pasó delante de él hacia la cocina, y Tyler se giró hacia Brenna, que estaba extraordinariamente callada.

—¿Me estoy perdiendo algo?

—Está emocionadísima con la Navidad. Deberíamos decorar la casa y traer un árbol. Es importante —sin mirarlo, recogió restos de papel de regalo y él cayó en la cuenta de que aún no había ido a comprar regalos de Navidad.

—Oye, si fueras a escribirle una carta a Santa Claus, ¿qué pondrías en tu lista? ¿Qué quieres por Navidad?

—No lo sé. Nada.

—Tiene que haber algo —insistió él—. ¿Qué es lo que más te gustaría del mundo? ¿Con qué sueñas?

Ella se detuvo con unas tijeras en la mano y una mirada distante. Después, soltó las tijeras y terminó de recoger los papeles.

—No se me ocurre nada.

—Sí, claro que sí. Hay algo que quieres, lo sé —fuera lo que fuera, quería comprárselo. Quería darle algo que de verdad quisiera para verla sonreír la mañana de Navidad.

—No soy una persona muy materialista. Ya lo sabes.

Sí que lo sabía. Lo que a ella más le gustaba era estar al aire libre. Le encantaba subirse a sus esquís y disfrutar de la belleza de las montañas. Del bosque. Pero no sabía cómo ofrecerle eso a modo de regalo.

—Jess quiere decorar la casa, ¿la puedes ayudar?

—Por supuesto —respondió ella guardando los DVD—. ¿Tienes adornos?

—No muchos. Vamos a la cocina y lo hablamos durante la cena.

—Estoy cansada. Me voy a saltar la cena para acostarme pronto.

¿Cansada? Tyler intentó recordar a qué hora había llegado a casa la noche anterior y si habría tenido tiempo de volver a casa de Josh.

—¿Quieres que te traiga algo? Te puedo calentar un plato de sopa.

—No, gracias. Me voy a dar un baño y después me voy a meter en la cama.

Distraído por una perturbadora visión de Brenna desnuda en la bañera, retrocedió y se chocó contra la puerta.

—Si cambias de opinión, grita.

Se dio un largo baño y después se tendió en la cama con un libro sobre escalada, aunque en lugar de leer, observó cómo la nieve se posaba sobre el bosque, capa a capa, acumulándose en ramas y ocultando los serpenteantes senderos que bordeaban el lago. Oyó a Jess y a Tyler marcharse a casa de la abuela y al rato lo oyó volver.

Apagó la luz e intentó dormir, pero le rugía el estómago, protestando por su decisión de saltarse la cena.

Miró el teléfono y vio que era medianoche. No había leído un mensaje de Kayla preguntándole si se apuntaba a un desayuno «de chicas» en la casa principal. Al darse cuenta de que hacía días que no se juntaba con sus amigas, se dispuso a responder, pero entonces recordó la costumbre de Kayla de no apagar nunca el teléfono. Lo último que quería era despertarlos a ella y a Jackson en mitad de la noche.

Salió de la cama y se quedó de pie un momento mirando por la ventana. La nieve resplandecía con un fantasmal blanco. La superficie helada del lago relucía bajo la luz de la luna.

Se puso un jersey, salió del dormitorio y bajó las escaleras hasta el precioso salón con los enormes ventanales que daban al lago y a las montañas.

Había creído que nunca encontraría un lugar que pudiera gustarle más que Forest Lodge, pero se había equivocado. La Casa del Lago era perfecta y Tyler, a pesar de su aparente falta de interés por todo lo que no tuviera que ver con el esquí, tenía estilo.

La casa estaba tranquila y silenciosa. Se acurrucó en uno de los cómodos sofás y contempló cómo la nieve caía contra la oscuridad de la noche mientras pensaba en la Navidad y en las veces que se había situado al lado de ramilletes de muérdago esperanzada, pensando que tal vez, tal vez esas Navidades, él por fin la besaría.

Tyler le había preguntado qué quería de regalo, pero ya tenía todo lo que quería excepto una cosa.

A él.

Vio la nieve borrar todos los rastros del día. Las huellas de animales quedarían tapadas, las ramas cubiertas por pegotes de nieve, los senderos que bordeaban Snow Crystal ocultos bajo el espeso manto del invierno. Así era como le encantaba ver la nieve, suave e intacta, antes de que los quitanieves despejaran las carreteras y los caminos, antes de que el sol la subyugara.

Decidiendo que un chocolate caliente la ayudaría a dormir, entró en la cocina y se fijó en que salía luz del estudio de Tyler.

Suponiendo que alguien se había dejado la televisión encendida, fue hasta allí y abrió la puerta.

Encontró a Tyler tirado en el sofá.

Estaba a punto de salir disimuladamente cuando se fijó en la pantalla. Era la grabación de la competición en la que se había caído.

La única grabación que ella no había sido capaz de ver nunca.

Había estado allí, lo había vivido en primera persona. Había sido el peor momento de su vida.

Quería darse la vuelta, pero por miedo a moverse y que él se percatara de su presencia, se quedó allí de pie, obligada a revivirlo. Su nombre aparecía en la pantalla: *Tyler O'Neil, Estados Unidos*. Lo vio preparándose para lanzarse desde el portón de salida y el corazón le comenzó a latir con fuerza. Quería decirle que no lo hiciera. Quería decirle que se saltara la competición.

De pequeña a menudo había pensado que lo que hacía Tyler en los descensos se acercaba más a volar que a esquiar, y ahí parecía estar volando, cuando se lanzaba directo al salto que condenaba a muchos esquiadores menos a él. Si no hubiera sido por el hecho de que sabía lo que iba a pasar, Brenna habría pensado que sería un descenso impecable.

Él siempre había dicho que su objetivo era llegar de arriba abajo lo más rápido posible, y en ese sentido lo había hecho bien, lanzándose por la pendiente como si sus esquís estuvieran propulsados por reacción.

A mitad del descenso, Brenna contuvo el aliento porque sabía que había llegado el momento. Quería mirar a otro lado. Quería cerrar los ojos porque sabía lo que iba a pasar, pero siguió mirando y por primera vez vio el accidente a través de los ojos de la cámara. Vio el momento en el que su cuerpo se alzó en el aire y cayó, girando, golpeándose hasta que parecía imposible que alguien pudiera sobrevivir a ello.

Debió de emitir algún tipo de sonido porque Tyler giró la cabeza.

Por un momento no dijo nada, y después se movió.

—No sabía que estabas ahí —su voz sonó áspera y ella sintió que estaba invadiéndolo, no solo en su territorio, sino en algo mucho más personal. Sintió que estaba invadiendo sus pensamientos y sentimientos más íntimos. Tyler no había tenido intención de compartir ese momento con ninguna otra persona. Si lo hubiera hecho, no habría esperado a la medianoche para verlo solo en la oscuridad.

—Lo siento.

—¿Por qué lo sientes? ¿Y por qué cojones estás llorando?

¿Estaba llorando? Ni se había dado cuenta. Avergonzada, Brenna levantó la mano y se llevó la mano a la mejilla. Notó la humedad de las lágrimas contra su mano.

—Es la primera vez que veo las imágenes —su voz sonó entrecortada—. No me veía capaz. Fue el peor momento de mi vida. Creía que habías muerto.

—Yo tampoco lo pasé muy bien —su tono frívolo la desconcertó.

—¿Por qué siempre le quitas importancia? Sé que te duele. No tienes que fingir y guardártelo todo dentro. A lo mejor te ayudaría hablar de ello.

—Nada ayuda. Veo estas puñeteras imágenes una y otra vez intentando averiguar qué pasó aquel día. Estaba de camino a la victoria y al momento me estaban trasladando en helicóptero.

—¿Ya las habías visto antes?

—Cientos de veces. A cámara lenta. Y siempre es difícil.

Ella se sentó en el sofá a su lado.

—No... no lo sabía. Creía que nunca veías tus vídeos.

—Este sí —sonó desolado y ella puso la mano sobre su muslo. Sintió un fuerte músculo bajo la palma, sintió ese músculo flexionarse y tensarse bajo sus dedos. La atmósfera en la habitación cambió y comenzó a apartar la mano, pero él la cubrió con la suya, sujetándola con sus dedos cálidos y fuertes y aceptando el consuelo que le había ofrecido.

Toda esa situación era nueva.

Su relación ya no resultaba familiar. Todo había cambiado, y ambos lo sabían. La confesión de él. La reacción de ella.

La intimidad.

—¿Te resulta muy duro?

Hubo una breve pausa y él le apretó la mano con más fuerza.

—Me duele mucho.

Aunque nunca lo mencionaba, ella sabía por Sean que el frío hacía que el dolor fuera aún peor.

—¿Te traigo un analgésico?

—No me refería a la pierna. He aprendido a vivir con ello. Con lo otro, no tanto —aún sin soltarle la mano, estiró sus largas piernas y se recostó en el sofá con los ojos cerrados—. Soy patético.

Ella observó su rostro.

—No creo que haya conocido nunca a nadie que se merezca menos esa acusación. Siento que estés sufriendo —sabía que las palabras no servían de nada, pero las pronunció de todos modos—. Siento que esta época del año te resulte tan dura. Ojalá pudiera hacer algo. Ojalá pudiera solucionarlo.

—No se puede solucionar —y él empezó a hablar, a contarle cosas que jamás le había dicho sobre lo mal que lo pasaba cuando lo llamaban sus compañeros, cómo era saber que ellos seguían viviendo esa vida, que querían que se subiera a un avión y se juntara con ellos para tomar una copa, y cómo no podía verse al margen de algo cuando antes había sido el centro de ello. Habló de angustia, de decepción, de frustración, y ella se quedó allí sentada en la oscuridad sin interrumpir, sujetándole la mano con fuerza mientras desnudaba sus sentimientos.

Al final, Tyler echó la cabeza atrás y cerró los ojos.

—No me puedo creer que te haya contado todo esto.

—Me alegra que lo hayas hecho –preguntándose si él era consciente de que seguía sujetándole la mano, Brenna miró la botella de whisky–. ¿Te ayuda?

—Te lo diré en una o dos horas. ¿Me acompañas? Te puedo traer otro vaso.

—No hace falta –con la mano que tenía libre, Brenna echó más whisky en el vaso de Tyler y lo alzó–. Eras el mejor, Tyler O'Neil, pero sigues siendo un entrenador brillante. Tal vez ya no puedas competir, pero puedes ayudar a otros a hacerlo, empezando por Jess. ¿Te gusta ser su profesor o te cuesta verla hacer lo que antes hacías tú? –dio un trago y tosió–. Puede que esto sea peor que el tequila.

Él le quitó el vaso.

—Me gusta ser su profesor, y disfruto mucho viéndola mejorar, pero eso no significa que no daría lo que fuera por tener una oportunidad de ganar otra bola de cristal.

—¿Por qué? Lo único que harías con ella sería esconderla al fondo del armario junto con las demás.

Él se terminó la copa.

—No quiero mirarla –dejó el vaso en la mesa–. Solo quiero ganarla.

Fue una respuesta totalmente típica de Tyler.

—A veces no te comprendo.

—Me comprendes perfectamente. Probablemente seas la única persona que me comprende –su voz sonó áspera y seguía agarrándole la mano con fuerza y seguridad. Después giró la cabeza y sus miradas colisionaron–. No llores. Odio verte llorar.

A ella se le cortó la respiración.

—Si tú sufres, yo sufro. Lo que sientas, yo lo siento. Es horrible, pero no lo puedo evitar. Supongo que te conozco desde hace demasiado tiempo. Es como si estuviéramos conectados.

Se la quedó mirando un momento antes de añadir:

—Yo ya te lo he contado todo, así que ahora te toca a ti. Dime por qué tuviste esa cita con Josh.

Ella bajó la mirada hacia sus dedos entrelazados. Si iba a decirle la verdad, ese sería el momento perfecto.

—Lo hice para que mi madre dejara de molestarme. Le preocupaba que no estuviera saliendo con nadie, que estuviera centrada en una persona en concreto.

—¿Y lo estás?

El corazón comenzó a latirle un poco más deprisa.

—Puede.

—¿Entonces por qué no sales con esa persona en lugar de con Josh?

Se le secó la boca.

—Porque él no siente lo mismo que yo.

Hubo una larga pausa.

—¿Estás segura de eso?

«Jamás le parecerás sexy».

Brenna le soltó la mano y se levantó.

—Es tarde. Debería irme a la cama —dio un paso hacia la puerta y se detuvo.

Lo estaba volviendo a hacer.

Estaba huyendo porque la conversación se estaba volviendo complicada.

Él había sido sincero con ella, había desnudado sus sentimientos. Tal vez ya era hora de que ella hiciera lo mismo. Quizá por esa vez, debería ser sincera.

Vaciló sabiendo que una vez soltara esas palabras, no podría retirarlas.

—Nos conocemos desde hace mucho tiempo, Ty. Hemos hablado de muchas cosas a lo largo de los años, pero hay algo que nunca te he contado... —se giró porque si iba a decirlo, lo haría mirándolo—. Tengo... tengo sentimientos hacia ti.

Tyler se la quedó mirando fijamente.

—¿Qué clase de sentimientos?

—Sentimientos que he intentado ignorar. Sentimientos que probablemente no debería estar teniendo. Sentimientos... –mierda–. Te quiero. Llevo enamorada de ti toda mi vida. Supongo que probablemente ya lo sabes.

Su confesión quedó suspendida en el aire.

Él tardó un momento en responder y, cuando lo hizo, su voz sonó ronca.

—No estaba seguro. Nunca me habías dicho nada.

—Tú nunca me habías hablado de tu accidente. Supongo que esta noche hemos hablado de cosas de las que normalmente no hablamos –dijo avergonzada–. No pasa nada. Sé que tú no sientes lo mismo. Para ti soy como uno de los chicos.

—¿Uno de los chicos? ¿En serio piensas eso? –había incredulidad en su voz–. ¡Por Dios, Bren! ¿Me estás diciendo que no sabes lo difícil que me está resultando vivir contigo?

El corazón le latía con fuerza porque había algo en su mirada que no había visto antes.

Algo que llevaba esperando ver toda su vida.

Y esa vez no se lo estaba imaginando.

Esa vez era real.

Intentó hablar, pero la voz no parecía funcionarle. Apenas podía respirar.

—¿Te está resultando difícil?

—Te lo voy a explicar así: puede que Josh y yo hayamos tenido nuestras diferencias a lo largo de los años, pero hasta la otra noche nunca había tenido ganas de matarlo –se levantó y ella dio un paso atrás, temerosa de lo que había desatado. Él era lo más familiar que tenía en su vida, pero nada de esa situación le estaba resultando familiar.

—Voy a volver a la cama antes de que alguno de los dos diga algo que no pueda retirar.

—Demasiado tarde –la rodeó por la cintura, la llevó contra él mientras con la otra mano le apartaba el pelo de la cara–. Brenna –pronunció su nombre con suavidad y con un tono que ella nunca antes había oído.

Brenna se quedó allí de pie, paralizada, impactada, mientras los dedos de Tyler se deslizaban suavemente sobre su rostro, trazando la línea de su barbilla, la curva de su mejilla, como si la estuviera viendo por primera vez. Ella sintió la calidez de su mano a través de la fina tela del pijama y la dureza y el poder de sus muslos contra los suyos, y fue una sensación increíble.

Era como un sueño.

No quería respirar, no quería moverse por si hacía algo que rompiera el hechizo, que estropeara lo que estaba resultando ser el mejor momento de su vida.

Sintió su barbilla rozando contra su cabeza, la calidez de su roce contra su piel, y cerró los ojos porque estaba demasiado cerca de lo que llevaba toda la vida esperando.

Él le rodeó la cara con las manos y deslizó los pulgares por sus mejillas.

–Brenna... –bajó la frente hacia la suya mirándola fijamente–, ¿sabes cómo me sentí al verte salir con Josh?

–¿Cómo? –susurró hipnotizada por su mirada.

–Como un bárbaro –su voz sonaba espesa–. Lo conozco desde el instituto y quería aplastarlo.

–¿Estabas celoso? –ese comentario no debería haberla ilusionado, pero lo hizo. Lo agarró de la camisa–. No lo hice por eso.

–Lo sé.

–Creía que tú no... Quiero decir, daba por hecho que...

–Pues te equivocabas.

Brenna se humedeció los labios.

–Nunca te has fijado en mí. Había días en los que ni siquiera me mirabas.

–Ya, esos eran los días en los que más me tenía que esforzar –no dejaba de mirarle la boca–. Sí que me fijaba en ti. Cada día. Resulta que con las cosas que de verdad me importan, tengo más control del que pensaba.

Brenna levantó la mano y le acarició la cara sintiendo la aspereza de su mandíbula contra su palma.

–¿Por qué no me dijiste nada?

–Porque lo que tenemos es importante. Llevamos años siendo amigos, la nuestra es la única relación que no he estropeado. No quería arriesgarme a perder lo que tenemos confesando que lo único que quería era hacer el amor contigo así, de un modo tan alucinante.

Ella estaba temblando.

–Yo nunca he experimentado esa clase de sexo.

A él se le oscureció la mirada.

–¿Eres...?

–¡No! –sintió calor en las mejillas–. Lo que pasa es que no estoy acostumbrada a hablar de estas cosas.

–¿Así que sí que te has acostado con alguien, pero nunca ha sido tan alucinante? –su voz sonó áspera, las palabras apenas audibles, y ella vio su boca curvarse en una sonrisa–. Pues tal vez ya vaya siendo hora de que hagamos algo al respecto.

Brenna sintió la calidez de su aliento contra su boca. Los labios de Tyler estaban lo suficientemente cerca como para provocarla, pero no para tocarla, y se quedó allí como un pajarillo a punto de echar a volar por primera vez, entusiasmada y aterrada a la vez.

Iba a besarla.

¡Por fin! Después de esperar toda una vida, Tyler O'Neil iba a besarla.

Con valentía, por miedo a que él cambiara de opinión, se puso de puntillas y acercó la boca a la suya.

Al cabo de un segundo, tras un instante de duda inquietante, la boca de Tyler estaba reclamando la suya, lentamente al principio y con un intenso deseo y sensualidad después. Se vio invadida por una absoluta y electrizante excitación y gimió contra sus labios, abriendo la boca mientras sentía la habilidad de su lengua contra la suya.

Todo en su interior se derritió, y se aferró a sus hombros agradecida por esa sólida fuerza que los mantenía en pie.

Estaba impaciente por más, y habría pensado que él también, pero Tyler se estaba controlando mientras la besaba. Una intensa sensación invadió cada célula de su cuerpo y cerró los ojos, deleitándose en la pericia de su boca, sabiendo que nunca en su vida había experimentado nada tan perfecto.

Él deslizó la boca sobre su mandíbula y su cuello y se detuvo en la base de la garganta. El roce de la lengua la hizo gemir y le tiró de la camisa, necesitando tocarlo, necesitando sentirlo. Tenía un cuerpo de atleta perfecto, tallado a base de horas de duro entrenamiento físico, y al deslizar las manos sobre él iba encontrando fuertes músculos y suave piel.

Tyler le puso una mano detrás de la cabeza y volvió a acercarse con un beso ardiente y explícito. Cuando ella lo sintió, duro y preparado a través de la tela de los vaqueros, apenas pudo respirar de deseo.

¿Sería ahí?

¿Sería ahora?

Inhaló su aroma, lo saboreó, lo tocó, y justo cuando estaba preparada para hacer lo que fuera que él le pidiera, Tyler apartó la boca.

Con la mirada entreabierta y una expresión impenetrable, la levantó del suelo y la sacó del estudio en dirección a su dormitorio. Era la única habitación de la casa que Brenna no había visto.

La dejó en el suelo junto a la cama estratégicamente situada para aprovechar las magníficas vistas del bosque a través del cristal. Sin embargo, en esa ocasión a ella no le interesaron las vistas. Solo le interesaba el hombre.

Sin dejar de mirarla, Tyler le quitó la parte de arriba de la ropa y bajó las manos por su cuerpo antes de seguir deshaciéndose de prendas hasta que los dos estuvieron desnudos. Invadida por la curiosidad, fascinada, ella deslizó las manos por sus hombros y sus brazos sintiendo las formas de sus músculos bajo los dedos, explorando y descubriendo. Lo conocía todo de él, pero eso no. Esa parte de él había sido un secreto para ella. Era la única intimidad que no habían compartido en toda una vida de amistad.

Todo en él resultaba fuerte, vital, viril, desde el vello oscuro que le cubría el pecho hasta el suave poder de sus hombros. Se inclinó hacia delante y posó la boca sobre su hombro a la vez que deslizaba las manos por su abdomen y más abajo, sintiendo cómo se le flexionaban los músculos, oyendo el cambio en su respiración mientras cerraba la mano alrededor de su sedoso miembro.

–Me estás matando –dijo él entre gemidos y llevándola más contra su cuerpo y el calor de su beso–. Brenna, Brenna... –murmuraba su nombre una y otra vez. Deslizó la punta de la lengua sobre su labio inferior y exploró cada parte de su boca hasta que ella apenas pudo mantenerse en pie porque ese era Tyler, su Tyler, y la estaba besando como si el mundo se fuera a acabar y ese fuera su último momento juntos.

La tendió sobre la cama con un movimiento rápido, fuerte, seguro de sí mismo, y se situó sobre ella. Los músculos de los brazos se le marcaron al tensarse para sostener su peso. Y siguió besándola mientras le acariciaba la cintura, la cadera y el muslo sin dejarse ni una sola parte. A continuación siguió con la boca, y ella se retorció contra las sábanas, incapaz de mantenerse quieta, cuando él la posó sobre sus pezones a la vez que la acariciaba y exploraba con unos dedos desesperadamente hábiles. Una intensa sensación la inundó hasta que se sintió mareada por la emoción, como si se estuviera ahogando en un denso y espeso deseo, consumida por una salvaje excitación sexual.

Lo sintió separándole las piernas, sintió cada lenta y cuidadosa caricia de esos diestros dedos y después sintió su boca. La timidez que la invadió fue fugaz y al instante quedó reemplazada por un deseo tan intenso que casi la volvió loca. Se movía bajo él, hundió los dedos en su suave piel, y él fue ascendiendo por su cuerpo hasta estar situado justo frente a sus ojos.

–Tyler, por favor... –había esperado tanto, ¡tanto tiempo!, y quería que sucediera ya.

–¿Estás segura?

Tyler le acarició el pelo, la mejilla, le sujetó la cara con la mano para que no pudiera girarla ni esconderse de él, y a Brenna le gustó notar que esa mano le temblaba, que no tenía tanto control como parecía.

–¿En serio me estás preguntando eso? –le acarició el hombro, la nuca y su sedoso pelo–. Te he deseado toda la vida. Siempre has sido tú. Siempre –lo observó y con el corazón acelerado lo vio sacar un preservativo de la mesilla de noche. Cómo no, después de Janet no habría querido correr más riesgos.

–Mírame –la voz de Tyler fue una suave orden, y ella abrió los ojos y encontró su mirada azul. Tenían las piernas entrelazadas; Brenna sentía el roce de su vello contra la sensible piel de su muslo y el peso de ese poderoso cuerpo que la estaba atrapando. En ese momento, Tyler cambió de postura y, al sentir su calor, esa dura presión, supo que ya no había vuelta atrás. Por fin sucedería y no le parecía real. En sus sueños siempre había aparecido él, siempre él, ese hombre, pero por fin esos sueños se estaban entremezclando con la realidad.

—Tyler... —repitió su nombre, aturdida por el deseo, drogada por la intensa sensación, tanto que sintió que podría explotar.

Le acarició la espalda deslizando las manos sobre duro músculo y piel de satén, explorando cada contorno de su cuerpo. Lo notó alzarse, sintió calor y un masculino poder cuando se adentró en ella lenta y cuidadosamente, dándole tiempo para adaptarse, observándola constantemente, cambiando para siempre su relación. Brenna no fue consciente de que estaba conteniendo la respiración hasta que Tyler le dijo:

—Respira, cielo.

Y entonces tomó aire, sin dejar de mirarlo, mientras sentía su dureza y su poder llenándola. Sabía que se estaba conteniendo; podía verlo en el brillo de sus ojos y en el color que le cubría las mejillas. La conmovió que estuviera siendo tan cuidadoso. Le acarició la cara notando la aspereza de su mandíbula contra la suavidad de su mano.

—Tyler...

—Eres preciosa —murmuró él contra su boca—. Nunca te lo había dicho, pero debería haberlo hecho. ¡Eres tan preciosa!

Brenna sabía que no lo era, pero Tyler se lo hizo creer con la sinceridad de su voz y de su mirada, y ella supo que jamás se sentiría tan profundamente conectada con ninguna otra persona como lo estaba en ese momento.

—Te quiero —las palabras salieron de su boca junto con unas emociones demasiado intensas para contenerlas—. ¡Te quiero tanto! Siempre te he querido. Toda mi vida.

—Bren —él gimió su nombre y coló la mano bajo su cuerpo a la vez que se hundió más en su interior. Brenna se quedó quieta un momento, sintiendo cómo el cuerpo se le tensaba alrededor de él y cómo Tyler comenzaba a moverse con un ritmo casi primitivo hasta hacer que su excitación se disparara. Rodeándolo con las piernas, lo sintió moverse para incrementar el placer. Gimió, incapaz de contenerse, y él la besó ahogando ese sonido, tomando todo lo que le estaba ofreciendo. Seguía hundido en su interior y ella gimió de nuevo porque la estaba haciendo sentir increíblemente bien. Ardientes ondas de placer se extendieron por todo su cuerpo. Lo oyó gemir, lo oyó murmurar algo, y al instante su cuerpo se tensó y lo arrastró a él también al mismo lugar hasta que ninguno se pudo contener y llegaron juntos al clímax, invadidos por un placer embriagador que los dejó sin poder apenas moverse ni respirar.

Tyler apoyó la cabeza en su hombro con la respiración entrecortada y rodeándola con fuerza. Brenna lo abrazó. Sintió su piel húmeda y resbaladiza, el palpitar de su corazón, y pensó: «Los sueños se pueden hacer realidad».

CAPÍTULO 13

Tyler despertó y la encontró acurrucada contra su cuerpo.

Se quedó quieto, adaptándose a la extraña y desconocida experiencia de tener a una mujer en su cama de la Casa del Lago. Y no cualquier mujer.

Brenna.

Su mejor amiga. Aunque lo que habían compartido ya no se podía seguir definiendo como amistad, ¿verdad? Ahora eran amantes. Y no era tan estúpido como para pensar que eso no lo cambiaba todo.

Había hecho la única cosa que había jurado que jamás haría.

«Te quiero, Tyler».

La frente le comenzó a sudar y se apartó de ella, empapado en pánico y pesar. No tenía la más mínima duda de que esas palabras habían sido sentidas y auténticas. Eso siempre lo había sabido de ella, y era la razón por la que había tenido el cuidado de evitar esa situación. No podía ser lo que ella quería que fuera.

¿Y entonces qué estaba haciendo allí?

En cuanto Brenna había pronunciado esas palabras, él debería haber salido de la habitación.

Debería haberle explicado que no era capaz de darle lo que quería.

Nada.

Lo único que no debería haber hecho era llevarla a la cama.

¿Se habría fijado en que él no le había respondido lo mismo?

¿Qué pasaba ahora?

¿Qué vendría a continuación y qué pasaría con la amistad que habían compartido durante toda su vida?

Era culpa suya. Se había sentado con ella, se había desahogado, había compartido partes de él que nunca había compartido con nadie antes, y ella había hecho lo mismo. Por primera vez en su vida, Brenna le había contado la verdad, y esa verdad había cortado la tirante correa que lo mantenía bajo control.

Incapaz de pensar con claridad teniéndola tumbada a su lado, salió de la cama y fue en silencio hasta el cuarto de baño. A través de las ventanas veía la nieve aún cayendo y posándose sobre los árboles y el sendero del bosque. Todo apuntaba a que sería un día perfecto para esquiar sobre nieve polvo. En condiciones normales ahora estaría aporreando su puerta, tentándola a salir antes de que el resto del mundo despertara, pero ahora no lo haría.

Se pasó la mano por la cara.

Temía despertarla. Temía enfrentarse a lo que le había hecho a su relación.

Maldijo para sí y miró su reflejo en el espejo.

—Eres un idiota.

—¿Por qué eres un idiota?

Vio los ojos de Brenna a través del espejo y vio su expresión cambiar, pasar de serenidad a una mirada de recelo.

Se había puesto su camisa azul y a él le resultó muy entrañable que la hubiera invadido la timidez, que sintiera la necesidad de cubrirse después de las intimidades que habían compartido la noche anterior. Pero tampoco le sorprendió porque la conocía y sabía exactamente cómo reaccionaría en cada situación.

—Brenna —¿qué debía decir? Era una situación nueva para él. No podía marcharse, no podía fingir que no había sucedido nada.

Tenía que enfrentarse a ello. Normalmente no tenía problemas para decir lo que pensaba, pero ahora mismo no se reconocía.

Se giró deseando poseer el don de palabra de Sean o la natural diplomacia de Jackson.

—Te arrepientes, ¿verdad? —la voz de Brenna sonó plana, se rodeaba con sus propios brazos como dándose el consuelo que él debería estar ofreciéndole—. Lo lamentas, y te gustaría poder retroceder en el tiempo.

¿Era eso lo que le gustaría?

No lo sabía, pero el retraso a la hora de responder lo condenó.

En los ojos de Brenna se iluminó un brillo de dolor y después ella se giró. Tyler se pasó la mano por la nuca, desconcertado.

—Brenna, cielo, espera...

—¿A qué? ¿A que encuentres un modo sutil de decirme que has cometido un error? Olvídalo —recogió su ropa del suelo y se la puso apresuradamente; el pelo le caía hacia delante, enmarañado. A él no lo ayudó mucho saber que era el causante de ese delicioso desaliño. Sus dedos, su boca, el movimiento de su cuerpo bajo el suyo...

Quería abrazarla, y quería soltarla.

Quería quitarle esa camisa azul y sentirla desnuda bajo él otra vez, y al mismo tiempo no quería tocarla.

Jamás en su vida se había sentido tan confundido. Hasta ese momento, sus relaciones con las mujeres habían sido fugaces y habían estado totalmente libres de complicaciones.

—Mira, anoche hablamos de un montón de cosas y los dos dijimos cosas que nunca antes habíamos dicho —se pasó la mano por el pelo, se sentía muy torpe—. Valoro nuestra amistad. No quiero perderla —la vio detenerse en la puerta. Vio sus nudillos palidecer al agarrar el pomo con tanta fuerza que fue un milagro que no lo arrancara de la madera—. Tenemos una relación fantástica, y no quiero que eso cambie.

Lentamente, ella soltó el pomo.

—Todo ha cambiado ya.

Y salió por la puerta sin mirar atrás.

¿Por qué le había dicho lo que sentía?

Quería retroceder en el tiempo y retirarlo todo.

Fue tambaleándose por el camino sintiendo el frío y la nieve calándole la ropa. Sin saber muy bien cómo, llegó a casa de Elizabeth y al abrir la puerta, oyó unas risas de mujer provenientes de la cocina.

—Así que le dije: «Tienes que estar de broma». Es imposible que te consiga una entrevista hasta que... —Kayla se detuvo al ver a Brenna—. ¡Hola! Como no has respondido a mi mensaje, no estaba segura de si vendrías. Creía..., ¿pero qué te ha pasado? —se levantó de inmediato, al igual que Elizabeth. Élise siguió de pie, sin soltar la sartén ni dejar de mirar a Brenna.

—*Merde*, ¿qué te ha pasado?

—¡Oh, tienes las manos heladas! ¿Por qué no llevas abrigo ni guantes? —Elizabeth le agarró las manos y se las frotó con las suyas—. Ahí fuera hay más de medio metro de nieve y los caminos aún no están despejados. Mírate, estás empapada —le sacudió la nieve con delicadeza y la llevó a una silla junto a la mesa–. ¿Estás enferma? Élise te preparará un té. Es más suave para el estómago que el café.

Élise la miró.

–¡No sé hacer un buen té! No soy inglesa. Kayla lo puede preparar –dijo mirando con preocupación a Brenna mientras se sentaba–. *Merde*, estás *pâle comme un fantôme*.

–¿Que está qué? –Kayla la miró confundida y Élise se encogió de hombros.

–Pálida como un fantasma.

–¡Pues entonces di «pálida como un fantasma»! –contestó Kayla sacudiendo las manos con exasperación–. No puedo traducir del francés a estas horas de la mañana.

–No puedes traducir del francés a ninguna hora del día. No tienes ni idea de lo agotador que es tener que estar siempre hablando en el idioma de otros. Nunca puedo ser yo del todo.

Brenna se sentó, entumecida por el frío y la desolación, aunque reconfortada por la normalidad de la conversación. Esas eran sus amigas. Y se preocupaban por ella.

–No quiero té, gracias. ¿Está Jess aquí?

–Hoy han cancelado las clases por la nieve. Ha ido a ver a Alice y a Walter para ver cómo están después de toda la nieve que ha caído esta noche. ¿Por qué no te has puesto abrigo, cariño? No es propio de ti –Elizabeth le sacudió más nieve del jersey y Brenna se sacudió la cabeza.

–Yo... quería salir de la casa. Ni siquiera lo he pensado.

–¡Ah! Así que Tyler te estaba molestando. Eso lo explica todo, creo –dijo Élise volteando los ojos, pero Brenna no sonrió.

No podía hablar de lo que había pasado.

Era demasiado íntimo. Demasiado personal.

–Élise, se te están quemando las tortitas –Elizabeth se levantó y Élise maldijo en francés y después en inglés mientras apartaba la sartén del fuego y miraba a Kayla.

–Esto es culpa tuya.

–Por supuesto. Todo es culpa mía –Kayla miró a Brenna y después se giró hacia Elizabeth–. ¿Recuerdas esas fotos que me prometiste? ¿Esas en las que aparece Tyler de bebé?

–Me mataría si te las diera.

–No las usaré sin su permiso, lo prometo.

Elizabeth abrió la boca y la cerró de nuevo al captar la indirecta.

–¿Por qué no voy a buscarlas ahora mismo? Puede que tarde un poco –dijo vagamente–. No tengo ni idea de dónde están. Chicas, que disfrutéis del desayuno. No me esperéis.

–No me puedo creer que haya hecho esto –disgustada, Élise rascó los restos del fondo de la sartén y la metió en el fregadero para ponerla en remojo–. Si alguien de mi plantilla fuera tan descuidado, lo despediría.

–Me asombra que tus empleados te quieran tanto –dijo Kayla sentándose al lado de Brenna–. ¿Qué ha pasado, Bren? ¿Es tu madre?

–No –respondió Brenna sacudiendo la cabeza–. No pasa nada. Estoy bien.

–Oh, venga, estás hablando con nosotras, no con un grupo de extraños. Podemos ver que no estás bien –Kayla alargó la mano para frotarle el hombro cariñosamente y la ternura del gesto la conmovió tanto que la hizo estallar.

–Lo he estropeado todo –dijo con la voz entrecortada–. He hecho lo que me dijisteis y le he dicho lo que siento, pero lo he estropeado todo, y quiero volver atrás, pero sé que no puedo y que ya está hecho, pero he perdido a mi mejor amigo, y no sé cómo voy a superarlo. No sé cómo voy a ser capaz de no hablar con él, no reírme con él, no ir a esquiar con él... –la magnitud de todo ello la sacudió y de pronto estaba llorando tanto que no podía respirar. Sintió los brazos de Kayla rodeándola, se sintió abrazada y reconfortada, pero eso solo hizo que llorara más–. Ha terminado. Por un momento me sentí más feliz que en toda mi vida... –hipaba a la vez que hablaba–, y ahora me siento más hundida que en toda mi vida.

–No lo entiendo –Kayla le acariciaba el pelo y la abrazaba–. ¿Por qué ha terminado?

–Estoy completamente confundida –dijo Élise dejándose caer en una silla a su lado y apretando con gesto cariñoso la pierna de Brenna–. Explícate.

–Le dije lo que sentía. Y después nos acostamos. Me he acostado con Tyler.

Hubo una breve pausa y le pareció ver a Kayla alzando los brazos en gesto de victoria; sin embargo, cuando se limpió las lágrimas de la cara, sus dos amigas la estaban mirando con gesto de preocupación.

–¿Y eso es malo porque llevabas toda tu vida deseando ese momento, y te habías hecho ilusiones, y al final ha sido una gran decepción, no?

–¡Qué? ¡No! Fue increíble –recordarlo le provocó más lágrimas y se metió la mano en el bolsillo para sacar un pañuelo de papel y sonarse la nariz–. Ha sido la noche más increíble de toda mi vida. Ha sido... Dios... Casi ha merecido la pena acabar con una amistad –pero no del todo.

–Vale –dijo Kayla lentamente–, ¿entonces por qué es tan malo?

–Porque esta mañana se ha despertado y me ha dicho que todo ha sido un gran error, que ojalá no hubiera pasado y que quería que las cosas fueran como antes.

Kayla se recostó en la silla con un suspiro.

–Tyler, qué idiota eres.

–Lo voy a filetear, ¿vale? –dijo Élise sin levantar la mano de la pierna de Brenna–. Lo serviré medio hecho o muy hecho. Como queráis. Así aprenderá a comunicarse mejor.

–No quiero que hagáis nada –contestó Brenna sonándose la nariz–. Ni que digáis nada. No quiero que nadie sepa nada ni hable de esto. No puede evitar lo que siente.

Kayla esbozó una mueca de disgusto.

–Está loco por ti, Bren.

–Claramente no lo está –Brenna se guardó el pañuelo en la manga–. Esta mañana me he despertado en una cama vacía. Él estaba en el baño con un ataque de pánico. Se lo he visto en los ojos.

Élise emitió un sonido de desdén.

–¡Hombres! Qué flojos son.

–Le dije que lo quiero –volvió a sonarse la nariz–. Pensé que debía intentar ser sincera y decir lo que sentía porque ya estoy harta de ocultar mis sentimientos. Y él pareció reaccionar bien, nada cambió... pero no me dijo lo mismo. En ese momento...

–En ese momento estabas centrada en el momento.

–Sí, pero esta mañana... Lo he visto en sus ojos.

–Está asustado –Élise abrazó a Brenna y se levantó–. Está aterrorizado, y el terror lo está atontando. Podemos resolverlo. Se calmará. Así que ahora deja de llorar y cómete las tortitas mientras se nos ocurre un plan –bordeó la mesa, encendió el fuego y comenzó de nuevo.

Brenna sacudió la cabeza.

–No habrá ningún plan. Ya basta de entrometeros. Ya basta de decirme que diga lo que siento. Ya basta de intentar juntarnos –miró a Kayla, que se sonrojó.

–Lo siento muchísimo –parecía arrepentida–. No quería hacerte daño, Bren. Te veía tan triste, y te quiero, y quería arreglarlo, y pensé que si los dos pasabais más tiempo juntos, entonces las cosas podrían funcionar.

–Bueno, pues no han funcionado, y no lo harán, y ahora ya ni siquiera tenemos nuestra amistad –intentó controlar la respiración–. Siempre que algo iba mal en mi vida, cuando las cosas se ponían duras en el colegio o en casa, él era a quien recurría. Era mi mejor amigo. ¿Pero con quién voy a hablar ahora que él es el problema?

—Con nosotras —dijo Kayla acariciándole el brazo con delicadeza—. Nos tienes a nosotras.

—¿Así que te rindes? —preguntó Élise vertiendo la masa en la sartén y ladeándola—. Eres una mujer fuerte y decidida. Esto no es propio de ti.

—Esto no tiene nada que ver ni con la fuerza ni con ser o no decidida. Le he dicho lo que siento. Lo he hecho. Y ojalá no lo hubiera hecho. He apostado y he perdido.

—¿De verdad crees que no siente nada por ti?

Brenna pensó en la noche anterior. En su boca, en sus caricias, en cómo la había mirado, en lo delicado, cariñoso y dulce que había sido.

—Creo que sí que siente algo por ti, pero tienes razón cuando dices que esos sentimientos lo aterran. No ha ido en serio con una mujer desde lo de Janet.

—Con Janet tampoco iba en serio —dijo Elizabeth volviendo a la habitación—. Lo siento, cariño. Sé lo incómoda que te sentirás hablando conmigo de esto, pero no deberías. Has formado parte de esta familia desde que eras una niña pequeña. Te quiero como si fueras hija mía.

A Brenna se le volvieron a llenar los ojos de lágrimas y Kayla se sorbió la nariz.

—No sigas, Elizabeth.

Elizabeth se sentó en la silla que Élise había dejado libre.

—No quería a Janet, ya lo sabes. Las cosas no fueron así.

Brenna se preguntó si Elizabeth sabía más sobre Janet de lo que dejaba ver.

—Pero toda la situación pudo con él, el hecho de perder a Jess. Se sentía como un fracasado por no haber sido capaz de mantenerla a su lado, y eso lo destrozó, lo sé. Desde entonces no ha tenido una relación seria con ninguna mujer. Nunca —tomó el plato que le ofreció Élise—. Y, por supuesto, por eso ha tardado tanto tiempo en admitir por fin lo que siente por ti.

—No lo ha admitido.

—Por fin ha cambiado la naturaleza de vuestra relación —Elizabeth tuvo mucho tacto a la hora de elegir sus palabras—. Y eso es un paso hacia el hecho de admitirlo. Tienes que ser paciente. No te eches atrás.

—No hay nada que pueda hacer. He visto su cara.

—Es una cara increíblemente hermosa —murmuró Élise—, pero a veces lo que pasa en el cerebro que hay detrás de esa cara está hecho una pena. Está asustado, así que tienes que quitarle ese susto de encima.

Brenna miraba la tortita sin llegar a verla.

—¿Cómo?

Élise miró a Elizabeth, que esbozó una media sonrisa.

—No os preocupéis por mí, cariño. Si tienes una sugerencia, adelante.

—Mi sugerencia es que entres en su habitación con la ropa interior más sexy que tengas y solo eso —consciente de que todas la estaban mirando asombradas, Élise se encogió de hombros—: No solo eres una amiga, eres una mujer. Demuéstraselo.

—¡Yo jamás podría hacer eso!

—¿Te has acostado con él con la ropa puesta?

Brenna sintió calor en las mejillas.

—No, pero... yo no soy como tú.

—Lo cual es bueno, probablemente, porque si fueras como ella, Tyler ya estaría fileteado ahora mismo —murmuró Kayla—. No estoy segura de que Elizabeth deba estar escuchando esto.

—Pues a mí me parece que es un plan excelente. Me quedaré con Jess otra noche. Puede ayudarme a llenar el congelador para Navidad. Está resultando ser una chef nata. Y hablando de comida... —Elizabeth partió un pedazo de tortita y se la dio a Brenna–. Tienes que recuperar fuerzas, cariño.

–¡Esperad un minuto! –Brenna casi se atragantó–. Para empezar, yo no tengo ropa interior sexy.

–*Vraiment?* –Élise parecía horrorizada–. ¿Ni un simple trozo de seda o encaje? Por favor, dime que es un chiste muy malo.

–No –le ardía la cara y vio a Élise mirar a Kayla y luego mirarla a ella.

–Pues entonces ve desnuda.

–Me rechazará –la posibilidad de verse rechazada la hizo estremecer–. ¿Y entonces qué?

–No estarás mucho peor que ahora.

–No creo que pueda hacerlo –Brenna sacudió la cabeza. A pesar de lo sucedido la noche anterior, las palabras de Janet seguían metidas en su cabeza–. Si no me desea, ahí acaba todo. No voy a insistir. No quiero que nuestra relación sea así. Esto ha terminado y ahora tenemos que encontrar el modo de recuperar nuestra amistad tal como era –pero, ¿y si no podían hacerlo? ¿Y si eso era imposible?–. ¿Podemos hablar de otra cosa?

–Por supuesto. Es más, tengo noticias –dijo Elizabeth con tono despreocupado y dejando el tenedor sobre el plato–. Tom me ha pedido que vaya a cenar con él, y le he dicho que sí.

Kayla se detuvo con el tenedor a medio camino de la boca.

–¿Tom? ¿Qué Tom?

Élise volteó los ojos.

–Deberías intentar levantar la vista de tu teléfono de vez en cuando. Ahí fuera hay todo un mundo –sonrió a Elizabeth–. Me cae muy bien Tom y cultiva los mejores tomates. Creo que tiene unas buenas manos y me encanta un hombre con buenas manos. Sean es así.

–¿Tomates? –preguntó Kayla–. ¡Ah, ese Tom!

Brenna, aliviada por el cambio de tema, dio un trago del té que Élise le había puesto delante. Y dado que su amiga tenía en la mano una sartén caliente, decidió no decirle que estaba asqueroso.

–Me encanta Tom. Lo conozco de toda la vida.

–Ha sido muy paciente –dijo Elizabeth antes dar un sorbo de té. Después se detuvo, tragó y puso mala cara–. Confieso que lo pasé muy mal cuando Michael murió, pero Tom ha sido un buen amigo y la amistad es la mejor base para cualquier relación, ¿no?

–Eso es verdad –dijo Élise–, pero nunca se es demasiado mayor para disfrutar del buen sexo, como siempre nos está diciendo Alice. Y ahora ya podéis tirar ese té porque veo que todas os estáis mirando y que os está costando tragarlo. La próxima vez, pedidme café.

–¿Adivina qué? –dijo Jess entrando dando saltos en la cocina a la mañana siguiente–. El instituto ha vuelto a cerrar por la nieve. ¿Podemos ir a esquiar? ¿Papá? ¿Me estás escuchando? ¿Por qué estás mirando por la ventana?

Tyler se movió.

–¿Qué haces aquí? Creía que la abuela te iba a llevar al colegio.

–¡Te acabo de decir que no hay clases por la nieve! –repitió Jess dejando la mochila en el suelo–. ¿Qué te pasa?

El sentimiento de culpabilidad se entremezclaba con unos pensamientos que amenazaban con prenderle fuego a su cerebro.

Había escrito a Brenna dos veces, pero ella no había respondido.

No tenía ni idea de dónde estaba.

–No pasa nada –inquieto, Tyler agarró su cazadora. Tal vez lo ayudaría subir a la montaña–. Vístete, vamos a esquiar.

Jess se puso las botas.

—¿Invitamos a Brenna?

—Está dando clase.

—Papá, ¿qué está pasando? —Jess se situó delante de él obligándolo a mirarla—. Algo ha pasado, ¿verdad?

—No. Ve a por tu abrigo —salió por la puerta antes de que ella pudiera hacer más preguntas.

Esquiaron juntos y después Tyler estuvo dándole clases, haciéndole repetir el mismo recorrido y los mismos giros una y otra vez hasta que quedó satisfecho. Y ella no se quejó, ni siquiera cuando se cayó y fue rodando por la pendiente hacia él.

Se quedó allí tendida, sin aliento, mirando al cielo.

—Supongo que lo he hecho mal.

Él se agachó, la levantó y recogió sus esquís.

—Has echado mal el peso en el esquí interior. Levantas mucha nieve, y eso significa que te estás deslizando sin trazar la curva correctamente, pero quitando ese pequeño fallo, lo estás haciendo bien. Muy bien.

Y Brenna tenía razón. Disfrutaba dando clase a su hija mucho más de lo que se había imaginado.

Jess se sacó nieve de los guantes y la sacudió de la parte delantera del esquí.

—Te tengo que contar una cosa.

—Adelante.

—Vas a pensar que soy una cobarde.

—Dime.

Jess se encogió de hombros y miró hacia la pendiente.

—Cuando estoy ahí arriba, mirando hacia abajo antes de empezar, me entra miedo.

—Claro —Tyler alargó la mano y le sacudió nieve de la cazadora—. A todos nos entra miedo.

Ella abrió los ojos de par en par.

—¿Incluso a ti?

—Claro que sí. Pregúntale a cualquiera y todos te dirán lo mismo. Si no, es que te mienten. La mayoría de nosotros sabemos lo que se siente al caer y en ese momento antes de empezar, cuando estás mirando hacia abajo, empiezas a ver lo peor que podría pasar. Y admitámoslo, cuando estás deslizándote a esas velocidades, no hace falta mucho para que te caigas... o hagas un mal giro... —se encogió de hombros al no querer ahondar en otras opciones más escalofriantes—. No es que no sientas miedo, sino que lo controlas. Y para eso hace falta disciplina. Lo que la gente no entiende es que esto no se trata solo de un desafío físico, sino que también es un reto emocional.

—Pensé que el hecho de que esté asustada podría significar que no puedo hacerlo.

—No. El problema no es sentir miedo, sino cómo lo manejes. Puedes aprender —alargó la mano y le abrochó el casco—. Podrías dedicarte a esto. Tienes lo que hay que tener.

—¿Crees que algún día podría tener mi propia bola de cristal?

—Si te esfuerzas mucho, ¿quién sabe? ¿Quieres tenerla?

—¿Me ayudarás?

Lo invadió una ráfaga de adrenalina y entusiasmo que no había sentido desde el accidente. Sabía que podía ayudarla y sabía que disfrutaría haciéndolo.

—En todo momento.

—Pues entonces vamos a hacerlo —con los ojos cargados de emoción, Jess se sacudió la nieve de las botas y plantó los pies sobre los esquís—. Vamos arriba otra vez.

Brenna terminó la última clase y volvió conduciendo hasta la Casa del Lago. Había sido un día muy largo y lo único que quería era darse un baño relajante y ver la nieve caer a través de la ventana.

Lo que no quería era pasar una situación incómoda con Tyler.

¿Qué se suponía que debía decir?

«Olvídalo, Tyler. Fue solo una noche. Mucha gente lo hace».

Pero ella no hacía esas cosas. Y él lo sabía.

«Finjamos que nada ha cambiado».

¿Cómo podía decir eso cuando los dos tenían claro que todo había cambiado?

Jamás debía haber pronunciado esa palabra que empieza por «A».

Exasperada y sobrepasada por la vergüenza, se quedó aliviada al ver que no había ni rastro de su coche. Al menos así podría irse directa a su habitación.

Abrió la puerta, saludó a Ash y a Luna, y vio un paquete en el suelo que llevaba su nombre.

Luna gimoteó y le olfateó la pierna.

–Lo he estropeado todo, Luna –le dijo Brenna acariciándola con delicadeza antes de abrir el paquete.

Un endeble trozo de tul y encaje negros cayó en su mano. Lo miró, y miró la nota de sus amigas con incredulidad.

Puede que hoy sea el día de tu cita con el destino. Y lo mejor es estar lo más bella posible para el destino. Coco Chanel (con algunos toques de Élise y Kayla xxxx).

–Tienen que estar tomándome el pelo.

Luna gimoteó y ella sacudió la cabeza mirando a la perrita.

–No puedo ponerme esto. No puedo.

Giró la prenda y la sostuvo en el aire.

No le hacía falta probársela para saber que iba a revelar mucho más de lo que cubriría.

Oyó la puerta de un coche cerrarse de golpe y esperó a

oír voces, pero una breve mirada por la ventana le indicó que Tyler llegaba solo.

Sin molestarse en quitarse el abrigo, subió corriendo las escaleras hasta su habitación y cerró la puerta aún con el ofensivo paquete en la mano.

Con el corazón acelerado, dejó la prenda sobre la cama y miró la etiqueta.

Francesa, por supuesto. Y cara. Transparente, sexy, y algo que no se pondría ni en un millón de años.

A menos que...

Nerviosa, se quitó el abrigo y lo colgó sintiéndose como si la ropa interior la estuviera observando, culpándola por ser una cobarde.

¿De verdad Élise se ponía esa clase de ropa? No le extrañaba que Sean siempre fuera por ahí con una sonrisa en la cara.

¿Qué podía impedirle a ella hacer lo mismo?

Oyó ruidos procedentes de la cocina y se relajó ligeramente. Una cosa estaba clara: Tyler no iría a buscarla. Se sentía tan incómodo con esa situación como ella.

Después de quitarse la ropa, se preparó un baño y se hundió en el agua.

Pensó en la ropa interior tendida en la cama.

No pasaría nada por probársela, ¿verdad? Así al menos podría darles las gracias a sus amigas, decirles que habían tenido un detalle maravilloso, pero que no le valía de talla.

Tras salir del reconfortante baño de burbujas, se envolvió en una toalla y entró en el dormitorio. La única luz de la habitación provenía de la lamparita de noche. Soltó la toalla y agarró la ropa. Resultaba muy suave entre sus dedos, como un susurro de pícara tentación.

Se la puso y se giró para mirarse en el espejo. Nunca antes se había puesto nada tan ligero y delicado. Era como no llevar nada y el sujetador de tul encajaba a la perfección en su pequeño cuerpo.

Tuvo la sensación de que Coco Chanel le habría dado su aprobación.

Se recogió su densa melena en lo alto de la cabeza, puso morritos e hizo una pose. Sacudió la cabeza.

Estaba ridícula.

Si entraba en la habitación de Tyler así, él se reiría. Podía imaginarse su expresión.

Pero entonces la puerta de la habitación se abrió en ese momento y no le hizo falta imaginarse su expresión porque él se quedó ahí parado, con cara de asombro. No tenía aspecto de ir a reírse.

—¡Joder!

—¡Tyler! ¿Qué haces aquí? ¡Largo! —bajó los brazos e intentó cubrirse. Agarró la toalla mojada del suelo, pero la estaba pisando y se cayó.

Con la dignidad por los suelos, se quedó allí tirada a sus pies pensando que cuando Coco Chanel se había referido a una cita con el destino, no se había imaginado que sería algo así. Se sentía como si hubiera decepcionado a toda la humanidad.

«Lo siento, Coco».

Oyó a Tyler resoplar y dio por hecho que era porque nunca había presenciado nada tan ridículo y menos provocativo en su vida.

—¿Estás bien?

—¡No, no estoy bien! Al menos deberías llamar. ¡Ay, Dios mío, Tyler, vete! —sentía calor en las mejillas y rabia mezclada con frustración, pero rabia hacia sí misma. Élise o Christy le habrían lanzado una mirada felina y lo habrían metido en el dormitorio; ellas ni se habrían caído ni le habrían gritado.

—¿Te has hecho daño? —en lugar de marcharse, Tyler se

agachó a su lado y esos poderosos hombros quedaron al nivel de sus ojos.

—Sí. No —tenía el orgullo herido y la autoestima diezmada—. ¿Qué haces aquí?

—He venido a decirte… Quería… —bajó la mirada al sujetador de tul—. ¿Por qué llevas eso? ¿Adónde vas?

No podía decirle que estaba a punto de entrar en su dormitorio para hacerle una proposición indecente. Se reiría de ella y no podría culparlo.

—Me iba a vestir.

—¿Por qué? —la mirada de Tyler se oscureció y su boca ya no sonreía—. ¿Vas a volver a salir con Josh?

—¡No!

—¿Entonces por qué vas por ahí vestida como recién salida de un sueño erótico? ¿Eso es lo que llevas debajo de los pantalones de esquí? Si me hubiera enterado en las pistas, me habría pegado un leñazo allí mismo.

Y en ese momento, al oír esas palabras, dejó de sentirse como un fraude y comenzó a sentirse como una mujer.

Ya había contado la verdad. ¿Cómo podría empeorar las cosas seguir diciéndola?

—Me lo estaba probando y armándome de valor para entrar en tu habitación y lanzarte una proposición.

Él levantó la mirada del sujetador transparente y la posó en su boca para finalmente mirarla a los ojos.

—¿Cómo dices? —le preguntó con voz ronca; sus ojos se veían de un pícaro tono azul bajo unas densas y oscuras pestañas que aumentaban su atractivo sexual hasta el infinito.

—No estoy de acuerdo con lo que dijiste anoche —pensó en las palabras de Elizabeth—. Querías volver atrás, fingir que nunca había pasado, pero no podemos hacer eso. No podemos volver atrás, Tyler, solo podemos ir hacia delante. Los dos estamos un poco asustados por lo que pasó, pero pasó, y ahora tenemos elección –hablaba con voz firme–. Y esta es la mía.

Él se quedó quieto con la respiración entrecortada.

Brenna esperó a que dijera algo, pero no lo hizo.

Sonrojada, comenzó a sentirse humillada. ¿Lo habría malinterpretado? ¿Estaría a punto de decirle que no estaba interesado, que la noche anterior había sido el resultado de demasiado whisky y sinceridad?

Su frágil autoestima se evaporó en el calor del silencio.

–Bueno, esto es muy embarazoso –se apartó el pelo de la cara con una mano temblorosa–. Tienes que marcharte, Tyler. Ahora mismo.

–¿Irme? –parecía que le costaba hablar–. ¿Te has esforzado en llamar mi atención y ahora quieres que me vaya?

–¡Porque está claro que no te interesa!

Esa frase fue recibida por otro largo silencio.

–¿Qué parte de lo que estoy haciendo te hace pensar que no me interesa?

–El hecho de que no estés diciendo nada, para empezar.

–Cielo, estás tirada delante de mí y cubierta prácticamente solo por una mirada de nervios. Soy un hombre, y los hombres somos criaturas muy simples. Mi cerebro se ha bloqueado en cuanto te he visto con eso puesto. Ahora mismo me cuesta mucho formar una frase, así que tienes que ser delicada conmigo –se levantó y extendió la mano.

Asombrada, ella lo miró y lo que vio en sus ojos hizo que en el estómago se le hiciera un nudo de salvaje tensión sexual. Esa mirada ardía y en su expresión no había nada delicado. No la estaba mirando como a una amiga. Es más, no reconocía esa mirada en absoluto. Había algo en esos brillantes ojos azules que no había visto antes, algo que la animó a alargar la mano.

Él la puso de pie y la llevó contra su cuerpo. Brenna sintió la dureza de su erección contra ella y al instante ya la estaba besando; fue un beso ardiente e intenso, nada parecido al de la noche anterior cuando había sido tan tierno, tan cuidadoso. En esa ocasión fue un beso profundamente erótico y desenfrenado. Tyler le rodeó la cara con las manos y apartó la boca como si fuera lo más difícil que había hecho en su vida.

–Me da miedo hacerte daño –su voz sonó ronca–. Me da muchísimo miedo hacerte daño.

–No, no lo harás. No pares. Por favor, no pares –brutalmente excitada, se agarró a sus hombros y sintió su músculo pecho a través de la tela de la camisa.

Notaba un cosquilleo en el estómago, un aluvión de deseo que hizo que las piernas dejaran de resultarte útiles, pero no importó porque Tyler la levantó en brazos y la llevó hasta la cama, y en ese momento, cualquier duda que hubiera podido tener, se disipó con la química que estalló entre los dos. Sintió la calidez de sus manos sobre sus muslos desnudos, el roce de la tela vaquera contra su piel y al instante él ya la estaba besando otra vez, primero en la boca y después por el cuello. La sentó al borde de la cama y se arrodilló en el suelo ante ella. La luz de la lámpara iluminaba su brillante pelo oscuro. Había una expresión en su mirada que hizo que Brenna se quedara sin aliento, y cuando ella alzó las manos para desabrocharse el sujetador, él se las agarró y se las bajó.

–De eso nada –le dijo, y volvió a posar la boca sobre su cuello.

Ella cerró los ojos, sintió la caricia de sus labios y de su lengua y cómo iba descendiendo por su cuerpo, explorando. El sujetador transparente no ofreció protección alguna contra su habilidoso ataque, y cuando uno de sus pezones quedó cubierto por el húmedo calor de su boca y el roce de su lengua, dejó escapar un pequeño gemido, incapaz de contenerlo, incapaz de contener nada.

—Tyler... —le tiró del hombro, pero él la ignoró y se movió más abajo. La tendió en la cama empujándola suavemente con la mano. Le separó las piernas y ella soltó un grito ahogado a la vez que intentaba resistirse contra la fuerza de sus manos—. ¿Qué estás haciendo?

—Estoy dando un paso adelante, como me has sugerido —le separó los muslos y ella quedó allí expuesta, vulnerable, protegida únicamente por un delicado trozo de tela.

Tyler recorrió el borde de la prenda de seda con los dedos y ella alzó las caderas, retorciéndose contra las sábanas, intentando desesperadamente aliviar ese deseo que se estaba acumulando en su pelvis y volviéndola loca. Él la tocó por todas partes excepto donde necesitaba que la tocara; esos largos y hábiles dedos iban despertando excitación a cada roce, atormentándola hasta que ya no pudo respirar, no pudo soportar la deliciosa agonía del placer, no pudo aguantar ni un momento más.

Pronunció su nombre entre gemidos, le suplicó, pero él se limitó a separarle más los muslos con manos firmes y decididas, y la cubrió con la boca. En ese momento, Brenna perdió la capacidad de pensar con coherencia porque se vio engullida por una intensa sensación. La suavidad de la seda, el resbaladizo roce de su lengua... Se sentía como si se estuviera derritiendo, desmoronándose, y entonces él la despojó de la única protección que tenía, dejándola desnuda y a merced de su hábil boca y sus habilidosos dedos. Alzó las caderas al sentir sus dedos, pero en ese momento él se apartó con delicadeza y se unió a ella en la cama.

Estaba cerca, muy cerca, y no podía creer que Tyler se hubiera detenido justo ahí. Era cruel. Era...

—Tyler... Quiero... Necesito... —gimió al notar el roce de su cuerpo contra el suyo, y después Tyler se hundió en su interior con un único y suave movimiento.

—¿Qué necesitas? —tenía la voz ronca, los ojos oscurecidos por la pasión, casi negros, y se hundía más y más en ella, tan profundamente que por un momento estuvieron tan unidos que ella no pudo ni respirar ni moverse–. Dime qué necesitas, cielo.

Ella deslizó las manos por su espalda y lo miró a los ojos.

–Ya lo sabes.

Tyler la besó entregándole todo hasta que lo único que Brenna pudo sentir fueron su masculinidad y un sedoso e intenso calor. Hundió las uñas en sus hombros, arrastró los dedos por su espalda y posó las manos sobre sus nalgas mientras él se hundía en ella una y otra vez, más profundamente, con más intensidad, llenándola hasta que Brenna sintió su cuerpo tensarse y vibrar alrededor de su poderoso miembro.

Tyler murmuró algo y Brenna supo que se estaba intentando contener, pero ella ya había perdido el control y su cuerpo palpitaba, vibraba, y se tensaba alrededor del suyo. Él dejó escapar un gemido, un sonido casi animal, a la vez que cada espasmo de placer lo alejaba de los límites del control. Seguía hundiéndose en ella, intensificando su excitación con cada movimiento, prolongando el momento de éxtasis.

Y entonces Brenna se dejó caer. Sin fuerzas. Él, con la piel cubierta de sudor y la respiración entrecortada, apoyó la frente sobre la de ella y sus miradas se encontraron.

Brenna hundió los dedos en su pelo.

–No me digas que lamentas lo que ha pasado o te dejaré inconsciente de un golpe.

–No lo lamento –murmuró las palabras contra su boca, arrastrando los labios sobre los suyos, y después se quedó tendido boca arriba sin soltarla.

–Y si mañana te despiertas lamentándolo, no quiero oírlo.

—Puede que no me llegue a despertar nunca —cerró los ojos—. Creo que es posible que me hayas matado, pero no quiero que te sientas culpable. Solo dime una cosa, ¿dónde te has comprado esa trampa para hombres de seda negra?

Ella sonrió y posó la boca sobre su hombro.

—¿No te ha gustado?

—Iba a preguntarte si lo venden en otros colores —con un gemido la llevó contra su cuerpo y Brenna se abrazó a él.

Las palabras «te quiero» pendían de su lengua, pero esta vez las contuvo, no se atrevió a hacer nada que pudiera alterar ese nuevo equilibrio, ese nuevo cambio en su relación.

A través de la ventana veía la nieve caer como si fuera confeti, y sonrió porque el momento resultaba perfecto; quería aferrarse a él para siempre.

—No me puedo creer que esté en tu cama.

—Técnicamente es tu cama.

—¿Alguna vez habías pensado en hacer esto? ¿Sinceramente?

—Constantemente.

Ella pensó en la fiesta que habían celebrado en verano para la inauguración del Boathouse Café.

—Apenas me mirabas.

—Me entrené para no hacerlo. Me entrené para no pensar en ti de ningún modo. Nuestra amistad era más importante para mí que unas cuantas noches calentando las sábanas.

¿Eso era lo que había significado para él? ¿Una noche calentando las sábanas?

Sintió un golpe de decepción y entonces recordó que para Tyler ese era un gran paso.

Estaba ahí con ella ahora. Y eso era lo único que importaba.

—Mañana habrá nieve polvo, así que Jess volverá a tener día libre en el instituto.

Sintió cómo se relajaba y supo que había hecho bien al cambiar de tema.

—Iremos a esquiar... —la abrazó con más fuerza—, y esta vez no tendrás que salir por la ventana.

—Era divertido.

—Lo era —él miraba al techo—. Cuéntame algo de ti que no sepa.

—Jamás pensé que terminaríamos aquí.

Tyler se giró para mirarla.

—¿No?

Las palabras de Janet seguían grabadas en su cabeza.

—Jamás pensé que pudieras encontrarme sexy.

—¿En serio? —soltó una carcajada—. Siempre supe que serías una bomba en la cama.

—¿Sí?

—Claro. Eres atlética y tienes un cuerpo fantástico.

A ella se le iluminó la cara de placer ante el halago.

—¿Y ahora qué pasa?

Él le acarició el pelo.

—Supongo que no vamos a necesitar dos dormitorios.

—No quiero molestar a Jess.

Había un brillo en la mirada de Tyler.

—¿Por qué crees que Jess se ha quedado a dormir con mi madre?

Brenna se sonrojó.

—No son muy sutiles, ¿verdad?

—Ni lo más mínimo.

—¿Te preocupa que nuestra relación haya cambiado?

—Ya no. He decidido que esta relación es perfecta.

—¿Sí?

Sonriendo, la rodeó con sus brazos.

—Claro, porque ahora además de ser amigos, puedo hacerte el amor, y para mí eso es salir ganando.

CAPÍTULO 14

Nevó profusamente durante la noche y, tal como se había creído, los colegios volvían a estar cerrados.

–¡Hoy no hay clase! ¡Toma! Qué pasada. Espero que siga nevando cada día hasta que cumpla los dieciocho –Jess iba bailando por la casa y Ash y Luna saltaban tras ella contagiados por su emoción–. ¿Podemos ir al bosque a elegir el árbol de Navidad, papá?

Tyler, agotado después de una noche de sexo ininterrumpido con Brenna, intentó mostrar algo de energía.

–Claro, pero primero necesito un café.

Jess lo miró con cierto recelo.

–Tú no bebes café.

–Bueno, pues hoy sí que voy a beber –preguntándose cómo iba a conseguir comportarse con normalidad, asomó la cabeza dentro de la nevera y se quedó ahí mientras Brenna entraba en la cocina.

Habían acordado que por el momento seguirían siendo discretos cuando Jess estuviera delante, así que mantendrían las distancias cuando la niña no estuviera con su abuela.

–Hola, Jess –la voz de Brenna sonó cálida y suave y él cerró los ojos preguntándose si debería echarse hielo por dentro de los pantalones.

—Hoy vamos a elegir un árbol de Navidad. ¡Por fin! —Jess agarró la caja de cereales y se sirvió un cuenco echando la mitad encima de la mesa—. Y después vamos a ir a esquiar. Y a lo mejor a hacer compras de Navidad. Papá, ¿has comprado ya algo para la abuela?

Decidiendo que la congelación sería un añadido a sus problemas más que una solución, Tyler sacó la cabeza de la nevera.

—Aún no. No he comprado nada para nadie.

—¡Hombres! —suspiró Jess.

—¿Cómo dices? —Tyler dejó el cartón de leche sobre la mesa—. No hagas comentarios sexistas.

—¡Pues entonces no te comportes con esa actitud tan estereotípica!

Tyler estaba a punto de responder cuando Brenna se sentó frente a Jess. Llevaba un forro polar fino y el pelo suelto cayéndole sobre los hombros, tan brillante. Con las mejillas sonrojadas, le robó una mirada y le lanzó una diminuta sonrisa dirigida exclusivamente a él.

Si Jess no hubiera estado sentada ahí, Tyler habría desechado la idea del desayuno y habría usado la mesa de la cocina para otro propósito.

—¿Café? —pronunció la palabra aunque lo que de verdad habría querido hacer con esos labios era otra cosa distinta a hablar. La vio sonrojarse de nuevo.

—Sí, por favor —respondió ella con voz baja y Tyler le miró la boca recordando todo lo que se habían hecho.

—Vamos a por el árbol de Navidad —dijo con la voz estrangulada—. Hoy hace mucho frío —y eso era lo que necesitaba.

¿Era posible tener pensamientos ardientes cuando estaba helando?

Resultó que sí, sobre todo cuando la razón de esos pensamientos se encontraba en una motonieve delante de él.

Ahí fuera, en el bosque nevado, Brenna se sentía como pez en el agua.

Conducía su motonieve deprisa y él la seguía, sintiendo a Jess riéndose tras él, rodeándolo por la cintura, aferrándose con fuerza a la vez que lo instaba a ir a más velocidad para alcanzarla.

Atravesaron los bosques de abetos nevados siguiendo el sendero que se extendía desde Snow Crystal hasta las profundidades del bosque. Una vez estuvieron lejos del complejo, Tyler aumentó la velocidad mientras Jess, claramente disfrutando del momento, lo animaba a continuar.

Bajo su casco, él sonrió recordando la primera vez que había hecho eso con su padre. Tenía cuatro años y había sentido una alegría y una emoción inmensas. Enseguida se había convertido en su segunda experiencia favorita después de esquiar, y después de aquello había pasado varios inviernos haciendo carreras con sus hermanos por los caminos.

Podrían haber encontrado bastantes árboles aceptables más cerca del complejo, pero Brenna había insistido en aprovechar la nieve y el luminoso día y así había conducido diestramente por los senderos hasta llegar a la chocolatería.

—¡Me encanta este lugar! Ha sigo una idea guay venir aquí —Jess saltó de la motonieve de Tyler y avanzó sobre la crujiente y densa nieve hasta llegar a Brenna—. A la vuelta voy contigo. Papá va demasiado lento.

—Sí, así conduzco cuando voy lento —Tyler estaba haciendo un gran esfuerzo por mantener las manos alejadas de Brenna. ¿Cómo había aguantado tanto sin besarla? Ahora que había descubierto cómo sabía, cómo era esa boca, querría pasar cada minuto del día besándola.

Inquieto por ese pensamiento, bajó de la motonieve y se quitó el casco.

Cuando se trataba de relaciones, él pensaba en términos de un día. O mejor dicho, de una noche.

—Gofres y chocolate caliente —propuso Brenna, y Jess y ella discutieron sobre las distintas opciones mientras cruzaban la nieve hacia la cabaña. Salía humo de la chimenea y fuera había mesas colocadas estratégicamente para aprovechar el débil sol de invierno y la belleza del bosque.

—Parece que estamos en Narnia —dijo Jess con tono alegre quitándose los guantes y dejándolos sobre la mesa—. ¿Me puedo tomar uno con todo, por favor? Con nata, malvaviscos, pepitas de chocolate...

—¿Seguro que eso es suficiente? —preguntó Tyler—. ¿Brenna? ¿Tú quieres nata? —la miró intentando ser breve, pero no lo logró. Su mirada se quedó enganchada a la de ella. Vio un rubor extenderse por sus mejillas y supo que ella no estaba pensando precisamente en chocolate caliente.

—Me parece bien —Brenna agachó la cabeza y él se preguntó si alguien se extrañaría si se desnudaba y se ponía a rodar sobre la nieve.

—Vale —se aclaró la voz—. Pues voy a comprarlos.

Cuando Tyler volvió con tres tazas de chocolate caliente, ya se sentía bajo control. Las dejó en la mesa. Jess agarró la suya y metió la cuchara en la nata.

—Bueno, ¿vais a seguir así de raros todas las Navidades o es algo puntual?

—¿Raros? —Tyler eligió la silla que estaba más alejada de Brenna—. ¿«Raros» en qué sentido? Ni siquiera he mirado a Brenna.

—Eso es. Normalmente habláis de todo, pero hoy estáis como nerviosos. ¿Es que habéis discutido o algo así?

—¡No! —Brenna se sacó del bolsillo su gorro azul favorito y se lo puso—. Claro que no. No pasa nada. Te lo estás imaginando.

Jess estrechó la mirada y después sonrió.

—Ah, vale, ya lo entiendo. ¡Guau!

Tyler apretó los labios.

—¿Qué entiendes?

—Los dos —sopló el chocolate con gesto de petulancia—. No os preocupéis por mí. Sé que estáis deseando besaros, y por mí perfecto.

—Jess...

—Papá, no soy estúpida —dio un sorbo de chocolate—. Y para que quede claro, estoy totalmente de acuerdo con esto.

Tyler tomó aire profundamente.

—Cielo...

—No tienes que explicarme nada —contestó Jess con tono amable—. Me parece bien todo esto, así que no tenéis que conteneros delante de mí. Voy a cerrar los ojos, a pensar en el árbol que quiero y a dejar que los dos hagáis eso que os estáis aguantando.

Tyler miró a Brenna.

Ella parecía muerta de vergüenza, sobre todo cuando giró la cabeza y vio a Jess escribiendo un mensaje por debajo de la mesa.

—¿Qué haces, cielo?

—Estoy escribiendo a la abuela para darle la buena noticia.

Tyler maldijo para sí.

—Jess, no hay ninguna buena noticia.

—Créeme, que los dos por fin os hayáis juntado es una buena noticia para todos. Me preocupaba que esto pudiera terminar como *Romeo y Julieta* y eso sí que no habrían sido buenas noticias —pulsó el botón de Enviar y se terminó el chocolate—. Bueno. Vamos a elegir el árbol de Navidad.

Brenna sacó otro adorno de la caja y se lo pasó a Jess, que lo colgó en el árbol que habían traído del bosque. La niña hablaba sin parar sobre esquiar, y Tyler respondía cada pregunta pacientemente.

Brenna se preguntó cómo le podía haber preocupado ser buen padre y observó cómo se alzó para colgar un adorno en una rama que estaba demasiado alta para su hija.

—Diría que ya hemos terminado. Si colgamos más adornos, no se verá nada de árbol —dijo él retrocediendo—. Enciende las luces, Jess.

Jess se metió detrás del árbol y Ash fue tras ella sacudiendo la cola y golpeando a su paso las ramas más bajas.

Tyler lo apartó y Jess encendió las luces.

Brenna se sentó en el sofá y la niña fue a sentarse a su lado.

—¡Vaya! ¿Qué te parece, Brenna?

—Es un árbol fantástico. Es precioso.

Podría haberle resultado una situación complicada, pero no lo fue. No resultó incómoda porque ya quería a Jess y, aunque nada hubiera pasado con Tyler, la seguiría queriendo de todos modos.

—¿Podemos ver vídeos de esquí juntos? ¿Los tres?

Sabiendo lo difícil que sería para Tyler, Brenna se levantó.

—¿Por qué no vamos tú y yo mientras tu padre recoge todo esto? Prepararé unos refrescos y unos nachos.

Vio decepción en la mirada de Jess, pero entraron juntas en el estudio y ella eligió un DVD.

Estaban sentadas la una junto a la otra en el sofá, con Ash y Luna en el suelo, cuando Tyler entró.

Le pasó a Brenna una botella de cerveza y se sentó a su lado. Ahora los tres estaban sentados juntos en el sofá.

Jess miró primero a Brenna y después a su padre.

—¿Vas a verlo con nosotras?

—Si quieres que te entrene, esta es una parte importante del aprendizaje —respondió Tyler estirando las piernas y llevándose la cerveza a los labios–. Vamos. Dadle al Play.

Rozó el muslo de Brenna con el suyo y ella sintió la respuesta instantánea de su cuerpo.

Podría haber sido un roce accidental de no ser porque la presión continuó y ella supo que ambos estaban pendientes el uno del otro.

Tyler miraba fijamente a la pantalla.

–Fíjate en cómo hace la transición… –le quitó el mando a Jess, detuvo la imagen y rebobinó–. ¿Lo has visto? El final de ese giro se mezcla con el principio del siguiente. Está abriendo un arco más estrecho y ganando segundos así –se lo explicó, analizando cada giro, cada movimiento, y Jess escuchó con atención, haciéndole interminables preguntas sobre técnicas y su experiencia en competición.

Llevaban aproximadamente una hora viendo el DVD cuando a Jess le sonó el teléfono.

Lo sacó del bolsillo.

–Es mamá. Hace semanas que no me llama.

Brenna sintió la tensión recorrer a Tyler.

–Será mejor que respondas –su voz sonó calmada–. No tengas prisa.

Jess miró el teléfono, la pantalla y a su padre.

–¿No te irás a ninguna parte?

–No. Estaré aquí mismo cuando termines de hablar.

Reconfortada, Jess salió de la habitación y Tyler se recostó en el sofá y cerró los ojos.

–Esa mujer es como una nube negra esperando a arruinar un día soleado.

Brenna se acurrucó a su lado y apoyó la cabeza en su hombro. Él la rodeó con el brazo y la acercó a sí. Se quedaron así sentados un momento, mirando la imagen congelada en la pantalla.

–Estás sufriendo.

—Solo por Jess —su voz sonó profunda y áspera—. Es la primera vez que Janet ha levantado el teléfono en casi un mes.

—¿Crees que ella se siente mal? A mí me parece que está bastante tranquila.

—Creo que lo que la desestabiliza es que su madre la llame —Tyler la acercó más y le besó la cabeza—. Sobre esta noche...

—No podemos. No estaría bien con Jess en casa.

Tyler dijo algo que habría hecho que su abuela lo mirara mal.

—Me temía que dirías eso. Puede que tenga que ponerme a rodar desnudo sobre la nieve.

Ella se rio.

—¿Por qué has decidido venir a ver los vídeos de esquí?

—No podría haber soportado la mirada de decepción en su cara si le hubiera dicho que no vendría —vaciló—. Y he decidido que ya era hora de hacerlo. Si voy a entrenarla, tengo que hacerlo bien —miró la pantalla y Brenna deslizó una mano sobre su muslo.

—¿Es duro?

Él giró la cabeza con un pícaro brillo en la mirada.

—Oh, sí... —le llevó la mano más arriba y ella sintió el grosor de su erección ejerciendo presión contra la tela de los vaqueros.

—¡No me refería a eso!

—Ya lo sé, pero me ha parecido que debías saberlo de todos modos —apoyó la frente contra la suya riéndose—. Me encanta que seas tan tímida.

¡No soy tímida! Solo me avergüenzo con facilidad —habló con la boca muy cerca de la suya—. Y además, no estoy acostumbrada a estar así contigo.

—Te acostumbrarás —le respondió Tyler lanzándole una mirada cargada de seriedad.

¿Lo haría? ¿O eso que tenían ahora llegaría a su fin antes de siquiera haber comenzado? Incluso en los momentos más intensos y ardientes de su relación, él había tomado la precaución de no decir las palabras que ella quería oír.

—¿Te ha resultado difícil ver los vídeos?

Tyler bajó la cabeza y la besó lentamente, tomándose su tiempo. Después se apartó.

—No tanto como me esperaba. Tal vez porque lo estoy viendo con un propósito en concreto. Para ayudar a Jess.

—Creo que tiene lo necesario para triunfar en esto, Tyler.

—Yo también lo creo.

En ese momento Jess entró en la sala, y él se apartó y Brenna saltó al otro lado del sofá.

—¿Va todo bien?

—Creo que sí. He podido hablar con Carly, aunque no es que ella pueda decir mucho. Casi todo han sido balbuceos y sonidos de bebé. Después ha sido todo un poco incómodo porque como mamá nunca quiere hablar de esquí, porque lo odia, ha estado preguntándome por el instituto, y eso lo odio yo. Le he dicho que Brenna está viviendo aquí. ¡Ah! Por cierto... —los miró a los dos—, no tenéis que dejar de achucharos solo porque entre en la habitación.

Tyler agarró su cerveza, relajado, pero Brenna tenía el corazón acelerado.

Se obligó a lanzar la pregunta.

—¿Qué te ha dicho tu madre cuando le has dicho que estoy viviendo aquí?

—Nada —respondió Jess encogiéndose de hombros, y lo mismo hizo Tyler.

—No te preocupes —añadió él—. Estaba deseando alejarse de mí, así que más que envidiarte, sentirá compasión por ti. Siéntate, Jess. Vamos a ver más vídeos.

Pero Brenna ya no podía concentrarse.

¿Cómo iba a hacerlo cuando sabía algo que ellos desconocían?

Por primera vez en su vida se preguntó si se habría equivocado al no decirle a Tyler la verdad sobre su relación con Janet.

Sabía cuánto la odiaba esa mujer. ¿Habrían hecho disminuir los años ese rencor que Janet sentía hacia ella?

Si no, se avecinaban problemas.

Unos días más tarde, Tyler se encontraba encerando sus esquís e intentando no pensar en aquellos tiempos en los que había tenido a todo un equipo para hacerlo.

Levantó el teléfono y llamó a la empresa de esquí que lo patrocinaba, les habló sobre los nuevos proyectos y encargó dos pares nuevos de esquís para Jess.

Con eso ya podía tachar de la lista un regalo de Navidad.

Por desgracia, aún quedaba mucho por comprar, incluyendo lo más importante de todo.

—Tengo que pedirte un favor —dijo Jackson al entrar al granero y ver cómo Tyler terminaba con el esquí—. ¿Podrías llevar luego al bosque a un grupo pequeño? Están dispuestos a pagar una cantidad extra por pisar nieve virgen.

Sin dejar de pensar en Brenna, Tyler asintió.

—¿A qué hora?

Jackson lo miró.

—¿Ya está? ¿Eso es todo lo que vas a decirme?

—¿Qué más quieres que te diga? —sabía que ella no era una persona materialista. No era dada a llenar su vida con objetos, así que no apreciaría un regalo que terminara acumulando polvo.

—Normalmente dices que no, y después, cuando te presiono un poco, pones mala cara y me preguntas qué tal esquían los clientes en cuestión.

—Doy por hecho que eso ya lo has comprobado —tal vez

podría comprarle un equipo de esquí, aunque ya tenía todo lo que necesitaba.

—¿Estás enfermo? —Jackson se movió a su alrededor para mirarlo desde todos los ángulos—. ¿Drogado? ¿Te has caído y te has dado un golpe en la cabeza? ¿Qué demonios te pasa?

—Ya te he dicho que me llevaré a tus esquiadores. ¿Por qué eso tiene que significar que me pasa algo?

—Porque normalmente no eres tan flexible.

Tyler intentó dejar de pensar en Brenna.

—Ya me he dado por vencido.

—Esta mañana he visto a Jess con Brenna en la montaña. Tiene mucho talento.

—Es innato —Tyler se limpió las manos—. Voy a entrenarla.

Jackson se apoyó en el banco.

—Me alegra oírlo.

—Es buena, y nunca se queja ni gimotea. Si se cae, se levanta. Disfruto mucho viéndola mejorar —levantó el esquí sintiendo el peso en su mano.

Jackson alargó la mano y deslizó un dedo por el canto.

—Va a necesitar unos esquís mejores.

—Ya lo tengo pensado para Navidad —agarró su cazadora—. Es mejor que comprar muñecas y cosas rosas de peluche. Lo de comprar algo para Brenna lo veo más complicado.

—¿Vas a comprarle un regalo a Brenna?

—Va a pasar la Navidad con nosotros y Jess no quiere que se levante la mañana de Navidad sin nada para ella debajo del árbol.

—Claro —Jackson lo miraba fijamente—. ¿Entonces va bien?
—¿Qué?

Jackson enarcó una ceja.

—Tu relación con Brenna. Estás más relajado. Más sosegado. No vas por ahí contestando y hablando mal a la gente. Dices que sí a cosas a las que normalmente dirías que no o por las que te tirarías discutiendo una hora.

—¿Tan malo soy?

—A veces, sobre todo durante la Copa del Mundo, pero es complicado para ti. Todos lo sabemos —lo miró expectante—. ¿Y bien?

—Y nada —soltó el esquí y decidió que no le haría ningún daño ser sincero—. Lo estoy llevando paso a paso, día a día. Intentando no estropearlo.

—¿Día a día? Vaya. Eso en tu caso ya es como una relación larga.

Tyler no picó el anzuelo.

—En lugar de disfrutar con mi dolor, podrías darme algún consejo.

—¿Me estás pidiendo consejo? —Jackson sonrió—. Esto es una novedad. Dame un momento para saborear la experiencia.

—Podrías ofrecerme algo de tu sabiduría en lugar de regocijarte.

—Podría, pero ¿entonces dónde estaría la gracia?

—Necesito ayuda para no estropearlo todo.

—¿Y por qué ibas a estropearlo todo?

—Porque lo he hecho las demás veces.

—No vas a estropear nada. Si lo haces, Sean y yo te mataremos, lenta y dolorosamente.

Tyler lo vio marcharse envidiando su serena estabilidad y el hecho de que supiera lo que quería.

Sabía que Brenna lo quería y el peso de esa responsabilidad resultaba aterrador. Lo asustaba más que cualquier pendiente vertical a la que se hubiera enfrentado en un circuito de descensos.

Si esa relación salía mal le haría mucho daño a Brenna, ¿pero qué experiencia tenía él en hacer las cosas bien?

Ninguna.

Terminó con los esquís, se llevó a un grupo de universitarios adinerados a esquiar sobre nieve polvo y después volvió a la casa. Brenna le había escrito un mensaje diciéndole que tenía pensado pasar por casa durante una hora a mitad del día y había decidido sorprenderla.

Como tenía tiempo de sobra, abrió el portátil de Jess, que estaba en la mesa de la cocina, y empezó a buscar regalos.

¿Qué le gustaba a Brenna?

Con ahínco miró fotos de jerseys, botas, libros, algunos DVD, aunque nada le llamó la atención. Después pasó a las joyas, pero no se podía imaginar a Brenna dándole mucho uso a unos pendientes de diamantes mientras esquiaba.

Podía comprarle unos esquís, pero ya tenía varios pares además de varias tablas de snowboard.

Apartó el portátil y se recostó en la silla. Era un inútil para esas cosas. No es que no supiera qué le gustaba, porque sí que lo sabía, pero nada de lo que a Brenna le gustaba se podía envolver y meter debajo de un árbol de Navidad.

¿Otro gorro?

No, porque le encantaba el azul. Y a él le encantaba cómo le quedaba el azul.

Estaba a punto de llamar a su madre y preguntarle si se le ocurría algo cuando oyó el timbre.

Dando por hecho que Brenna había olvidado las llaves, fue a la puerta y abrió con una sonrisa en la cara.

—Se me ha ocurrido darte una sorpresa... —las palabras se le perdieron en la boca junto con la sonrisa en cuanto vio quién estaba en la puerta.

—Pues tiene gracia —respondió Janet con tono tranquilo—, porque pensaba que sería yo la que te iba a sorprender a ti.

Tyler agarró con fuerza el picaporte; los nudillos se le pusieron blancos y se sintió golpeado por distintas emociones.

—¿Qué cojones haces aquí? —no la veía desde el verano, desde una de las raras ocasiones en que había ido a ver a Jess.

—Agradable recibimiento para la madre de tu hija —Janet miró hacia dentro de la casa—. ¿Está aquí?

—No. Está esquiando.

—Claro, ¡cómo no! Qué pregunta tan tonta dado que lleva tus genes y que le has lavado el cerebro —se encogió de hombros—. Pues pasaré a esperar dentro.

—¿Esperar qué? ¿Qué haces aquí?

—He venido a ver a mi hija.

—¿La misma hija a la que echaste de casa el invierno pasado? —bramó—. ¿La misma de la que te has olvidado durante la mayor parte del año?

—Yo no la eché. Estaba pasando por una etapa difícil —desvió la mirada—. Era complicado manejarla.

—Razón de más para tenerla cerca de ti.

—No me juzgues, Tyler, cuando no me ayudaste a criarla.

—Eso fue elección tuya, no mía. Y ya nos hemos dicho todo lo que nos teníamos que decir sobre ese tema.

—Ha estado viviendo contigo un año y de pronto te has convertido en un experto en asuntos paternales? ¿Desde cuándo sabes qué necesita un hijo?

—No soy ningún experto… —tenía la boca seca, como si hubiera tragado arena—, pero sé que a los hijos hay que darles estabilidad, que necesitan tener siempre a su lado a alguien en quien se puedan apoyar.

—¿Cuándo has estado tú siempre al lado de alguien? Dudo que sepas deletrear la palabra «compromiso», y mucho menos ponerla en práctica.

—Estoy a su lado. La habría tenido a mi lado desde el principio. Eso era lo que yo quería.

—Deja de engañarte, Tyler —la sonrisa desapareció—. Viajabas por todo el mundo con el equipo de esquí, para ti todo era diversión. ¿Crees que no veía las portadas de los periódicos? No eras capaz de aguantar con la bragueta subida ni cinco minutos. Si hubieras tenido a Jess, ¿en serio habrías estado preparado para renunciar a todo eso? A lo mejor debería haberlo hecho. A lo mejor debería habértela dado. Ese habría sido un mejor castigo que alejarla de ti.

—¿Castigo? —cinco minutos con Janet y se sentía como si quisiera quitársela de encima lo antes posible. Siempre pasaba lo mismo.

—¡Me dejaste embarazada, Tyler! ¿Sabes lo que supuso eso para mi vida? ¡Yo también tenía planes! ¡Cosas que quería hacer!

—¿Te quedaste con Jess para castigarme? ¿Qué clase de plan retorcido y enfermizo fue ese?

—Debería haber dejado que te la quedaras para ver cómo te las apañabas intentando conciliar el cuidado de una hija pequeña con tu vida sexual. Piensa en ello. Un bebé llorando, nada de dormir y sin nadie para ayudarte. Así era mi vida.

—¿Y su vida? ¿Pensaste en eso?

—Me la quedé. Le di un hogar. Y constantemente tenía que leer artículos sobre cómo te ibas de fiesta. ¿Cuatro mujeres en un jacuzzi?

Él no se molestó en decirle que aquella historia en particular no era cierta porque estaba demasiado ocupado recordando lo insegura que se había sentido Jess al llegar allí.

—Cree que arruinó tu vida. Cree que la culpas.

—Tiene razón al pensar que tenerla me arruinó la vida, pero se equivoca al pensar que la culpo. No lo hago. Me culpo a mí misma —lo miró a los ojos—. Deberías haberte puesto un preservativo.

—Y tú no deberías haber entrado desnuda en el granero.

Janet sonrió.

—Nunca quisiste responsabilizarte de nada, ¿verdad?

—Me responsabilicé de Jess —bramó—, y en cuanto a lo otro... Tú podrías haberme dado un preservativo.

—Pues estamos en paz, los dos tenemos la misma culpa. No hay diferencia entre nosotros.

–La diferencia es que yo veo a Jess como lo mejor que me ha pasado, y tú la ves como una penitencia que has de pagar de por vida por un error de juventud.

–Sí, así es. Quise abortar, pero mis padres me lo impidieron. ¿Lo sabías?

–No –Tyler se quedó impactado y comenzó a temblar–. No lo sabía.

–No sé con quién estaban más furiosos, si contigo o conmigo. Nosotros nunca estuvimos tan unidos, no del modo en que tú lo estabas con tus padres, pero aquello por lo que los hicimos pasar acabó con toda posibilidad de tener una buena relación con ellos.

Tyler no señaló que él había hecho pasar a sus padres por lo mismo, y tampoco le dijo que no había habido ni un solo día en que hubiera tenido motivos para dudar de su amor o apoyo.

Por primera vez en su vida vio lo sola que se debió de haber sentido Janet y sintió cierta lástima por ella.

–¿Ahora te has alojado con ellos?

–Me alojo en el pueblo. Pero ya basta de hablar de los viejos tiempos. Lo que me interesa es el futuro. Ambos somos padres de Jess y quiero hablar de ella, ¿así que puedo pasar?

Tyler vaciló. Le gustara o no, era la madre de Jess.

–Si haces que se disguste, me aseguraré de que no vuelvas a acercarte a ella.

–Cuando te dije que estaba embarazada no vi esta faceta tuya tan de machote y protectora –pasó a la casa mirando a su alrededor–. Muy bonita. Recuerdo cuando este lugar era un vertedero. Has desarrollado mucho estilo a lo largo de los años.

–Me ofrecí a casarme contigo.

–Eso habría convertido un error en dos. No eres hombre para estar casado, Tyler.

Tyler contuvo su ira.

—Has dicho que querías hablar de Jess.

Janet fue hasta el salón y miró el gran árbol de Navidad.

—Jamás he comprendido por qué la gente de por aquí quiere poner un árbol en su casa. Todo este condenado lugar está rodeado de árboles, es imposible alejarse de ellos. Cuando era pequeña había días en los que no me habría importado no volver a ver un árbol en toda mi vida. ¿Cómo está Brenna? Jess dice que ahora vive con vosotros —su pregunta lo pilló desprevenido.

No confiaba en ella. Janet no era de charlar porque sí; todo lo que decía, lo decía con un propósito.

—Es algo temporal.

—Claro, porque en tu vida nada es permanente, ¿verdad? Aun así, para ella debe de ser como haber muerto y haber subido al cielo. Lleva enamorada de ti desde que era pequeña. Todo el mundo lo sabe —se situó en el centro de la sala y miró por la ventana mientras Tyler intentaba adivinar la verdadera razón por la que estaba allí.

—El complejo tiene ocupación plena y necesitaba un lugar donde quedarse.

—¿Y no hay otros cientos de opciones? —se giró—. Brenna Daniels quiere llevar el apellido O'Neil. Es lo que siempre ha querido. Estaba todo el tiempo con vosotros tres, prácticamente vivía aquí. A tu familia solo le faltó adoptarla.

Tyler recordaba lo que Jess había dicho sobre que Janet sentía celos de los O'Neil, y ahora se preguntaba por qué había tardado tanto en verlo por sí mismo.

—Sus relaciones no son asunto tuyo.

—Puede que lo sean si afectan a Jess. Si Brenna vuelve a estar contigo, eso demuestra que ni se tiene respeto a sí misma, ni tiene agallas —su voz era como veneno cubierto por una fina capa de azúcar—. Ya le rompiste el corazón una vez y aquí la tienes ahora, dejando que se lo vuelvas a hacer.

Por razones de seguridad, Tyler prefirió que el sofá estuviera como parapeto entre los dos.

—Tiene más agallas de las que tú tendrás nunca.

Janet no se movió.

—Si las tuviera, te habría seducido cuando tenía dieciocho años. Habría sido ella la que habría entrado en el granero desnuda, pero no lo hizo. Brenna Daniels no tiene ni idea de cómo seducir a un hombre.

Tyler pensó en esas transparencias negras y en esas largas piernas rodeando su cuerpo.

—Yo no estaría tan seguro de eso.

—Así que te estás acostando con ella.

—Con quién me esté acostando no es asunto tuyo —se preguntó por qué la conversación estaba girando en torno a Brenna cuando ella había dicho que quería hablar de Jess.

—Jamás podrá tener satisfecho a un hombre como tú.

Él bullía de ira.

—Largo de mi casa. Si Jess quiere verte, te lo diré.

—Ella jamás se mantendrá a tu lado porque no está preparada para luchar. Debería haberme abofeteado por haberle quitado lo que tanto quería, pero eso tampoco lo hizo. Nunca me dijo nada. Ni una sola cosa.

—Porque es amable y educada —se agarró al sofá; sintió ganas de vomitar porque de pronto veía la verdad, y la verdad era tan fea que apenas era capaz de mirarla—. Aquel día en el granero... No fue ni por mí ni por ti... Fue por Brenna. No fuiste a buscar algo que querías tú. Fuiste a buscar algo que quería ella.

Si había esperado que se lo negara, se llevó una gran decepción.

—¿Pensabas que fui porque me resultabas irresistible? Sí, eres genial en la cama y muy agradable a la vista, pero como el resto de los O'Neil, solo piensas en esquiar, y precisamente por eso Brenna encajaba a la perfección.

–Estabas celosa –¿cómo era posible que no lo hubiera visto cuando lo había tenido delante de las narices?–. Lo hiciste para hacerle daño porque formaba parte de mi familia. Tenía algo que tú no tenías. Y por eso le rompiste el corazón.

–No –contestó Janet mirándolo directamente–. Eso lo hiciste tú, no yo. Tú le rompiste el corazón, Tyler, y parece que la vas a tener a tu lado para dejar que lo vuelvas a hacer.

Como no se fiaba de sí mismo ni de lo que pudiera llegar a hacer si se movía, cerró los puños y la vio marcharse con la furia retumbándole por los oídos. Janet se marchó, tomándose su tiempo, contoneando las caderas y con una sonrisa en los labios.

Fuera de quien fuera la culpa, estaba claro que ella no se la atribuía.

Algunas piezas del pasado encajaron en su sitio formando una imagen espantosa. Por fin entendía por qué Brenna se había mostrado tan reticente a darle el nombre de la persona que había convertido en un infierno su vida escolar.

Janet Carpenter era la acosadora.

Había hecho todo lo que había podido por hacerla sufrir y él había formado parte de ello sin ser consciente.

Cerró los ojos, pero lo único que veía era a Brenna, pálida y demacrada e intentando superar un día de clase. Por fin tenía un nombre y un rostro para su torturador, pero sabía que fuera cual fuera el dolor que Janet le había causado a Brenna, no era nada comparado con lo que él mismo había hecho.

Ahora sabía que la razón por la que Janet lo había llevado al granero de los Carpenter aquel día no tenía nada que ver ni con química sexual ni con lujuria adolescente. Había querido hacerle daño a Brenna y había empleado el arma que había sabido que le causaría más dolor.

Él.

Esperó a que la puerta se cerrara y llegó al baño a tiempo de vomitar.

CAPÍTULO 15

Brenna entró en casa dejando atrás una ráfaga de nieve.
—Ahí fuera está helando —temblando, cerró la puerta con el pie y se quitó el abrigo—. ¿Tyler?

Sabía que Jess seguía en la montaña con el resto del equipo de esquí, así que cuando había visto el coche aparcado fuera se le había iluminado el corazón. Podrían aprovechar un poco de tiempo juntos sin preocuparse por nadie más.

Entró en la cocina, se preparó un café y le dio un sorbo mientras miraba el reflejo del sol sobre los árboles nevados. El lago estaba helado y podía ver a la gente patinando en un extremo.

Al oír el sonido de unas pisadas fuertes y masculinas, se giró con una sonrisa.

—Esperaba que estuvieras aquí. ¿Qué has...? —se detuvo al ver su expresión—. ¿Qué ha pasado? ¿Estás enfermo? ¿Le ha pasado algo a Jess?

—No —se apoyó contra el marco de la puerta como si las piernas por sí solas no pudieran sostenerlo.

—¿Entonces qué? —dejó la taza de café y fue hacia él con una sensación de miedo en el estómago—. ¿Te ha pasado algo? ¿Le ha pasado algo a tu madre? —sabía que solo podría estar así de afectado si algo le había pasado a alguien de su familia—. ¿Le ha pasado algo a tus hermanos?

Él la miró.

—¿Por qué no me lo contaste? Desde el principio deberías habérmelo dicho y nada de esto habría pasado.

Ella se sintió como si un agujero se hubiera abierto bajo sus pies.

—¿Qué debería haberte dicho?

—Que Janet era quien te acosaba. Que fue Janet la que te hizo tan infeliz en el instituto.

¿Lo sabía?

A Brenna le empezaron a temblar las piernas.

—¿Cómo te has enterado?

—Responde a mi pregunta. ¿Por qué no me lo contaste? —hablaba entre dientes—. ¿Por qué?

Nunca lo había visto así. Se apartó de él hasta que sus muslos se toparon con la mesa de la cocina.

—Porque cuando estaba contigo, me olvidaba de todo eso.

—Dejaste que se saliera con la suya y se fuera de rositas.

—No fue así —buscaba las palabras que podrían ayudarla a explicarlo—. Destrozó mi vida escolar, pero no quise que destrozara también nuestra amistad. No quería permitírselo. ¿No lo puedes entender? No quería darle ese poder. Esa parte de mi vida, la mejor parte, era mía, y no quería que ella la tocara.

—Pero lo hizo. Y como yo no tenía ni idea de lo que te estaba haciendo, porque no me habías dado ni la más mínima pista y te negabas a darme un nombre cuando te lo preguntaba, no sospechaba nada. Cuando Janet entró en el granero desnuda aquel día, ni me paré a preguntarme si habría alguna razón a parte de la obvia. No me paré a preguntarme por qué me había elegido.

Tyler sentía un dolor tan intenso que parecía estar levantándole la piel.

—¿Me estás culpando por haberte acostado con ella?

–No. Esa responsabilidad fue toda mía. Pero si hubiera sabido cómo te estaba tratando, jamás habría pasado –estaba pálido–. No tuvo nada que ver conmigo.

–¿Así que ahora tienes el ego dañado?

–Mi ego está muy bien. No se trata de mi ego, se trata de ti y de todas las cosas que no compartiste conmigo. Lo hizo para hacerte daño.

Brenna tragó saliva.

–Sí.

–¿Lo sabías?

–Cuando se enteró de que estaba embarazada, vino a verme –Brenna cerró los ojos recordando cómo su madre la había sacado de la cama y la había obligado a vestirse y a enfrentarse a su acosadora. Cómo le había dado maquillaje para ocultar los estragos de su sufrimiento y había sacado un vestido que le había comprado pero que ella jamás se había puesto. Lo irónico de todo fue que en aquella ocasión Brenna por fin había sido la hija que su madre siempre había querido.

Había bajado las escaleras con piernas temblorosas preguntándose cómo lo iba a hacer y después había sentido a su madre a su lado, había sentido la fuerza que emanaba de su solidaridad femenina.

«Enhorabuena». Esa palabra había salido con dificultad de entre sus labios rígidos, y Janet la había mirado con recelo, como si no tuviera claro si Brenna la estaba felicitando por su bebé o por el hecho de haber ganado la partida.

–¿Por qué fue a verte? –la brusca pregunta de Tyler la devolvió al mundo real.

–Quería asegurarse de que lo sabía. Se disculpó por haberme hecho daño, por el hecho de que tú la hubieras elegido a ella antes que a mí. Y no me sentí muy bien –se sintió destrozada, como si hubiera muerto de sufrimiento mil veces–, pero ella tampoco parecía que estuviera muy bien.

y eso me hizo sentir peor porque tenía lo que yo siempre había querido, pero para ella no significaba nada.

Tyler cerró los ojos y se pellizcó el puente de la nariz.

—Hoy me ha dicho que había querido abortar, pero que sus padres no se lo permitieron.

A Brenna se le encogió el corazón.

—Cuánto agradezco que no lo llegara a hacer.

Él se acercó a la ventana.

—¿Por qué no me lo contaste tiempo después? Cuando todo explotó, me lo podrías haber dicho.

—¿Para qué? La situación ya resultaba bastante estresante sin que yo me sumara a esa presión. Y la verdad es que tampoco pensé mucho en ti. Estaba destrozada.

Él se giró para mirarla con una expresión cargada de culpa.

—¿Sabes qué es lo más descabellado de todo esto? Sí, todo fue culpa mía, fui un irresponsable y pensé con mi libido y no con mi cerebro, pero si digo que ojalá nunca hubiera pasado, estoy diciendo que deseo que Jess no hubiera nacido, y eso no es lo que siento.

—Claro que no.

—Es lo mejor de todo esto… —tragó saliva—, y lo peor es que a ti te hice daño.

—Eso pertenece al pasado, Tyler.

—¿Ah, sí? Janet ha estado en casa esta mañana. Me guste o no, es la madre de Jess y siempre será parte de mi vida.

—No, no lo es —dijo una voz temblorosa desde la puerta. Ambos se giraron.

Allí estaba Jess con la cara del color de la nieve fresca.

—Ella fue la que te acosó. ¿Mi madre? ¿Es verdad?

Brenna se quedó allí, sin saber qué hacer, horrorizada, preguntándose cuánto habría oído.

Fue Tyler quien habló.

—Eso parece. Y siento que lo hayas oído, cielo.

—Yo no lo siento. Quiero saber... —visiblemente afectada, Jess se llevó las manos al pelo y las volvió a bajar con gesto de repugnancia—. ¿Por qué hizo algo así? ¿Cómo puede alguien hacer algo así?

Era una pregunta que Brenna se había hecho muchas veces.

—Creo que no era feliz —dijo Brenna en voz baja—. Las cosas no le iban muy bien en casa. Y creo que de verdad le gustaba tu padre —había tardado años en ver esa posibilidad a través de la retorcida complejidad del comportamiento de Janet.

—Si crees eso, entonces es porque nunca has oído las cosas que dice de él.

—Creo que le dolió que él no compartiera sus sentimientos —vio a Tyler mirarla, vio asombro en sus ojos.

—Me ofrecí a casarme con ella.

—Pero por obligación, no porque la quisieras. Porque creías que era lo más responsable. Creo que eso fue duro para ella. Se sentía sola, asustada y muy infeliz.

Jess emitió un sonido de disgusto.

—Ella te hizo infeliz a ti. No me puedo creer que sea mi madre. Es un monstruo, y la odio —comenzó a llorar, soltando unos enromes sollozos que parecían partirle el pecho—. ¡Ojalá no me hubiera tenido! ¡Ojalá no hubiera nacido!

Brenna cruzó la habitación en un instante, pero Tyler fue el primero en hacerlo.

Abrazó a Jess, ignorando los intentos de su hija de apartarlo, sujetándola con fuerza, murmurando contra su pelo mientras ella lloraba y sollozaba.

—Me alegro de que hayas nacido. Eres lo mejor que me ha pasado en la vida. Siempre lo has sido. Todos te queremos. Los abuelos, el tío Jackson, el tío Sean, Brenna... —le acariciaba el pelo—. Hay mucha gente que te quiere y a la que le importas. Y tu madre también te quiere. Estoy seguro.

—No, no me quiere, y no quiero volver a verla nunca. Nunca más... —estaba llorando tanto que apenas podía hablar—. ¡Hazlo! Quiero que busques abogados o lo que sea, pero prométeme que no volveré a verla nunca. ¿Papá? —lo miró, tenía la cara colorada—. ¿Lo prometes?

Tyler parecía conmocionado.

—Creo que tenemos que hablar de esto cuando estés más calmada.

—¡Quiero que me lo prometas!

Él respiró hondo y miró a Brenna por encima de la cabeza de Jess.

—Te prometo que si eso es lo que quieres después de haber tenido tiempo para pensarlo, entonces lo haremos.

—¿Por qué ha venido? —se frotó la cara con la mano—. No la he visto, nunca se interesa por lo que hago, ni siquiera me llama, y de pronto se planta aquí. ¿Ha traído algún regalo de Navidad o algo? —se apartó de Tyler y los miró a los dos.

—No estoy seguro —su voz sonó áspera—. Si ha traído algo, probablemente quiera dártelo en persona.

—Estás intentando hacerme sentir mejor, pero sigo sin comprender por qué ha venido aquí —de pronto los ojos se le llenaron de angustia al caer en la cuenta de la verdad—. Ha venido porque le dije lo de Brenna. Es culpa mía. Le dije que Brenna está viviendo con nosotros y que es genial y que nos divertimos mucho, y eso ha debido de ponerla furiosa o celosa.

—No es culpa tuya —se apresuró a decir Brenna, pero Jess no la estaba escuchando.

—Está casada, tiene otra hija y, aun así, viene corriendo porque cree que Brenna podría estar teniendo una relación contigo. Como ella no puede tenerte, no quiere que nadie más te tenga.

Tyler palideció.

—Quería verte a ti.

—Papá, no tengo seis años. Si hubiera querido verme, me habría llamado y me habría dicho que iba a venir. Los dos sabemos que no le intereso. Me lo ha dicho tantas veces que ya he perdido la cuenta, así que deja de mentir y cubrirla.

—No la estoy cubriendo, pero creo que las relaciones en ocasiones son complicadas. Por eso siempre las he evitado.

Brenna se sintió como si hubiera resbalado y estuviera cayendo por un precipicio.

Se dijo que esas palabras no iban dirigidas a ella, que Tyler solo estaba intentando reconfortar a su hija, pero aun así sintió como si una oscura nube de pronto hubiera salido en el cielo y hubiera ensombrecido su felicidad.

—La odio, y no quiero volver a verla nunca —Jess salió corriendo de la habitación y Tyler inhaló profundamente.

—¡Jess! —se pasó la mano por el pelo y maldijo para sí. Después miró a Brenna, que estaba visiblemente destrozada.

—Ve —le dijo ella rodeándose con sus propios brazos y pensando únicamente en Jess—. Te necesita.

—No acierto con lo que digo.

—Eso no es verdad. Es imposible poder suavizar una situación así. Lo único que puedes hacer es estar a su lado y escucharla.

—¿Y tú?

—Ahora la que importa es ella.

—Tú y yo tenemos que hablar —la miró fijamente y Brenna vio incertidumbre en sus ojos.

—Ella es la prioridad. Yo sé cuidarme sola.

Además, no tenían nada más que hablar, lo sabía.

El hecho de que Tyler supiera la verdad sobre Janet no cambiaba lo esencial. Él no quería una relación a largo plazo y jamás sería capaz de superar ese miedo al compromiso por mucho que ella quisiera que lo hiciera.

No tenía ninguna duda de que esa última crisis con Janet quedaría olvidada, pero el problema no era Janet.

Era Tyler.
Y hablar del tema no cambiaría eso.

—Se ha quedado dormida. Por fin —agotado, Tyler se tiró en el sofá y cerró los ojos—. ¡Vaya día!

—Has estado horas ahí arriba. ¿De qué habéis hablado?

—De todo. De sus sentimientos. De Janet. De ti.

—¿De mí?

—Por fin me ha hablado de los chicos que la están molestando en el colegio. Enterarse de que fue Janet la que te acosó ha debido de desbloquear algo en ella porque ha empezado a hablar del tema sin más —abrió los ojos y parpadeó, como alguien que acababa de salir de la oscuridad—. Nunca me he sentido tan impotente. Quería ir al instituto a solucionarlo, pero no quiere que haga nada, lo cual me sitúa en una situación imposible. Si ignoro sus deseos, pierdo su confianza. No quiero arriesgarme a eso, pero tampoco puedo permitir que esto continúe —se quedó en silencio un momento—. Odio verla llorar, me siento como si alguien me estuviera retorciendo un cuchillo en las entrañas.

—¿Estaba llorando? —Brenna se levantó, parecía tan tensa como él—. ¿Debería subir a ver cómo está?

—No. Está agotada y se ha quedado dormida encima de Luna. He dejado la puerta entreabierta por si se despierta.

—¿Has dejado que los perros pasen a la habitación?

—Si vas a darme una charla sobre que los padres tienen que mantenerse firmes y ser constantes, ahórratela. Y ha sido solo a Luna. A Ash no lo he dejado pasar. Me preocupaba que pudiera despertarla.

—Soy la última persona que le daría una charla a nadie. Creo que estás haciendo un gran trabajo.

—¿Sí? —su voz estaba cargada de mofa hacia sí mismo–. Si estoy haciendo un gran trabajo, ¿entonces por qué tengo arriba una niña que se ha quedado dormida de tanto llorar?

–Eso no ha tenido nada que ver contigo.

–Sí, claro que sí. Primero Janet y ahora los acosadores. La están tomando con ella por mi culpa.

–Los niños siempre pueden encontrar una excusa si la quieren. Ser pelirrojo, llevar gafas, ser un empollón, ser un chicazo –Brenna caminaba de un lado a otro del salón. Las luces del árbol de Navidad se reflejaban en la enorme ventana, y esa atmósfera festiva contrastaba cruelmente con las emociones que llenaban la habitación.

–¿Esa fue la excusa de Janet? –la voz de Tyler sonó áspera–. ¿Te llamaba «chicazo»?

–No estamos hablando de mí.

–Pues hagámoslo. Vamos a hablar de ti. Es una conversación que tenemos pendiente desde hace mucho tiempo. Ven aquí.

Tyler le habló con tono suave, y cuando ella lo miró, su cuerpo entró en calor.

–No me parece que sea una buena idea.

–Si no vienes aquí ahora mismo, yo iré a buscarte. Tú eliges.

–Jess se podría despertar.

–Lo sé. No te estoy proponiendo una sesión de sexo bajo el árbol de Navidad. Solo un abrazo. Aunque tú no lo necesites, yo sí. Ven a sentarte conmigo.

Lo hizo y al instante se sintió mejor, envuelta en el círculo protector de sus brazos. Se acurrucó contra él, necesitaba su fuerza.

–Me siento fatal por Jess.

–No lo hagas. Es culpa mía que nos haya oído. Debería haber tenido más cuidado.

–No me refería a eso. No me puedo creer que Janet haya

dejado a su marido y a su bebé en casa para venir aquí porque se ha enterado de que me he mudado. Han pasado años.

—Quiero que me hables de ello, pero no si te va a hacer sentir peor. Ya he hecho llorar a demasiadas mujeres por hoy.

—¿Qué quieres saber?

Él le apartó el pelo de la cara con delicadeza.

—¿Cuándo empezó todo?

—No me acuerdo. Fue pronto. Ella era mayor, así que no la veía mucho, pero solía esperarme a la salida de clase. Una vez me encerró en los vestuarios para impedir que fuera a reunirme contigo. Al cabo de un rato me encontró un profesor.

—¿Culparon a Janet?

—No. Les dijo que el cerrojo estaba roto y que estaba intentando rescatarme. Para cuando salí ya era tan tarde que pensé que te habrías marchado, pero no. Seguías allí. Te metiste conmigo por quedarme estudiando hasta tarde.

Él la abrazaba con fuerza.

—Deberías habérmelo dicho.

—Entonces le habrías dicho algo a ella y eso lo habría empeorado todo.

—Recuerdo aquel día que saliste de clase magullada —hablaba en voz baja—. ¿Con qué frecuencia te pegaba?

—Casi siempre era daño psicológico. Intentaba minar mi autoestima. Me llamaba «Brenna la Pelma» o «Brenna el Chicazo» porque no tenía las tetas grandes. Se aseguró mucho de hacerme creer que yo no era tu tipo. «A él no le van las de pecho plano y pelo castaño. Esquiará contigo, pero nunca, jamás, querrá acostarse contigo». Eso era lo que me decía.

—La voy a matar —dijo él entre dientes—. Dime que sabías que no tenía razón.

—No, porque pensaba que tenía razón. Lo he estado pensando durante años. He llevado esas palabras dentro de mi cabeza y han cambiado el modo en que me he relacionado contigo y cómo me siento conmigo misma. Durante años di por hecho que no era una mujer atractiva, que ningún hombre querría acostarse conmigo nunca.

Él respiró profundamente.

—¿Por qué no me has contado nada de esto nunca?

—¿Por qué no te he dicho que no me sentía sexy? ¿Y cómo iba a haber surgido esa conversación? Nosotros no hablamos de esas cosas. Utilizando la expresión favorita de Jess, habría sido una avalancha de mal rollo. Y para serte sincera, me gustaba que me trataras igual que a tus hermanos.

—No tenía ni idea de que te sentías así. Siempre te veía muy segura de ti misma.

—En los circuitos, sí. Era una buena esquiadora. Era buena en muchas cosas, pero tenía la autoestima por los suelos.

—Creía que eras un poco tímida, nada más. Debería haberme dado cuenta. Eras mi mejor amiga, Bren...

—Sí, pero estaba enamorada de ti, y no podía hablar de ello porque me lo creía —lo oyó murmurar algo, pero continuó—: A lo mejor por eso nunca se me ha dado bien lo de tener relaciones de una noche. No lo sé. Lo único que sé es que tardé mucho tiempo en superar aquello y en darme cuenta de que ser sexy no significa lo mismo para todos.

—Eres sexy, Bren —Tyler bajó la boca hacia la suya—. Y cuando quieras que te demuestre todo lo sexy que eres, no tienes más que decirlo.

Ella llevó la mano hasta su cara y exploró la áspera textura de su mandíbula.

—Creo que por eso se acostó contigo aquella vez. Para demostrar que ella sí que podía hacerlo.

—Vino a buscarme. Sabía dónde estaría —la miraba fijamente—. ¿Es demasiado tarde para decir que lo siento?

—Nunca es demasiado tarde, pero en este caso no es necesario. No me debes nada. Tú no sabías lo que estaba pasando. Éramos amigos, nada más —se acercó y lo besó—. ¿Y ahora qué? ¿Dónde se aloja Janet?

—Según Jackson, en un hostal del pueblo. Y ha venido sola.

—¿Entonces sí que ha dejado a su marido y a su bebé para venir aquí solo porque se ha enterado de que me he mudado a tu casa?

—Eso parece. Preferiría pensar que ha venido por Jess.

—¿Crees que volverá?

—No lo sé. Supongo que sí porque aún no ha visto a Jess. Tengo que asegurarme de estar aquí cuando eso pase. Me siento como si estuviera en lo alto de una pendiente sabiendo que está a punto de producirse una avalancha y no puedo hacer nada para evitarlo —se acercó más—. Pero de una cosa estoy seguro. No quiero que tengas que volver a ver a Janet.

—Eso forma parte del pasado.

—No creo que para Janet forme parte del pasado.

Las diminutas luces del árbol de Navidad proyectaban un cálido brillo sobre el salón.

—Es Jess en quien tenemos que pensar. Todo se arreglará. Es complicado, pero pasará, y pase lo que pase con Janet, Jess sabrá que es una niña muy querida y que te tiene a ti y al resto de la familia. No podemos dejar que esto le estropee las Navidades. Si lo hacemos, entonces Janet saldrá ganando.

—Llevaré a Jess a reunirse con ella en terreno neutral.

—No es necesario.

—Sí, claro que sí. No puedo impedir que vea a Jess, pero no quiero que se te acerque.

—Puedo con ella.

—La última vez no pudiste. Y odias las confrontaciones.

—Elegí el camino de menor resistencia. Esa fue mi elección. Y si pudiera retroceder, creo que no lo haría de otro modo. Y tú tampoco. No cambiarías lo que pasó porque eso implicaría no tener a Jess.

—Todo esto es un desastre.

—Es la vida. La vida es así. Lo bueno y lo malo van de la mano y no siempre puedes separarlos. Hablemos de otra cosa. ¿Le has comprado ya a Jess sus regalos de Navidad?

—Sí. Creo que se va a poner muy contenta —deslizó los dedos bajo su barbilla, le alzó la cara y la besó—. Aún me quedan unos cuantos regalos que comprar. Supongo que no te apetecerá escribirle una carta a Santa Claus, ¿verdad?

A pesar de lo agitada que se sentía por dentro, él la hizo sonreír.

—No hago eso desde que tenía seis años.

—Él te agradecería mucho que le dieras algunas pistas sobre lo que quieres.

—Tengo todo lo que quiero.

No era verdad, por supuesto, pero lo único que quería de verdad no lo podía tener.

Quería decirle que lo quería, pero temía su reacción, así que se contuvo y se guardó esas palabras muy adentro, al igual que había hecho con la verdad sobre Janet.

CAPÍTULO 16

Brenna estaba en la cocina preparando café a la mañana siguiente cuando oyó un coche aparcar en la puerta de la Casa del Lago.

Tyler se había marchado una hora antes para llevar a un grupo de huéspedes a esquiar y era demasiado pronto como para que hubiera vuelto.

—¡Brenna! —la voz de Jess se oyó desde arriba, cargada de pánico—. ¡Es mi madre! ¡Está aquí! ¡En casa!

Con una mano temblorosa, Brenna soltó la taza de café, fue hasta el vestíbulo y miró por la ventana a tiempo de ver a Janet saliendo del coche.

—¿Qué está haciendo aquí? —Jess estaba en las escaleras con expresión de pánico—. ¡No quiero verla! Quiero que se vaya. Y tú tampoco puedes verla. No abras la puerta. Haremos como si no estuviésemos. ¿Podemos hacerlo? No nos ha visto. Podríamos escondernos debajo de la cama o algo así. He intentado llamar a papá, pero no responde.

—Se ha llevado a un grupo a esquiar por los claros para hacerle un favor a Jackson. Allí no hay cobertura.

Lo cual significaba que era la única que podía interponerse entre Jess y un encuentro complicado con su madre.

«Odias las confrontaciones».

No podía tratarse de una coincidencia que Janet estuviera allí. Había elegido un momento en el que Tyler estaría fuera pensando probablemente que Brenna no se enfrentaría a ella.

—Sube, Jess. Hablaré con ella y le diré que vuelva en otro momento, cuando tu padre esté aquí.

Esa era una confrontación que no evitaría.

Jess parecía consternada.

—No puedes hacer eso. Te hizo sufrir. No deberías tener que hablar con ella.

—Eso fue hace mucho tiempo, Jess. Pertenece al pasado.

—No. Ha venido porque quiere molestarte. Quiere estropearlo todo entre papá y tú, estoy segura.

Brenna también estaba segura, y una parte de ella quería hacer lo que Jess le sugería y ocultarse hasta que la oyeran marcharse.

El estómago se le revolvió al pensar en tener que enfrentarse cara a cara con Janet después de tantos años.

—¿Brenna? —preguntó Jess con voz temblorosa—. ¿Nos podemos esconder?

Brenna giró la cabeza y la miró. Vio su dolor y su confusión y recordó las lágrimas y sus ojos enrojecidos.

—No. No nos vamos a esconder —con esa decisión tomada, se puso un jersey. Esta vez no necesitaba ni un vestido, ni maquillaje, ni a su madre para ayudarla a enfrentarse a ella y hacer lo correcto—. Si no quieres bajar, me parece bien, cielo. Yo hablaré con ella. Tú vuelve arriba y quédate con Luna.

—¡No puedes verla estando sola! Fue muy mala contigo.

—Esta vez no lo será —Brenna fue hacia la puerta. Una intensa ira le recorría las venas.

Se quedó allí de pie un momento preparándose para abrir la puerta, y entonces sintió algo contra la pierna y vio a Ash mirándola y agitando la cola.

—Hola —lo acarició y abrió la puerta.

Por primera vez en más de una década estaba frente a su acosadora, y lo primero que la impactó fue comprobar lo normal que le resultó la otra mujer; no la vio como un monstruo aterrador, sino como otro ser humano. Estaba más mayor y menos delgada, pero quitando eso, no parecía haber cambiado demasiado.

–Hola, Janet.

Janet apenas la miró.

–He venido a ver a mi hija.

–No es buen momento –respondió Brenna educadamente–. Si llamas a Tyler, podrás quedar con él para cuando os venga bien a los dos.

Janet no se inmutó por la respuesta.

–No has cambiado nada.

Brenna pensó en cómo era por entonces y en cómo era ahora. Tal vez por fuera no había cambiado, pero por dentro sabía que era diferente.

–Le diré que has venido. Lamentará no haberte visto.

–Así que por fin estás viviendo bajo el mismo techo que él. Es lo que siempre has querido.

–Conduce con cuidado. Las carreteras están heladas – comenzó a cerrar la puerta, pero Janet la detuvo.

–Jamás se casará contigo, lo sabes, ¿verdad? Jamás te dirá «Te quiero».

Ash se pegó más a Brenna y ella posó la mano sobre su cabeza.

–Adiós, Janet.

Sin quitar la mirada del perro, Janet apartó la mano de la puerta.

–Has estado a su lado toda su vida y estoy segura de que ni una sola vez en todos estos años te ha dicho esas palabras. No es capaz de hacerlo. Estás perdiendo el tiempo.

Incluso ahora, después de tantos años, Janet sabía exactamente qué palabras le podían hacer más daño y las lanzó como si fueran un puñetazo. Intentando esquivarlo, Brenna casi cerró la puerta, pero entonces recordó que no era ella quien importaba, sino Jess.

Se puso recta y miró a Janet a los ojos.

—Lo que Tyler me diga no es asunto tuyo, y tampoco lo es con quién tenga una relación. Además, puedo hacer con mi tiempo lo que quiera y perderlo del modo que mejor me parezca.

—Así que no te lo ha dicho —pero en lugar de resultar petulante, ahora la mirada de Janet reflejó angustia—. Ten cuidado de que no te deje embarazada. No cometas el mismo error que cometí yo.

—Jess es una persona, no un error. Y debería darte vergüenza decirle esas cosas a una niña.

—Es la verdad. Tenerla me arruinó la vida.

—No tuvo por qué. Habrías tenido ayuda si la hubieras pedido.

A Janet se le escurrió el bolso del hombro.

—Mis padres no querían saber nada de mí.

—Pero los O'Neil estaban a tu lado. Te habrían ayudado. Querían hacerlo, pero tú los apartaste y lo hiciste para hacerles daño porque sabías lo mucho que anhelaban tener a Jess.

—Querían a Jess, no a mí, y no podía soportar verme atada a un hombre que no me quería. Pensabas que no sentía nada por él, pero yo también lo quería —se volvió a colocar el bolso en el hombro—. Siempre estaba contigo, a todas horas. Cada día después de clase ibas a buscarlo y os marchabais juntos. Los fines de semana os veía en la montaña. Siempre juntos.

—Estabas celosa —Brenna tenía la boca seca. No la reconfortó ver que sus sospechas quedaban confirmadas—. Por eso me odiabas.

Janet tenía las mejillas coloradas.

—Le di lo único que sabía que tú no le darías, pero después se vistió y sc fue corriendo porque había quedado contigo. ¿Sabes cómo me hizo sentir aquello?

¿Por qué no se le habría ocurrido antes que ese pernicioso comportamiento habría tenido su origen en lo que Janet sentía por Tyler?

Se había sentido hundida, se había centrado en su propia supervivencia. No había mirado bajo la superficie y nada en esa superficie había insinuado la presencia de sentimientos profundos.

Había huido cuando debería haberse mantenido firme.

—No podemos cambiar el modo en que nos comportamos en el pasado, Janet, pero sí que podemos elegir cómo comportarnos en el futuro. No sé por qué estás aquí, pero espero que sea porque te preocupas por Jess y quieres verla. De lo contrario, no tienes nada que hacer aquí ni tienes por qué intentar importunar a una familia.

—Él no es tu familia. Y por mucho que te engañes pensando que la gente puede cambiar, él no lo hará. Esa es la diferencia entre nosotras. Yo veo la realidad y tú vives en un mundo de sueños.

—Me refería a Jess y Tyler —dijo Brenna—, y la diferencia entre nosotras es que yo no quiero que cambie, y nunca he querido eso. Lo quiero por quién es y mi relación con él es algo entre los dos, de nadie más —se detuvo porque en ese momento dos hombres de hombros anchos aparecieron detrás de Janet.

—¿Janet? —la voz de Jackson sonó brusca. Desde que lo conocía, Brenna jamás había visto una expresión tan dura en su rostro—. Sube a tu coche y vuelve adonde sea que te alojaste anoche. Me aseguraré de que Tyler sepa que has estado aquí.

Janet giró la cabeza, miró a Sean y a Jackson, y después volvió a mirar a Brenna.

—Quiero ver a mi hija.

Brenna oyó un sonido tras ella y entonces Jess dio un paso adelante.

¿Cuánto habría oído?

—No sé por qué estás aquí, mamá —Jess se mantuvo al lado de Brenna—. Le has dicho a todo el mundo que he arruinado tu vida, que tenerme ha sido lo peor que te ha pasado, que desearías que no hubiera nacido nunca. Ojalá me hubieras dejado vivir aquí con él desde el principio, pero no lo hiciste, y yo no podía hacer nada para evitarlo, pero ahora soy mayor y puedo tomar mis propias decisiones.

—No, no puedes.

—Papá se asegurará de que me quede aquí. Me lo ha prometido.

—Odio decepcionarte, pero tu padre no tiene mucha práctica cumpliendo promesas.

—Esta sí que la cumplirá.

—Y yo lo ayudaré a hacerlo —dijo Sean sacando el teléfono del bolsillo y marcando un número—. Mientras tanto, creo que es buen momento para que te marches. Ya estoy viendo a nuestro jefe de policía de camino y dicen por ahí que últimamente su vida es muy aburrida. Seguro que tiene ganas de entretenerse un poco.

—¿Ha estado aquí y ya se ha ido? —pálida, Elizabeth miró a sus hijos y se sentó en la silla.

—Sí, se ha ido —respondió Jackson levantando la mirada del teléfono—. Sean ha hablado con un amigo abogado. Lo va a arreglar todo. No me preguntes por los detalles.

—A mí tampoco me preguntes por los detalles. Mi conocimiento de las leyes lo he sacado de ver algunos episodios de *The Good Wife* —dijo Sean bostezando—. Yo me dedico a arreglar piernas rotas.

Jackson lo miró.

—Pues se me ha ocurrido darte algo más de trabajo.

Sean esbozó una ligera sonrisa.

—A mí también se me ha pasado por la cabeza, pero se me da mejor arreglarlas que romperlas.

La puerta se abrió en ese momento y Tyler entró en la cocina sin quitarse las botas. Llevaba nieve sobre los hombros y tenía el pelo mojado.

—¿Qué cojones está pasando? —al ver a Alice estremecerse, le lanzó una mirada de disculpa—. Lo siento, abuela. ¿Ha estado aquí Janet? No sabía que volvería; si no, habría estado aquí. Imagino que lo sabía.

Jackson se guardó el teléfono en el bolsillo.

—Creo que ha elegido muy bien el momento.

—¿Cómo sabíais que estaba allí?

—Jess nos envió un mensaje cuando Janet llegó.

—A mí también me llamó y me escribió, pero estaba en la montaña sin cobertura y para cuando recibí el mensaje, ya era demasiado tarde para ayudar. Gracias por ayudarla.

—Nosotros no hemos hecho nada. Fue Brenna.

—¿Brenna?

—Sí, Brenna. Y te aconsejo que no la enfades nunca —dijo Sean sonriendo—. Deberías haberla visto ahí en la puerta plantándole cara. Pasaron por lo menos cinco minutos hasta que se percataron de nuestra presencia. Hasta Ash parecía nervioso.

Tyler se quedó atónito.

—¿Brenna plantándole cara? Pero jamás le dijo ni una palabra a Janet en el pasado.

—Pues entonces imagino que las ha estado acumulando porque hoy le ha lanzado unas cuantas. Y algunas estuvieron muy bien elegidas, casi todas relacionadas con las habilidades maternales de Janet.

—¿Estaba disgustada?

–¿Janet? Visiblemente no, pero es un témpano. A ella nada la disgusta.

–No me refiero a Janet... –dijo Tyler frunciendo el ceño con gesto de impaciencia–. Me refiero a Brenna.

–Furiosa –respondió Jackson lentamente–. Estaba furiosa. Y entonces ha bajado Jess y le ha dicho que no quería ver a Janet nunca más y que tú habías prometido solucionarlo.

Alice emitió un sonido de disgusto, pero Tyler siguió mirando fijamente a su hermano.

–¿Y qué ha dicho Janet?

–Que tú no habías cumplido una promesa en tu vida.

A Tyler le temblaba la mandíbula.

–Entonces ese abogado amigo tuyo... –dijo mirando a Sean–. ¿Lo puede solucionar? Porque si no puede, tenemos que encontrar a alguien que pueda.

–Confío en él. Puedes hablar con él directamente.

–Lo haré –se bajó la cremallera de la cazadora y algo de nieve cayó al suelo–. ¿Están las dos en casa?

–No. Creo que Brenna se ha llevado a Jess a esquiar.

Tenía sentido. Siempre que la vida era dura con ella, Brenna se refugiaba en la montaña. Era el lugar al que iba para recuperarse y sanar, y era muy propio de ella que se hubiera llevado a su hija.

–Ojalá pudiera esquiar como tú –dijo Jess viendo a Brenna efectuar otro giro.

–Serás mejor que yo.

–Eso jamás.

–Lo digo en serio, Jess –Brenna se apoyó en sus bastones y miró a lo lejos. Jess le lanzó una mirada de preocupación.

–¿Estás disgustada por lo que ha pasado con mi madre?

¿Lo estaba?

Examinó sus sentimientos y buscó esa sensación de pánico y dolor que la invadían siempre que se mencionaba el nombre de Janet, pero habían desaparecido.

Se había enfrentado a algo que la aterrorizaba y había sobrevivido. Y no solo había sobrevivido, sino que había triunfado. Había dicho lo que hacía falta, y decirlo había sanado unas heridas que pensaba que jamás podrían sanar. Se sentía distinta.

—Por supuesto que me ha disgustado verla ahí, pero creo que las dos lo hemos manejado muy bien.

—Has estado increíble. ¿De verdad piensas que estaba enamorada de papá?

—No lo sé. Pero sí, creo que sí. Eso explicaría muchas cosas —respondió haciendo un dibujo en la nieve con el bastón—. ¿Y tú cómo te sientes con todo esto? Sé sincera conmigo.

—Quiero quedarme aquí con papá y me aterroriza que ella pueda intentar llevarme para hacerle daño.

—Eso no va a pasar, Jess.

—¿Estás segura? —había incertidumbre en su mirada—. Porque si lo hace, haré snowboard por las escaleras a diario hasta que me deje volver a casa.

Casa.

Snow Crystal.

Brenna miró a su alrededor, inhalando el aroma a invierno. A su alrededor las suaves pistas de esquí trazaban líneas en el bosque nevado como lazos de satén atados alrededor de un regalo con un precioso envoltorio.

—Tienes mucho talento. Vas a tener que esforzarte mucho, pero lo vas a hacer muy bien.

—Me esforzaré mucho. Y con papá y contigo entrenándome, habré mejorado para primavera.

¿Seguiría ella allí en primavera?

Janet se había ido, pero sus palabras le seguían retumbando por la cabeza, negándose a silenciarse.

«Jamás te dirá "Te quiero"».

Probablemente era lo único en lo que Janet y ella coincidían, y se dio cuenta de que tenía una decisión que tomar.

No era justo para nadie que siguiera viviendo allí, alimentándose de una dieta de esperanza y poco más.

—¿Sabes lo que creo? Creo que deberíamos pasar por la tienda de camino a casa, comprar todos los adornos que le queden a Ellen Kelly y convertir la Casa del Lago en una gruta de cuento —se sintió aliviada al ver a Jess sonreír.

—Papá se moriría. Por poco lo mata tener que poner el árbol de Navidad.

Brenna agarró un puñado de nieve y se lo lanzó a Jess.

—Creo que es especialmente importante decorar su habitación. Con lazos y guirnaldas.

—Y con brillantina. Y tal vez podríamos comprar un árbol pequeño para su cuarto —Jess le lanzó nieve a Brenna, que se agachó y avanzó deslizándose por la montaña.

Si esas iban a ser las últimas Navidades que iba a pasar con Tyler y Jess, se aseguraría de que fueran unas Navidades que quedaran para el recuerdo.

Tyler abrió la puerta de la Casa del Lago, se tropezó con las botas de Jess y dos perros se abalanzaron sobre él.

Sintiéndose tan tenso como antes de una gran competición, se vio aliviado al oír risas saliendo del salón.

—No, no. No podemos —estaba diciendo Jess—. Papá nos matará. En serio. Tendremos que mudarnos con la abuela o hasta irnos al Polo Norte a vivir con Santa Claus.

Tyler sonrió. Jess era una adolescente, pero había momentos en los que se comportaba más como una niña pequeña. Preguntándose qué habría hecho Brenna para hacer reír a su hija en un día que debió de haber estado cargado de tensión y estrés, abrió la puerta y se detuvo ante la imagen de millones de diminutas luces enroscadas alrededor de las bombillas que colgaban de las ventanas.

—¿Qué...?

—¿Está recta? —Brenna se balanceaba en lo alto de una escalera intentando colocar otra guirnalda—. ¿Está a la misma altura que la otra? —al alargar la mano, la escalera se movió y Tyler cruzó la habitación en dos zancadas—. Baja —sujetando la escalera, añadió entre dientes—. Yo lo hago.

—No seas sexista. Soy perfectamente capaz de poner unas luces y unas guirnaldas.

—Sí que lo es —dijo Jess dándole otra guirnalda—. Ya ha puesto las demás. ¿No está precioso? Hemos decidido que este año vamos a poner la casa mega navideña.

—Ya lo veo —sin soltar la escalera, Tyler escudriñó el salón—. Parece una gruta de un cuento de hadas.

Y en ese momento su hija sí que pareció contenta.

Si el encuentro con su madre la había disgustado, de eso ya no quedaba ni rastro.

—¿No te parece chulo? Brenna ha comprado todos los adornos que tenía Ellen en la tienda. Casi se le han salido los ojos de las órbitas.

Tyler miró a Brenna y ella lo miró a él.

—Odias el exceso de decoración.

—Esto no es un exceso de decoración. Es Navidad —Brenna fijó la última guirnalda y bajó con destreza—. ¿Qué te parece?

Tyler se contuvo y evitó decir que entre tanta lucecita y oropel, tendría que empezar a llevar gafas de sol dentro de casa.

—Me parece genial.

—Santa Claus necesita saber a qué casa llamar —Jess le puso a Luna, que mostraba demasiada paciencia, unas astas de juguete—. Así. Ella es mi reno. ¿Dónde has estado, papá? Creíamos que volverías hace horas.

Tyler se quedó allí de pie sin decir nada un momento, esperando poder posponer la conversación. No quería ser él el que arruinara ese feliz momento.

—Tenía unas cosas que hacer.

La expresión de alegría de Jess quedó reemplazada por una de inquietud.

—¿Has visto a mamá?

—Sí. Hemos tenido una conversación. Una conversación que debíamos haber tenido hacía mucho tiempo.

—¿Quiere que vuelva con ella? —preguntó Jess echando los brazos alrededor de Luna—. Ha venido a casa.

—Lo sé. El tío Jackson me lo ha contado todo. Siento no haber estado aquí contigo.

—Brenna ha estado increíble.

—Siempre está increíble —Ash pegó un salto hacia él y Tyler lo bajó al suelo sin dejar de mirar a Brenna—. Muchas gracias por lo que has hecho.

—No he hecho nada. Simplemente he tenido una conversación con ella que también debería haber tenido hace mucho tiempo.

¿Eran imaginaciones suyas o había algo distinto en ella? Irradiaba una seguridad en sí misma que normalmente solo veía cuando estaban en la montaña, y estaba sonriendo mientras recogía ramas de muérdago de un montón que había en el suelo.

—¿Y qué tal ha ido esa conversación?

—Mejor de lo que me esperaba —él volvió a mirar a Jess—. No quiere que vuelvas con ella. Eso está arreglado. Vivirás aquí con nosotros y eso no va a cambiar. Mañana por la tarde vuelve a su casa, pero tiene un regalo para ti y quiere dártelo en persona. Quiere hablar contigo. Le he dicho que te lo preguntaría. Si prefieres no hacerlo, no hay problema. Lo arreglaré para que no tengas que verla.

Jess acariciaba el pelo de Luna.

—¿Por qué no me lo ha dado esta mañana?

—Creo que esta mañana tenía muchas otras cosas de las que ocuparse.

—¿Y lo ha hecho?

—Creo que ha dado el paso. Hablar con Brenna le ha hecho pensar en algunas cosas —se preguntó qué se habrían dicho, qué verdades habrían intercambiado que pudieran explicar esa nueva y apacible Janet con la que había hablado por la tarde.

—¿Dónde vamos a quedar con ella? —Jess parecía preocupada—. ¿Aquí en casa?

—He pensado que sería mejor un lugar público. Le he propuesto vernos en la cafetería del pueblo.

—¿No cotilleará la gente?

Tyler se encogió de hombros.

—Eso no es problema nuestro.

—Supongo que no —Jess besó a Luna en la cabeza y se tomó su tiempo para responder—: Tal vez deberíamos verla. Podríamos llevarnos a Luna y que se quede esperando fuera. ¿Qué opinas, Brenna?

—Creo que deberías hacer lo que te apetezca —Brenna volvía a estar en lo alto de la escalera, esta vez colgando un gran ramo de muérdago sobre la puerta de la cocina—. ¡Pero no lleguéis tarde a la fiesta del hielo!

—No. Me apetece mucho. Kayla ha encargado una escultura de hielo con forma de alce como broma porque papá siempre está burlándose de ella con eso —se llevó la mano a la boca—. ¡Se suponía que no debía contártelo!

Tyler volvió a sujetar la escalera.

—Prometo que me haré el sorprendido.

—Y habrá fuegos artificiales, Dana ofrecerá paseos en trineo y Élise va a preparar una comida riquísima. ¡Y al día siguiente es Nochebuena y luego Navidad! ¡Estoy deseando que llegue! ¿Has terminado con las compras de Navidad, papá? –miró brevemente a Brenna y luego a él–. Porque tienes que terminar.

Y ese, pensó él, era el único problema pendiente.

No sabía qué comprarle a Brenna.

CAPÍTULO 17

—¡Estamos completos! No quedan habitaciones —dijo Kayla danzando sobre la nieve en la puerta del Outdoor Center mientras Élise la miraba exasperada.

—No entiendo por qué te alegras tanto. Eso significa que estaremos demasiado ocupados para abrir nuestros regalos de Navidad.

—Es divertido. Esta noche va a ser genial. Deberías ver la figura de hielo. Por fin he encontrado un alce que no me da miedo.

—¿Dónde está?

—Lo van a traer luego. Me veo tentada a echarle champán por encima y relamerlo. Tenemos una hoguera, comida deliciosa y Dana va a traer un equipo de perros para poder ofrecer paseos en trineo por el bosque. Hasta que me mudé a Vermont pensaba que lo mejor del hielo era que se echaba en los margaritas, pero estoy empezando a cambiar de opinión. La fiesta del hielo va a ser genial. Si es un éxito, la celebraremos todos los años.

Brenna miró el teléfono. Se preguntaba cómo les estaría yendo a Tyler y Jess con Janet.

—He hablado con la patrulla de esquí. Van a hacer la bajada de la antorcha antes de que empiecen los fuegos artificiales. Espero que el tiempo nos acompañe. El árbol está genial.

Kayla levantó la mirada. El hermoso abeto resplandecía lleno de luces, y una alfombra de nieve fresca se acumulaba alrededor de la base.

—Jackson y Tyler lo trajeron ayer. Estamos intentando superar al Rockefeller Center.

—El Rockefeller Center no tiene unas montañas y un bosque de fondo, así que yo diría que ya lo estáis superando —el frío aire la envolvió y se sacó el gorro del bolsillo—. Tengo que irme. Aún me quedan cosas por hacer.

—¿Jess? ¿Estás lista? —Tyler gritó por las escaleras y puso mala cara al ver a Jess bajar corriendo seguida de Ash y Luna—. ¡Tenías a los perros en tu habitación otra vez!

—Me estoy aprovechando de que estés preocupado por mí —lo abrazó—. ¿Pueden venir a la fiesta del hielo?

—Sí, si los llevas con la correa. Habrá niños.

—¡Se portan muy bien con los niños!

—Se comportan como si estuvieran drogados.

—¿Dónde está Brenna?

—Ya está allí. La patrulla de esquí va a hacer la bajada de la antorcha.

Salieron de casa y recorrieron el sendero que recorría el lago hacia el Outdoor Center. La nieve era espesa y los perros tiraban de la correa siguiendo su instinto natural de correr.

—Quieren tirar de un trineo. Ese será el siguiente paso en su entrenamiento. Papá, ¿te vas a casar con Brenna?

—¿Qué? —Tyler se tropezó y a punto estuvo de caerse—. ¿De dónde te has sacado esa idea?

—Solo me lo preguntaba. Ahora que mamá está siendo tan razonable y todo eso, no hay motivos para no hacerlo.

Una sensación de pánico se extendió dentro de él como un virus.

—No hay por qué apresurarse, Jess. Estas cosas llevan su tiempo.

—Papá, conoces a Brenna desde hace veinticinco años, lo cual asusta un poco, si te paras a pensarlo. ¿Cuánto tiempo más necesitas?

—«Asustar» es la palabra adecuada. No se me dan muy bien estas cosas. Ya lo sabes.

—Pero fuiste tú el que me dijo que no pasaba nada por estar asustado. Que lo único que importa es saber controlarlo.

Habían llegado al final del camino y la tranquilidad del aire del invierno se vio alterada por los sonidos de unas risas.

A Jess se le iluminó la cara.

—¡Veo a Brenna! Vamos —corrió por la nieve dejándolo a él atrás.

Las siguientes horas pasaron entre turistas y vecinos entremezclándose para celebrar el invierno y disfrutar de la comida y del espectáculo. Dana estuvo muy ocupada llevando a pequeños grupos a montar en trineo por el bosque, y Élise y su equipo se movieron por allí con bandejas de aperitivos y jarras de sidra caliente especiada.

Brenna había desaparecido como si la multitud se la hubiera tragado, y Tyler miró a su alrededor con frustración, buscándola.

No habían tenido un momento a solas desde la inesperada llegada de Janet.

Jess apareció de nuevo a su lado con una porción de pizza, y justo en ese momento una niña se paró frente a ella.

—Hola, Jess.

Jess se detuvo con la pizza a medio camino de la boca.

—Hola, Molly —lo dijo con cautela, como si no estuviera segura de si lo que estaba pasando era o no real.

Miró a Tyler y luego volvió a mirar a la chica.

Él sintió un nudo de inquietud en el estómago porque, obviamente, se trataba de una compañera de clase.

Jess parecía incómoda.

—Este es mi padre.

—Hola, señor O'Neil. ¿Son tus perros? —Molly se puso de cuclillas y se rio cuando Ash le plantó las patas en las piernas e intentó lamerle la cara. El gorro de Molly terminó en la nieve y ella también estuvo a punto de hacerlo.

—¡Ash! Abajo. Siéntate. Lo siento —Jess parecía avergonzada—. Aún lo estoy adiestrando. Aprende muy despacio. Es un husky siberiano, así que lo único que quiere hacer todo el rato es correr. Lo lleva en los genes. Lo estoy enseñando a tirar de un trineo.

—Es precioso. Me apetece subir al trineo, pero hay una cola interminable —Molly se incorporó, se sacudió la nieve de la cazadora y acarició a Ash.

—Después de Navidad voy a llevar a Ash a entrenar. Puedes venir si te apetece. Dana podría llevarnos a dar un paseo si no está muy ocupada —Jess lo dijo con indiferencia, como si no le importara mucho su respuesta, pero Tyler contuvo el aliento porque sabía lo mucho que le importaba en realidad.

—¿En serio? Sería una pasada. Gracias. ¿Tienes mi número?

Se intercambiaron los números, hablaron un poco del instituto y de cómo todo lo que no tuviera que ver con esquiar era una pérdida absoluta de tiempo.

—¿Has visto la escultura de hielo? —preguntó Molly encogiéndose de hombros—. ¿Quieres ir a verla? Puedes traerte a los perros.

Jess la miró y después miró a Tyler, que asintió.

—Adelante.

Ella le sonrió y él le devolvió la sonrisa porque lo entendía. Él, mejor que nadie, sabía lo importante que era la amistad. Sabía lo que era tener a alguien en quien poder confiar.

Vio a las dos niñas correr por la nieve, con las melenas al viento y los perros saltando tras ellas.

Pensar en la amistad lo hizo pensar en Brenna, y esa vez cuando buscó entre la multitud la encontró, de pie y apartada de todo el mundo mientras esperaban a los fuegos artificiales.

Se acercó conteniendo las ganas de llevarla contra el árbol más cercano y besarla hasta hacerle perder el sentido.

—Esta fiesta está siendo un éxito.

—Sí —tenía las mejillas rosas del frío y sujetaba una taza de sidra caliente—. Me ha parecido ver a Jess con una amiga del colegio.

—Así es. Se llama Molly y han ido a ver la escultura de hielo.

—¡Cuánto me alegro! Espero que sea un paso en la dirección correcta —dio un trago a su bebida—. ¿Qué tal la reunión con Janet?

—Bien. Nunca sé del todo qué se le pasa por la cabeza, pero nunca la había visto tan razonable como hoy. Lo que sea que le dijiste debió de calarle hondo.

—A lo mejor ya había llegado el momento de que las dos dejáramos el pasado atrás.

Algo en el modo en que dijo eso captó la atención de Tyler.

No podía dejar de mirarla, de mirar la azabache curva de sus pestañas y esas diminutas pecas que le cubrían la nariz como las huellas de una mariposa. Su melena, oscura y brillante como el roble pulido, asomaba por debajo de su gorro azul favorito.

—No he tenido oportunidad de darte las gracias por haber

llevado a Jess a esquiar y por decorar la casa. Ha sido muy generoso por tu parte. Me esperaba encontrarla muy angustiada, pero las dos os estabais divirtiendo mucho.

–Lo pasé muy bien. Era la primera vez que decoraba para Navidad.

La necesidad de estar a solas con ella superó su sentido del deber para con su familia.

–Vamos a casa.

Ella tardó un momento en responder y, cuando lo hizo, su voz sonó tan suave que Tyler apenas pudo oírla.

–No puedo.

–Todos están viendo los fuegos artificiales y Jess está con su amiga. Nadie nos echará de menos.

–No es por eso –respiró hondo y se giró para mirarlo con una expresión inquietantemente directa–. Tengo que preguntarte algo.

–Pregunta.

–¿Me quieres?

La pregunta lo pilló desprevenido, y estuvo a punto de salir corriendo.

–¿Qué clase de pregunta es esa?

–Una pregunta directa. Y espero que me des una respuesta directa.

Lo recorrió el pánico.

–Te conozco de toda la vida. Tengo fuertes sentimientos hacia ti. Eres mi mejor amiga.

–Sé que somos amigos. No es eso lo que te estoy preguntando. Te estoy preguntando si me quieres. Quiero saber si puedes decirme esas palabras.

Él miró por encima de su hombro, valorando la posibilidad de que alguno de sus hermanos pudiera llegar y salvarlo. Pero la cosa no pintaba bien.

–Jamás he dicho esas palabras. A nadie.

–Lo sé, y respeto que no las vayas diciendo por ahí a la

ligera, pero eso hace que mi pregunta sea más importante aún. Y lo que quiero saber, lo que necesito saber –lo dijo bien claro para que no pudiera haber errores–, es si me las puedes decir a mí. ¿Lo puedes hacer?

Él la miró, sintiéndose como si se hubiera quedado sin oxígeno.

–Brenna...

–Tengo que saber qué sientes por mí, y necesito que seas sincero. Respondas lo que respondas, lo asumiré. Eres tú el que me animó a decir lo que sentía y lo que quería, y ahora lo estoy haciendo –no apartaba la mirada de él–. Quiero la verdad. Merezco la verdad.

A su alrededor todo eran sonidos de fiesta. Niños riendo, adultos conversando, y después, por fin, la explosión de los fuegos artificiales seguida por ovaciones del público. Era un momento de celebración, el momento perfecto para el romance, para declaraciones de amor, para promesas.

Tyler la miró, observó esa cara que había mirado prácticamente toda su vida. Habían crecido juntos, habían reído juntos, habían discutido, se habían peleado, habían hecho las paces, y se habían peleado otra vez.

Y habían hecho el amor bajo la luz de la luna con el bosque nevado como único testigo.

Brenna siguió mirándolo, fijamente, hasta que el silencio de Tyler resultó más audible que los gritos de la multitud y que los fuegos artificiales que estallaban a su alrededor.

Vio un brillo distinto en su mirada justo antes de girarse.

–Gracias por no mentirme.

–No, espera... me importas –era tremendamente importante poder convencerla–. Eres mi mejor amiga. Mi amiga más íntima. No quiero perder eso.

–Yo tampoco quiero perderlo, pero no puedo estar en una relación que no está equilibrada e igualada. No lo haré porque siempre querría más, y eso no es justo para ninguno de los dos. Te quiero. Sé que te resulta incómodo oírme decir eso, pero no decirlo me está volviendo loca y no puedo vivir así —se detuvo mientras más fuegos estallaban en el cielo—. Merezco más. Merezco un hombre que me quiera como yo lo quiera. Y tal vez esté siendo una estúpida, y no conoceré jamás a esa persona, pero mejor eso que vivir en este limbo emocional esperando a que sientas algo que nunca sentirás.

Todos los que estaban arremolinados alrededor de la hoguera miraban al cielo. Él no. Él estaba mirando a Brenna.

—¿Qué estás diciendo?

—Estoy diciendo que si esta relación no va a ir a ninguna parte, que si de verdad no quieres un compromiso, entonces es hora de seguir adelante. Será duro, pero al final será lo mejor para los dos.

—¿Seguir adelante? ¿Te refieres a marcharte?

—Sí, me refiero a marcharme. Tú no puedes, porque este es tu hogar y tu familia te necesita, así que yo tendré que encontrar otra cosa.

En una ocasión, cuando tenía quince años, Tyler se había visto atrapado en una avalancha. Había sentido la pendiente desplomarse bajo sus pies y después había caído dando vueltas sin saber ni dónde estaba ni si volvería a ver la luz del día. Ahora se sentía igual.

—No puedes hacer eso. No puedes marcharte.

—Le daremos a Jess una Navidad perfecta y después me iré. Así será más fácil para los dos. Tengo que construir una nueva vida, Tyler, y no puedo hacerlo si te veo todos los días.

Él intentó imaginar un futuro que no incluyera a Brenna.

—No —sacó la carta más alta que tenía—. Te encanta estar aquí. Snow Crystal es tu hogar tanto como el mío, y mi familia es tu familia.

—No hagas eso. No intentes detenerme ni convencerme. No es justo. Sé que es duro para los dos... —tenía la voz entrecortada—, pero necesito que lo veas desde mi punto de vista. En todos los años que llevamos siendo amigos, jamás te he pedido nada, pero ahora te lo estoy pidiendo.

—¿Qué me estás pidiendo?

—Te estoy pidiendo que intentes comprender cómo me siento. Te estoy pidiendo que me dejes marchar —sus palabras quedaron puntuadas por una impactante explosión de fuegos artificiales—. Necesito que lo hagas.

Sin esperar a que él respondiera, Brenna se apartó y se alejó de la multitud. Se adentró en el bosque de un modo tan discreto que probablemente solo él fue consciente de su marcha.

Tyler se quedó mirando hasta que el gorro azul se desvaneció en la oscuridad, hasta que ya no la pudo ver más.

Estaba impactado. Paralizado por la brutal realidad de sus palabras.

«Te estoy pidiendo que me dejes marchar».

—Tienes cara de que alguien te haya robado la última cerveza que tenías en la nevera —Jackson estaba a su lado, con una cerveza en cada mano y la mirada clavada en el camino que Brenna había tomado de vuelta a la Casa del Lago—. ¿Habéis discutido?

—No.

Haber tenido una discusión habría sido más sencillo. Una discusión se podría arreglar con una disculpa y con un poco de sexo. Esto era mucho más serio.

—¿Quieres hablar del tema?

Tyler, que consideraba que hablar sobre sus sentimientos era el paso previo a empezar a vestir de rosa, negó con la cabeza.

—No hay nada de qué hablar.

Jackson le pasó la cerveza y saludó a una familia que lo estaba saludando desde el otro lado de la hoguera.

—Está enamorada de ti, Ty.

Tyler apretó los dientes.

—Recuerdo una época en la que por aquí se hablaban de otras cosas que no fueran amor.

—Sí, antes hablábamos de deudas y de si perderíamos el negocio. Eran buenos tiempos. Los echo de menos.

Tyler se rascó la frente.

—No se trata de lo que yo quiero, sino de lo que quiere Jess.

—Deja de poner excusas. Sabes que Jess quiere a Brenna. No hay ninguna duda sobre lo que quiere Jess, y diría que Brenna tiene bastante claro lo que quiere también. Por lo que veo, parece que tú eres el único que necesita tomar una decisión —Jackson se detuvo cuando más fuegos artificiales estallaron por encima de sus cabezas—. ¿De verdad es tan complicado?

—Sí, sí que lo es —contestó Tyler—. Me da miedo hacerle daño a Brenna.

—¿Por qué ibas a hacerle daño?

—No soy como tú. Tú eres un tipo formal, fuerte, serio. Yo... —se pasó la mano por la mandíbula—. Yo no. Nunca he tenido una relación larga.

—Eso no es verdad. Para empezar, tienes a Jess.

—No me refiero a esa clase de relación.

—Los principios son los mismos. Has estado al lado de Jess en todo momento.

—Es mi hija. La quiero.

—Y has estado a nuestro lado, por mucho que te quejes constantemente. ¿Así que cuál es el problema?

—¡Estoy asustado! Ya está, lo admito. La idea de decirle «te quiero» a una mujer me aterra. Jamás he tenido una relación que haya durado más de un mes.

—Tienes una relación con Brenna prácticamente de toda la vida, Ty. Piensa en eso.

—Eso no cuenta. Es distinto. Es una amiga.

—Por eso es distinto. No basta con querer acostarse con una mujer durante una semana. Al final tienes que vestirte y charlar, pasar algo de tiempo juntos. Y cuando eso sucede, ayuda mucho que la mujer sea alguien que te guste —le puso una mano en el hombro—. Pero si no sientes eso, si de verdad no la quieres y no puedes decirle esas palabras, entonces tienes que dejarla marchar. Puedo ayudarla a encontrar trabajo en Europa. No estoy diciendo que no sea duro para ella, pero al final le irá bien. Brenna lo tiene todo. Es dulce, sexy, leal, cariñosa... si se marcha y se construye una nueva vida, acabará encontrando a alguien.

Esa idea lo partió de dolor y algo parecido al pánico despertó en su interior.

—¿Quieres que te ponga un ojo morado como regalo de Navidad?

—No. Quiero que entres en razón —respondió Jackson con una mirada de exasperación—. Te has lanzado por pendientes que los demás no nos atreveríamos ni a tocar y a una velocidad que la mayoría no podemos alcanzar sin ayuda de un motor, ¿y esto te asusta?

—Esquiar es distinto. Tengo confianza en mí mismo en la montaña.

—Eso es. Pues tal vez ya es hora de que confíes en ti mismo cuando no estés en la montaña. Todo el mundo tiene miedo de algo. Tener miedo no importa. Lo que importa es si dejas que eso influya en tus decisiones —Jackson se terminó la cerveza—. Vete a casa, Ty. Escríbele una carta a Santa Claus y pídele el valor que necesitas para no ser tu propio enemigo. Y más te vale que te traiga lo que pides porque si no Brenna saldrá de tu vida y te pondrás insoportable.

CAPÍTULO 18

Brenna se levantó antes del amanecer e hizo lo que siempre hacía cuando estaba disgustada. Se fue a esquiar.

Se dijo que había otras montañas, otros hombres, pero aun así se sentía como si una roca le estuviera aplastando el corazón, y ese sufrimiento se pegó a ella como la niebla de la mañana, negándose a elevarse y disiparse. Tanta tristeza la estaba asfixiando, pero sabía que estaba haciendo lo correcto.

Por fin seguiría adelante con su vida.

Dejaría de soñar.

Después de su clase, condujo hasta la casa de sus padres sabiendo que tenía pendiente una conversación más antes de poder seguir adelante.

Su padre había salido, y su madre la miró y suspiró.

—No necesito ni preguntar.

—¿Puedo pasar? Hay algo que te tengo que decir —se quitó las botas, cansada de tanta formalidad, de contenerse. Había dicho lo que pensaba con Janet y con Tyler y ahora pretendía hacer lo mismo con su madre.

«Limpieza emocional», pensó. Agotadora, pero necesaria.

Entraron en la cocina y se sentó en la mesa bajo el brillo

del sol de invierno que se colaba por la ventana. Al notar que le resultaba complicado hablar sentada, se levantó.

—Me marcho de Snow Crystal. Aún no sé adónde voy a ir, pero buscaré un nuevo trabajo en cuanto pase la Navidad.

Su madre estaba de pie en la puerta, sin moverse.

—Ni siquiera necesito preguntar por qué. Te lo veo en la cara.

—Bien, porque estoy cansada de decir una cosa cuando en realidad quiero decir otra. Estoy cansada de ocultarme, de fingir que no tengo sentimientos cuando esos sentimientos son tan fuertes que hay días en los que podría estallar. Quiero a Tyler.

Su madre cerró los ojos.

—Oh, Brenna...

—Sí, lo quiero y él no me quiere a mí —logró decirlo sin que se le quebrara la voz—. Y tengo que dejar de desear y soñar y empezar a vivir mi propia vida por mucho que no me pueda imaginar cómo lo voy a hacer cuando él es lo más importante de ella.

—Sabía que esto pasaría. Te lo advertí.

—Sí, y no te escuché. Y fue mi elección. Soy una adulta, no una niña.

—No quería que cometieras ese error.

Brenna pensó en los pocos días y noches durante los que su vida había sido tan perfecta que le había parecido irreal.

—Yo no lo veo como un error, pero si lo es, es mi error. Y ahora mismo en lugar de oír cómo me culpas y cómo me dices «te lo dije», lo que me vendría bien es un abrazo porque he perdido a mi mejor amigo y... bueno, olvídalo, no espero que tú lo entiendas. No he venido aquí buscando tu compasión —se cubrió la cara con las manos y al instante se vio rodeada por los brazos de su madre, como no la había abrazado desde la última vez que Tyler le había roto el corazón.

—Lo entiendo —su madre le acarició el pelo—. Sé lo que estás sintiendo y no tienes ni idea de cómo he querido ahorrarte todo esto, pero ha sido como ver un choque de trenes y no ser capaz de hacer nada por evitarlo. Y si crees que te culpo, te equivocas. ¿Cómo iba a culparte? No eres el primer miembro de esta familia que se ha enamorado de un O'Neil y ha resultado herido.

Brenna se apartó. La cabeza le palpitaba y le dolía de tanto pensar.

—¿De qué estás hablando?

—Crecí aquí, igual que tú —su madre se sentó en un taburete y miró a lo lejos—. Conocí a Michael cuando tenía cuatro años.

—¿Michael?

—Michael O'Neil.

—¿El padre de Tyler? —era lo último que se había esperado oír de su madre—. ¡Ay, Dios mío…!

—¡No! Nosotros nunca… —su madre sacudió la cabeza—. La cosa no fue así, aunque a mí me habría gustado. No hubo un solo día en que no soñara con que sucediera algo entre los dos, pero para él solo era una amistad.

Brenna miró a su madre observando su bonito vestido e impolutos tacones.

—¿Estabas enamorada de Michael?

—Éramos amigos. Y seguimos siéndolo hasta que Elizabeth llegó para cocinar en Snow Crystal. Michael la miró y ahí acabó todo. Vi cómo pasó.

—Mamá…

—No puedes elegir a quién amar, y jamás dudé de que Michael quisiera a Elizabeth profundamente, pero eso no impidió que yo sufriera por el hecho de que a mí no me quisiera.

—No lo sabía. ¿Por qué no me lo contaste? Eso explica mucho… Explica por qué siempre has odiado a los O'Neil.

—Nunca los he odiado. Su familia nunca supo nada de nuestra amistad. Yo no esquiaba ni compartía ninguno de sus intereses, pero Michael y yo estábamos muy unidos. Hablábamos. Sabía que se sentía muy presionado por hacerse cargo del negocio. Tal vez le resultaba más sencillo hablar conmigo porque yo era ajena a la familia, porque no tenía esa conexión con Snow Crystal —Maura Daniels estaba sentada con las manos paralizadas sobre su regazo—. Durante un tiempo, justo después de que conociera a Elizabeth, no podía estar cerca de ellos porque me recordaba a lo que yo había querido y no podría tener jamás. Tardé tiempo en superarlo. Mucho tiempo, pero entonces conocí a tu padre y me enamoré otra vez. Los viejos sentimientos se disiparon, pero ya había puesto demasiada distancia de por medio como para saber cómo volver a establecer un vínculo con los O'Neil. Y entonces naciste tú y te uniste mucho a Tyler desde el primer momento que os visteis, y vi que todo volvería a pasar —había dolor en la expresión de su madre—. Michael te regaló tus primeros esquís. Estaba intentando limar asperezas, pero a mí me preocupaba que la historia se volviera a repetir y preferí no entablar relación. Lamento no haber hablado con él antes de que muriera. Lamento muchas cosas, pero sobre todo lamento los errores que he cometido contigo. En lugar de alimentar tu talento y fomentarlo, intenté impedir que esquiaras, intenté impedir que pasaras tiempo con ellos. Pero tú te escapabas por la ventana y te marchabas. Y tal vez me sentía un poco celosa porque los O'Neil podían darte algo que yo nunca podría. Y en cuanto a Tyler, erais inseparables. Habéis estado pegados el uno al otro desde el momento en que os visteis por primera vez.

—Es mi mejor amigo, mamá. Siempre lo ha sido.

—Sí —su madre le agarró la mano—. Y podría matarlo con mis propias manos por hacerte tanto daño.

—Él no puede elegir lo que siente. Tú misma lo has dicho.

Su madre la agarró con más fuerza.

—¿Sigues viviendo en su casa?

Brenna asintió.

—El complejo está lleno, no tengo ningún otro sitio adonde ir.

—Podrías venir aquí. Podrías dormir aquí.

—No puedo —pensó en el árbol, en los regalos, en la casa llena de adornos, en Jess—. Jess está muy ilusionada con la Navidad y no voy a hacer nada que le arruine eso. El año pasado fue duro para ella, aún llevaba poco tiempo con Tyler y las cosas estaban un poco complicadas. Quiero que este año sea perfecto.

—Al final tendrá que saberlo.

—Se lo diré después de Navidad. Mamá... —tragó saliva—, pensé que no te gustaba cómo era. Que te había decepcionado.

—Nunca me he sentido decepcionada, pero tenía miedo. Sentía tus sentimientos como si fueran los míos. Y como yo también los había tenido, por eso los sentía con mayor intensidad.

—Pero tú seguiste adelante con tu vida. Conociste a otra persona.

—Sí, con el tiempo. Y tú también lo harás.

—¿Tú crees? —le parecía imposible. Se había entregado por completo a Tyler. ¿Qué quedaba de ella para poder darle a otro hombre?—. ¿Y si no? ¿Y si siempre siento lo mismo?

—Eres una persona decidida y fuerte. Lo vi cuando eras una niña y te esforzabas tanto por ir a clase todos los días por mucho que lo odiabas. Lo vi cuando te enfrentaste a Janet aquella mañana que vino, y lo vi cuando te fuiste a trabajar a Snow Crystal, queriendo a Tyler y sabiendo que él no sentía lo mismo. Los humanos somos resistentes. Estás sufriendo, pero seguirás con tu vida y ese sufrimiento irá disminuyendo con el paso del tiempo. Me siento orgullosa de ti, Brenna. Debería haberme asegurado de que lo supieras. Debería haber aceptado lo que sentías por Tyler en lugar de luchar contra ello. Lo único que hice fue poner distancia entre nosotras, y todo eso te impidió ver cuánto te queremos.

Brenna se quedó ahí de pie, embargada por la emoción mientras sentía los brazos de su madre rodeándola. Se quedó rígida, conteniéndose hasta que ya no le fue posible y cerró los ojos y le devolvió el abrazo.

—Yo también te quiero.

Así estuvieron un momento, hasta que Brenna se apartó.

—Casi me olvidaba, tengo algo para ti. Por Navidad —metió la mano en el bolso y sacó el tarro de cerámica que había comprado en una feria de artesanía en verano. Era azul claro y había pensado que animaría los fríos inviernos que sabía que su madre detestaba.

Su madre lo desenvolvió y su expresión se suavizó al verlo.

—Es precioso, gracias. Siempre sabes lo que me gusta. Si el día de Navidad se te hace complicado, siempre puedes venir aquí —sonrió—. Sin presiones, pero quiero que sepas que puedes hacerlo.

Era el día de Nochebuena y nevaba sin cesar. Tyler estaba terminando los preparativos cuando Jess lo encontró en el estudio.

—¿Papá, dónde has estado todo el día? Quería que vinieras a esquiar conmigo.

—Mañana es Navidad. Tenía cosas que hacer —cosas que lo habían mantenido en vela la mayor parte de la noche y ocupado todo el día. Escondió paquetes debajo del sofá y Jess intentó echar un vistazo.

—¿Mi regalo está escondido ahí abajo?

—Tal vez —había tardado todo el día en trazar un plan, pero creía que había dado con el regalo de Navidad perfecto para Jess. Y en cuanto a lo que pasara después... Bueno, prefería no pensar en eso ahora mismo. No podía–. ¿Qué tal el esquí?

—La nieve estaba increíble. He esquiado con Brenna otra vez porque no te encontrábamos.

—Mañana esquiaremos juntos. Aún tengo cosas que hacer y no las puedo terminar si estás por aquí mirando.

—¿Dónde has estado todo el día?

—Me dijiste que comprara regalos y he comprado regalos —¿había olvidado algo? Esperaba que no.

—¿Le has comprado ya un regalo a Brenna? Aún hay tiempo para ir a la tienda si no lo has hecho todavía. Puedo ayudarte.

—Eso ya lo tengo cubierto.

—¿Seguro? —lo miró con desconfianza—. ¿Qué es?

—Un regalo que debe ser una sorpresa.

—Por favor, dime que no le has comprado una chorrada.

Él pensó en el regalo que había escondido.

—Espero que no lo sea.

—¿Pero no lo sabes? —Jess parecía preocupada—. Papá, será mejor que me lo digas.

—No te lo pienso decir, y las tiendas están cerradas ya, así que es demasiado tarde. Si no le gusta, no hay nada que yo pueda hacer.

—No será algo para la cocina, ¿verdad? Porque las mujeres odian eso.

—No.

—¿Algo relacionado con la montaña?

—Más o menos —se levantó—. Tienes que dejar de hacer preguntas ya, Jess.

—Lo siento, pero es que quiero que sea una Navidad muy especial.

—Yo también lo quiero. Ven aquí –la abrazó–. Eres increíble.
—Eso significa que se te ha olvidado comprarme un regalo.
—No significa eso. Te he comprado un regalo.
—¿Me gustará?
—No lo sé. Espero que sí. Si no, puedes presentarle una queja a Santa Claus.

CAPÍTULO 19

−¡Ya ha venido!

Brenna se despertó tras una noche de poco dormir y se encontró a Jess en pijama en su puerta con un abultado saco rojo en la mano. Ash olfateó al pasar por delante y saltó sobre la cama. Luna gimoteó, miró a Jess e hizo lo mismo.

Jess se tiró también en la cama junto a los perros y en ese momento Tyler apareció en la puerta, bostezando. Tenía el torso desnudo, pero se había puesto unos vaqueros.

Era la primera vez que se veían desde la noche de la fiesta del hielo, y Brenna lo miró brevemente, consternada por lo incómoda que le resultaba toda esa situación.

¿Cómo iba a superar el día?

Él no parecía haber dormido mucho más que ella. Esos ojos azules parecían cansados y estaba sin afeitar.

Que ella estuviera allí los estaba matando a los dos. Se sentía fatal. Él se sentía fatal.

Y Brenna no podía soportar que se sintiera así.

Por el bien de los dos, tenía que marcharse lo antes posible.

−Abre tus regalos, Jess −se apartó para hacer más sitio en la cama, pero entonces deseó no haberlo hecho porque Jess le hizo un gesto a Tyler para que se sentara.

—Ven a sentarte aquí también, papá.

Él le lanzó una mirada fugaz a Brenna y, obedientemente, se sentó en un extremo de la cama.

—Los perros no deberían haber dormido en tu cama, Jess.

—No lo han hecho. Han dormido abajo toda la noche y los he dejado subir hace dos minutos.

Jess metió la mano en el saco y sacó un paquete. Lo agitó y lo olfateó.

—Me encanta intentar adivinar qué será.

—Los perros han estado en tu cama toda la noche.

—No lo sabes —arrancó el papel, lo miró y suspiró—. Bueno, vale, han estado en mi cama toda la noche. ¿Cómo lo sabes siempre todo?

—Porque soy el amo de la casa.

—Ash es el amo de la casa. ¿Es que vienes a ver cómo estoy en mitad de la noche o algo así?

—Santa Claus me lo ha contado —respondió Tyler—. Estos puñeteros perros han vuelto locos a los renos.

A pesar de cómo se sentía, Brenna sonrió.

—¡Hala! —Jess sacó una enorme tableta de chocolate. Ash gimoteó y ella lo apartó de su lado—. Chico malo. Siéntate.

—Ya está sentado. En la cama —sacudiendo la cabeza desesperado, Tyler se movió—. Podrías abrir tu calcetín abajo y así estaríamos todos más cómodos.

Sin mirar a Brenna, se levantó.

—Voy abajo a empezar a hacer el desayuno. Baja tu calcetín. Abajo hay más espacio y más regalos bajo el árbol.

Según Brenna lo veía, Tyler no podía haberle dejado más claro cómo se sentía. Obviamente le aterrorizaba que ella le volviera a decir «te quiero» o, peor, que le pidiera que se lo dijera a ella.

Y no lo haría.

Ya no.

El silencio de Tyler dejaba claros sus sentimientos y ahora tenía que pensar en sí misma.

Quedarse allí no era una opción. Sería un martirio para los dos.

Rescató a Luna de debajo de un pedazo de papel de envolver y apartó a Ash de sus pies.

—Vamos todos abajo.

Salió de la cama pensando que solo un par de semanas atrás no había podido imaginarse alejándose de Forest Lodge, y ahora no podía soportar la idea de alejarse de la Casa del Lago.

Pero sobre todo no podía soportar la idea de alejarse de Tyler y de Jess.

A través de la ventana podía ver que hacía otro día perfecto, la nieve resplandecía bajo un cielo de color azul mediterráneo como si la naturaleza estuviera decidida a burlarse de su decisión de marcharse.

Preocupada ante la posibilidad de darse por vencida, se giró dándole la espalda a Jess y se puso unos pantalones de esquí y su jersey azul favorito.

—Huele a beicon —dijo Jess bajando de la cama junto a Ash—. Vamos.

Diez minutos más tarde estaban sentados alrededor de la mesa comiendo beicon con gofres y sirope de arce extraído de los árboles de Snow Crystal.

A Brenna no le apetecía hablar, pero por suerte Jess habló por todos y después pasaron al salón donde comenzó a sacar regalos de debajo del árbol.

—Tu regalo principal está detrás del sofá —le dijo Tyler con las manos en los bolsillos y una sonrisa mientras observaba a su hija correr detrás del sofá y abrir la boca de sorpresa.

—Esquís. ¿Dos pares? —los levantó con los ojos como platos—. Papá. Son una pasada. Gracias. ¡Guau! Esto es increíble –deslizó la mano sobre ellos, los observó detenidamente y los dejó en el suelo–. Quiero salir a probarlos.

–Buena idea. Vamos ahora –Tyler se agachó para levantarlos mientras Jess lo miraba con cara de asombro.

–¿Ahora?

–Sí, antes de que haya mucha cola para el telesilla.

–Pero es Navidad, y aún no le has dado a Brenna su regalo.

–Luego. Ponte el equipo de esquiar. Y no te olvides el casco –salió de la habitación y Jess lo siguió.

–Papá, podemos hacerlo luego. Tienes que darle a Brenna...

–Cierra la puerta del estudio. No quiero que entren los perros mientras estamos fuera.

–Yo puedo vigilarlos –Brenna le pasó a Jess los guantes y el casco–. ¡Divertíos! Y tened cuidado.

Tyler le lanzó su cazadora.

–Tú también vienes.

¿Estaba ciego? ¿Tan insensible era? Se negaba a creer que no sintiera la tensión que percibía ella. Cada mañana que pasaba con él era una tortura.

–Esta mañana no.

–Jess quiere que vengas –con esas palabras le dio justo en su punto débil, y a Brenna la invadió la frustración.

Ya que el motivo de quedarse había sido darle a Jess las mejores Navidades posibles, no podía encontrar una razón para negarse.

–Pero solo una hora.

Podría sobrevivir una hora más.

Se metieron en el coche de Tyler y recorrieron la breve distancia hasta el telesilla.

Jess fue parloteando todo el tiempo, preguntándole a su padre por los esquís, preguntándole qué debería cambiar de su técnica, por qué le había elegido esos y no otros; mientras, Brenna estaba callada, observando los árboles y la nieve bajo ella según el telesilla ascendía por la montaña.

¿Sería la última vez que haría eso?

¿Llegaría un momento en el que Tyler y ella pudieran volver a ser amigos y volver a casa no implicara vivir situaciones incómodas? ¿O sería como su madre, incapaz de soportar el dolor de verlo con otra persona?

Llegaron a la cima de la montaña y Jess plantó las botas sobre sus nuevos esquís.

—Me encantan. Tú diriges, papá.

Brenna estaba a punto de deslizarse y dejarlos solos cuando Tyler la agarró del brazo.

—Quédate cerca. No te alejes.

¿Esperaba que se quedara pegada a él después de haberle confesado sus sentimientos? ¿Tan despiadado era?

—Tyler, yo no...

Sin embargo, se quedó hablando sola porque él ya se había lanzado por la pendiente seguido de cerca por Jess.

Sin más elección, Brenna los siguió, pero en lugar de dirigirse hacia una de las pistas delanteras que bajaban hasta el complejo, él bordeó la parte trasera del teleférico y bajó por la pequeña pendiente que conducía hasta su restaurante favorito en la montaña.

—¿Por qué vamos por aquí? No puedes tener hambre, acabamos de desayunar —dijo Jess deteniéndose en seco y levantando una nube de nieve. Brenna se unió a ella.

—¿Tyler? ¿Qué estamos haciendo aquí?

—Quiero darte tu regalo.

—¿Aquí?

—Sí —clavó los bastones en la nieve y se quitó los guantes—. Tengo algo importante que decirte y creo... espero... que este sea el lugar adecuado. La otra noche me hiciste una pregunta y no estaba preparado para responderla.

Era lo último que se había imaginado que le diría.

¿Por qué estaba sacando ese tema ahora delante de Jess?
—¿Podemos hablar de esto luego?
—No. Vamos a hablar ahora.
—Pero Jess...
—Jess debería oír lo que tengo que decir. Me preguntaste si te quería, si podría decirte esas palabras, y la respuesta es sí, sí que puedo —le temblaba la voz—. Te quiero. Te he querido toda mi vida aunque he tardado un tiempo en darme cuenta de cuánto.

Ella se quedó allí, atónita, mientras intentaba averiguar si habría oído mal. Su aliento formaba pequeñas nubes al choque con el gélido aire.

Llevaba tanto tiempo queriendo oírle decir esas palabras que no podía permitirse creerlas. La esperanza era como una montaña rusa a la que tenía demasiado miedo de volver a subir.

—Me quieres como a una hermana.
—Al principio, sí. Pero eso cambió hace tiempo.

Le golpeteaba el corazón.

—No pensaba que sintieras eso. Te entró el pánico cuando te dije lo que sentía.
—Sí, es verdad, pero antes de que me juzgues por eso, tienes que recordar que he estropeado todas las relaciones que he tenido en mi vida. El hecho de que no quisiera estropear esta es un indicador de lo importante que eres para mí. He cometido tantos errores... —miró a Jess—, y tenerte a ti no ha sido uno de ellos, así que no malinterpretes lo que voy a decir.

Con la boca cerrada y los ojos abiertos de par en par, Jess sacudió la cabeza y Tyler volvió a centrarse en Brenna.

—He cometido tantos errores en mis relaciones —continuó—, que no quería cometer otro. Pero después de que te marcharas la otra noche, supe que el mayor error de todos sería dejarte ir. Tenía miedo de estar contigo por si te hacía daño, y solo la idea de hacerte daño me aterraba más que nada a lo que me haya enfrentado antes, pero después me di cuenta de que dejándote marchar, te estaba haciendo daño de todos modos. Y eso no lo puedo hacer. No puedo dejarte marchar. No solo eres mi mejor amiga, eres la mujer a la que amo. Quiero estar contigo, siempre.

—Tyler...

—Llevas a mi lado toda la vida, has estado en los peores momentos y en los mejores. Cuando tuve el accidente, fuiste tú la que se quedaba en el hospital conmigo. Cuando no podía ver qué me depararía el futuro, fuiste tú la que se negó a perder la fe en mí, y fuiste tú la que sugirió que enseñara a Jess. Cuando te pregunté qué querías por Navidad, me dijiste que nada, y he estado pensando en el regalo perfecto que te demostrara cuánto significas para mí. Espero haber acertado —se quitó el guante, metió la mano en el bolsillo de la cazadora y sacó una pequeña caja envuelta en papel plateado y atada con un lazo del color de un cristal de hielo—. Feliz Navidad, Brenna.

Brenna se quedó mirando la caja.

—¿No vas a aceptarlo? —él tenía la mano extendida y ella se fijó en que le temblaba un poco.

Igual que la suya, porque temía que el regalo no fuera eso que tanto deseaba.

Agarró la caja y torpemente la desenvolvió, temerosa de equivocarse. Podían ser unos pendientes, o una pulsera...

Se quedó atónita al ver el diamante que captaba la luz del sol deslumbrándola.

—Oh, Tyler...

—¡Ay, mi...! ¿Papá? —Jess se cubrió la boca con las manos—. Es el regalo más impresionante que he visto en mi vida.

Brenna se quedó mirando el diamante y después lo miró a él con lágrimas en los ojos mientras Tyler le rodeaba la cara con las manos y acercaba la boca a la suya.

—Te quiero —pronunció las palabras contra su boca—. Siempre te he querido y siempre lo haré.

Y por fin ella se permitió creerlo.

—Yo también te quiero. Siempre te he querido y siempre lo haré.

Tyler apoyó la frente contra la suya sin dejar de mirarla.

—¿Tanto como para casarte conmigo?

Le dio un vuelco el estómago. Se le paró el corazón.

—Tyler...

—Una vez te pregunté qué querías, y me dijiste que estas montañas. Esta vida. También es lo que quiero yo, pero quiero compartirlo contigo. Di que sí.

—Sí —se estaba riendo y llorando al mismo tiempo—. Sí, sí, sí.

—Bien. Pues vamos a hacerlo ahora mismo.

Brenna se apartó de él eufórica, emocionada y confundida.

—¿Cómo podemos hacerlo ahora mismo? —y entonces oyó a Jess exclamar con sorpresa y se giró para ver qué había llamado la atención de la niña.

—¿Es... la abuela? —Jess miraba la terraza cubierta de nieve del restaurante—. ¿Qué hace aquí arriba? ¡Y Élise! Creía que hoy estaría muy ocupada en el restaurante. ¡Y el tío Jackson! Papá... —se giró hacia Tyler—, ¿qué está pasando? ¿Vamos a almorzar todos juntos?

—No, eso vendrá luego —respondió sin dejar de mirar a Brenna.

Ella miró a Elizabeth y vio también a Alice y Walter, envueltos en capas de abrigo para protegerse del frío. Tras ellos, Sean, Kayla y...

—¿Mamá? —atónita, dio un paso adelante—. ¿Qué estás haciendo aquí? —y si ver a su madre fue una sorpresa, no fue nada comparado con verla sonriendo a Tyler.

—Estoy aquí desempeñando mis funciones oficiales.

−¿Oficiales? −Brenna vio a su padre junto a Walter y solo entonces se fijó en que su madre sostenía algo en la mano−. ¿Qué es eso?

−Una licencia matrimonial. He pensado en cómo sería tu boda ideal −dijo Tyler−, y me pareció que querrías estar en la montaña, rodeada de nieve, de árboles y de la familia. Una vez me dijiste que las cosas que son importantes para ti están fuera, no dentro. Un cielo azul y nieve fresca.

Brenna lo miró y miró a su madre.

−¿Has ido a ver a mis padres?

−Ayer. Después de contarles lo que sentía y lo que quería hacer, me miraron con mejores ojos. Estuvimos charlando un rato y luego hablamos con mi familia para encontrar el modo de hacer esto.

−¿Mamá? —Brenna vio lágrimas en los ojos de su madre y después una sonrisa.

−Es la primera vez que me han pedido que traiga una licencia matrimonial a lo alto de la montaña, pero dado que toda vuestra relación se ha desarrollado prácticamente aquí, me parece apropiado. Nos sentimos muy felices por ti, Brenna. Muy felices.

Aún abrumada, Brenna se giró hacia Tyler.

−¿Quieres casarte aquí?

−Sí. Si es lo que tú quieres.

Ella no podía ver bien entre las lágrimas.

−Sí quiero, pero… ¿qué pasa con la ropa? ¿Y el pelo? Ni siquiera llevo maquillaje.

−No podrías estar más guapa −le tomó la cara entre las manos, pero antes de poder besarla oyó la voz de Kayla.

−¡La organizadora de bodas al ataque, disculpadme…!

Maldiciendo para sí, Tyler la soltó.

−Con el empeño que has puesto en traernos hasta este punto, ¿y ahora vas a detenerme?

−No voy a detenerte, solo voy a retrasarlo lo justo para

asegurarme de que la novia está mejor que nunca –Kayla sacó maquillaje del bolso–. Quédate quieta.

–Está fantástica –dijo Tyler entre dientes–. No es necesario.

–La has hecho llorar, Tyler, y no importa que hayan sido lágrimas de felicidad. Ninguna mujer quiere salir hecha una pena en sus fotos de boda –Kayla trabajó con celeridad, aplicando corrector, un poco de colorete y un toque de brillo labial–. Ya está. Estás preciosa. ¿Élise?

–*Oui, j'arrive.* Quítate la cazadora, Brenna.

–¡No me puedo quitar la cazadora! ¡Me voy a congelar! –y entonces Brenna se fijó en que su amiga llevaba una bolsa grande–. ¿Qué hay ahí?

–Algo para evitar que te congeles –Élise metió la mano y sacó una cazadora de esquiar blanca con una suave capucha de piel sintética–. Queríamos que tuvieras una boda blanca. No te imaginas lo complicado que fue encontrar una cazadora de esquí blanca en Nochebuena.

Brenna empezó a reírse mientras Jess las miraba con los ojos como platos.

–Esa cazadora es muy guay. ¿Dónde la habéis encontrado?

–En Nueva York –Kayla miró a Jackson, que volteó los ojos.

–No quiero conocer los detalles.

–Bien, porque no te los pienso contar. Una chica necesita tener sus secretos. Y hablando de secretos… ¿Sean? –Kayla le hizo una señal y Sean dio un paso al frente con un pequeño ramo de rosas blancas.

–Tampoco vas a querer saber hasta dónde he tenido que conducir para conseguirlo. Me debes una buena por esto –Sean le dio una palmadita a Tyler en el hombro y se acercó para besar a Brenna–. Para mí has sido como una hermana toda mi vida. Me alegra que vayáis a hacerlo oficial.

Brenna sacó una de las rosas del ramo y se la entregó a Jess.

–¿Quieres ser mi dama de honor?

Jess se puso colorada, estaba encantada.

–Claro. Quiero decir, sí quiero.

Todo el mundo se rio y Maura Daniles se aclaró la voz antes de decir:

–¿Vais a firmar la licencia? Paul ha sido muy amable al ofrecerse a oficiar la ceremonia, pero estoy segura de que está deseando poder irse para disfrutar de la comida de Navidad con su familia, y sé que Tyler tiene planes para ti, Brenna, así que vamos a empezar.

¿Planes?

Envuelta por la sensación acogedora y cálida que le proporcionaba la cazadora, y con las rosas en la mano, Brenna miró a Paul Hanlon, el juez de paz del pueblo. Lo conocía desde que era pequeña y ni siquiera se había percatado de que estaba allí, detrás de su padre y de Walter.

–Te he estropeado el Día de Navidad.

–Me has alegrado del Día de Navidad, Brenna –el hombre dio un paso adelante y se situó frente a los dos.

Después de eso, lo que vino a continuación quedó en un recuerdo algo borroso.

Recordaba haber intercambiado los votos con Tyler y haber dicho unas palabras no leyéndolas de un papel, sino pronunciándolas desde el corazón. Aunque apenas había oído lo que él le dijo porque estaba hipnotizada por su mirada, una mirada que llevaba toda la vida esperando ver.

Y recordaba también que después le había puesto el anillo y la había besado como si no quisiera detenerse nunca.

Se quedaron allí besándose, ajenos a su familia, ajenos a todo, hasta que Jess tiró a Tyler del hombro.

–Papá. Ya basta. Nos estamos congelando.

—*C'est vrai!* —dijo Élise asintiendo—. Me gusta el romanticismo más que a nadie, pero tengo que preparar la comida de Navidad para la mitad de Vermont, así que me tengo que marchar y no quiero perderme nada. Esta noche lo celebramos. Habrá champán.

—Pues será mejor que encarguéis mucho porque tenemos mucho que celebrar —Kayla sujetaba la mano de Jackson—. No solo que por fin Tyler haya entrado en razón, sino que tenemos ocupación completa hasta marzo.

Tyler sonrió contra la boca de Brenna.

—Qué suerte que vayas a vivir en la Casa del Lago.

—Venid a casa cuando queráis —dijo Elizabeth instando a todos a ir hacia el telesilla—. Tus padres comen con nosotros. También he invitado a Tom.

«Una nueva fase», pensó Brenna mientras se iban marchando uno a uno dejándola sola con Tyler.

—Esto es surrealista. Hace unas horas me estaba preguntando cómo iba a ser capaz de terminar el día, y ahora ha pasado de ser el peor día de mi vida al mejor.

—Lo mejor aún está por llegar. Me lo he ahorrado para el final. Anoche nevó —le puso la capucha de la cazadora con una mirada pícara—. Y sé dónde podemos encontrar nieve virgen.

—¿Ahora? Nos están esperando.

—Nos reuniremos con ellos luego, para tomar el champán. Es nuestro día de boda. Deberíamos pasarlo haciendo lo que nos encanta.

—¿En serio? En ese caso... —Brenna lo agarró de la parte delantera de la cazadora y él esbozó una lenta y sexy sonrisa.

—Sí, claro, eso también.

Se besaron hasta que Brenna llegó a dudar de si las piernas podrían llevarla hasta abajo de la montaña; hasta que se sintió mareada de emoción.

—Tienes que parar —le dijo contra los labios y lo sintió sonreír.

–Jamás voy a parar, cielo. Voy a estar besándote durante los próximos sesenta años.

–Para entonces tendrás más de noventa.

–¿Y? El abuelo va a seguir besando a la abuela cuando tengan noventa. Seguramente en la mesa de la cocina. Ahora eres una O'Neil. Tienes que aprender que las muestras de afecto son obligatorias en las reuniones familiares para que a los demás les entren ganas de vomitar.

Bajaron esquiando entre los árboles sobre una nieve espesa, y en esa ocasión fue ella la que guio el camino, deslizándose con velocidad, retándolo como solo ella podía hacerlo, y en todo momento consciente de la extraña sensación de llevar una alianza por dentro del guante.

Brenna O'Neil.

Sintió la calidez del sol sobre su rostro y se detuvo porque con un día de celebración por delante, quería pasar un momento a solas con él.

Tyler se detuvo a su lado.

–¿Pasa algo?

–Ya no –miró los árboles cubiertos de nieve y resplandeciendo bajo la luz del sol–. Pasamos tanto tiempo aquí de pequeños, que es perfecto estar hoy aquí también. No me puedo creer que hayas organizado todo esto. No me puedo creer que fueras a ver a mis padres.

–Necesitaba una licencia de matrimonio y necesitaba que tus padres supieran lo que siento por ti. No quería una vida llena de incómodas visitas familiares por obligación. Necesitaba convencerlos de que voy en serio, de que esto no es un juego para mí.

–Conociendo a mi madre, debió de costarte un buen rato.

Él se rio.

–Casi toda la mañana y gran parte de la tarde. Pero ayudó mucho que le enseñara el anillo.

–Es precioso –se quitó el guante y de nuevo vio cómo

destellaba sobre su dedo–. No quería alejarme de este lugar. No quería alejarme de ti.

–No te lo habría permitido. Llevamos demasiado tiempo formando parte de la vida del otro.

Ella giró la cabeza y contempló la belleza del bosque nevado.

–Por algún sitio hay un árbol con mi nombre grabado.

–¿Hay un árbol llamado «Brenna Daniels»?

–Brenna O'Neil.

Algo se iluminó en los ojos de Tyler.

–¿Grabaste eso en un árbol?

–Estaba soñando y quería ver cómo quedaba.

Él agachó la cabeza.

–¿Y cómo quedaba?

Brenna lo rodeó por el cuello.

–Perfecto.

ÚLTIMOS TÍTULOS PUBLICADOS EN HQN

Acariciando la oscuridad de Gena Showalter

La chica de las fotos de Mayte Esteban

Antes de abrazarnos de Susan Mallery

El jardín de Neve de Mar Carrión

Un amor entre las dunas de Carla Crespo

Siempre una dama de Delilah Marvelle

Las chicas buenas no... mienten de Victoria Dahl

Un viaje por tus sentidos de Megan Hart

De repente, el último verano de Sarah Morgan

Trampa a un caballero de Julia London

Amor en cadena de Lorraine Cocó

Algo más que vecinos de Isabel Keats

Antes de la boda de Susan Mallery

Todas las estrellas son para ti de J. de la Rosa

Reflejos del pasado de Susan Wiggs

www.ingramcontent.com/pod-product-compliance
Lightning Source LLC
LaVergne TN
LVHW030335070526
838199LV00067B/6286